W0288598

À PROPOS DE L'AUTRICE

Julia London a grandi au Texas, où elle nourrit très tôt sa passion de la littérature. Après avoir travaillé à Washington dans la fonction publique et voyagé pendant des années, elle décide de revenir au Texas pour devenir écrivain. Elle est aujourd'hui plébiscitée pour ses romances historiques et contemporaines.

Aux ordres du prince

Collection : VICTORIA

Titre original :
THE PRINCESS PLAN

© 2019, Dinah Dinwiddie.
© 2020, HarperCollins France pour la traduction française.

Ce livre est publié avec l'aimable autorisation de HARLEQUIN BOOKS S.A.

Tous droits réservés, y compris le droit de reproduction de tout ou partie de l'ouvrage, sous quelque forme que ce soit.

Toute représentation ou reproduction, par quelque procédé que ce soit, constituerait une contrefaçon sanctionnée par les articles 425 et suivants du Code pénal.

Si vous achetez ce livre privé de tout ou partie de sa couverture, nous vous signalons qu'il est en vente irrégulière. Il est considéré comme « invendu » et l'éditeur comme l'auteur n'ont reçu aucun paiement pour ce livre « détérioré ».

Cette œuvre est une œuvre de fiction. Les noms propres, les personnages, les lieux, les intrigues, sont soit le fruit de l'imagination de l'auteur, soit utilisés dans le cadre d'une œuvre de fiction. Toute ressemblance avec des personnes réelles, vivantes ou décédées, des entreprises, des événements ou des lieux, serait une pure coïncidence.

Le visuel de couverture est reproduit avec l'autorisation de :

© YULIYA SAPONOVA/ARCANGEL

Réalisation couverture : L. SLAWIG (HarperCollins France)

Tous droits réservés.

HARPERCOLLINS FRANCE
83-85, boulevard Vincent-Auriol, 75646 PARIS CEDEX 13
Service Lectrices — Tél. : 01 45 82 47 47

www.harlequin.fr

ISBN 978-2-2804-4768-3 — ISSN 2493-013X

JULIA LONDON

Aux ordres du prince

Traduit de l'anglais (États-Unis) par
Ambre Lidier

Victoria

HARLEQUIN

Chapitre 1

Londres, 1845

Le Tout-Londres est sur des charbons ardents. Chacun espère apercevoir le prince Sebastian, héritier du trône d'Alucie, au cours de sa visite tant attendue.

À l'occasion du banquet de bienvenue donné en son honneur par Sa Majesté au château de Windsor, cent soixante convives se sont vus accueillis dans l'immense St George's Hall, sous les prestigieuses armoiries des chevaliers de l'ordre de la Jarretière. Pas moins de deux mille couverts d'argent, ainsi que mille verres et coupes de cristal, ont été utilisés pour l'occasion. Aux hors-d'œuvre et au maître plat d'agneau accompagné de pommes de terre, présentés dans une vaisselle d'argent à liseré d'or, ont succédé une farandole de fruits délicats servis dans des porcelaines françaises.

Le prince Sebastian a offert à notre reine Victoria une grande urne de malachite alucienne à l'embouchure et au col ornés de cordelettes d'or, cadeau du roi Karl son père.

Les dames de sa suite étaient vêtues de robes de soie fort ajustées agrémentées de longues traînes relevées par des boutons pour faciliter la marche. Chacune arborait un chignon bas aux motifs les plus recherchés. Pour les gentlemen d'Alucie, la redingote de cérémonie coupée à mi-mollet, en fine laine noire, semblait de rigueur, par-dessus un gilet richement brodé porté à la hanche.

D'après nos sources, le prince est « assez grand et large d'épaules, avec une mâchoire carrée soulignée d'une barbe taillée avec soin. Il a le cheveu vigoureux, d'une teinte évoquant celle du thé, et un regard qui rappelle les nuances du somptueux présent offert à la reine ». La lectrice attentive aura compris que notre illustre visiteur a les yeux d'un vert charmant. On raconte encore qu'il porte avec une majesté naturelle les nombreuses médailles et décorations qui attestent son rang.

Honeycutt's,
gazette mode et maison pour ladies

Le très honorable William Tricklebank, veuf de son état et juge à la cour supérieure de justice au service de Sa Majesté la reine, souffrait d'une vue défaillante. L'âge avait usé ses yeux au point de réduire son environnement à un assemblage de nuances grises aux contours flous. Il ne distinguait même plus ses mains. C'était donc sa fille aînée, Miss Eliza Tricklebank, qui lisait à voix haute les documents qu'il avait à traiter.

Chère Eliza… Que ferait-il sans elle ? Sans oublier Poppy, la bonne, qui faisait presque partie de la famille. Après tout, n'avait-il pas recueilli la petite orpheline voilà plus de vingt ans ? Ensemble, elles avaient fixé des cordons et des rubans à mi-hauteur de tous les murs de son domicile londonien, si bien qu'il n'avait qu'à les longer de la main pour passer d'une pièce à l'autre. Pour autant, son quotidien n'était pas exempt de dangers. Parmi ceux qui le guettaient figuraient en bonne place deux chiens à l'affection débordante. Ainsi qu'un chat, qui semblait prendre un malin plaisir à se faufiler entre ses jambes. Les méfaits dudit félin ne s'arrêtaient pas là, du reste. Le juge ne pouvait pas s'asseoir sans que le gredin bondisse sur ses genoux. Et il y songeait à deux fois avant de prendre son tricot – son passe-temps favori quand sa fille lui faisait la lecture —, car, bien souvent, ce chenapan venait piétiner son ouvrage ou dévider la pelote à son insu.

Par chance, sa santé n'avait rien d'autre à redouter. Hormis ses deux filles, peut-être. Eliza, qui n'était pas mariée, et Hollis, que d'aucuns surnommaient « la veuve Honeycutt », se retrouvaient souvent chez lui. La maison s'emplissait alors de gloussements et de piailleries. Évidemment, ces deux mignonnes s'en défendaient vivement, arguant qu'il se faisait vieux et s'effarouchait d'un rien. Mais le juge savait à quoi s'en tenir. S'il avait des problèmes de vue, il était loin d'être sourd.

À bien y songer, comment imaginer qu'à vingt-huit ans son aînée ne soit pas encore mariée ? Évidemment, il y avait eu ce fâcheux… malentendu avec un certain Mr Asher Daughton-Cress, de triste mémoire. Ce misérable avait brisé le cœur de sa petite Eliza. Mais enfin, l'affaire remontait à plus de dix ans. Depuis, la jeune demoiselle sage, polie et mesurée s'était transformée en une femme vive, insouciante, qui ne s'encombrait plus de fausse déférence. Autant de qualités qui auraient dû lui valoir l'intérêt de la gent masculine. Pourtant, curieusement, il n'en était rien. Elle n'avait eu qu'un prétendant depuis le scandale, un gentleman plus âgé qu'elle d'une quinzaine d'années. Pendant quelque temps, Mr Norris lui avait rendu visite chaque jour, sans faute. Et puis, subitement, il avait cessé de venir. Le juge entendait encore Eliza lui en expliquer la raison : « Vous savez, Père, ce n'était pas par amour qu'il me courtisait. Je préfère mille fois la vie que je mène à vos côtés. J'ai plaisir à prendre soin de vous, et j'ai sans doute beaucoup plus de temps libre que je n'en aurais eu si je l'avais épousé. »

Quant à sa cadette, Hollis, elle était devenue veuve dans des circonstances tragiques deux ans seulement après son mariage, qui ne lui avait pas donné d'enfants. Restée vivre sous son propre toit, elle ne manquait cependant jamais d'égayer la demeure du juge de son esprit pétillant au moins une fois par jour, quand ce n'était pas deux ou trois. Quelle joie pour lui si elle venait à se remarier ! Mais elle n'était pas pressée, lui avait-elle assuré. À vrai dire, il la soupçonnait de préférer la compagnie de sa sœur à celle d'un autre époux.

De fait, pour reprendre l'expression commune, ces deux-là s'entendaient comme larrons en foire. Tout particulièrement pour cette… petite entreprise qui les occupait une bonne partie du temps, et qu'il n'approuvait guère. Hélas, que pouvait un pauvre vieil aveugle face à deux jeunes effrontées résolues à n'en faire qu'à leur tête malgré tous ses bons conseils ? Il avait bien fallu renoncer à leur faire entendre raison.

Publier une gazette pour ladies, vraiment ! Comme si ces dames en avaient besoin ! D'autant qu'il n'y était question que de sujets frivoles, tels que la mode, la beauté ou les commérages. Mais ses filles étaient restées sourdes à toutes ses protestations. Rien n'avait pu entamer leur enthousiasme pour cette feuille de chou. Un enthousiasme partagé par toute la bonne société londonienne, à les en croire.

Ce périodique, c'était le mari de Hollis, Sir Percival

Honeycutt, qui l'avait créé. Bien évidemment, il s'agissait alors d'un tout autre type de journal, consacré aux dernières nouvelles en matière de politique et de finance. Voilà qui avait été une publication utile, au moins.

Pauvre Sir Percival. Quelle mort dramatique… Son attelage avait dérapé et quitté la route par un jour pluvieux avant de sombrer dans la rivière en crue. Oui, vraiment, un terrible accident, qui, au passage, avait aussi coûté la vie à deux magnifiques gris. La nouvelle les avait tous profondément affectés. Le juge avait craint que Hollis ne parvienne pas à surmonter une perte de cette ampleur. Par bonheur, sa cadette s'était révélée d'une grande résilience. Elle avait converti son chagrin en force, qu'elle avait tout entière employée à sauvegarder le nom de son mari. Mais que pouvait faire cette chère enfant, privée de l'éducation d'un époux et incapable de saisir les subtilités de la politique ou de la finance ? Naturellement, elle avait pris l'exact contre-pied du journal pour le limiter aux seuls sujets susceptibles de plaire à ces dames. Autrement dit, les dernières tendances et les rumeurs les plus croustillantes circulant au sein de la haute société londonienne. Décidément, les femmes semblaient s'intéresser bien peu aux questions essentielles de ce bas monde…

Cela dit, il fallait bien reconnaître que la nouvelle mouture de la gazette avait plus de succès que l'ancienne. Au point que Hollis avait appelé Eliza à la rescousse pour pouvoir continuer à en assurer la publication hebdomadaire. Le vieux juge ne pouvait que constater avec effarement le nombre de personnes de qualité qui voulaient à tout prix voir leur nom mentionné dans ces pages.

Aujourd'hui, ses filles paraissaient au comble de l'excitation. Elles venaient de recevoir des invitations – fort convoitées, cela va sans dire – pour le bal masqué organisé par le duc de Marlborough en l'honneur du prince héritier d'Alucie. À les entendre, on aurait pu croire que le monde avait cessé de tourner sur son axe, que les cieux s'étaient ouverts, que les flots s'étaient fendus pour livrer le passage à ce véritable dieu parmi les princes de sang royal, afin qu'il bénisse et illumine Londres de sa présence.

Quelles niaiseries…

La raison de la présence du prince n'était un secret pour personne. Il venait en émissaire du roi Karl négocier un important accord commercial avec le gouvernement britannique. Petite par la taille, mais grande par les richesses, l'Alucie était une nation d'Europe qu'on connaissait surtout pour la querelle persistante qui l'opposait à sa voisine, la Weslorie. Ces deux pays entretenaient des relations aussi tendues que l'Angleterre et la France, et leur histoire commune était marquée par la défiance et la guerre.

Le juge avait lu récemment que le prince héritier s'efforçait de moderniser l'Alucie, et que cette proposition d'accord commercial s'était faite à son initiative. Soucieux d'accroître la prospérité de son royaume, le prince espérait développer le commerce du coton et du minerai de fer. Mais, à en croire Hollis et Eliza, les négociations les plus importantes se situeraient à un autre niveau. D'après elles, le prince serait aussi à la recherche d'une épouse.

— C'est ce que tout le monde dit, lui avait expliqué Hollis un soir, au dîner.

— Et comment se fait-il, ma petite, que tout le monde connaisse si bien les intentions de notre illustre visiteur ? lui avait-il demandé en caressant le chat, Prince, roulé en boule sur ses genoux.

Prince s'était d'abord appelé Princess, jusqu'à ce que Ben, le domestique, découvre qu'il s'agissait d'un mâle.

Eliza ayant décrété qu'il était trop tard pour changer de nom, on l'avait simplement écourté.

— Les aurait-il annoncées par courrier ou dans le *Times* ? avait-il ironisé.

— Voyons, Père, je le tiens de Caroline ! avait riposté Hollis comme si c'était l'évidence même. Vous savez bien que rien ne lui échappe.

— Ah, évidemment, si Caroline le dit…

— Vous admettrez qu'elle se trompe rarement, avait fait remarquer sa cadette d'un air hautain.

Lady Caroline Hawke… L'amie de toujours de Hollis et Eliza. Il l'avait eue si souvent dans les jambes au fil des années qu'il avait l'impression d'avoir trois filles.

Caroline était l'unique sœur de Lord Beckett Hawke, et sa pupille depuis qu'une épidémie de choléra avait emporté leur mère en même temps que sa chère épouse, toutes deux très proches. Lorsque Amélia était tombée malade, les enfants avaient été envoyés dans la résidence d'été des Hawke, tandis que Lady Hawke insistait pour prendre soin de son amie. En définitive, hélas, elles avaient succombé toutes les deux.

Le frère de Caroline était un jeune homme politique plein d'avenir, connu pour les idées progressistes qu'il défendait à la Chambre des lords. Aux dires de Hollis, il était plutôt bel homme, fort apprécié et très sollicité dans les événements mondains. Il en allait donc de même pour sa sœur, par ricochet. Elle-même était tout à fait gracieuse, ce qui devait favoriser l'indulgence des nombreux amis de son frère quant à sa présence parmi eux, sans doute.

Cela dit, Hollis n'exagérait pas : Caroline semblait effectivement connaître tout le monde à Londres. À tout bout de champ, elle surgissait chez lui pour rapporter les dernières rumeurs glanées dans les résidences de Mayfair.

Il faut dire que cette jeune lady ne ménageait pas sa peine. Elle fréquentait jusqu'à trois salons par jour. D'ailleurs, son frère ne devait guère s'inquiéter d'avoir à remplir leurs coffres à provisions : tous deux étaient invités à dîner presque chaque soir. C'était à se demander comment Caroline faisait pour garder la ligne.

Mais, après tout, peut-être était-elle devenue adorablement replète. À vrai dire, il ne percevait plus que son ombre, désormais.

— Sans compter que Caroline a participé au banquet de Windsor, avait ajouté Hollis pour enfoncer le clou. Elle a dîné avec la reine.

— Tu veux dire qu'elle s'est trouvée dans la même salle que la reine, séparée d'elle par une centaine de convives, avait rectifié le juge.

Il ne savait que trop comment se déroulaient les réceptions de ce genre.

— Quoi qu'il en soit, elle y était, Père, et elle y a rencontré les Aluciens. Depuis, elle est intarissable à leur sujet. Il faut absolument que je découvre à qui le prince a l'intention de faire sa demande. Je veux être la première à l'annoncer dans la gazette. Vous imaginez ? On ne parlerait plus que de moi !

Voilà précisément ce que le juge n'aimait pas dans cette gazette. Cette publicité autour de ses filles lui déplaisait souverainement.

Allons, le jour était mal choisi pour mettre les choses au point. Ses filles ne tenaient pas en place. Elles ne cessaient d'aller et venir dans la maison avec une fébrilité qu'il ne leur connaissait pas. Et pour cause : ce soir devait avoir lieu le bal masqué royal... Elles virevoltaient autour de lui dans des crissements de jupons, des frous-frous de soie et des effluves de parfums. Elles guettaient l'arrivée du coupé de ville de Lord Hawke qui devait passer les prendre. Si le juge avait bien compris, leurs masques les attendaient déjà chez les Hawke. Commandés, avait précisé Eliza dans un souffle admiratif, chez « Mrs Cubison en personne ».

L'histoire ne disait pas qui était cette célèbre Mrs Cubison.

Plus sérieusement, comment diable Caroline avait-elle réussi à soutirer deux invitations à Kensington Palace pour ses filles ? Car une chose était sûre : la famille Tricklebank ne pouvait se prévaloir des relations nécessaires pour recevoir un tel honneur.

Eliza et Hollis étaient en ébullition. Leurs gloussements, lorsqu'elles parlaient entre elles, trahissaient leur nervosité. Même Poppy semblait être gagnée par leur enthousiasme. Évidemment, n'est-ce pas ? Ce bal allait faire date. Mieux, même : c'est à son aune que seraient jugés tous les autres bals de l'histoire de l'humanité. Enfin… Au moins, sa mauvaise vue le dispensait d'y participer, lui. Dieu merci !

Un brusque tourbillon d'activité, accompagné d'un concert de cris, le fit sursauter. On avait frappé. Le coupé était là. Il était temps de partir pour le bal.

Chapitre 2

Jeudi soir dernier, à sept heures, s'est tenu à Kensington Palace un bal masqué en l'honneur de la Cour d'Alucie, offert par le duc de Marlborough au nom de Sa Majesté. Tous les Aluciens portaient un masque noir identique, de façon à préserver l'anonymat du prince héritier. Le stratagème aurait été fort habile sans la longue file de jeunes ladies qui attendaient d'être présentées à Son Altesse.

L'une de ces jolies oies anglaises, très admirée pour les salons qu'elle tient le mercredi, semble avoir particulièrement apprécié le punch servi par le duc. Au point qu'un notable renard, se proposant pour lui porter assistance, a tiré profit de la situation dans le vestiaire du roi. Notre belle oie, ayant saisi les intentions du renard, a exigé réparation. Pas moins de trois valets en livrée ont dû voler à son secours pour l'escorter jusqu'à la voiture qui l'attendait. L'opération a nécessité tant de manœuvres autour de sa robe et de son ample personne que l'un des laquais en a perdu sa perruque.

Honeycutt's,
gazette mode et maison pour ladies

Eliza Tricklebank menait une vie simple. Comment aurait-elle pu s'attendre à recevoir une invitation pour un bal ? Mieux, à rencontrer un homme de sang royal ? Et pourtant, elle se trouvait bien là, dans la rangée de jeunes ladies qui attendaient d'être présentées au prince. Et elle avait accompli cette prouesse par ses propres moyens, sans autre aide qu'une petite larme de punch.

À vrai dire, elle ne savait même pas quel prince elle allait rencontrer. Combien y en avait-il en tout, au fait ? Au moins deux sur le sol anglais en ce moment, d'après ce qu'elle avait entendu dire. Pour ce qu'elle en savait, ils auraient pu sillonner le pays par dizaines…

Tout de même, cette soirée, cet instant, cette éventuelle rencontre avec l'un des grands de ce monde… Dire que tout s'était joué à peine quelques jours plus tôt, quand Caroline avait surgi à Bedford Square où Eliza vivait avec son père !

— Je reviens de chez notre illustre modiste, Mrs Cubison, à qui j'ai commandé des masques pour nous trois, s'était-elle écriée sitôt étendue de tout son long sur le lit d'Eliza. Et savez-vous ce qu'elle m'apprend ? C'est à elle qu'on a confié le soin de fabriquer des masques pour toute la délégation alucienne ! Voilà un mois qu'elle et ses petites mains travaillent jour et nuit pour répondre à leurs exigences. Et donc…

Avec une exclamation enthousiaste, Hollis s'était empressée de saisir une feuille de papier.

— Plus un mot avant que j'aie mis la main sur mon crayon !

— Vous n'allez pas en croire vos oreilles, avait jubilé Caroline.

— Mais si.

— De toute façon, ce n'est qu'une question de temps avant que le détail s'ébruite…

— Par tous les saints, Caroline ! Parle, ou je t'étrangle à mains nues, avait grondé Hollis.

Sans surprise, sa menace avait déclenché l'hilarité de Caroline, qui n'aimait rien tant que la provoquer. Eliza le lui avait pourtant répété maintes fois, mais Hollis refusait de l'admettre.

— Très bien, je capitule. Voilà : tous les masques, sans exception, sont noirs et parfaitement identiques.

Sous les regards perplexes de ses deux meilleures amies, Caroline, sûre de son petit effet, avait replié les bras derrière sa tête et croisé les chevilles.

— Vraiment ? Et pourquoi ? avait demandé Eliza, que ce détail n'intéressait guère.

— Pour qu'on ne puisse pas distinguer le prince héritier parmi les autres ! s'était exclamée Caroline sur un ton triomphant.

Ma foi, à en juger par ce qu'Eliza voyait autour d'elle ce soir, les Aluciens avaient eu une riche idée : ils se ressemblaient tous. Des dizaines d'hommes de haute taille, tout de noir vêtus, arboraient le même loup noir dépourvu d'ornements. Tout comme l'inconnu qu'elle avait croisé dans l'étroit passage un quart d'heure plus tôt.

Curieuse rencontre… Décidément, avec le recul que lui imposait le célibat, les gentlemen lui apparaissaient comme des créatures bien étranges. Quelle présomption chez eux, parfois ! Cela dit, même si elle l'avait voulu, elle aurait été incapable de retrouver son énigmatique interlocuteur au milieu de tous ces hommes habillés à l'identique. Par chance, elle n'en avait aucune envie…

Le même masque noir se retrouvait jusque sur le visage des Aluciennes. Du moins leurs robes somptueuses permettaient-elles de les différencier. Apparemment, elle allait avoir tout le loisir de les détailler une à une… Elle était bel et bien coincée dans cette file de ladies parées de soie ou de mousseline délicatement brodées et de masques rivalisant de complexité. Sa propre tenue ne soutenait pas la comparaison, elle le savait. Elle l'avait arrangée avec Poppy en réunissant deux robes. Tout de même, armée d'une aiguille, Poppy ne se défendait pas si mal.

La soie blanche et la tarlatane bleue, ornées de gerbes de fleurs assorties, semblaient flotter sur son jupon à triple volant. Des rubans, obtenus pour une somme rondelette dans la boutique de Mr Key, soulignaient sa taille et agrémentaient ses manches. Quant au décolleté, un peu trop osé à son goût, il répondait à la dernière mode, d'après Hollis. L'échancrure plongeait vers un petit bouquet de rosettes en soie bleue et or qui semblaient s'épanouir entre ses seins.

— La soie dorée rappelle celle de vos cheveux, avait fait observer Poppy un peu plus tôt en entremêlant ses boucles de fils d'or.

— Dis-moi la vérité, Poppy : je ressemble à un parterre de fleurs, non ? s'était inquiétée Eliza en s'efforçant d'ajuster l'ouverture du corsage.

La servante aux cheveux bruns avait incliné la tête, songeuse.

— Eh bien… Je ne l'aurais pas dit comme ça.

Ce manque de conviction lui avait valu un regard acéré d'Eliza dans le reflet du miroir. Elle n'était pas dupe.

Enfin… D'après Hollis, son masque était le plus réussi des trois que Caroline avait achetés à Mrs Cubison – la meilleure modiste de la capitale, fallait-il le rappeler ? Couvrant son nez et son front, il soulignait ses yeux de volutes dorées qui s'élevaient au-dessus de sa tête depuis le côté droit de son visage.

— C'est le style vénitien, l'avait informée sa sœur.

Si elle le disait… Eliza l'ignorait et, franchement, elle s'en souciait comme de sa première chemise. Bien sûr, elle était très reconnaissante à Caroline de l'invitation et du loup qu'elle lui avait si généreusement offert. Mais quel gaspillage d'argent, vraiment ! Des trois amies, elle était la moins portée sur les visites de courtoisie. Elle recevait rarement des invitations en dehors de celles qui concernaient son père. Et elle n'avait jamais l'occasion de mettre les pieds dans une salle de bal. Tel était le sort d'une femme non mariée dévouée au bien-être des siens : elle disparaissait aux yeux de la société. Sans son adorable sœur, sans sa plus chère amie, qui avait tant de succès, les circonstances ne lui auraient jamais permis de mettre le nez dehors. Et même lorsqu'elle était conviée, en général, il lui fallait d'abord songer à son père.

Allons, assez ruminé. Ce soir, elle était une tout autre femme. Une fragrance délicate avait remplacé l'odeur de vieux livres et de papier qui flottait toujours à ses narines. Ses cheveux, qu'elle nouait d'ordinaire à la diable sur sa nuque, étaient joliment arrangés. Et quel plaisir d'avoir aux pieds des souliers brodés – même empruntés – plutôt que ses vieilles chaussures éraflées de tous les jours ! Grâce à la fée Caroline, elle se trouvait à Kensington Palace, vêtue d'une magnifique robe de soirée, parée d'un loup exotique ! Ce bal, un luxe ? C'était bien peu dire ! Elle avait la ferme intention de s'imprégner de chaque instant, pour pouvoir en savourer le souvenir jusqu'à la fin de ses jours. Car elle ne se faisait pas d'illusions : toute ressemblance avec le conte de Cendrillon s'arrêterait là.

Du moins s'en était-elle convaincue jusqu'à ce qu'elle découvre l'enivrante magie du punch de la reine.

Elle aurait voulu pouvoir vanter le breuvage auprès de Hollis et de Caroline, mais le flot des convives dans le grand hall les avait séparées presque dès leur arrivée. Trois Aluciennes l'avaient freinée dans son élan. Elle s'était trouvée subjuguée par la splendeur de leurs robes, coupées à la façon d'une redingote, tellement près du corps. Et ces traînes, Dieu du ciel ! Elle n'en avait jamais vu de si somptueuses. Et cette façon qu'elles avaient de les relever, derrière et de chaque côté, au moyen de fixations des plus élaborées… Elle s'était arrachée à sa contemplation pour demander à ses compagnes combien, à leur avis, pouvaient coûter de telles merveilles. Trop tard : Hollis et Caroline avaient disparu dans le tourbillon chamarré des robes de soirée, des bijoux, des masques sophistiqués et des hautes silhouettes noires.

Au début, gagnée par l'affolement, elle avait tenté de les retrouver. Elle n'avait encore jamais assisté à ce genre de réception. Encore moins à un bal où, d'après la rumeur, la reine et le prince consort envisageaient de faire une apparition. Comment diable fallait-il se comporter en de telles circonstances ?

Hélas, la foule était trop compacte. Elle n'avait pu que suivre le mouvement vers le sommet de l'escalier du roi, sous les regards peints des nobles, que les fresques représentaient accoudés aux balustrades. Elle avait longé la galerie au plafond orné de médaillons artistement sculptés, bordée elle aussi de peintures et décorée de porcelaines précieuses disposées sur des consoles françaises. Les miroirs aux moulures dorées à l'or fin semblaient encore amplifier la masse des invités, déjà considérable. Se pouvait-il que Londres compte autant d'hommes et de femmes de qualité, autant de personnes jugées dignes de recevoir une invitation à cet événement royal ?

Le déferlement de convives qui l'avait emportée s'était déversé dans la salle de bal. Doux Jésus, quelle splendeur... Une quinzaine de lustres de cristal à trois étages scintillaient de toutes leurs bougies au-dessus des danseurs. Le plafond s'élevait, majestueux, comme soutenu par d'immenses fenêtres qui s'ouvraient sur toute la hauteur d'un des murs. Des portraits de personnages illustres contemplaient l'assemblée depuis leurs cadres. On avait monté des estrades tapissées de velours rouge de part et d'autre de la piste de danse. Des gentlemen et des ladies s'y étaient installés, tranquillement assis comme au parc un jour de parade, pour contempler les danseurs de quadrille. Les musiciens se serraient, épaule contre épaule, dans une petite alcôve placée en surplomb. Leurs archets frottaient allègrement les cordes, accompagnant le tournoiement vertigineux des robes et des masques.

Quel spectacle magique ! Tout était si beau ! Incrédule, Eliza s'était pincée. Mais non : elle ne rêvait pas.

Elle avait alors songé au carnet de bal qu'on lui avait remis à son arrivée. N'aurait-il pas fallu se mettre à l'écart le temps de le fixer à son poignet ? Seigneur, quelle cohue ! Elle s'était hissée sur la pointe des pieds dans l'espoir de repérer Hollis et Caroline. Peine perdue : impossible de reconnaître quiconque avec tous ces masques.

C'est alors qu'une petite femme dodue, portant un loup du même gris que l'impressionnante masse de boucles qui s'empilait au-dessus de sa tête, l'avait apostrophée en la montrant du doigt.

— Vous, là-bas !

Eliza avait jeté un coup d'œil derrière elle, puis pointé un doigt sur sa propre poitrine d'un air interrogateur.

D'un geste impatient, la femme lui avait fait signe de la rejoindre. Puis elle lui avait arraché des mains son carnet de bal, qu'elle avait lorgné avec un claquement de langue exaspéré.

— Vous n'avez rien rempli ! À quoi songez-vous donc ?

Misère ! Ce devait être l'une des hôtesses contre lesquelles Caroline les avait mises en garde. Ces dames étaient chargées de peupler au mieux la piste de danse, et donc de trouver un cavalier à chaque lady qui n'en avait pas.

— Crois-moi, lui avait conseillé Caroline, si tu ne veux pas te retrouver entre les pattes de vieux célibataires lubriques, fuis ces matrones comme la peste !

Avec un reniflement mécontent, le dragon lui avait ordonné de lui tendre son poignet pour pouvoir y fixer le carnet de bal. Puis elle lui avait désigné un groupe de jeunes femmes.

— Attendez là-bas, lui avait-elle intimé avant de tourner les talons, sans doute pour aller lui chercher l'un de ces fameux vieux vicieux.

Eliza avait jaugé du regard le petit attroupement retranché dans un coin. Diable ! Un bel assortiment de laissées-pour-compte… L'une triturait sa manche, dont elle avait tiré un fil. Une autre, affublée d'un masque trop grand, devait relever le menton pour l'empêcher de tomber. Et on voulait l'assigner à ce cheptel-là ? Toute vieille demoiselle qu'elle était, il n'en était pas question !

Un coup d'œil discret lui avait permis de voir que la mégère s'en prenait à une autre malheureuse, qui avait eu l'infortune de la croiser sans cavalier à son bras. Allons, il était temps de réfléchir. Elle n'était plus l'oiselle docile, toujours désireuse de plaire, qu'elle avait été autrefois. Et ni sa mise somptueuse ni son loup n'étaient à l'origine de ce spectaculaire changement, même s'ils l'avaient effectivement transformée au-delà de toute attente. Naguère, elle avait eu des idées bien arrêtées sur le comportement qu'une jeune demoiselle se devait d'adopter si elle voulait faire une épouse convenable. Quelle naïveté, vraiment... Quand Asher avait fait appel à sa patience, elle s'y était résolue de bonne grâce, sans aucune arrière-pensée. Il allait lui demander sa main, de toute façon. Ce n'était qu'une question de temps. Ne s'y était-il pas engagé ? Ne lui avait-il pas assuré qu'il l'aimait éperdument ? Hélas, lorsque sa propre crédulité lui était enfin apparue, il était bien trop tard... La situation était devenue irrécupérable, car tout le monde savait déjà ce qu'elle-même avait ignoré jusque-là. Ce misérable courtisait une autre femme.

Une femme dotée de vingt mille livres à l'année, merci pour elle.

Une femme qu'il avait épousée depuis, et qui lui avait donné trois superbes enfants.

Sa déconfiture, dont tout Londres avait fait des gorges chaudes pendant des semaines, avait au moins eu le mérite de lui inculquer quelques bonnes leçons. Pour commencer, plus jamais on ne lui briserait le cœur. Plutôt mourir que d'endurer encore une telle souffrance. Comment pouvait-on seulement songer à duper quelqu'un à ce point, sans le moindre remords ? Ensuite, plus question de se plier aux quatre volontés des autres par souci de leur plaire. Et ce soir moins que jamais ! L'occasion d'assister à un bal royal ne se représenterait sans doute plus. Qu'on ne compte pas sur elle pour se laisser parquer avec les indésirables qui faisaient tapisserie. Pour qu'un gentleman se sente obligé de l'inviter ou, pis, qu'un vieux libertin vienne lui tourner autour ? Très peu pour elle.

Un rapide coup d'œil alentour lui avait permis de voir un valet disparaître derrière une porte habilement dissimulée dans le mur. Dans un élan d'audace, elle s'était soustraite d'un pas chassé au regard perçant de l'hôtesse pour se faufiler derrière lui, sans laisser à quiconque le temps de l'arrêter.

Elle s'était retrouvée dans un passage d'un mètre sur deux environ aux parois lambrissées, éclairé par une unique applique, et au bout duquel s'ouvrait une autre porte dérobée.

Autrement dit, elle n'avait pas franchi les majestueuses portes de Kensington Palace depuis dix minutes qu'elle se réfugiait déjà dans un couloir de service... Rien d'étonnant à ce que Caroline lui ait ordonné de ne pas s'éloigner de peur qu'elle commette un impair !

Allons, ce n'était qu'une courte pause. Le temps que l'hôtesse revêche s'en aille tyranniser quelqu'un d'autre. Combien de temps, au juste ? Mais elle n'avait pas eu le loisir d'y réfléchir davantage : la porte du fond s'était brusquement ouverte, livrant le passage à un domestique portant en appui sur l'épaule un plateau chargé de verres. Il l'avait dévisagée avec curiosité tout en s'approchant.

— Vous ne devriez pas vous trouver ici, milady.

— Oh ! mille excuses. C'est qu'il y a tant de monde dans la salle ! J'ai besoin de respirer un peu, avait-elle ajouté en s'éventant de la main. N'ayez crainte, je ne bougerai pas d'ici.

Avec un geste indifférent, le serveur lui avait tendu un verre.

— Tenez, dans ce cas. Pour vous rafraîchir un peu.

— Que me donnez-vous là ?

— Du punch.

Sur ces mots, il avait poussé la porte qui donnait sur la salle de bal. Une brusque explosion de voix et de musique avait envahi l'étroit passage, jusqu'à ce que la porte, en se refermant, réduise la cacophonie à un murmure assourdi.

Eliza avait humé le breuvage, puis en avait bu une petite gorgée. Fichtre, quel régal ! Oubliant toute prudence, elle avait vidé son verre d'un trait. Elle s'était sentie gagnée par une agréable sensation de picotement.

Quelques instants plus tard, le serveur, de retour dans le passage, lui avait présenté son plateau presque vide pour qu'elle y repose sa coupe.

— C'est exquis, merci, avait-elle murmuré en attrapant au vol, un peu honteuse, l'un des derniers verres pleins du plateau.

— Vous dites vrai, milady. Le rhum est de grande qualité, et savamment dosé.

L'homme avait franchi la porte du fond, derrière laquelle Eliza avait perçu un bourdonnement de voix masculines. Puis le battant s'était refermé, laissant le silence retomber.

Qui aurait cru que le rhum avait une saveur si subtile ? Pas elle, en tout cas. Et cette sensation de douce chaleur, de légère torpeur, était extrêmement agréable. Un peu comme celle qui l'emplissait au moment de glisser dans le sommeil, ou après un long bain moussant. Et pourtant tout à fait différente.

Quand le valet avait refait irruption avec un nouveau plateau, elle n'avait pas hésité à reprendre un verre au passage. Non sans lever les yeux au ciel devant le regard réprobateur que lui valait sa conduite.

Les paupières closes, elle avait siroté le doux mélange, tandis qu'un fourmillement voluptueux se diffusait dans ses bras et ses jambes. Oui, décidément, c'était un pur délice !

Sans l'alanguissement dû à la boisson, elle aurait sans doute sursauté. Le battant du fond s'était brusquement entrouvert, comme si quelqu'un venait de s'interrompre dans son élan au moment de pénétrer dans le couloir. Intriguée, elle avait tendu l'oreille. Des voix d'hommes, qui s'exprimaient en alucien. Puis, soudain, la porte s'était ouverte en grand, et un gentleman de haute taille s'était engagé dans le passage.

Le battant s'était refermé derrière lui.

Eliza et l'homme masqué s'étaient retrouvés seuls dans l'étroit couloir.

L'inconnu avait incliné la tête, comme incertain de ce qu'il venait de découvrir. Elle lui avait rendu son regard étonné. L'imposante stature de l'intrus, associée à l'exiguïté du passage, lui donnait la vague impression d'être acculée. Malgré tout, d'humeur enjouée et légère après sa récente découverte d'un certain breuvage, elle était parvenue à lui faire une révérence un peu oblique.

— Comment allez-vous, sir ?

L'Alucien n'avait pas répondu.

Se pouvait-il qu'il ne comprenne pas l'anglais ? À moins qu'il soit simplement timide. Tout de même, au point de ne pas oser lui parler ? Pauvre homme… Elle avait songé à cette amie qui souffrait de terribles crampes d'estomac pendant des jours chaque fois qu'elle devait participer à un événement mondain. Cela ne l'avait pas empêchée de se marier et d'avoir six enfants, cela dit. Visiblement, son extrême réserve ne s'étendait pas à la sphère intime…

Eliza avait levé sa coupe avant de la faire osciller de droite à gauche.

— Avez-vous eu l'occasion de goûter ce remarquable élixir ?

L'Alucien avait considéré son verre sans mot dire.

— Il est divin, avait-elle ajouté avant d'en reprendre une longue gorgée.

Elle avait ri de sa propre inconvenance. Elle avait à peu

près tout oublié du comportement requis entre gens de qualité, mais elle se doutait qu'il n'était pas de bon ton de boire ainsi à grandes goulées.

— Seigneur, je ne m'étais pas rendu compte à quel point j'avais soif.

L'inconnu avait continué à la dévisager en silence.

— Ce doit être la langue, avait-elle marmonné. Parlez-vous anglais ? avait-elle demandé plus haut, en articulant exagérément tout en désignant ses propres lèvres.

— Couramment, je dirais.

— Ah ?

Hum ! Dans ce cas, pourquoi ce mutisme ? *Bah, peu importe.* En toute franchise, les allées et venues du serveur l'intéressaient nettement plus que cet étranger venu d'Alucie.

— Voulez-vous passer ? s'était-elle enquise en se tournant à demi vers la porte donnant sur la salle de bal.

— Pas tout de suite.

Elle l'avait observé plus attentivement. Des cheveux épais, couleur de tabac. Des joues rasées de frais. Une cravate d'un blanc immaculé. Et quel accent charmant ! Un mélange de français et… d'espagnol ? Non, ce n'était pas vraiment cela.

— Eh bien, sir, vous plaisez-vous à Londres ?

La réponse l'intéressait assez peu, à vrai dire. Mais, tout de même, la situation exigeait un minimum de politesse, sans doute.

— Beaucoup, merci.

La porte du fond s'était brusquement rouverte, manquant de le heurter dans le dos. Le serviteur s'était glissé dans le passage.

— Toutes mes excuses, avait-il murmuré en s'inclinant bien bas devant l'Alucien avant de poursuivre son chemin.

Curieusement, il ne lui avait pas présenté son plateau.

En revanche, il s'était approché d'Eliza pour prendre son verre vide et lui en offrir un nouveau.

— Juste ciel, ce n'est vraiment pas raisonnable !

Mais elle l'avait pris tout de même.

L'instant d'après, le serveur avait disparu dans la salle de bal.

L'inconnu n'avait pas perdu une miette de la scène. Il continuait d'observer Eliza comme s'il s'était agi d'un de ces oiseaux bavards qu'on voyait parfois à Covent Garden.

Peut-être avait-il soif, lui aussi ?

— Vous en voulez ? avait-elle proposé.

L'homme avait baissé les yeux sur sa coupe. Puis il s'était approché, assez pour que ses jambes effleurent le bas de sa robe. Il s'était penché vers elle, comme pour s'efforcer de deviner ce que contenait son verre.

— C'est du punch, l'avait-elle renseigné. Je n'y avais encore jamais goûté, mais je compte bien me rattraper dès ce soir. Allez-y, laissez-vous tenter.

Elle lui avait tendu son verre, un brin séductrice.

Il avait relevé les yeux vers elle. Quel regard ! D'un vert profond, bordé de longs cils noirs très fournis. Avec un sourire espiègle, elle avait levé son verre un peu plus haut. Il n'oserait pas le prendre. Il était trop bien élevé pour cela.

Mais l'inconnu, contre toute attente, avait avancé la main pour s'emparer de sa coupe, en effleurant ses doigts au passage. Fascinée, elle l'avait regardé porter le verre à ses lèvres et prendre une gorgée du liquide orangé. Puis, à l'aide d'un mouchoir tiré de la poche de sa veste, il l'avait essuyé à l'endroit où ses lèvres s'étaient posées, avant de le lui rendre.

— *Je*, vous dites vrai : il est excellent, avait-il murmuré d'une voix veloutée, qui l'avait enveloppée comme une caresse de soie.

— Aimeriez-vous en avoir un verre ? Le valet et moi avons un petit arrangement, avait-elle déclaré en souriant.

Impassible, il avait répondu d'un signe de tête négatif à peine perceptible.

Elle avait continué à le dévisager en sirotant son verre. Cet inconnu ne manquait pas de charme.

— Que faites-vous donc dans ce couloir ? Ne devriez-vous pas être en train de danser ? lui avait-elle demandé.

Elle avait vu ses sourcils sombres apparaître au-dessus de son loup.

— Je pourrais vous retourner la question.

— Ma foi, sir, pour ma part, il se trouve que j'ai une bonne raison de m'être réfugiée ici. Voyez-vous, l'hôtesse n'était pas satisfaite de mon carnet de bal.

Avec nonchalance, il avait promené ses yeux d'émeraude sur son décolleté. Seigneur, quelle chaleur, tout à coup…

— Je ne suis pas très bonne danseuse, avait-elle avoué. Chacun ses talents, n'est-ce pas ? Je crois que la danse ne fait pas partie des miens.

Quelle idée d'admettre une tare sociale aussi impardonnable devant un parfait inconnu ! Sa propre audace l'avait fait éclater de rire. Décidément, ce breuvage avait des effets insoupçonnés.

L'Alucien s'était encore avancé, et leurs vêtements s'étaient frôlés dans un bruissement. Il avait scruté son masque, suivant du regard les volutes qui s'élevaient au-dessus de sa tête.

— Vraiment ? Dans ce cas, quel est donc votre… talent particulier ?

Était-ce le rhum, ou plutôt le grondement éminemment viril de sa question ? Toujours est-il qu'un léger vertige s'était emparé d'elle. Allons, un peu de sang-froid. Que répondre ? L'horlogerie, la broderie, les soins attentifs prodigués à son père ? Voilà qui était bien terre à terre. Si sa sœur et son amie avaient été là, elles auraient été affligées qu'elle envisage seulement de vanter des atouts aussi quelconques ! Rien à craindre, cela dit : sous ce regard d'une incroyable intensité, elle avait momentanément perdu la parole. Et un peu de son habituel détachement, pour tout dire…

Mais non, voyons : elle avait un peu trop bu, voilà tout.

Il avait continué à la détailler du regard, passant des ornements de son loup à ses lèvres, puis à son décolleté bordé de la ridicule gerbe de fleurs, et enfin à sa taille. Quand il avait relevé les yeux pour les plonger dans les siens, la lueur qu'elle avait décelée dans ses prunelles assombries l'avait embrasée tout entière. Pourquoi n'y avait-il plus d'air dans ce couloir, subitement ? Faisant mine de boire une nouvelle gorgée, elle avait pris plusieurs inspirations discrètes. Elle avait une envie folle de caresser du bout des doigts ses pommettes hautes… Du calme. Pas de geste inconsidéré.

— Eh bien, n'allez-vous pas satisfaire ma curiosité ? avait-il insisté, les yeux rivés à ses lèvres.

— N'y comptez pas, s'était-elle entendue répondre.

Il avait laissé son regard dériver vers le bouquet de fleurs d'or niché entre ses seins.

— Quel dommage… Vous vous montrez bien cruelle.

Plus de doute : cet inconnu tentait de l'enjôler ! Elle n'en revenait pas. C'était si drôle, si excitant ! Et parfaitement absurde.

— Gardez vos douces paroles, sir, lui avait-elle conseillé d'un air hautain. On ne me séduit pas aussi facilement, sachez-le.

Ce n'était pas tout à fait vrai… Quel plaisir de se faire courtiser ! Voilà bien longtemps qu'elle n'avait pas été l'objet de telles attentions. Évidemment, à choisir, elle aurait préféré que cette scène ne se déroule pas dans l'espace confiné d'un couloir de service. Mais enfin, somme toute, ce bal commençait bien. Elle en était tout émoustillée.

Fort heureusement, il lui restait assez de jugeote pour se rendre compte qu'il valait mieux ne pas succomber au charme d'un parfait inconnu.

Facile à dire… D'un mouvement à peine perceptible, le gentleman s'était encore rapproché. Il émanait de lui une virilité puissante, enveloppante, presque écrasante. Voilà qu'il avançait une main. Il n'allait pas oser ? Mais si : du bout du doigt, il avait suivi, lentement, la ligne de sa clavicule. Elle en avait frémi des pieds à la tête.

— N'était-ce pas précisément votre intention ? Vous laisser séduire sans façon dans un sombre corridor ?

Elle n'avait pu retenir un rire dédaigneux. Que les hommes étaient donc ridiculement prétentieux de croire qu'une femme, parce qu'elle s'aventurait dans leurs parages, désirait forcément être séduite !

— Mon intention, voyez-vous, était de me rafraîchir un peu tout en évitant l'hôtesse.

Sur ces mots, elle avait saisi son poignet et repoussé sa main d'un geste ferme.

— Je vous trouve bien sûr de vous, sir. Qu'est-ce qui vous permet de croire qu'une dame cherchant un peu de répit à l'écart de la foule souhaite nécessairement recueillir vos avances ?

L'impudent avait esquissé un sourire suffisant.

— Pour quelle autre raison rôderiez-vous dans ce couloir ?

— Pour mille autres raisons.

Elle n'en voyait qu'une, à vrai dire.

— Et, croyez-moi, je ne suis pas de celles qui cherchent

l'aventure dans les recoins, avait-elle ajouté. Écartez-vous, je vous prie.

Sans se laisser démonter, l'inconnu l'avait enveloppée d'un regard appréciateur, avant de faire un pas de côté.

Elle avait repris une gorgée, feignant l'indifférence. Mais tout son corps était électrisé. Son pouls s'était affolé. Ne se montrait-elle pas trop raisonnable ? Il fallait reconnaître que ce grand Alucien aux yeux d'émeraude l'attirait. Après tout, qui le saurait ? Et puis, la perspective d'être embrassée lors d'un bal royal n'était pas pour lui déplaire… D'un autre côté, cela valait-il la peine de risquer d'être découverte ? Pour qu'on la jette dehors avant qu'elle ait eu le temps de rencontrer un prince ? Pas question !

Par chance, elle n'avait pas eu à trancher : le battant s'était brusquement rouvert pour livrer le passage à un autre Alucien. Dès qu'il l'avait vue, le nouvel arrivant s'était figé. Levant le regard vers l'homme derrière elle, il s'était adressé à lui dans leur langue. Le gentleman lui avait répondu calmement, puis il l'avait contournée comme si de rien n'était, sans même un au revoir, et tous deux avaient disparu dans la salle de bal.

La porte s'était refermée derrière eux.

À l'autre bout du couloir, le valet avait surgi une fois de plus, les bras chargés d'un nouveau plateau de rafraîchissements.

— Vous ne pouvez pas rester ici, milady, lui avait-il rappelé.

— Très bien, je m'en vais.

Et, son verre à la main, elle avait emboîté le pas aux deux Aluciens.

Aussitôt, elle avait repéré l'hôtesse, qui scrutait la salle tel un aigle observant une vallée du haut de son perchoir. Mieux valait ne pas s'attarder ici… Vite, elle s'était éloignée du petit troupeau de cavalières indésirables pour contourner la piste de danse. Puis elle s'était arrêtée pour observer ce qui se passait autour d'elle. Allons bon ! Elle se trouvait au milieu d'un autre groupe. Une sorte de rassemblement. Plus précisément, un rang de jeunes ladies, surveillées par deux femmes plus âgées qui jouaient le rôle de chiens de berger.

Voilà comment Eliza s'était retrouvée dans la file des demoiselles qui attendaient d'être présentées au prince.

Elle ne l'avait pas immédiatement compris, trop ébahie par la beauté de ses voisines, que rehaussaient encore leurs atours somptueux. Et quelle assurance dans leur port de tête ! Elles n'avaient rien de commun avec les cas désespérés auxquels on avait voulu l'assimiler. Dire qu'elle se tenait maintenant au milieu d'elles !

Il était peut-être temps de reposer son quatrième verre de punch, avant que sa légère euphorie gagne sa langue… À moins qu'il soit déjà trop tard ? Elle se pencha pour voir par-delà la rangée de jeunes aristocrates. Un groupe d'hommes bavardaient non loin d'elles. Des Aluciens. N'y tenant plus, elle tapota l'épaule d'un blanc d'ivoire de la grande et mince jeune femme brune devant elle.

La demoiselle tourna vers elle un masque sophistiqué aux yeux joliment cerclés de plumes de paon, dont le bleu et le vert s'harmonisaient à merveille avec l'indigo de sa robe. Elle la toisa d'un air perplexe.

— Excusez-moi… Qui sont ces hommes ? lui demanda Eliza.

La jeune lady fit une moue offusquée.

— La question est plutôt de savoir qui vous êtes, vous.

En voilà, une pimbêche…

— Eliza Tricklebank, répondit-elle en ébauchant une rapide révérence. Ravie de vous…

— Vous n'avez rien à faire ici, la coupa sèchement la chipie. Cette file est réservée à quelques ladies triées sur le volet. Avez-vous reçu une invitation expresse de Lady Marlborough ?

Eliza ne se gêna pas pour s'esclaffer. Il fallait donc une invitation pour se mettre en rang ? Ridicule ! Mais la paonne, très sérieuse, la foudroyait du regard.

— Bien évidemment ! répliqua-t-elle, avant de renifler avec dédain pour faire bonne mesure.

— Vraiment ? lâcha l'arrogante sur un ton glacial.

— Mais oui, vous dis-je ! Elle m'a priée de me placer juste derrière vous.

La paonne n'avait pas l'air convaincu, mais elle n'insista pas. Elle lui tourna grossièrement le dos et se mit à chuchoter à l'oreille de sa compagne.

Une invitation pour intégrer une file d'attente. Dans le seul but d'être présenté à quelqu'un. Franchement ! À moins que ce quelqu'un soit très important. Ou riche. Ou les deux, et qu'en prime il distribue des sacs d'or. Dans ce cas, d'accord.

Ou alors, une file pour être présentée à la reine, ou à un autre personnage royal…

Dieu du ciel ! Mais oui, c'est évident !

Elle se pencha de nouveau. L'uniformité totale de la tenue des Aluciens empêchait de les distinguer les uns des autres. Seule variait la couleur de leurs cheveux. Et encore. À bien y regarder, ils étaient tous plus ou moins châtain clair, comme ceux de l'inconnu du couloir de service. Ils faisaient tous à peu près la même taille, également. À l'exception de deux d'entre eux, l'un mesurant peut-être deux ou trois centimètres de plus que ses compatriotes, et l'autre, deux ou trois de moins. Détail curieux, ils étaient tous rasés de frais. Caroline n'avait-elle pas dit que le prince héritier portait la barbe ?

C'était donc le plus jeune ! Elle allait être présentée à l'un des princes d'Alucie ! Quel hasard jubilatoire ! Tout excitée, elle chercha sa sœur du regard en s'efforçant de retenir un petit rire. Hollis ne lui pardonnerait jamais sa bonne fortune…

Mais point de Hollis. Tant pis. Eliza s'accorda une nouvelle gorgée, puis se rappela au bon souvenir de sa voisine.

La paonne se retourna avec impatience.

— Qu'y a-t-il, encore ?

— Est-ce là le prince en personne ?

Le masque orné de plumes, aussi élégant soit-il, ne suffit pas à dissimuler l'exaspération de sa propriétaire.

— Vous l'ignorez ? Voilà qui prouve bien que vous n'avez pas été invitée à rejoindre ce rang, Miss Tricklebank. Vous feriez mieux de passer votre chemin avant que Lady Marlborough vous perce à jour.

Sur cette réplique cinglante, la prétentieuse lui tourna ostensiblement le dos.

Si elle s'imaginait qu'Eliza allait se laisser intimider de la sorte, elle se fourvoyait ! Pas question de s'en aller maintenant, alors qu'un prince se trouvait à quelques pas seulement. N'ayant pas trouvé à se débarrasser de son verre, elle continua à siroter son punch tandis que la file d'attente avançait à pas de fourmi. Comment allait-on la présenter ? D'une voix égale ou avec emphase ? En insistant sur son prénom, ou plutôt sur son nom ? *Miss Eliza* Tricklebank, *des Tricklebank de Bedford Square.* À ne pas confondre avec la branche de Cheapside, avec qui l'on s'était brouillé depuis la mort de son grand-père.

Elle se pencha une fois de plus pour étudier les gentlemen étrangers. Celui qui se tenait au centre du groupe lui rappelait quelqu'un…

Non ! Elle sentit son estomac se nouer. Impossible ! Et pourtant… Seigneur ! C'était l'inconnu du couloir. Se pouvait-il qu'elle ait été courtisée par l'un des princes ? Hollis ne s'en remettrait pas. Elle-même non plus, du reste. Il avait bu dans son verre ! Le plus jeune des…

Minute. Non, cela n'avait pas de sens. C'était le prince héritier qui cherchait un parti. L'homme qu'elle voyait au milieu du groupe devait donc être le prince Sebastian en personne. Pour quelle autre raison ces jeunes ladies se seraient rangées comme du bétail afin de lui être présentées ?

Elle avait le souffle court, tout à coup. Dire qu'elle s'était trouvée à quelques centimètres de lui ! Assez près pour pouvoir l'embrasser… Elle l'avait presque fait ! Et c'était l'héritier du trône d'Alucie !

Elle inspira longuement. Du calme, du calme.

Ne décelait-elle pas une certaine raideur dans sa posture, à présent ? Envolées, la chaleur et l'énergie séductrice qui avaient émané de lui dans le passage dérobé. Désormais, il exsudait l'ennui. On aurait pu s'attendre à un peu plus de cordialité de la part d'un homme en quête d'une épouse… Allons, après tout, il fallait lui accorder le bénéfice du doute. Peut-être avait-il simplement mal au dos à force de chevaucher tout le jour. Ou de guerroyer. Son père n'avait-il pas évoqué des escarmouches récentes avec les Wesloriens ?

Quoi qu'il en soit, à l'évidence, ces présentations ne l'enthousiasmaient guère. À l'inverse de l'homme à la carrure moins imposante qui faisait avancer les jeunes prétendantes jusqu'à lui. Celui-là, au moins, avait un sourire aimable pour chacune. Elle lui trouva une gestuelle étrange. Sa main gauche, gantée, ne quittait pas son flanc.

Une malformation ? En tout cas, il ne se servait que de sa main droite.

L'une après l'autre, les jeunes aristocrates étaient conduites devant le prince et, l'une après l'autre, elles exécutaient une révérence. Aucune ne se voyait gratifier d'un mot. À peine d'un signe de tête poli, après quoi l'héritier se détournait pour reprendre sa conversation. Ça alors, quelle grossièreté !

Qu'allait-il dire en la voyant ? Trouverait-il la situation cocasse ? Elle pourrait lui tendre son verre, comme dans le couloir. À moins qu'il lui offre lui-même une coupe en plaisantant à propos de sa soif inextinguible. Ils riraient ensemble, peut-être. *Quelle surprise ! Je n'aurais jamais cru qu'il s'agissait de vous, dans ce couloir !*

Voilà qui n'allait pas plaire à la paonne.

Eliza s'imagina lui faire une profonde révérence. *Enchantée*, lui dirait-elle en français, car il parlait forcément la langue en usage dans toutes les cours royales. Il lui tendrait la main pour l'aider à se relever. Alors, il lui sourirait, peut-être, avant d'exprimer dans un français impeccable tout le plaisir que lui procurait ce bal. Il lui demanderait si elle s'amusait. Elle lui répondrait dans un français tout aussi impeccable – car son aisance avec la langue des rois venait subitement de s'améliorer – qu'elle trouvait la réception admirable. Ensuite, il lui demanderait si des noms étaient déjà inscrits sur son carnet de bal et, lorsqu'elle lui répondrait par la négative, il l'entraînerait vers la piste de danse sous les yeux ébahis de toutes les autres femmes.

— Eh bien, qu'attendez-vous pour avancer ? siffla une voix dans son dos.

— Oh ! pardon !

Elle bondit à demi pour rattraper la paonne.

Les présentations s'enchaînaient, toujours selon le même schéma. L'Alucien enthousiaste faisait avancer une prétendante, qui se mettait à discourir avec entrain ; le prince écoutait en silence, inclinait la tête, puis se retournait vers ses compagnons, et le pauvre homme chargé de faire les présentations devait déployer des efforts considérables pour attirer de nouveau son attention. Certaines ladies, lassées d'attendre, s'en allèrent danser. D'autres s'entêtèrent. Eliza resta, elle aussi. Pourquoi serait-elle partie ? Euphorique, le sourire aux lèvres, elle contemplait la splendeur du décor et la beauté des convives – ou plutôt, de leurs masques. Un bal royal à Kensington Palace… Elle n'en revenait toujours pas de se trouver là. Et le prince héritier d'Alucie qui avait bu dans son verre !

Mais sa félicité ne dura pas. Alors qu'il ne restait plus devant elle que l'arrogante au masque emplumé et qu'elle se concentrait sur ce qu'elle allait dire, le prince retint l'homme chargé des présentations et lui glissa un mot à l'oreille. Puis il commença à s'éloigner. La paonne se figea, indécise. Son amie se retourna vers elle, saisie d'un affolement que son loup ne parvenait pas à dissimuler. Ces deux-là pensaient sans doute la même chose : il était inenvisageable que l'une soit présentée au prince et l'autre non.

Eliza la bouscula doucement.

— Avancez donc ! Nous pouvons encore retenir son attention…

La chipie fit volte-face.

— Ne me poussez pas, Miss Tricklebank ! Et puis, vous ne voyez donc pas que vous êtes trop vieille pour vous trouver là ?

— Pardon ?

Voilà qu'il y avait une limite d'âge, à présent ! Mais

l'heure n'était pas au débat : le prince s'éloignait sans un regard pour elles, et Eliza voyait ses chances de le rencontrer lui filer entre les doigts. Fort heureusement, elle avait bu juste ce qu'il fallait de ce merveilleux punch pour trouver le courage qui lui manquait. D'un bond, elle contourna la fâcheuse, qui se pétrifia de stupeur.

— Bienvenue en Angleterre, Votre Altesse ! lança-t-elle, faute de mieux.

Et elle se jeta pratiquement en travers du chemin du prince, à l'instant précis où il faisait un pas en avant. Emporté par son élan, il lui écrasa le pied. Lui aurait-il prêté attention sans ce malencontreux incident ? Avec le recul, elle viendrait à en douter.

Dans l'immédiat, elle laissa échapper un petit cri de douleur.

— Mon Dieu, pardonnez-moi, milady ! s'exclama-t-il en retirant vivement son pied. Je vous ai fait mal ?

— Ce n'est rien, Votre Altesse, hoqueta-t-elle.

Puis, maladroite, elle lui tendit la main.

— Miss Eliza Tricklebank.

Il considéra la main gantée qu'elle lui présentait sans paraître comprendre. Eliza lui adressa un sourire engageant. Comme à contrecœur, il s'en saisit et la retint délicatement entre ses doigts puissants. Puis il s'inclina.

— Bonsoir, milady.

Quelle sensation que cette poigne, entre force et douceur… Eliza exultait. Voilà : elle avait rencontré un prince, en chair et en os. Non pas une fois, mais deux.

— Ravie de revoir Son Altesse royale, murmura-t-elle. En pleine lumière, cette fois, et non plus dans la pénombre d'un couloir, ajouta-t-elle avec un sourire radieux.

— Votre Altesse ? intervint l'un des hommes qui l'entouraient.

Le prince lâcha sa main et se détourna. L'instant d'après, il avait disparu, englouti par son escorte.

L'Alucien chargé des présentations apparut soudain à côté d'Eliza.

— Souffrez-vous du pied, milady ? Souhaitez-vous que nous le fassions examiner ?

— Pardon ? Oh ! inutile, merci. Tout va très bien.

Elle laissa échapper un petit rire hystérique.

— J'ai parlé au prince ! s'exclama-t-elle, énonçant l'évidence.

— C'est exact, milady, répondit l'homme. Nul doute qu'il se rappellera votre rencontre... percutante, ajouta-t-il en se penchant vers elle.

Eliza gloussa de plaisir. Mission accomplie ! Elle jubilait. Triomphante, elle se tourna vers la paonne, qui la regardait bouche bée.

Elle éclata de rire. Puis, après avoir adressé un signe de tête gracieux à l'aimable Alucien, elle s'éloigna. Elle sentait dans son dos le regard meurtrier de la pimbêche.

Voilà au moins un avantage à sa condition de vieille fille restée auprès de son père : elle n'accordait plus aucune importance à ce qu'on pouvait penser d'elle.

Chapitre 3

Trois séries de danses aluciennes ont agrémenté le bal masqué royal. Toutes comportaient des pas complexes, qui exigeaient une agilité et une précision d'exécution dont un certain ministre, à l'évidence, semble dépourvu. Il faut dire que cet honorable gentleman n'est plus de prime jeunesse, comme beaucoup s'accordent à le penser.

Miladies, si votre ravissante robe de bal a souffert, songez à ajouter une cuillère à café de vin de Madère par gallon d'eau pour ôter la tache.

Honeycutt's,
gazette mode et maison pour ladies

Sebastian Charles Iver Chartier, prince héritier du royaume d'Alucie et duc de Sansoleon, avait soif. Quelle chaleur sous ce maudit masque ! Un verre de ce délicieux punch, voilà tout ce dont il rêvait. Quoique, à défaut, n'importe quel autre breuvage ferait l'affaire.

Deux choses lui déplaisaient tout particulièrement dans les bals, réceptions et autres dîners officiels. D'une part, ces événements suscitaient des attentes excessives et attiraient trop de personnes qu'il fallait ensuite contenter. D'autre part, s'il devait en croire le capitaine de sa garde, le danger rôdait parmi les innombrables robes et habits qui évoluaient autour de lui. De ce fait, on ne lui permettait même pas de prélever un verre sur le plateau d'un domestique ! La moindre gorgée, la moindre bouchée devait d'abord être goûtée par un homme de sa suite. Or, à en juger par le zèle de ses courtisans, tout portait à croire que des hordes de rebelles cherchaient à l'empoisonner à la moindre occasion.

Et cette obligation de danser, vraiment… Non qu'il soit mauvais sur un parquet. C'était même tout l'inverse. Sa position l'exigeait, et ses parents avaient veillé à engager les meilleurs maîtres à danser pour parfaire son éducation dans ce domaine. Malgré tout, il n'y prenait guère de plaisir. Il ne savait pas parler pour ne rien dire, ni rester aimable quand il fallait répondre une énième fois à la même question tout en retenant un énième nom. Les mondanités n'étaient pas son fort, voilà tout. Tout le contraire de son frère Leopold, en somme !

Si seulement il avait pu être à dos de cheval à l'heure qu'il était ! Ou assis à une table de jeu en compagnie amicale. Ou devant son écritoire. Il songea à l'histoire militaire alucienne qu'il avait entrepris de rédiger. Son entourage ne comprenait pas son engouement pour ce travail méticuleux. Un sujet passionnant, pourtant. À choisir, il se serait cantonné avec bonheur aux quatre murs de son bureau, entouré de ses livres. La solitude, même sur une longue période, ne lui pesait pas. Enfin, il le supposait. À vrai dire, il n'avait encore jamais eu l'occasion de le vérifier. La vie privée du prince d'Alucie n'avait de privé que le nom… Il vivait dans la présence constante d'une armée de serviteurs, de secrétaires, de conseillers et de gardes.

Et sous les yeux mêmes des individus dont on était censé

le protéger. Car un voile, si épais soit-il, peut toujours être soulevé. Ses moindres faits et gestes étaient épiés.

Quoi d'étonnant, donc, à son aversion pour des festivités comme celles de ce soir ? Il était assailli de toutes parts par de parfaits inconnus qui se bousculaient pour l'approcher, pour respirer le même air que lui, pour tenter de le toucher. Comment ne pas étouffer ? Comment ne pas craindre pour sa vie, aussi ? Un jour, alors qu'il présidait au lancement d'un des plus récents navires de guerre du royaume, deux gaillards surgis de nulle part avaient eu le temps de l'attraper par les épaules pour tenter de l'enlever ou de le jeter à l'eau, avant que la garde alucienne parvienne à les arrêter.

Dans les grands rassemblements, il se sentait comme un animal en cage, comme une espèce rare exposée à la vue de tous.

Le bal masqué était prévu depuis longtemps. Bien avant son arrivée en terre anglaise. Faveur de la Couronne d'Angleterre à la Couronne d'Alucie. C'était son secrétaire personnel, Matous Reyno, qui avait négocié les détails de la réception. L'idée des masques était de lui.

Matous, le fidèle… Toujours à ses côtés, depuis tant d'années… Dix-sept, exactement. Depuis le jour de son quinzième anniversaire, date de son investiture en tant que prince héritier.

À l'exception des membres de sa famille proche, Matous était le seul être à qui Sebastian accordait une confiance absolue. Voilà qui en disait long sur la qualité de cet homme… Car les Chartier ne se fiaient à personne à la cour d'Alucie. La scission entre son père, le roi Karl, et le demi-frère aîné de celui-ci, Felix, duc de Kenbulrook, avait instauré une atmosphère de défiance et de traîtrise qui l'avait poursuivi jusque sur les rives d'Angleterre.

Au fond, il ne craignait pas vraiment une trahison. Lui ne voyait pas le mal partout. N'avait-il pas plaidé plus d'une fois auprès de son père pour qu'il règle sa querelle avec son demi-frère ? Dans leur jeunesse, il arrivait que les hommes commettent des erreurs. Non ?

Il voyait encore le regard noir que son père lui adressait chaque fois qu'il revenait sur ce sujet.

Le roi Karl redoutait que Felix envoie des spadassins pour leur nuire, et sa hantise s'était propagée à tout l'entourage de la famille royale. En particulier ici, sur le sol anglais. On suspectait tout et tout le monde.

D'ailleurs, c'était surtout la méfiance qui avait inspiré à Matous l'idée de faire porter un loup, identique de surcroît, à tous les Aluciens. Ainsi, avait-il argué, Sebastian jouirait d'une certaine mesure d'anonymat. Infime, soit, mais tout valait mieux que d'arborer les inévitables insignes, médailles et anneaux des chevaliers de la garde que Sebastian aurait dû porter à un bal plus formel.

— À mon sens, c'est le seul moyen pour vous d'assister à ce bal sans trop attirer l'attention, avait expliqué son secrétaire. Ainsi, vous ferez une cible moins évidente. Et puis, l'idée plaît aux Anglais.

Sebastian s'était esclaffé.

— Ainsi donc, un masque de soie va me protéger de l'armée d'assassins qui, censément, en veulent à ma vie ?

— Non, Votre Altesse, bien entendu. Votre garde d'élite s'en chargera. Mais il sèmera peut-être la confusion chez vos détracteurs et ceux qui vous menacent.

C'était faire bien peu de cas de la ruse de ses ennemis… Mais enfin, encore une fois, ce que Sebastian pensait n'avait guère d'importance. Le roi son père payait des hommes pour réfléchir à ces questions. Hélas, leur anxiété était contagieuse. Voilà plus d'une semaine qu'il en faisait les frais, depuis son arrivée à Londres.

Le traité commercial qu'il était venu négocier revêtait une importance capitale pour son pays, et peut-être plus encore pour lui-même. Pourtant, son père n'y était pas favorable. Pas plus que le Premier ministre d'Alucie, du reste. Ce sot en voulait à Sebastian de s'immiscer dans les affaires sensibles de l'État, et ne jurait que par l'armée.

— La guerre à venir contre la Weslorie devrait être notre seule préoccupation, sire, ne cessait de murmurer le fourbe à l'oreille du roi Karl. Qu'avons-nous à faire d'un traité commercial avec un pays si éloigné de nos côtes ?

Sebastian voyait les choses différemment, et il ne s'était pas privé de le faire savoir. L'inimitié entre l'Alucie et la Weslorie pesait lourdement sur l'économie du royaume. Les escarmouches qui se multipliaient aux frontières vidaient les coffres. Trop occupée à guerroyer, l'Alucie avait pris du retard sur d'autres pays comme l'Angleterre ou les États-Unis d'Amérique, notamment au plan industriel. Le royaume avait besoin d'une économie forte. Sa taille modeste étant compensée par la richesse de ses ressources, il lui fallait se doter des outils nécessaires à son industrialisation. Or, dans ce domaine, l'Angleterre avait démontré sa supériorité. Pourquoi ne pas vendre les minerais aluciens, le fer et le cuivre par exemple, en échange du savoir-faire britannique en matière de création d'industries nouvelles et viables ? Pourquoi ne pas échanger le coton et le blé contre le tabac et le sucre ?

En outre, le progrès industriel donnerait l'avantage à l'Alucie si la guerre venait à éclater avec la Weslorie, où ce cher Oncle Felix continuait à semer la discorde.

Vraiment, cette querelle, quel imbroglio ! Dire que l'affaire était vieille de quarante ans… Les deux demi-frères de sang royal s'entre-déchiraient depuis l'accession de Karl au trône. Car l'oncle Felix, banni depuis lors dans la demeure familiale de Weslorie, se jugeait plus légitime pour régner.

Et ce conflit de succession remontait plus loin encore ! Au XVIe siècle, plus précisément. À l'époque, une guerre civile avait opposé deux familles : les Chartier, qui avaient fini par monter sur le trône, et les Oberon, qui s'étaient retirés en vaincus dans les terres wesloriennes, dont ils soutenaient depuis la royauté. Sans pour autant renoncer à leurs prétentions sur le trône d'Alucie.

Bref, Felix avait juré d'unir les deux nations ennemies sous une même autorité – la sienne – s'il parvenait à coiffer la couronne convoitée. Or, au vu du nombre de loyalistes qui avaient épousé la cause des Oberon, les Chartier redoutaient que la guerre devienne inévitable.

Sebastian aussi rêvait d'unir la Weslorie et l'Alucie. Non par le fer, mais par l'industrialisation commune et la prospérité partagée.

— Tu poursuis des chimères, d'après mon Premier ministre, avait déclaré son père un soir, alors qu'ils se trouvaient dans son étude, seuls à l'exception de deux valets postés en retrait, prêts à les servir au moindre geste.

— Votre Premier ministre ne voit que l'arbre qui cache la forêt, avait répliqué Sebastian. Nous ne gagnerons pas la guerre en restant un pays arriéré.

Son père avait émis un grognement offusqué. Pourtant, il avait fini par céder.

— Très bien. J'accepte. Contre l'avis de mon Premier ministre, note bien. Il m'a clairement fait savoir que le Parlement ne ratifierait aucun traité négocié par tes soins qui ne serait pas totalement à l'avantage de l'Alucie.

— C'est entendu.

— Tu devras avoir le dernier mot dans les négociations, l'avait averti son père.

Sebastian en avait parfaitement conscience. N'était-ce pas le but de toute négociation ?

— Tu peux faire un geste pour vaincre mes réticences, avait encore ajouté le roi. Pour amadouer le Premier ministre et favoriser tes chances d'obtenir une ratification.

— Je vous écoute, Père.

— Ramène une épouse.

— Pardon ? avait hoqueté Sebastian, goguenard.

Mais son père ne plaisantait pas.

— Il est grand temps. Nous devons régler la question de ma succession. Arman, le fils de Felix, a déjà deux garçons, lui. Bien sûr, la reine Victoria croit à notre légitimité. Mais comme tu le sais, le prince consort, Albert, s'aligne sur la position de son duché de Saxe-Cobourg et Gotha, qui soutient Felix. Et c'est en Weslorie que l'Angleterre se fournit en minerai de fer. Une épouse anglaise permettrait de cimenter à la fois ton traité et l'engagement de l'Angleterre à nos côtés.

Sebastian n'envisageait pas les choses sous cet angle, mais il avait préféré se taire. Après tout, l'idée valait qu'il y réfléchisse.

Son père l'avait cloué d'un regard dur.

— Tu n'es plus un jeune homme, Sebastian. Tu as trente-deux ans. Nous devons assurer notre succession. C'est aussi simple que cela, mon fils. Si tu n'en es pas capable, c'est que tu n'as pas ta place au sommet de l'État.

— Je comprends, Père.

— Je l'espère. Sache que si tu rentres sans avoir signé un accord de mariage, je choisirai pour toi. Une jeune femme de Saxe-Cobourg et Gotha, peut-être.

Que faire, sinon s'incliner ?

Et voilà qu'il se trouvait à Londres. En Alucie, les menaces lui avaient toujours paru lointaines. En Angleterre, il en allait tout autrement. Les rumeurs de rébellion prenaient une tangibilité inquiétante. Ici, il se sentait en danger. Pourtant, il était entouré des meilleurs gardes de son royaume. Comment faisait Leopold, son jeune frère, pour se sentir à l'aise à Cambridge, où il suivait ses études ?

— Ce ne sont que des bruits de couloir, lui avait-il assuré avec un geste insouciant quand Sebastian lui avait posé la question.

Mais Leopold n'avait pas lu les rapports. Il ne savait rien de la campagne de propagande acharnée que Felix menait pour saper l'influence de son rival. C'était d'ailleurs en partie ce qui motivait la politique défendue par Sebastian : en modernisant le royaume, il pensait pouvoir consolider l'assise de leur père sur le trône d'Alucie.

Cela dit, peut-être n'était-ce effectivement que des bruits de couloir, simplement amplifiés en sa présence du fait de son statut d'héritier. Peut-être les rumeurs étaient-elles plus prégnantes ici en raison du soutien affiché du prince Albert à Felix et à la Weslorie.

Et donc, il fallait trouver une épouse dans ce véritable océan de débutantes anglaises. Il fallait former des alliances. À en croire les ministres éclairés d'Alucie, une jeune mariée bien née, en lien étroit avec le Parlement, assurerait au roi Karl le soutien du Royaume-Uni en cas de conflit ouvert avec la Weslorie. Quant à savoir laquelle de ces ladies représentait le meilleur parti... Le débat restait ouvert parmi les conseillers qui l'avaient suivi jusqu'à Londres.

Quoi qu'il en soit, Sebastian savait où était son devoir. L'aspect matrimonial du marché conclu avec son père ne l'ennuyait pas spécialement. Après tout, il ne s'était jamais bercé d'illusions. Il avait toujours su qu'il ne pourrait pas prétendre à un mariage fondé sur les affinités et l'affection. Il était le futur roi. Ses épousailles ne pouvaient être qu'une alliance politique, tout comme celles de ses parents avant lui. Ils avaient accompli leur devoir envers le royaume en concevant l'indispensable héritier. Ils avaient même poussé le dévouement jusqu'à produire un second fils. Désormais, ils vivaient séparés la majeure partie du temps, sa mère en montagne dans leur domaine ducal, son père dans le palais royal de la capitale, Helenamar. Pourquoi imaginer que son propre mariage suivrait une autre voie ?

Ses conseillers avaient réduit le nombre de prétendantes à une poignée, mais, visiblement, les parents de la noblesse anglaise ne l'entendaient pas de cette oreille. Il fallait déjà vivre dans la peur constante d'un assassinat, et voilà que, de surcroît, on le harcelait pour lui présenter des jeunes filles à marier…

Il venait d'en rencontrer tout un rang. Masquées, comme de juste. Quelle perte de temps ! Et puis, que pouvait-on espérer, en quelques secondes de conversation superficielle ? S'imaginait-on qu'il lui suffirait de poser les yeux sur l'un de ces visages dissimulés derrière un loup pour que Cupidon décoche une flèche dans son cœur ? Non, vraiment, cette corvée inutile l'usait. À tel point qu'il avait fini par marcher sur le pied d'une lady ! Mais aussi, quelle mouche l'avait piquée de se jeter ainsi en travers de son chemin ? Il l'entendait encore lui lancer un « Bienvenue en Angleterre ! » retentissant, comme un officier venu l'accueillir à son arrivée au port.

À bout de patience, il avait signifié à son secrétaire qu'il ne voulait plus entendre parler de présentations. Enfin libre de respirer un peu…

— Avez-vous l'intention de danser ? s'enquit Matous.

Sacrebleu, ça n'en finira donc jamais !

— Non.

Sebastian chercha du regard un domestique. Que servait-on ? Le fameux punch ?

— Permettez-moi d'insister, Votre Altesse. Votre absence prolongée sur la piste se remarquera, et votre anonymat ne pourra qu'en souffrir.

— Soyons sérieux, Matous ! De quel anonymat parles-tu ? Tu viens de me présenter plus de vingt ladies !

— Sur les quelque deux cents qui espéraient vous rencontrer ce soir, nuança Matous en s'inclinant respectueusement.

Il reconnaissait bien là son secrétaire personnel… Toujours déférent quand il s'opposait à lui ou corrigeait ses propos !

Sebastian émit un grognement et continua à regarder autour de lui en quête d'un valet.

— Quel… style aurait votre préférence, Votre Altesse ?

Matous ne parlait pas de danse, bien sûr. Voyons… Une femme nue, ce serait parfait. De préférence dans un lit. Et surtout, loin de tout ce tohu-bohu.

— Le style flamboyant. La beauté aux cheveux roux dont j'ai fait la connaissance à Windsor, tu te rappelles ? Veuve, ou séparée, je ne sais plus. Oh ! et à boire, Matous, à boire ! Du vin, du punch, peu importe. Je meurs de soif.

— Comme il plaira à Votre Altesse.

D'un geste vif du poignet droit, son secrétaire envoya l'un de ses quatre gardes, vêtus comme lui, chercher le verre qu'il réclamait. Puis Matous partit en quête de la belle.

De retour quelques minutes plus tard, le garde goûta le breuvage devant lui, puis essuya le rebord de la coupe à l'aide d'un mouchoir avant de la lui tendre.

Sebastian la vida d'un trait. C'était bien du punch. Toujours aussi bon ! Il songea brièvement à la façon dont il l'avait goûté la première fois. L'affriolante lady du couloir de service et la prétendante à qui il avait écrasé le pied ne faisaient-elles vraiment qu'une ? Mais ses pensées revinrent bien vite à des considérations plus immédiates.

— Un autre ! lança-t-il en redonnant le verre au garde.

L'homme disparut dans la foule, pour reparaître bientôt avec le verre demandé. Matous revint au même moment en compagnie d'une femme à l'opulente chevelure auburn, vêtue d'une somptueuse robe bleu nuit. Soulignés par le masque qu'elle portait, ses yeux de chat, d'un vert lumineux, brillèrent en se posant sur Sebastian. Elle s'abîma dans une profonde révérence.

— Votre Altesse, permettez-moi de vous présenter Mrs Regina Forsythe, annonça Matous.

— Quel plaisir de vous revoir, Mrs Forsythe.

— Tout le plaisir est pour moi, Votre Altesse royale.

Elle prit la main qu'il lui tendait et se releva, un sourire mutin aux lèvres.

— Notre conversation à Windsor m'a été fort agréable, milady. Vous plairait-il que nous la reprenions où nous l'avons laissée ?

— Où en étions-nous ? s'enquit-elle avec un sourire faussement ingénu. À cette histoire de soupe, ou au fait que mon époux se trouve actuellement en Inde ?

L'impertinente… C'est ce qui lui plaisait chez elle. À Windsor, quand il lui avait demandé pourquoi elle n'avait pas accompagné son mari en Inde, elle lui avait fait comprendre d'un air entendu qu'il n'avait pas besoin d'elle pour trouver du réconfort… ni elle de lui.

— Au choix, répondit-il à sa question. Me ferez-vous l'honneur d'une danse ?

— C'est vous qui me feriez honneur, Votre Altesse.

Elle accepta avec grâce le bras qu'il lui offrait et se

laissa conduire vers la piste. Les musiciens jouaient une valse. Sebastian s'inclina et lui prit une main, puis plaça son autre main bien haut dans le dos de sa partenaire et l'entraîna dans la danse.

— Vous plaisez-vous à Londres ? lui demanda-t-elle.

— Je vis ma visite comme un privilège, milady.

Surtout, ne jamais donner de réponse susceptible d'être mal interprétée.

— Et comment trouvez-vous vos appartements à Buckingham ? s'enquit-elle, une lueur malicieuse dans le regard.

Habile manière d'évoquer ses appartements privés...

— Je ne suis pas logé à Buckingham. La reine a gracieusement accueilli mon imposante suite ici même.

— Vraiment ? Quel curieux hasard, commenta-t-elle en souriant d'un air innocent. Figurez-vous que Kensington n'a pas de secrets pour moi. J'en connais chaque recoin. Un véritable petit labyrinthe, vous ne trouvez pas ?

Sebastian lui rendit son sourire.

— Vous m'ôtez les mots de la bouche.

Le message était clair pour l'un comme pour l'autre. Matous aussi l'avait bien saisi, du reste. Parfait. Inutile d'en dire plus : son secrétaire prendrait les dispositions nécessaires pour leur garantir un peu d'intimité.

À la fin de la danse, il murmura quelques mots choisis à l'oreille de sa charmante cavalière. Sans ciller, Mrs Forsythe se détourna à demi et lui adressa un regard en coin. Puis, d'un mouvement sec du poignet, elle déploya son éventail devant sa bouche et lui souffla sa réponse.

Il s'inclina, la raccompagna à l'écart de la piste et la remercia, avant de rejoindre ses compagnons. Où était Matous ? Un regard circulaire lui permit de le repérer à l'autre bout de la salle. Son secrétaire paraissait absorbé dans une conversation animée avec un Anglais au tour de taille impressionnant. Mais Sebastian n'eut pas le temps de s'interroger sur la nature de leur discussion. Un homme et une femme fondaient sur lui. L'un de ses gardes se plaça devant lui avant que le couple l'atteigne.

— Bonsoir, sir, lança le gentleman en s'inclinant devant le garde, qui bénéficia ainsi d'une vue plongeante sur sa calvitie. Nous tenions à souhaiter la bienvenue à Son Altesse royale.

L'homme d'armes ne répondit pas.

— Nous voulons l'inviter à venir prendre le thé, roucoula la dame.

Aucun des deux importuns ne regardait Sebastian. Il comprit soudain pourquoi : le masque ! Ils ne l'avaient pas identifié. Ils espéraient que son garde leur indiquerait où le trouver.

— Je suis navré, milady, mais le prince ne se soucie guère de prendre le thé, répliqua son homme d'armes avec une pointe d'ironie.

C'était parfaitement faux. Surtout si le thé s'accompagnait de ces délicieux petits gâteaux dont les Anglais avaient le secret. D'ailleurs, il en aurait volontiers mangé un ou deux dès maintenant… Il avait une faim de loup.

— Il se trouve que mon père, Mr Cumbersark-Haynes, a côtoyé votre roi dans sa jeunesse, lorsqu'ils étudiaient tous deux à Oxford ! déclara le gentleman sans se démonter. Il semble qu'ils aient partagé de fort bons moments. Son Altesse appréciera d'en entendre parler, j'en suis certain. Auriez-vous l'amabilité de nous montrer où il se trouve ?

Un autre garde vint se poster sans en avoir l'air à côté du premier pour dérober Sebastian à la vue du couple.

— Mais certainement, milord. Le prince est là-bas,

répondit le premier garde en indiquant l'autre bout de la salle.

D'un même mouvement, les deux intrus tournèrent la tête à l'opposé de Sebastian.

— Formidable ! s'exclama le gentleman. Merci infiniment.

Puis il se pencha vers le garde et baissa la voix.

— Est-ce vrai, ce qu'on entend dire ? Une guerre se préparerait entre la Weslorie et l'Alucie ?

— Les Aluciens ne prêtent pas l'oreille aux rumeurs, rétorqua l'homme d'armes.

— Non, bien sûr ! Nous non plus, du reste, assura la dame.

Elle secouait la tête avec tant de conviction que les plumes de son masque semblaient prises dans un vent de tempête… La pauvre femme était d'un ridicule !

Les deux gardes prirent poliment congé et tournèrent le dos au couple, qui continuait à hocher la tête comme deux *dumbledees*, comme on disait en Alucie pour désigner les idiots.

La dame se pencha à l'oreille de son mari et se mit à chuchoter tandis qu'ils se hâtaient vers l'endroit qu'on leur avait indiqué.

Le premier garde se tourna vers Sebastian.

— Il vaudrait peut-être mieux ne pas vous attarder ici, Votre Altesse.

— Voilà un conseil judicieux ! Je suggère que nous gagnions la salle à manger. Je suis affamé.

— Un salon privé a été préparé à votre intention, précisa le second garde en inclinant la tête dans la direction qu'ils devaient prendre.

En chemin, Sebastian chercha du regard son secrétaire, mais Matous n'était nulle part en vue. L'énorme personnage avec qui il l'avait vu discuter un peu plus tôt devisait gaiement avec un autre lord anglais.

Il ne revit son secrétaire que bien plus tard, après avoir dîné et bu quelques verres supplémentaires de cet excellent punch. Il se trouvait dans de bien meilleures dispositions, à présent, et attendait avec un plaisir anticipé sa petite rencontre clandestine avec l'audacieuse Mrs Forsythe. Il avait même dansé encore un peu, incognito, cette fois, avec une jeune demoiselle qui n'avait pas levé les yeux de ses pieds. Et, au moment des danses aluciennes, il avait rejoint le rang des danseurs au bras de Lady Sarafina, l'avenante épouse de son ministre des Affaires étrangères.

À minuit et demie, enfin, Matous reparut. Que voulaient dire cette mine soucieuse, ces vêtements en désordre, ces cheveux ébouriffés ? Une telle négligence n'était pas dans les habitudes de son secrétaire.

— Tout est prêt, Votre Altesse, murmura-t-il.

Sebastian acquiesça d'un signe de tête, et tous deux se dirigèrent vers les portes de la salle de bal.

— Y a-t-il un endroit où nous pourrions parler quelques instants, Votre Altesse ? chuchota Matous.

Qu'il avait donc l'air sérieux ! Sebastian, légèrement gris, ne songeait qu'à ôter ce fichu masque. Enfin, presque. Dans ses pensées s'étaient également mis à flotter des yeux verts, de longues boucles auburn lâchées sur des épaules nues…

— Cela ne peut-il pas attendre ?

Matous hésita. Il jeta un coup d'œil aux gardes, puis serra les lèvres.

— À votre convenance, Votre Altesse.

Sebastian le prit en pitié.

— Retrouve-moi dans ma suite d'ici à deux heures, dit-il en alucien. Nous pourrons y parler librement.

Matous eut un nouvel instant d'hésitation. Vraiment, il n'était pas lui-même, ce soir. D'ordinaire, il cherchait toujours à se montrer agréable. Sebastian le dévisagea.

— Cela conviendra-t-il ?

— *Je*, répondit son secrétaire en inclinant la tête. « Oui », en alucien.

Rasséréné, Sebastian poursuivit son chemin, l'esprit déjà tourné vers son rendez-vous galant.

L'intrigante Mrs Forsythe l'attendait dehors, près de l'entrée, dans le passage surmonté d'une horloge. Elle le regarda en souriant gravir les marches d'un pas leste.

— Vous devez être transie de froid, chère milady.

— Votre Altesse saura sans doute y remédier, murmura-t-elle en lui prenant la main avec assurance. Venez. Je connais l'endroit idéal.

Évidemment. Les espions du gouvernement britannique avaient dû y veiller. À moins que la belle travaille à la solde des milieux dissidents ? Dans un cas comme dans l'autre, comment ne pas songer à un traquenard destiné à le faire surprendre dans une situation compromettante ? Il avait passé toute sa vie à déjouer des machinations semblables. Il l'attira contre lui, saisit son menton et déposa un baiser sur ses lèvres. Elle poussa un soupir.

— J'ai en tête un autre lieu. Vous plairait-il de m'y accompagner ?

Il passa un bras autour de sa taille et l'entraîna vers les marches qu'il venait de grimper.

Elle résista.

— Mais… J'ai déjà fait préparer un feu de cheminée.

— N'ayez crainte, il y aura aussi du feu là où je vous emmène.

Elle jeta un coup d'œil furtif derrière elle.

— Attendez-vous quelqu'un d'autre, Mrs Forsythe ?

— Pardon ? hoqueta-t-elle, soudain plus pâle. Non, Votre Altesse, pas le moins du monde.

Elle mentait. Amusant. Que lui importaient les petites manigances de cette beauté vénéneuse ? Il était bien protégé.

— Y allons-nous, dans ce cas ?

Quels qu'aient pu être ses projets ou le pacte qu'elle avait conclu, elle y renonça. À l'évidence, elle préférait le plaisir à l'intrigue. Tant mieux.

Ils descendirent les marches jusqu'à l'allée. Précédés par un garde alucien, ils remontèrent le chemin d'un pas vif, puis traversèrent un jardin privé jusqu'à une porte latérale, qu'ils franchirent avant de gravir une volée de marches. Ils se trouvaient dans les quartiers alloués à ses serviteurs et sa garde. Un autre homme d'armes les attendait devant l'une des portes. Il la leur ouvrit, puis, rapide et silencieux, la referma derrière eux.

La chambre, quoique de dimensions modestes, était accueillante. Un feu crépitait dans l'âtre et les draps semblaient avoir été changés de frais. Sebastian n'y tenait plus : il retira le loup qui dissimulait les traits de sa compagne. Ravissante. Ses souvenirs du dîner officiel à Windsor ne l'avaient pas trahi.

À son tour, elle lui ôta son masque et sourit gracieusement.

— Vous êtes très bel homme, Votre Altesse. Je suis… conquise.

Il l'embrassa à pleine bouche, et elle lui rendit son baiser avec la même ardeur. L'instant d'après, il la plaquait contre le mur et la prenait là, avec abandon, la faisant gémir de plaisir.

Finalement, il n'allait peut-être pas rentrer dans ses appartements, cette nuit.

Chapitre 4

En complément des danses qui ont égayé Kensington Palace le soir du bal, un buffet somptueux était proposé dans une salle aux murs tapissés de pourpre et d'or, à la richesse encore rehaussée par le blanc immaculé des nappes et l'argent scintillant des couverts. Les heureux convives ont pu savourer à loisir l'infinie diversité de viandes, de fromages, de sandwichs, de biscuits, de confiseries et de pièces montées aux formes les plus exquises. Le clou du repas, incontestablement, fut le célèbre baba royal au sherry, servi sur des assiettes de porcelaine tendre de Limoges dorées à l'or fin, fabriquées en France pour Sa Majesté la reine.

Honeycutt's,
gazette mode et maison pour ladies

Dieu du ciel, que tous ces mets paraissaient appétissants ! Il faut dire que le punch, non content de lui avoir fait tourner la tête, lui avait également creusé l'estomac. Avec l'excitation et tous les préparatifs de la journée, Eliza n'avait rien avalé depuis le matin. Elle déambula entre les tables, qui ployaient sous des montagnes de nourriture issues des cuisines du palais. Son assiette était déjà remplie bien plus que de raison pour une lady… La belle affaire ! Elle n'était pas une lady. Et puis, elle avait faim. En outre, sa situation personnelle ne lui inspirait aucune illusion. Ce n'était pas comme si elle espérait retenir l'attention d'un gentleman… Elle n'avait rien d'un parti prometteur, elle le savait parfaitement. Ses vingt-huit ans, ses traits quelconques, sa tenue sans originalité la mettaient hors course aux yeux de la foule qui l'entourait. Qui la désirerait ? Enfin, à l'exception d'un Mr Norris, bien sûr. Les hommes comme lui, au prétexte qu'ils étaient veufs et qu'elle-même n'était toujours pas mariée, se figuraient qu'elle ne rêvait que de nettoyer leur pot de chambre et de repriser leurs chaussettes ! Sans façon, merci bien. Sa vie lui convenait telle qu'elle était. Au moins, elle pouvait manger à sa faim sans aucun scrupule, même à un bal royal.

Elle s'installa avec son assiette près de la porte, à une table dressée un peu à l'écart des autres afin de laisser la voie libre à qui voulait quitter la salle. Alors qu'elle mordait dans un sandwich, une silhouette mince accrocha son regard. Tiens, l'aimable Alucien qui s'était chargé de présenter les débutantes au prince. Il semblait avoir perdu de son enthousiasme. Que faisait-il planté là, au beau milieu de la salle de bal ? Tout à coup, une véritable armée de gentlemen aluciens apparut à l'autre bout de la salle. Le prince se trouvait au milieu d'eux. L'homme se porta vivement à leur rencontre. Voilà donc ce qu'il attendait : il voulait intercepter son souverain.

Son intervention, là encore, sembla agacer le prince, qui tenta subtilement de l'esquiver. Mais il paraissait bien décidé à se faire entendre. Amusée, Eliza reprit une bouchée de son sandwich et continua à les observer, comme au spectacle. Ils échangèrent quelques mots, puis le prince contourna son interlocuteur et, après une dernière hésitation, poursuivit son chemin. L'aimable Alucien resta debout au milieu de la salle, les épaules affaissées et la tête baissée, tandis que les convives allaient et venaient autour de lui.

Pauvre homme… Quelle arrogance de la part de l'héritier du trône d'Alucie ! Décidément, il ne lui plaisait pas beaucoup, malgré ses beaux yeux verts. Et puis, où courait-il donc à cette allure ?

Soudain, le malheureux Alucien redressa la tête et tourna les yeux vers la porte de la salle du banquet. Il regardait droit vers elle ! Eliza se pétrifia. Était-ce elle qu'il observait ainsi ? Difficile à dire, avec le masque. Peu probable, tout de même.

Quoi qu'il en soit, il faut croire que ce qu'il vit l'effraya, car il tourna brusquement les talons et s'éloigna à grands pas dans la direction opposée. Il alla rejoindre un Anglais à l'embonpoint considérable. Tous deux se mirent un peu à l'écart et engagèrent une conversation animée.

Cet énorme gentleman ne lui était pas inconnu… Voyons, un peu de mémoire. Qui était-ce ?

— Ah ! Te voilà enfin !

Eliza sursauta si violemment qu'elle laissa tomber son sandwich.

— Juste ciel, Eliza, qu'est-ce qui te prend ? s'exclama Caroline d'une voix horrifiée. On dirait que tu n'as pas mangé depuis des semaines !

— J'ai faim, figure-toi, répliqua Eliza. Tout est délicieux, tout me fait envie.

— Je vois ! À en juger par le contenu de ton assiette, je crois bien que rien ne t'a échappé.

Avec un soupir, Caroline se laissa choir sur la chaise voisine de la sienne.

— Seigneur ! J'ai tellement dansé que je ne pourrais plus faire un pas.

Malgré son masque légèrement de travers, son amie était particulièrement en beauté ce soir. Comme d'habitude, cela dit. Toujours élégante, les traits fins, la silhouette gracieuse… Même en robe de nuit, même les cheveux en bataille, elle était ravissante. Pour le bal, ses boucles d'or pâle avaient été roulées sur ses tempes et fixées par les liens en velours de son masque doré. Sa robe de mousseline blanche rehaussée d'or, aux manches fermées par des rubans de velours assortis, mettait en valeur sa haute taille et sa minceur. Un unique rang de perles soulignait son cou gracile.

Et que dire de son masque ! Une véritable œuvre d'art. Apparié à sa robe, il figurait deux grands yeux de chat bordés d'une cascade de perles.

Cet après-midi, pendant qu'elles se préparaient, Caroline avait passé un temps fou devant le miroir à s'examiner sous tous les angles. Chaque fois qu'elle changeait de perspective, elle ajustait un peu sa toilette ou son masque.

— Mme Rosenstern a conçu cette robe exprès pour moi ! Tout spécialement pour ce soir, avait-elle expliqué à Eliza et à Hollis.

Sans crier gare, Caroline lui saisit le poignet et s'empara de son carnet de bal.

— Trois noms seulement ? À quoi as-tu passé ton temps ?

— J'ai dû danser une polka, se lamenta Eliza avant de mordre à nouveau dans son sandwich. Sais-tu seulement à quel point je danse mal la polka ?

— Oh ! chérie, je sais à quel point tu danses mal tout court… Enfin, j'aurais cru qu'un quadrille serait à ta portée, au moins ! Mais non : tu n'as rien inscrit sur cette ligne-là non plus. Il faut aller trouver une hôtesse…

— Pas question !

— Et pose ce sandwich, voyons ! Aucun gentleman ne

te considérera comme une cavalière potentielle, et encore moins comme un parti envisageable, s'il pense devoir te nourrir autant que tout son bétail réuni.

Eliza obtempéra de mauvaise grâce.

— Eh bien oui, je mange. Si quiconque envisage de m'épouser, il faudra bien qu'il tienne compte de cette réalité. Je vais peut-être te surprendre, Caroline, mais je ne suis pas venue à ce bal dans l'idée de trouver un mari. C'est pour rencontrer un prince que je suis là. Et il se trouve que j'ai rempli mon objectif. À deux reprises, même, ajouta-t-elle d'un ton satisfait.

Son amie la dévisagea, bouche bée.

— Comment ? Quand ?

— En cherchant à éviter une hôtesse, justement. Regarde là-bas. Tu vois cet Alucien très mince en grande conversation avec un Anglais bedonnant ?

Caroline tourna les yeux dans la direction qu'elle lui indiquait.

— Lequel ?

— Celui qui garde sa main gauche contre lui. Il porte un gant noir.

— Je le vois. Eh bien ?

— C'est lui qui s'occupait des présentations au prince. Tiens, à propos, notre illustre visiteur a rasé la fameuse barbe que tu nous avais tant vantée.

— Vraiment ? Il aura voulu parfaire son déguisement, j'imagine. Quel dommage !

— Sais-tu qui est ce gros gentleman ?

Caroline tendit le cou pour mieux voir.

— Si je ne m'abuse, il s'agit de Mr John Heath, le banquier. Tu as déjà dû rencontrer sa fille, Lucille.

Eliza la détrompa d'un signe de tête.

— C'est vrai, tu ne la connais pas ?

Caroline se pencha vers elle et prit une mine de conspiratrice.

— La pauvre chérie, voilà déjà deux saisons qu'elle passe sans avoir reçu la moindre demande. J'ai entendu dire que sa dot est trop modeste pour compenser ses traits quelconques. En un mot, elle n'est pas considérée comme un bon parti.

— Dans ce cas, nous devrions bien nous entendre, elle et moi, ironisa Eliza.

Caroline lui lança un regard noir, puis toutes deux reportèrent leur attention sur la conversation qui se tenait au fond de la salle de bal. Un autre Anglais s'était joint aux deux hommes.

— Comment diable t'y es-tu prise pour être présentée au prince ? demanda Caroline au bout d'un moment. Il faut une invitation officielle.

— C'est ce que j'ai cru comprendre, commenta Eliza en attaquant avec appétit sa part de baba. Je l'ai croisé dans un couloir de service entre la salle de bal et une sorte de bureau.

— Dans un quoi ?

— Un couloir de service.

— Qu'est-ce que tu faisais dans un endroit pareil ?

— Je me cachais, avoua Eliza. Il a goûté le punch dans mon verre. Il a apprécié. Ensuite, il a tenté de me séduire.

Caroline la considéra d'un air abasourdi. Puis elle éclata de rire.

— Ah ! Tu m'as bien eue !

— Je suis très sérieuse ! Je ne savais pas encore qu'il s'agissait du prince héritier, bien sûr, sans quoi je l'aurais peut-être laissé faire… Et ce n'est pas tout ! Un peu plus tard, je me suis retrouvée par hasard dans le rang des débutantes qui attendaient de lui être présentées, et… j'ai menti, reconnut-elle en riant. J'ai prétendu que j'avais une invitation. Me croiras-tu si je te dis que personne ne m'a demandé ce que je faisais là ? Enfin, presque personne. Une pimbêche aux allures de paonne m'a fait quelques difficultés, mais elle n'est pas allée jusqu'à faire appeler les gardes.

Caroline n'en revenait pas.

— Eliza Tricklebank, parmi les débutantes invitées à rencontrer le prince ! Je n'en crois pas mes oreilles !

— Tu les as vues ?

— J'ai entendu parler d'elles quand j'étais au salon. Impossible de faire autrement : Sarah Montrose se vantait d'avoir fait partie des heureuses élues, et Emily Peters était inconsolable de ne pas avoir reçu d'invitation. Apparemment, quelqu'un avait rayé son nom de la liste.

Eliza reprit une bouchée de gâteau.

— Écoute, je rêvais de rencontrer un homme de sang royal, et je ne voyais pas d'autre moyen. Alors, j'ai tenté ma chance. Il a les yeux d'un vert incroyable, Caroline. Je n'en ai jamais vu de pareils. Oh ! et il m'a écrasé le pied, aussi.

— Que dis-tu ?

— Mais oui, il a marché dessus de tout son poids ! C'est un miracle qu'il ne m'ait rien cassé. Sa minceur est trompeuse. De près, il est assez impressionnant.

Caroline la dévisageait sans mot dire.

— Il ne m'a pas fait mal, ne t'en fais pas, ajouta-t-elle en mâchant une nouvelle bouchée de gâteau. C'était un accident. À vrai dire, je suis aussi fautive que lui… Je me suis jetée en travers de son chemin pour l'empêcher de s'éloigner. Tu comprends, je n'aurai plus jamais l'occasion de rencontrer un prince… Je n'allais pas laisser passer celle-là simplement parce qu'une règle tacite impose d'avoir une invitation !

Caroline paraissait atterrée.

— As-tu complètement perdu la tête ?

Eliza rit de bon cœur.

— Allons, Caroline, où est le mal ? S'il avait été subjugué par ma beauté légendaire au point de renvoyer chez elles toutes les autres jeunes filles à marier, je me confondrais en excuses pour mon inconvenance. Mais il ne s'est rien passé de tel. Donc, tout va bien. Je ne serai pas Cendrillon, tout compte fait.

— Là-dessus, nous sommes d'accord : Cendrillon danse, elle, la railla Caroline en lui volant un morceau de fromage. Enfin, maintenant, nous sommes deux à avoir rencontré un prince… Je devais d'ailleurs danser avec Leopold, ce soir.

Elle agita son carnet de bal devant Eliza. Pas de doute : le nom du fils cadet du roi d'Alucie y était bien inscrit en toutes lettres.

— Nous nous connaissons, comme tu le sais.

Allons bon… Caroline était adorable, mais elle ne manquait jamais une occasion de placer le nom d'un de ses innombrables et prestigieux amis. Eliza et Hollis avaient déjà entendu maintes fois l'histoire de sa rencontre avec le prince Leopold d'Alucie l'été dernier, dans une résidence de campagne. En réalité, ils n'avaient échangé que quelques mots. Mais, à en croire Caroline, ce bref instant était resté aussi mémorable pour lui que pour elle.

— Nous sommes même davantage que de simples connaissances, depuis cette conversation que nous avons eue à Chichester. Eh bien, crois-le ou non, il a fait mine de ne pas me reconnaître.

— Impossible…

— Comme s'il ne m'avait jamais vue ! insista Caroline

en la délestant d'un autre morceau de fromage. Il m'a complètement ignorée, Eliza ! Sans aucune raison.

— C'est incompréhensible. N'a-t-il pas inscrit son nom sur ton carnet de bal ?

Caroline hésita. Elle se servit un troisième morceau de fromage.

— C'est Miss Williams qui a noté son nom. Je lui avais affirmé, comme tout m'autorisait à le croire, qu'il me retournerait tout naturellement l'invitation dès que je l'aurais salué. N'importe quel gentleman aurait agi ainsi. Lui, non. Il a fait comme si je n'existais pas. Quelle humiliation !

— Et quel mufle ! abonda Eliza.

— Il va le regretter, crois-moi, siffla Caroline à son oreille. Bon, assez parlé. Cesse de t'empiffrer et suis-moi ! Allons remplir ton carnet de bal. Il reste trois séries de danses, dont une de danses aluciennes.

— Mais je n'ai pas fini mon baba ! protesta Eliza. Et puis, je n'ai aucune envie de m'essayer aux danses aluciennes. Pour me couvrir de ridicule ? Merci bien.

— Suis-moi, te dis je.

Eliza étouffa dans sa main un bruit peu convenable. Puis, à contrecœur, elle laissa son amie lui prendre son assiette.

Bras dessus, bras dessous, toutes deux reprirent la direction de la salle de bal. Dans la foule compacte, elles progressaient difficilement. Tandis qu'elles se résignaient à jouer des coudes, la paonne, à présent radieuse, passa devant elles au bras d'un Alucien.

— Regarde, murmura Eliza en la désignant d'un geste du menton. C'est la prétentieuse qui m'a fait savoir que je n'avais pas le droit de rencontrer le prince sans invitation.

Caroline lui adressa un regard incrédule.

— As-tu une idée de qui c'est ?

— Pas la moindre. Je devrais ?

— Voyons, chérie, c'est Lady Katherine Maugham ! s'exclama son amie en lui serrant le bras.

Eliza jeta un coup d'œil par-dessus son épaule. La foule se refermait sur l'illustre inconnue.

— Mais encore ? ironisa-t-elle.

— Tu n'es pas sérieuse, n'est-ce pas ?

— En voilà assez, Caroline. Vas-tu m'expliquer, oui ou non ?

— Tu ne côtoies donc personne d'autre que ton juge de père ? Ne me dis pas que tu n'as jamais entendu parler de Katherine Maugham ! Hollis a forcément déjà mentionné son nom.

Eliza fit un signe de tête négatif.

— Si tel est le cas, je ne l'écoutais pas.

Le regard un rien méprisant de son amie la contraria.

— Écoute, Caroline, je n'ai déjà pas le temps de m'ennuyer. Si, en plus, je devais écouter chaque mot qui sort de la bouche de ma sœur, la journée n'y suffirait pas ! Tiens, à propos, où est-elle ? Et puis, vas-tu enfin me dire qui est cette lady que, d'après toi, je devrais connaître ?

— Tout simplement la débutante la mieux placée pour séduire le prince héritier. Son père occupe une position très en vue à la Chambre des lords, et il a hérité d'une fortune colossale. La compagnie de sidérurgie qu'il dirige est l'une des plus puissantes d'Angleterre. Ce traité commercial serait une aubaine pour lui. Vois-tu, je m'étonne que Lady Katherine ne te l'ait pas dit elle-même. Il est de notoriété publique qu'elle s'en vante à la moindre occasion.

— Eh bien, laisse-moi t'apprendre que cette incontournable prétendante n'a pas retenu l'attention princière.

L'héritier a tourné les talons sans même lui laisser le temps de dire un mot.

Caroline hoqueta de stupeur. Puis sourit de toutes ses dents.

— Vraiment ? Oh ! raconte-moi ça. Je veux tout savoir. Elle devait être verte de rage !

Eliza gloussa.

Lorsqu'elles atteignirent enfin la salle de bal, Caroline l'entraîna un peu à l'écart.

— Ne bouge pas d'un orteil, d'accord ?

— Parole d'honneur, répondit Eliza avec une révérence ironique.

Elle vit Caroline s'évanouir dans la cohue. Tandis qu'elle attendait sagement son retour, trop repue pour songer à désobéir, elle remarqua un groupe d'hommes non loin d'elle. Un coup d'œil discret lui permit de vérifier sa première impression : il y avait là des Aluciens et des Anglais. Tiens, encore le compagnon fluet du prince… Il avait l'air particulièrement agité, à présent. D'un pas de côté, elle se rapprocha, feignant de s'écarter pour laisser passer les danseurs qui quittaient la piste.

— Comment osent-ils seulement prononcer le mot « rébellion » ? grondait l'un des Aluciens avec un accent prononcé. Ne voient-ils pas que la moindre rumeur risque d'étayer la menace ?

— Ils ne comprennent pas votre pays, je crois, répondit un gentleman anglais. Ils croient les mensonges que leur ont racontés les individus qui veulent vous causer du tort.

Cette voix… Elle la connaissait. Mais peut-être se trompait-elle.

— Dans ce cas, il aurait mieux valu ne pas les inviter, répliqua l'Alucien d'une voix cinglante. Vous n'ignorez pas qu'il est…

L'homme s'interrompit et se retourna brusquement.

Eliza se pétrifia. Quelle sotte ! Elle s'était trop approchée sans s'en rendre compte.

— Veuillez m'excuser, milords, balbutia-t-elle.

Et elle s'élança vers la sortie sans demander son reste.

— Eliza !

Seigneur… Mortifiée d'avoir été surprise en flagrant délit d'indiscrétion, elle avait oublié Caroline ! Elle fit volte-face. Son amie venait à sa rencontre au bras d'un gentleman.

— Où courais-tu ainsi ?

Impossible de ne pas voir le regard furibond de Caroline, malgré le masque… Eliza ne savait que répondre. Elle tourna les yeux vers la porte.

— J'aimerais te présenter un ami, si tu le permets.

Les yeux de Caroline lançaient des éclairs. Mieux valait ne pas faire d'histoires pour l'instant. Eliza se redressa, sourit et fit une révérence au gentleman qui accompagnait son amie. Le fallait-il ? *Bah…* Si elle n'avait pas la conduite requise, Caroline ne manquerait pas de le lui faire savoir plus tard.

L'homme faisait à peine sa taille, et son masque était mal ajusté. Allons, il avait un beau sourire… Il s'inclina devant elle.

— Voici Mr Howard, de Brighton, annonça Caroline avec un calme de circonstance. Mr Howard, j'ai l'honneur de vous présenter l'une de mes plus proches amies, Miss Eliza Tricklebank.

— Ravi de vous rencontrer, milady, dit-il en s'inclinant à nouveau. M'accorderez-vous le plaisir d'une danse ? Lady Caroline m'a laissé entendre qu'il restait quelques lignes sur votre carnet de bal.

Quelle vile intrigante ! Eliza lui décocha un regard

noir, que son amie soutint sans ciller, un grand sourire aux lèvres.

— Eliza en sera enchantée, n'est-ce pas ?

— La prochaine danse est un quadrille, précisa le petit homme en tournant les yeux vers la piste.

— J'accepte avec plaisir, Mr Howard, répondit Eliza en tendant une main pour qu'il la prenne à son bras.

Son geste n'était-il pas maladroit ? Seigneur ! Toutes ces règles étaient un véritable casse-tête !

— Tu dois inscrire le nom de ton cavalier, lui rappela Caroline en désignant son carnet de bal.

Eliza lui présenta vivement son poignet.

— Je t'en prie, fais-le pour moi, Caroline. J'aurais trop peur de faire une erreur.

Si son amie nota la pointe de sarcasme dans sa voix, elle n'en laissa rien paraître. Elle s'exécuta rapidement.

— Voilà ! Maintenant, file ! lui dit-elle avec un sourire enjoué, comme si elle envoyait une enfant jouer au square.

Puisqu'il le fallait…

Après la première danse, elle en accorda une autre à l'un des amis de Mr Howard. Puis vint le moment redouté des danses aluciennes, qu'elle passa au bras d'un homme de la suite du prince, à l'accent si marqué qu'elle le comprenait à peine. Il faut dire que les pas, complexes, retenaient toute son attention. La danse suivante fut un soulagement. Caroline avait dit vrai : elle ne se défendait pas si mal au quadrille. Pour finir, il fallut endurer une valse avec un cavalier qui empestait l'alcool et le tabac.

Le brouhaha s'était intensifié à mesure que les réserves de punch diminuaient. À cette heure tardive, certains invités, incommodés par la chaleur, commençaient à ôter leur masque. Excellente idée. Eliza retira le sien et en noua les liens entre eux pour les passer à son bras. C'était bien plus commode pour danser. À une ou deux reprises, elle dut faire un effort pour se rappeler qu'elle se trouvait vraiment à Kensington Palace, à un bal royal. Que ses cavaliers d'un soir étaient tous des hommes importants et fortunés. Et que les dames autour d'elle, du moins celles qui n'avaient pas déjà trouvé un parti enviable, leur étaient destinées.

Elle aurait pu s'amuser à séduire, chercher à plaire. Feindre, le temps d'une soirée, qu'elle n'était pas vouée à s'occuper de son père sans jamais se marier. Mais, curieusement, elle n'en éprouvait pas le besoin. Elle était vieille fille, et alors ? Elle avait un peu trop bu, et après ? De quoi aurait-elle honte ? Elle se sentait bien ainsi.

Et puis, au fond, quel souvenir garderait-elle de cet océan de masques ?

Deux yeux d'émeraude, peut-être.

Chapitre 5

Le buffet a été regarni à deux heures et demie du matin, une initiative fort appréciée après les rigueurs des danses aluciennes. Les masques ont commencé à tomber, réservant quelques surprises. Les convives ont notamment pu constater que les goûts singuliers d'un lord venu du Nord s'étendaient jusqu'à ses costumes. Quant à certain visiteur royal, il n'a plus été vu après une heure du matin. Pas plus qu'une lady reconnaissable entre toutes à sa chevelure flamboyante, malgré le loup censé préserver son anonymat. Les festivités se sont poursuivies jusque tard dans la nuit : les rues autour de Kensington Palace résonnaient encore des cris des invités rentrant chez eux bien après quatre heures.

Mesdames, si une nuit de danse vous a laissé les yeux gonflés, songez à la pratique française qui consiste à dormir avec deux escalopes de veau pressées contre les paupières. Le remède est idéal. Au réveil, vous aurez des yeux de biche.

Honeycutt's,
gazette mode et maison pour ladies

Sebastian s'éveilla. Le lit était vide.

Il se redressa brusquement, un peu désorienté. Que faisait-il dans cette chambre minuscule ? Et où diable étaient ses serviteurs ? Personne ne s'affairait en silence à préparer son petit déjeuner. Minute… Mais oui, bien sûr. La splendide rousse à califourchon sur lui. Ses ongles mordant dans la chair de son torse. Il baissa les yeux. *Je*, elle y avait laissé des traces.

Il passa une main dans ses cheveux, puis se leva et entreprit de rassembler ses vêtements. Il enfila le tout à la hâte, sans prendre la peine de remettre son masque. Débraillé, les pans de sa chemise dépassant sur son pantalon, le manteau drapé sur un bras et la cravate pendillant entre ses doigts, il sortit dans le couloir.

Il trouva deux gardes devant la porte. Appuyés contre le mur, ils dormaient debout – un art que lui-même n'était jamais parvenu à maîtriser. Aussitôt alertes, ils l'escortèrent en silence à l'extérieur du bâtiment, en prenant soin de refermer sans bruit les portes derrière eux.

L'aube poignait à peine lorsqu'ils atteignirent la partie mieux connue du palais. À son entrée dans la chambre qu'il occupait, son valet manqua de tomber de la chaise où il s'était assoupi. Sebastian lui tendit son manteau et sa cravate.

— Fais-moi préparer un bain, Egius.

— *Je*, Votre Altesse, dit le valet en s'inclinant avant de disparaître.

Sebastian alla jusqu'à la cuvette, plongea les mains dans l'eau froide et s'en aspergea le visage. Son estomac grondait. Quelle nuit ! Cette Mrs Forsythe était infatigable…

Son majordome pénétra dans la chambre et s'inclina.

— *Bon den, mae principae.*

— Bonjour, Patro, lui répondit-il en alucien. Je mangerai

après mon bain. Fais venir le ministre des Affaires étrangères. Où est Matous ?

— Je vais le faire réveiller, Votre Altesse.

Il est encore tôt, c'est vrai, s'avisa Sebastian en bâillant. *Trop tôt pour tirer du lit un honnête homme.*

— Laisse-le finir sa nuit, dit-il en agitant la main. Qu'il dorme encore un peu. Tu le feras appeler pour le petit déjeuner.

Quand le baquet fut prêt dans la pièce voisine, il s'enfonça dans l'eau brûlante et ferma les yeux. Il ne s'était pas senti aussi détendu depuis qu'il avait posé le pied sur le sol anglais. Grâces soient rendues à l'insatiable Mrs Forsythe et à ses caresses plus que bienvenues…

Pris d'une légère torpeur dans les vapeurs parfumées, il laissa ses pensées vagabonder. Il se prit à songer aux jeunes femmes qu'on lui avait présentées par dizaines depuis son arrivée à Londres. Toutes enthousiastes, toutes pleines d'espoir. Innombrables. Aucune n'avait vraiment éveillé son intérêt. Évidemment, ses ministres s'en inquiétaient. Ils n'auraient pas dû, pourtant. Il aimait les femmes au plus haut point. Mais voilà : trop souvent, quand une lady se rapprochait de lui, c'était davantage pour la position privilégiée ou la notoriété qu'il pouvait lui apporter que pour sa propre personne. Du moins en avait-il l'impression.

Malgré tout, il comprenait bien la nécessité de se marier. À trente-deux ans, il était grand temps pour lui d'accomplir l'unique devoir que lui imposait son existence dorée : engendrer un héritier.

Il ne comptait plus les jeunes femmes qu'il avait rencontrées. En Alucie. Au bal de la veille. Et, avant cela, aux multiples réceptions organisées dans tout Mayfair par la noblesse anglaise. Sans oublier le dîner officiel à Windsor deux jours après son arrivée. Là, tout de même, l'audacieuse

Mrs Forsythe l'avait captivé, il fallait bien le reconnaître. Mais, hormis elle, personne n'avait retenu son attention.

Et l'histoire se répétait où qu'il aille, dans tous les pays, sur tous les continents. On lui vantait les mérites d'une fille, d'une nièce, d'une sœur, d'une petite-fille, qu'on espérait le voir épouser.

À vrai dire, les prétendantes anglaises étaient si nombreuses qu'elles finissaient par toutes se ressembler. Un visage pâle. Un nez étroit. Mrs Forsythe s'était détachée du lot pour les mauvaises raisons. Les affinités, l'affection – dans sa situation, rien de tout cela ne devait compter. La femme qu'il choisirait deviendrait reine. Elle serait la mère de l'héritier du trône d'Alucie, apportant ainsi à sa famille un surcroît de privilèges et de prestige. La vérité, c'est qu'il n'aurait pas eu moins de succès s'il avait été une bête sauvage. Au fond, peu importait qui il était vraiment. C'était déprimant…

Il se laissa glisser tout au fond du baquet. Un supplément d'eau chaude n'aurait pas été de refus. Hélas, il ne pouvait guère s'attarder. Des réunions l'attendaient. Il devait rencontrer le ministre anglais du Commerce, lequel ne cachait pas ses réticences vis-à-vis de sa proposition d'accord. Pour le convaincre, il allait falloir jouer serrer.

Pourtant, il ne bougea pas.

À bien y réfléchir, le problème était simple. Il voyait cette recherche d'un parti potentiel comme une corvée parmi d'autres. De même qu'il fallait rencontrer les autorités britanniques pour négocier le traité, de même qu'il fallait nouer des alliances avec les riches et les puissants du pays, il fallait aussi choisir une épouse parmi toutes les candidates qu'on lui présentait. Quoi de plus facile pour qui savait dissocier ses sentiments de son devoir ? Mais voilà : lui-même n'était pas fait de ce bois-là. Il ne pouvait s'empêcher d'aspirer à trouver quelqu'un qui lui corresponde au moins un peu. Une âme en qui il puisse avoir confiance. Une femme qui soit à la fois une amie et une amante avant d'être une reine. Était-ce seulement possible ? Non, sans doute. Que disait sa grand-mère, déjà ? *On n'a rien sans rien*. Fortune et pouvoir ne s'obtenaient pas sans contrepartie. Autrement dit, sans renoncer à l'amour.

Un jour, il avait confié à Leopold son désir d'épouser une femme avec qui il s'entendrait bien. Son frère lui avait ri au nez. Ce n'était pas vraiment de lui qu'il s'était moqué. Plutôt de l'absurdité de leur vie. Ils ne pouvaient réellement se fier à personne, ils le savaient l'un comme l'autre. La richesse, l'influence, les titres avaient le don de transformer les gens honnêtes en menteurs et en flagorneurs. Bien sûr, toutes les débutantes qu'il rencontrait n'étaient pas indignes de confiance. Simplement, comment distinguer les opportunistes des autres ?

Il ne connaîtrait probablement jamais l'opinion que sa future épouse aurait de lui. L'existence paisible qu'il menait la ferait-elle mourir d'ennui qu'il n'en saurait rien. Cela dit, en toute franchise, y avait-il chez lui quoi que ce soit d'admirable, hormis le fait qu'il deviendrait roi un jour ?

L'eau s'était refroidie. À contrecœur, il se hissa hors du baquet. Il prit la serviette et le peignoir de grosse laine que lui tendait Egius. Devant l'âtre, il coiffa sans y penser ses cheveux humides avec ses doigts. Une fois sec et bien réchauffé, il passa dans le salon, où il refusa d'un geste le tricot que lui apportait son valet.

— Mon petit déjeuner, d'abord.

Il s'attabla et se laissa servir une tasse de café par un jeune Alucien de sa suite. Patro avait disposé ses notes pour la réunion en une pile bien nette à côté de son assiette. Aujourd'hui, il devait présenter les termes de l'accord. Il s'empara du premier document de la pile et le parcourut des yeux. « … force, par tous moyens, voies d'action et de prescription nécessaires, et de s'acquitter dûment… »

On frappa discrètement à la porte. Patro entra et s'inclina profondément.

— Votre Altesse royale, le maréchal Rostafan et le ministre des Affaires étrangères Anastasan sont arrivés.

Les intéressés pénétrèrent dans le salon. Tous deux avaient l'œil un peu trouble.

Sebastian les salua en alucien.

— Alors, messieurs ? La soirée a été à votre goût, semble-t-il.

— Absolument, confirma Rostafan en se laissant tomber sur une chaise à côté de lui.

Comme à son habitude, le chef des armées d'Alucie se mordillait la lèvre inférieure au point de la faire complètement disparaître. Manifestement, il n'avait pas jugé utile de se donner un coup de peigne, ce matin. Ce qui ne l'empêchait pas d'arborer ses distinctions militaires avec la fierté qu'on lui connaissait. Grand et massif, il affichait un visage rubicond où foisonnait une barbe mal taillée. Peu porté sur les usages et le protocole, le maréchal avait une fâcheuse tendance à s'adresser aux membres de la famille royale, et en particulier au roi et à ses fils, comme à des égaux.

Tout l'inverse de Caius Anastasan… Aussi svelte que son homologue aux armées était lourd, le ministre des Affaires étrangères faisait montre d'une grande délicatesse dans ses rapports avec Sebastian. À l'exception des cernes noirs qui assombrissaient son regard ce matin, son visage au teint olivâtre présentait une peau lisse et sans défaut, et pas un cheveu ne dépassait malgré l'heure matinale.

Sebastian connaissait bien Caius. Ils avaient étudié

ensemble à Oxford. C'était un ami. Hélas, son investiture en tant que prince héritier avait modifié certaines de ses plus anciennes relations, et celle qu'il entretenait avec Caius n'y avait pas échappé. Son ami de longue date s'était mis à lui témoigner une extrême déférence. Depuis sa prise de fonctions au ministère, ce respect excessif s'était même mué en une obséquiosité presque écœurante. Avait-il rêvé leurs années de complicité à Oxford ? Il finissait par se le demander, parfois.

Caius attendit qu'il l'invite à s'asseoir, ce qu'il fit d'un geste de la main.

— Comment avez-vous trouvé le bal, Votre Altesse ? s'enquit le ministre.

— Tolérable. Surtout vers la fin, ajouta-t-il avec un sourire entendu.

Ses visiteurs rirent d'un air complice. Quoi d'étonnant ? Il avait l'habitude. Tout le monde autour de lui connaissait sa vie dans les moindres détails. Garder un secret plus de quelques minutes ? Il n'en rêvait même pas.

Patro revint. Deux serviteurs le suivaient, chargés de plateaux garnis d'œufs, de saucisses, de toasts triangulaires et de confitures.

Tandis qu'ils mangeaient tous trois avec appétit, ses deux visiteurs le régalèrent d'anecdotes sur le bal. Décidément, Rostafan était impayable ! Sa description d'un pauvre attaché anglais aux prises avec les pas compliqués des danses aluciennes le fit rire aux larmes. Puis, peu à peu, la conversation dériva vers des sujets plus sérieux. Ils en vinrent à évoquer la rencontre qui devait avoir lieu cet après-midi.

— Il faudra insister sur la baisse nécessaire des droits de douane sur nos marchandises, était en train de dire Caius.

Sebastian l'interrompit d'un geste.

— J'aurais besoin de Matous pour traiter de ces questions, dit-il en cherchant Patro du regard.

Le majordome inclina la tête et partit aussitôt chercher le secrétaire personnel du prince.

Rostafan tambourinait des doigts sur la table, visiblement irrité de devoir attendre. Il se tourna vers la fenêtre et tendit le cou pour observer les jardins.

— Encore un jour gris et humide, fit-il remarquer. Comment tout un peuple peut-il subir sans broncher tant de grisaille, jour après…

Il n'eut pas le temps d'achever sa phrase. La porte s'ouvrit brusquement et Patro surgit dans la pièce, le teint cendreux et les yeux exorbités.

Interloqué, Sebastian se retourna sur son siège.

— Quoi ? Qu'y a-t-il ?

— C'est Mr Reyno, Votre Altesse ! Il ne se réveille pas !

Le maréchal ricana.

— Allons bon, notre cher secrétaire ne supporterait-il pas l'alcool ?

Sebastian sentit son cœur manquer un battement. À en juger par la mine effroyable du majordome, l'absence de réaction de Matous ne devait rien à quelques verres de trop.

— Que veux-tu dire, Patro ? Parle, voyons ! ordonna-t-il en se levant.

— C'est… une scène très pénible, Volte Altesse. Il y a beaucoup de sang. Je suis navré.

Rostafan se rua vers la porte. Il écarta sans ménagement le majordome et quitta en trombe le salon. Sebastian fit mine de le suivre, mais Caius le rattrapa d'une poigne étonnamment ferme. Il essaya de se dégager d'une secousse. En vain : son ministre le ramena violemment vers le centre de la pièce.

— Vous levez la main sur moi, Caius ? Comment osez-vous ? s'écria-t-il.

— Soyez raisonnable, Votre Altesse. Nous ignorons ce qui s'est produit. Qui sait si ce n'est pas un piège, un stratagème pour vous faire sortir sans protection ? Patro, appelez la garde !

Pas question de rester ici les bras ballants. Par malheur, au moment où Sebastian s'élançait de nouveau vers la porte, un garde s'encadra dans l'embrasure. Coincé !

— Votre Altesse, dit Caius d'une voix plus calme, il faut rester ici tant que nous ne serons pas certains que tout danger est écarté.

D'autres gardes entrèrent à la suite du premier. Sebastian les foudroya du regard. Peu importait qu'ils ne fassent qu'accomplir leur devoir. Qu'ils le laissent passer, nom de nom ! Il fallait qu'il aille jusqu'à Matous, qu'il voie ce qu'on lui avait fait !

Avec un rugissement d'impuissance, il fit volte-face et balaya d'un geste rageur les reliefs du petit déjeuner. Tasses, bols et assiettes se brisèrent au sol avec fracas.

Au bout de ce qui lui parut une éternité, Rostafan revint enfin, la mine sombre et les mains couvertes de sang.

— Alors ? lança Sebastian.

— Assassiné. On lui a tranché la gorge.

Il chancela sous le choc, et dut se rattraper d'une main à la table du petit déjeuner.

— Non…

Matous ! Mon seul véritable ami…

Il fut pris de nausée. Une sensation d'oppression lui écrasait la poitrine. Il se rendit soudain compte que tous les regards étaient braqués sur lui. La pièce était comble, à présent. Tous attendaient ses ordres.

— Comment est-ce possible ?

Personne ne répondit.

— Comment ? hurla-t-il en frappant du poing sur la table.

Une image le heurta de plein fouet. Matous l'interceptant alors qu'il s'apprêtait à rejoindre Mrs Forsythe... Son trouble inhabituel quand Sebastian avait repoussé l'entretien qu'il sollicitait...

Il avait dit à son secrétaire qu'il le retrouverait ici même, dans ses appartements, deux heures plus tard. Mais il n'avait pas tenu parole. Qu'avait voulu lui dire Matous ? Quels avaient été ses mots exacts ?

— Votre Altesse, avec votre permission, je vais prévenir les autorités compétentes, annonça Caius d'une voix caverneuse.

Sebastian hocha machinalement la tête. Était-ce vraiment son ministre qui venait de parler ? Il n'en était même pas certain.

— Leopold, croassa-t-il. Trouvez-le et amenez-le-moi, sur-le-champ.

Un mouvement confus d'allées et venues s'ensuivit. Une servante vint nettoyer le désordre qu'il avait causé. Egius se présenta pour l'habiller. Bien sûr. Il ne pouvait décemment pas démarrer une enquête pour meurtre en peignoir.

— Je veux voir son corps, déclara-t-il, sans s'adresser à personne en particulier.

— Je vous le déconseille, Votre Altesse.

— Je veux le voir, vous dis-je !

Il fit signe à Egius de le suivre au vestiaire. Une fois vêtu, il retourna dans le salon bondé et toisa son maréchal. Sans un mot, Rostafan le précéda en direction de la porte.

Tous deux s'engagèrent dans le couloir. Les tapis qui couvraient le sol étouffaient leurs pas. Parvenu devant la porte du fond, Sebastian inspira profondément pour s'armer de courage. Puis il pénétra dans la petite chambre. La première chose qu'il vit fut la main gantée de Matous, qui pendait mollement au bord du lit. Cette main difforme, guère plus qu'un moignon sans doigts… Son ami était né ainsi. Il s'en était si bien accommodé qu'on s'en apercevait à peine. Malgré tout, elle avait dû lui compliquer l'existence. Pour se défendre contre un assaillant, par exemple.

L'estomac noué, il s'avança. Il y avait du sang partout. Une plaie béante s'étalait en travers de la gorge de Matous. Comme son ami paraissait serein dans la mort, pourtant ! Plus aucune ride d'inquiétude ne creusait son visage. Il semblait dormir d'un sommeil paisible, peuplé de songes agréables. L'horreur de cette lacération n'en paraissait que plus insoutenable.

Qui avait pu commettre un crime aussi atroce ?

Qui, bon sang ?

Les gardes anglais venaient d'arriver. Ses propres gardes l'invitèrent fermement à se retirer. On le ramena jusqu'à son salon, qui s'était encore rempli en son absence. Des gens de sa suite, pour la plupart, parmi lesquels il reconnut Lady Anastasan, l'épouse de son ministre des Affaires étrangères. Elle sanglotait en silence, un peu à l'écart. Rostafan s'efforçait de la consoler. Il y avait là un véritable attroupement. Pourtant, Sebastian ne s'était jamais senti aussi seul.

Ni aussi coupable.

Matous avait cherché à l'alerter, mais il s'était laissé dominer par ses pulsions. Il n'avait songé qu'à son propre plaisir et à la galante compagnie qui l'attendait.

Un peu de solitude, voilà ce qu'il lui fallait. Il avait besoin de pleurer en privé la disparition de son secrétaire et ami.

Allons, qui espérait-il convaincre ? Même ces instants

d'intimité, on les lui refuserait. Tous les regards seraient braqués sur lui. La ruée commençait déjà, d'ailleurs. À peine le temps d'absorber le choc qu'un Anglais à la carrure frêle, le teint grisâtre et la moustache en désordre, s'approchait déjà.

— Veuillez m'excuser, Votre Altesse. Puis-je vous demander quand vous avez vu Mr Reyno pour la dernière fois ?

Le cœur au bord des lèvres, il lutta pour contenir la nausée. Allons, un peu de nerf. Depuis l'enfance, on lui avait appris à faire bonne figure.

— Hier soir, au bal, répondit-il avec calme en se préparant à subir un interrogatoire en bonne et due forme.

Il était prêt à tout pour retrouver l'ordure qui avait tranché la gorge de Matous.

Chapitre 6

Commandés pour de véritables fortunes aux modistes et aux chapeliers les plus prestigieux de Londres, les masques portés au bal royal rivalisaient de splendeur et d'inventivité. Certains défiaient les lois de la gravité. D'autres, les lois du bon goût. On notera en particulier le nid d'oiseau perché au sommet du crâne d'une des convives. On se serait presque attendu à voir des oisillons sortir la tête de l'entrelacs de brins et ouvrir le bec en pépiant.

Honeycutt's,
gazette mode et maison pour ladies

Quelle soirée ! Eliza, Caroline et Hollis n'avaient regagné Mayfair et la superbe demeure de Caroline qu'à l'aube, et avaient dormi comme des anges jusqu'à une heure après midi. Quand enfin elles avaient ouvert un œil, toutes trois s'étaient retrouvées dans la salle à manger pour y prendre leur petit déjeuner. Les cheveux défaits, encore vêtues de leurs tenues de nuit, elles picoraient en passant en revue chaque détail du bal.

— Avez-vous vu Lady Elizabeth Keene ? demanda Hollis, surexcitée.

Un bras passé autour de ses jambes, qu'elle avait repliées sous sa chemise de nuit, elle grignotait un toast en guettant leur réaction.

— Qui ? fit Eliza.

— Tu es désespérante, ma chère sœur. Si tu m'avais accompagnée au récital dans les jardins zoologiques, tu saurais de qui je parle.

— Voyons, Hollis, tu sais bien que je te laisse volontiers la collecte des ragots. Pour ma part, je suis beaucoup plus utile à la mise en forme de la gazette.

— D'accord, d'accord. Eh bien, elle et Lady Katherine Maugham sont à couteaux tirés. En ce moment, elle enrage de ne pas encore avoir attiré l'attention du prince Sebastian. Pensez-vous : tout le monde lui prédisait qu'il la remarquerait au premier coup d'œil. De dépit, elle s'est rabattue sur un certain gentleman anglais, qui a bénéficié de toute son attention.

— Avec le décolleté plongeant qu'elle portait hier soir, je m'étonne qu'elle n'ait pas été comblée de tous les égards auxquels elle aspirait, persifla Caroline avec un haussement de sourcils éloquent.

Confortablement installée sur deux fauteuils, qu'elle avait rapprochés pour se faire une ottomane, elle mordit dans la tranche de jambon qu'elle tenait délicatement entre le pouce et l'index.

— Je ne comprends pas, intervint Eliza. Je croyais que c'était Lady Katherine qui trépignait de ne pas avoir été remarquée par le prince héritier.

Mais Hollis ne l'avait pas écoutée. Elle relisait ses notes, prises sur un morceau de papier qu'elle avait lissé sur la table du plat de la main.

— Je n'avais même pas remarqué son décolleté, à vrai dire, commenta-t-elle. J'étais trop fascinée par son masque. N'avez-vous pas vu cet affreux nid d'oiseau perché sur sa tête ?

Eliza poussa un petit cri.

— Ah, tu parles de cette lady-là ! J'ignorais de qui il s'agissait, mais je l'ai vue ! La pauvre, j'ai même cru qu'elle avait fabriqué son masque elle-même, faute de moyens.

Sa remarque fit glousser Caroline.

— Détrompe-toi, dit Hollis en riant. Lady Elizabeth dispose de quarante mille livres par an. Plus que sa chère rivale, Lady Katherine, qui n'en a que trente mille…

Eliza et Caroline échangèrent un regard incrédule. Leur silence incita Hollis à lever les yeux.

— Eh bien, quoi ? Croyais-tu être mon unique source d'information, Caroline ?

— Oh ! Certes non, dit l'intéressée d'une voix traînante. Je ne me faisais pas tant d'illusions.

— Allons, assez bavardé, les filles, déclara Hollis avec entrain. Il est temps de déterminer ce que nous allons raconter de ce bal dans la gazette. Pour commencer, il faut commenter les robes, bien sûr. J'ai pris quelques notes.

— J'en ai vu de splendides, et d'autres tout à fait ordinaires, commença Caroline avant de s'écarter pour laisser un valet remplir sa tasse de thé. Le tout formait un ensemble assez hétéroclite. En revanche, j'ai particulièrement admiré les tenues aluciennes.

— Oh ! oui, elles étaient toutes magnifiques, approuva Eliza. Cela dit, s'il fallait désigner la toilette la plus éblouissante, je voterais pour celle de Hollis.

Sa sœur émit un hoquet ravi.

— Vraiment ?

— Absolument !

Eliza se pencha pour ôter un ruban bleu oublié dans les cheveux de jais de sa sœur. À l'évidence, quelques détails avaient échappé à leurs regards endormis au moment de se dévêtir pour se mettre au lit. À présent drapée dans un fauteuil en cabriolet à l'étage, la robe de Hollis, en soie d'un somptueux bleu saphir ourlé de noir, comportait un jupon impressionnant dont les pans cascadaient jusqu'au sol. Poppy avait passé plusieurs soirées à piqueter le corset de minuscules cristaux noirs. Hollis avait complété sa tenue à l'aide d'un superbe collier ras-de-cou en onyx, cadeau de son défunt mari.

— Son masque aussi lui allait à merveille, tu ne trouves pas, Eliza ? renchérit Caroline en souriant à Hollis. Mrs Cubison avait vu juste, pour la couleur. Comme pour tout le reste, d'ailleurs. Mais quelle bougresse, tout de même, de ne rien avoir voulu me dire ! Tiens, d'y penser, me revoilà toute contrariée.

— Oui, muette comme une carpe, abonda Hollis.

Elle aussi semblait en vouloir à la modiste, qu'elle n'avait pourtant jamais vue.

— Pensez-vous qu'elle m'aurait donné quelques indices, pour que je puisse reconnaître au moins certaines personnes ? Rien du tout ! Une vraie tombe. Je l'entends encore me dire : « Voyons, Lady Caroline, où serait le plaisir d'un bal masqué si on savait d'avance qui se cache derrière quel masque ? »

À en juger par son imitation, Mrs Cubison avait une voix plutôt grave.

— Elle n'a pas tort, fit observer Eliza.

— Tort ou non, j'ai insisté, poursuivit Caroline. Vous me connaissez, je ne renonce pas facilement. Je l'ai même suppliée, pour tout vous dire. Je m'attendais à ce qu'elle me passe ce caprice. Après tout, elle a une petite dette envers moi.

— Pourquoi ? s'enquit Eliza.

— Pourquoi ? s'emporta Caroline. As-tu idée du nombre de clientes que je lui ai adressées rien que cette année ?

— Combien ? demanda Hollis, curieuse.

— Je n'ai pas le compte exact, évidemment ! Mais je la recommande à quiconque me réclame une adresse. Et pourtant, je n'ai rien pu en tirer : elle se ferait tuer plutôt que de divulguer la moindre bribe d'information sur les commandes qu'on lui passe.

— Mille diables, Caroline ! tonna une voix masculine. Que signifient tous ces piaillements et gloussements ? On se croirait dans un poulailler !

Lord Hawke, le frère de Caroline, fit irruption dans la salle à manger, alerte et séduisant comme à son habitude. Toutes les jeunes filles de la capitale, et leurs mères avec elles, se demandaient qui il allait finir par choisir pour épouse. Apparemment, il venait de rentrer ou s'apprêtait à sortir : il portait son manteau. Et il paraissait frais et dispos, comme s'il avait eu une bonne nuit de sommeil. C'était parfaitement injuste.

— Vous vous levez à peine ? s'exclama-t-il, effaré, en les observant à tour de rôle.

— Ma foi, oui ! confirma sa sœur. Nous sommes rentrées à l'aube. Si tu étais resté, tu serais encore au lit à l'heure qu'il est.

— Très peu pour moi. J'ai déjà consenti à un gros sacrifice en vous escortant toutes les trois alors que je n'en avais aucune envie. Les bals ne m'intéressent pas, a fortiori quand il s'agit de divertir quelque prince étranger. Ceci mis à part, je suis plutôt en bonne santé. Je n'ai pas besoin de beaucoup de sommeil. Quant à vous, vous devriez marcher davantage. C'est bon pour l'endurance.

Il se pencha par-dessus Caroline pour s'emparer d'une tranche de jambon.

— Je vous trouve bien trop pâles, toutes les trois, ajouta-t-il en mâchant.

Eliza et Hollis ne s'offusquèrent pas. Beck les connaissait depuis l'enfance et les considérait, encore aujourd'hui, comme des petites filles. Il ne cherchait pas à les ménager. Elles le lui rendaient bien.

— Tu ne vas pas le croire, Beck : j'ai rencontré le prince héritier ! triompha Eliza.

Beck lui adressa un regard perplexe.

— Et ?

— Et il n'est pas encore marié, ajouta Eliza avec un clin d'œil avant de glisser une cerise dans sa bouche.

— Doux Jésus ! s'écria Beck, soudain inquiet. Ai-je besoin de vous expliquer que, des trois jolies dindes que vous êtes, aucune – pas même toi, Caroline – ne dispose du genre de dot, de relations ou d'attraits qu'un tel parti exigerait ? Vous vous bercez d'illusions si vous croyez le contraire ! Franchement, si vous voulez mon avis…

— Personne ne te l'a demandé, le coupa Caroline.

— Si vous voulez mon avis, reprit Beck un peu plus fort, vous feriez mieux de cultiver un peu votre sens pratique en matière de relations mondaines.

— Autrement dit ? s'enquit sa sœur.

— Autrement dit, de porter vos regards vers des gentlemen plus en rapport avec votre propre condition. Un baronnet ou un chevalier pour toi, Caroline.

Il regarda pensivement Hollis, puis Eliza.

— Et pour vous deux… Je ne sais pas, quelque employé de bureau, peut-être ?

Ce cher Beck, toujours aussi aimable… Craignait-il donc qu'Eliza et sa sœur aient une assez haute opinion d'elles-mêmes pour espérer épouser un lord, voire – à Dieu ne plaise – un prince ?

— Plutôt que de perdre votre temps à parler chiffons, pourquoi ne vous cherchez-vous pas une occupation utile ? reprit-il. Apprenez donc comment répondre aux besoins d'un mari ou prendre soin d'un enfant, par exemple. En tous les cas, vous ne devriez pas courir après les princes. Et encore moins écrire cette… gazette, ajouta-t-il en clouant Hollis d'un regard dédaigneux.

— C'est tout de même incroyable, répliqua-t-elle sans se démonter. Pas un seul gentleman dans notre entourage ne sait apprécier le travail et le soin que nous apportons à ce journal. Suis-je la seule à l'avoir remarqué ?

— Oh ! n'ayez crainte, Mrs Honeycutt : vous êtes loin d'être la seule, ironisa Beck.

Hollis, qui tenait beaucoup à son entreprise, parut sur le point de lui sauter à la gorge. Par chance, Caroline intervint avant que la situation s'envenime.

— Mille mercis pour ces précieux conseils, mon cher frère, dit-elle d'une voix mielleuse. Maintenant que tu nous as illuminées de ta sagesse éminemment supérieure, tu as certainement d'autres personnes à qui faire part de tes avis éclairés, pendant que nous finissons notre petit déjeuner.

— On me congédie ? badina Beck en prenant une tranche de pain. Dois-je comprendre que mes nouvelles ne vous intéressent pas ?

— Quelles nouvelles ? demanda précipitamment Hollis.

— Tut tut, fit-il en remuant l'index de droite à gauche. Ce que j'ai à dire n'est pas pour ta gazette, Hollis. C'est strictement confidentiel. Jurez-vous le silence ?

— C'est sérieux à ce point ? demanda Eliza en se redressant. De quoi s'agit-il ? Mr Clarence aurait-il encore eu les yeux baladeurs ?

— Tu es loin du compte, ma chère, répliqua Beck, déçu par son manque d'imagination. Alors, ai-je votre parole ?

— Oui ! s'écrièrent-elles à l'unisson, au comble de l'impatience.

— Très bien.

Il prit une baie et la savoura, retardant son annonce pour ménager son effet.

— Ce matin, dit-il enfin sur un ton désinvolte, le secrétaire personnel du prince héritier a été retrouvé mort dans son lit, à Kensington Palace. Assassiné.

Un silence stupéfait s'abattit sur la salle à manger. Puis les questions fusèrent.

Beck leva une main et les regarda tour à tour.

— On lui a tranché la gorge pendant son sommeil. Enfin, je suppose qu'il dormait. Tout ce que je sais, c'est qu'on l'a retrouvé dans son lit, en vêtements de nuit.

Caroline, Hollis et Eliza échangèrent des regards horrifiés.

— Lequel était-ce, son secrétaire ? Ils portaient tous le même masque.

Beck fit un geste d'ignorance.

— J'ai entendu dire qu'il avait une main mal formée.

Eliza hoqueta.

— Non ! croassa-t-elle.

— Je t'assure.

— Mon Dieu, c'est l'homme qui était chargé de présenter les débutantes au prince ! Te rappelles-tu, Caroline ? Je te l'ai montré.

— Ma foi, il ne fera plus de présentations, maintenant, commenta Beck sans émotion particulière.

Sa sœur lui assena une tape sur le bras au moment où il se penchait de nouveau au-dessus d'elle.

— Comment peux-tu faire preuve d'une telle absence de compassion ?

— Oh ! Beck, souffla Eliza, consternée. J'ai échangé

quelques mots avec lui. Il est gentiment venu me demander si j'allais bien…

— C'est vrai, Beck, renchérit Hollis. Un homme a perdu la vie, et toi, tu plaisantes.

— Je ne plaisante pas, j'énonce des faits. Ce n'est pas un manque de compassion. Simplement, je ne le connaissais pas personnellement. Dès lors, il m'est difficile d'éprouver du chagrin à l'annonce de sa mort.

— Mais pourquoi ? dit Hollis.

— Je te l'ai dit, je ne le connaissais pas…

— Mais non, voyons. Pourquoi l'a-t-on tué ?

— Ah ! ça… C'est la question que tout le monde se pose, n'est-ce pas ? Son meurtre doit avoir un rapport avec les rumeurs de rébellion qu'on entend circuler, j'imagine. C'était peut-être le prince lui-même qui était visé, et l'assassin se sera trompé de cible.

— Je ne pense pas, dit Eliza. Le secrétaire était un homme fluet. Le prince, lui, est grand et robuste.

— Bah, on saura bientôt le fin mot de l'histoire, conclut Beck. Il y a forcément un témoin. On ne se promène pas dans Kensington Palace pour y trancher la gorge des invités sans se faire remarquer de quiconque. Allons, les filles, assez traîné. Montez vous habiller. Il est bientôt l'heure du thé et j'attends des visiteurs. Pas de harem dans ma salle à manger, je vous prie.

Beck prit une autre baie et, sans se presser, se dirigea vers la porte.

— Caroline, fais ce que je te demande, veux-tu ? lança-t-il par-dessus son épaule avant de disparaître dans le hall.

Caroline leva les yeux au ciel, puis se coupa une tranche de pain qu'elle entreprit de beurrer.

— Je n'arrive pas à le croire, murmura Eliza. Ce pauvre homme, assassiné.

Avec quel enthousiasme il avait présenté chaque jeune femme à son souverain ! Et avec quelle intolérable mauvaise grâce le prince avait accueilli ses efforts ! C'est à peine s'il avait accordé un regard aux ladies que son homme de confiance amenait devant lui. Pourtant, le secrétaire lui avait semblé être la gentillesse incarnée quand elle s'était vantée auprès de lui d'avoir rencontré l'héritier. Il lui avait même assuré qu'elle avait fait forte impression sur Son Altesse…

— Un meurtre au cœur d'un palais royal, ça n'a pas de sens, déclara Hollis. Il y a trop de gardes, trop de passage, trop de risques de se faire prendre. Beck a raison : quelqu'un a forcément vu quelque chose.

— D'un autre côté, si l'assassin a réussi à s'enfuir sans être repéré, les soupçons retombent à la fois sur les Anglais et sur les Aluciens, fit remarquer Caroline. Imaginez la difficulté de démêler cet écheveau-là.

— C'est vrai, mais…

L'argument de Hollis se perdit dans les cris furieux qui leur parvinrent depuis l'entrée.

— Caroline ! hurlait Beck. Qu'est-ce que c'est que cette facture ? Pour une seule robe ! Il va me falloir quelques explications !

— Oh oh, mon frère vient de découvrir l'étendue de sa générosité.

Ce n'était un secret pour personne : leur amie dépensait sans compter l'argent de son frère. En général, il protestait et tempêtait, mais, au fond, il était incapable de lui refuser quoi que ce soit.

— Caroline !

— Euh, bien, dit-elle en se levant précipitamment. Nous ferions mieux de monter dans ma chambre, je crois.

Elle s'élança si promptement vers la porte que les pans

de son négligé ondulèrent derrière elle. Hollis et Eliza lui emboîtèrent le pas avec la même hâte.

Tout en s'habillant, Hollis, rongée par la curiosité, se mit à échafauder diverses hypothèses sur les événements qui avaient pu conduire à la fin tragique du secrétaire. Quelle pie bavarde, décidément ! Eliza, elle, se surprit à se demander comment le prince aux yeux verts avait vécu le drame.

Les jours suivants, la nouvelle du meurtre survenu à Kensington Palace se répandit comme une traînée de poudre dans toute la ville. Qui avait bien pu assassiner le malheureux Alucien – un dénommé Matous Reyno, comme Hollis l'avait découvert ? Les hypothèses allaient bon train, et la sœur d'Eliza venait à tout bout de champ à Bedford Square pour les tenir informés, son père et elle. On commença par murmurer que le coupable devait être anglais. Peut-être un opposant au traité commercial. Qui d'autre aurait eu accès à cette partie du palais ? On interrogea donc l'ensemble des domestiques, mais il n'en ressortit rien.

La reine en personne offrit une récompense à quiconque pourrait fournir des renseignements utiles.

Comme nul ne se présentait, les soupçons se tournèrent vers les Aluciens. Après tout, des troubles secouaient leur région. Ce crime devait y être lié. On vérifia donc les allées et venues de tous les Aluciens le soir du bal, domesticité comprise. En vain : toutes se révélèrent justifiées.

— À croire que ce pauvre Mr Reyno s'est tranché la gorge lui-même, commenta Hollis, dépitée.

Ce crime atroce affectait beaucoup les princes aluciens, d'après ce qu'elle venait d'apprendre à Eliza. C'était bien compréhensible.

— Cela dit, malgré son chagrin, le prince Sebastian se conduit de façon exemplaire dans les rencontres avec nos nobles, ajouta Hollis sur le ton de la confidence. Et il continue à promouvoir son traité.

Eliza songea aux yeux d'émeraude derrière le loup noir. Le chagrin devait leur donner un éclat particulier.

— Avec toute cette affaire, je n'ai plus rien à mettre dans ma gazette, dit Hollis en soupirant. Parler de mode ne serait pas de très bon ton à la lumière de cette tragédie, tu ne crois pas ?

— C'est évident, confirma Eliza.

— Enfin, il me reste tout de même ce joli patron de robe de baptême que m'a donné Mrs Pendergrast…

Ce calme apparent ne dura pas. Un matin, au lieu de Mr French, qui distribuait habituellement le courrier à Bedford Square, ce fut un homme trapu qui se présenta. À peine plus grand qu'un enfant, coiffé d'une casquette graisseuse, il portait un manteau repoussant de saleté. Eliza le connaissait de vue. Elle l'avait déjà aperçu à plusieurs reprises qui rôdait autour du marché de Covent Garden.

Il lui tendit un petit paquet de lettres.

— Où est Mr French ? l'interrogea-t-elle en prenant avec une certaine réticence les enveloppes maculées de traces de doigts.

— Je ne sais pas, miss.

Il semblait être pressé de partir. De fait, dès qu'elle lui eut pris les lettres, il dévala les marches et traversa la place aussi vite qu'il le pouvait.

Elle passa en revue les lettres. Un pli manuscrit s'y trouvait.

Il allait bouleverser son existence.

Chapitre 7

C'était là, écrit noir sur blanc. Une rumeur impliquant Rostafan. Dans une revue de mode pour dames, par-dessus le marché !

La mort tragique d'un personnage important de la délégation alucienne est venue entacher le faste et la gaieté du bal masqué royal. Toute spéculation risquant d'être hasardeuse, nous ne nous demanderons pas pourquoi certain haut dignitaire alucien, d'une grande prestance générale, a disparu avant la fin de la dernière série de danses de son pays. Ni où il s'est rendu.

Dans le même esprit de retenue, nous ne nous demanderons pas davantage quelle sera la réaction d'une lady toute jeune mariée quand elle découvrira que son cher époux s'est pris d'une affection toute dévouée pour sa plus proche amie.

Honeycutt's
gazette mode et maison pour ladies

— « D'une grande prestance générale », releva Caius en fronçant les sourcils. Pour général ? Un général de haut rang ? Est-ce une façon de désigner le maréchal Rostafan ?

Sebastian observa son ministre et son frère, penchés comme lui sur le journal que Leopold venait de lui apporter. Par chance, un ami avait attiré l'attention de son cadet sur cet infâme ragot. Une accusation, rien de moins, imprimée en toutes lettres. Qui avait pu écrire de pareilles calomnies ? Sur quels renseignements s'appuyait-on ?

Il feuilleta les pages d'un geste rageur à la recherche d'autres informations. Quel ramassis d'inepties ! De la réclame, pour l'essentiel. Des robes. Des remèdes de toutes sortes, allant du sirop pour apaiser les gencives douloureuses des bébés à la pommade fortifiante à appliquer trois fois par jour sur le cuir chevelu. Des produits pour faire étinceler son logis et emplir de fierté le maître de maison. Il y avait même un court article expliquant comment dresser convenablement la table et des instructions pour coudre une robe de baptême…

Et pourtant, là, en toute dernière page, sous la rubrique « Nouvelles de la ville », cette… Il ne savait même pas comment qualifier ces quelques lignes. Simple médisance, mauvaise plaisanterie, fausse piste ?

— J'exige de parler au sinistre crétin qui a jugé bon de publier ce torchon, déclara-t-il en repoussant la gazette, la mine écœurée. Qui ose répandre ce genre d'insinuations ?

Il se tourna vers son ministre des Affaires étrangères.

— Qui peut accepter de publier sans la moindre preuve des accusations aussi graves ? insista-t-il.

Caius jeta un coup d'œil à Leopold, qui avoua son ignorance d'un haussement d'épaules.

— Renseignez-vous, leur ordonna-t-il sèchement. Amenez-moi cet imbécile. J'ai deux mots à lui dire.

— Tu n'y penses pas, Sebastian, protesta Leopold en secouant la tête. Tu ne peux pas l'interroger toi-même, voyons.

S'il était bien une chose qu'il ne supportait pas, c'était qu'on lui dicte sa conduite.

— Et pourquoi donc, sacrebleu ?

— Tu le sais très bien. L'enquête est entre les mains des autorités britanniques. Tu ne peux pas mener la tienne en parallèle. Imagine ce qu'on penserait si on voyait le prince héritier d'Alucie sillonner tout Londres à la recherche d'indices, comme un simple agent de police !

Sebastian écarta ses protestations d'un revers de main. La belle affaire ! Que lui importait ce qu'on pensait de lui ? La mort de Matous l'avait dévasté. Il devait faire quelque chose. Il le fallait.

— Ça t'est complètement égal ? Soit, dit Leopold sur un ton sec. Mais as-tu pensé à ce qu'en dirait notre père ?

La question méritait qu'on s'y arrête. Le roi Karl se souciait beaucoup des apparences. Il était même convaincu qu'il leur devait d'être encore sur le trône, au moment où les prétentions de Felix semblaient gagner en légitimité aux yeux du peuple. L'apparence d'une loi juste et impartiale. L'apparence d'un monarque équitable et sincère.

Sebastian alla se placer devant la fenêtre et regarda dehors. L'image de Matous étendu sur son lit, la gorge tranchée, le hantait. Tout était sa faute. Pourquoi n'était-il pas revenu dans ses appartements cette nuit-là ? S'il avait tenu parole, Matous serait peut-être encore en vie.

— Trouvez qui a écrit ces mensonges, répéta-t-il calmement, toujours à la fenêtre.

Personne ne bougea.

— Que faites-vous encore là ? demanda-t-il sans se retourner.

Il entendit du mouvement, un bruit de porte qu'on refermait. Puis Leopold apparut dans son champ de vision. Son frère cadet était l'unique personne à ne pas se laisser impressionner par son titre.

— Si tu as quelque chose à dire, parle.

— D'accord. Ne fais pas l'idiot, Sebastian. Ne te mêle pas de cette affaire. Cela ne ferait que compliquer encore la situation.

— Tu dis probablement vrai, mon frère. Mais, vois-tu, Matous était mon ami. Je ne peux pas rester à me tourner les pouces pendant qu'un Anglais anonyme se charge d'enquêter sur sa mort.

— As-tu oublié les raisons de ta présence ici ? Tu es venu négocier un traité commercial, Sebastian. Ton traité. Si tu t'en laisses distraire, qui sait si tu ne perdras pas la main sur les pourparlers ? Et ensuite, seras-tu plus avancé ? Tu dois penser au royaume.

— Je ne fais que cela, murmura Sebastian, la mine sombre. Jour et nuit. Corps et âme. Mais, bon sang, Matous était mon ami ! Peut-être le seul qui me restait, Leopold ! N'en ferais-tu pas autant pour les tiens ? N'en ferais-tu pas autant pour moi ? Quelle sorte de prince serais-je si je laissais à d'autres le soin de réclamer justice ?

Avec un grognement, Leopold se passa les mains sur le visage.

— Très bien… Je ne pourrai pas t'en empêcher, de toute façon. Mais tu n'agiras pas seul. Je ne te laisserai pas faire.

Sans mot dire, Sebastian se tourna de nouveau vers la fenêtre. À quoi bon argumenter ? Mieux valait laisser son frère croire qu'il pouvait influencer ses décisions.

Plus tard dans l'après-midi, alors qu'il tournait comme un lion en cage dans ses appartements pendant que

Leopold prenait le thé, Caius revint. Il n'était pas seul. Mr Botley-Finch, le diplomate que le gouvernement britannique avait attaché à son service pour la durée de son séjour à Londres, l'accompagnait.

— Savez-vous qui commet cette immondice ? demanda Sebastian sans préambule en jetant le journal sur la table, sous le nez de son attaché.

L'homme frêle, au teint sableux et aux lèvres purpurines, s'inclina respectueusement. À l'évidence, il s'imaginait qu'une coiffure soigneuse suffisait à masquer sa calvitie naissante.

— Ce n'est qu'une gazette pour ladies, Votre Altesse. Rien d'important. Les auteurs cherchent sans doute à étendre leur lectorat.

Il haussa les épaules sans conviction.

— Bah ! Les femmes et leurs commérages…, ajouta-t-il.

Quand bien même les auteurs auraient été des enfants, Sebastian n'en avait que faire ! Quelqu'un leur avait bien soufflé l'idée, nom de nom !

— Allez-vous m'apprendre qui publie cette feuille de chou ?

— Qui la publie, je ne saurais le dire avec certitude. Mais je sais que l'un des principaux propriétaires est le juge William Tricklebank. Il semblerait qu'il en ait hérité à la mort de son gendre, Sir Percival Honeycutt.

— Ce Mr Tricklebank a-t-il assisté au bal ? l'interrogea Sebastian.

— Je ne crois pas, Votre Altesse. Il siège à la cour supérieure de justice au service de Sa Majesté la reine, vous savez. De plus, il est aveugle.

— J'aimerais qu'on m'explique pourquoi ce monsieur se mêle de publier des articles sur la mode féminine et sur les potions gingivales pour nourrissons ! intervint Leopold d'une voix irritée.

— Je n'en sais guère plus, sinon que le nom du juge est associé à cette entreprise. À mon humble avis, mieux vaut ne pas accorder trop d'importance à cette… rumeur, suggéra-t-il en crachant le dernier mot comme s'il lui répugnait. Ces lignes ont été écrites pour attirer l'attention, rien de plus. Elles n'ont aucun fondement.

Sebastian étudia du regard le diplomate. Que faire, bon sang ?

Mr Botley-Finch esquissa un sourire qui laissait entendre qu'il le trouvait obtus.

— Si je puis me permettre, Votre Altesse, Sa Majesté la reine a pris la mesure de l'horreur qui a été infligée à ses illustres visiteurs. Le Premier ministre a reçu pour instructions de retrouver le coupable par tous les moyens. Il n'y a pas lieu de vous inquiéter : tout est mis en œuvre pour y parvenir.

— Je n'ai pas dit que j'étais inquiet, répondit Sebastian d'une voix conciliante. Mais peut-être pouvez-vous m'éclairer sur les conclusions de votre enquête à ce stade ?

L'attaché se balança d'un pied sur l'autre, visiblement mal à l'aise.

— Nous poursuivons nos investigations.

Autrement dit, ils n'avaient rien trouvé. Sebastian se leva.

— Bien. Merci de m'avoir accordé de votre temps, sir.

L'homme s'inclina vigoureusement, puis se retira, suivi de Caius.

Restés seuls dans le salon, Sebastian et Leopold écoutèrent distraitement les bruits étouffés qui leur parvenaient de la chambre attenante, où s'affairait Egius.

Puis Sebastian se tourna vers son frère.

— Conduis-moi là-bas.

— Que veux-tu dire ?

— Emmène-moi voir ce juge aveugle.

— Nous en avons déjà parlé, Sebastian. Pas question.

— Trouve-moi un déguisement, s'il le faut. Sans mes vêtements aluciens, qui me reconnaîtra ?

Il se tourna vers la porte de la chambre.

— Egius, tu peux sans doute me faire passer pour un Anglais, non ?

Le valet apparut dans l'encadrement. La question semblait l'avoir pris de court

— Pour un Anglais, Votre Altesse ?

Sebastian attendit sa réponse en silence. Egius le dévisagea, perplexe.

— Eh bien, je…, enfin, si c'est ce que désire Son Altesse…

— C'est entendu, donc, conclut Sebastian en reportant son attention sur son cadet. Trouve l'adresse de ce Mr Tricklebank, Leopold. Je veux lui parler. Je doute que Botley-Finch et ses hommes aient l'intention d'approfondir cette… rumeur, lâcha-t-il en imitant l'attaché.

Leopold soupira.

— Bonté divine, quelle tête de mule tu fais !

Il se leva et alla prendre son manteau à côté de la porte.

— Egius, il faudra trouver un chapeau pour dissimuler ses cheveux. Ainsi qu'un long manteau. Et des bottes éraflées, si possible. Oh ! et une canne, aussi. Les Anglais ne sortent jamais se promener sans leur canne, semble-t-il.

— *Je*, Votre Altesse.

Leopold jaugea du regard son aîné.

— Je vais voir ce que je peux faire, mais que les choses soient bien claires. Tu joues avec le feu. Tu mets en péril tout ce que tu es venu accomplir ici.

— J'en prends bonne note, rétorqua Sebastian du même ton sec que son frère.

Leopold avait raison, sans doute. Et il allait probablement avoir bientôt l'occasion de le lui prouver.

Chapitre 8

À l'issue d'un dîner chez Lord Morpeth en sa résidence de Hill Street, on a retrouvé un gant de femme en cuir de chevreau orné de quatre boutons de nacre, que personne n'est venu réclamer. Selon plusieurs témoignages, ce gant ressemble à s'y méprendre à celui qui fut perdu au bal masqué royal par la flamboyante comète repérée dans le sillage princier.

Miladies, si le sommeil vous fuit, un savon à la soude appliqué en massage sur le cuir chevelu fera des merveilles. Enroulez vos cheveux dans une serviette et rincez le lendemain matin. Répété quotidiennement, ce traitement, gracieusement indiqué par le Glasgow Herald, aura raison de vos insomnies en deux semaines seulement.

Honeycutt's,
gazette mode et maison pour ladies

Un vacarme de jappements furieux annonça des visiteurs à deux heures moins le quart. Eliza, assise à son bureau, leva les yeux de la pendule de cheminée qu'elle s'employait à réparer. Décidément, Jack et John, les intrépides défenseurs de la porte des Tricklebank, ne prenaient pas leur rôle à la légère… Elle entendit Ben, l'intendant de la maison, leur crier de se taire. Un bruit de cavalcade s'ensuivit : Ben parquait les chiens dans la cuisine.

On frappa de nouveau à la porte.

— Voilà, j'arrive !

Les marques d'impatience avaient le don d'exaspérer Ben. Eliza l'entendit remuer à côté. Il devait être en train de s'essuyer les mains à grands gestes sur son tablier en cuir. La dernière fois qu'elle l'avait aperçu, il lavait les vitres.

Quelque chose, dans le bruit de voix masculines qui lui parvint, troubla sa concentration. Ces visiteurs-là ne venaient pas pour une affaire courante. Elle ne distinguait pas leurs propos, mais ne percevait-elle pas un accent étranger ?

Elle reposa ses outils et se dirigea vers la porte. Au passage, elle s'arrêta devant le trumeau placé entre les deux fenêtres du bureau pour observer son reflet. Elle rectifia sa coiffure, lissa son tablier, puis sortit dans le hall pour voir qui leur rendait visite.

À l'autre bout de l'entrée, la large carrure de Ben remplissait toute l'embrasure. Impossible de voir qui se tenait sur le seuil.

— Mais est-il là ? demandait une voix grave.

Elle ne s'était pas trompée : l'homme avait un accent.

— Ben ? intervint-elle.

L'intendant se tourna vers elle.

— Une visite pour le juge, miss. Mais ces messieurs n'ont pas rendez-vous.

— Qui est-ce ? s'enquit-elle en s'avançant.

Elle apercevait une silhouette derrière Ben. L'homme, grand et large d'épaules, portait un long manteau et un chapeau rabattu sur le front. Eliza s'approcha encore pour mieux le voir. Un autre homme, accoutré comme le premier, se tenait au pied de l'escalier du perron. Il avait une canne à la main, mais il la maniait d'une façon bien étrange, comme une queue de billard. Il arpentait le trottoir d'une démarche impatiente, s'arrêtant tous les quelques pas pour lever les yeux vers la porte.

Ben fit un pas de côté pour laisser Eliza le rejoindre dans l'encadrement. Alors seulement, elle remarqua d'autres hommes en chapeaux et manteaux postés un peu plus loin, au milieu de la rue. Manifestement, ils surveillaient la scène.

— À qui ai-je l'honneur ?

— Bonjour, milady, répondit le visiteur.

Un Alucien. Elle en avait entendu assez le soir du bal pour reconnaître son accent. L'homme lui disait vaguement quelque chose. Avait-elle dansé avec lui ?

— Nous venons voir le juge Tricklebank, dit-il simplement.

Que voulaient donc ces gentlemen aluciens à son père ? Cette visite avait-elle un rapport avec la rencontre dont il lui avait parlé récemment ? Il avait passé une soirée dans un pub en compagnie de deux autres juges, d'un membre du Parlement et de deux avocats aluciens. Apparemment, tous les six avaient partagé un moment agréable autour d'une bière, à comparer les lois de leurs pays respectifs. S'il s'était produit un événement marquant, il le lui aurait dit, sans doute.

À moins que… Dieu du ciel, la lettre qu'elle avait reçue voilà quelques jours ! Pourvu qu'ils ne soient pas là à ce propos !

— Puis-je savoir qui le demande ?

— Eh bien…

Le visiteur se tourna vers son compagnon resté au bas des marches, qui leva les yeux. Eliza croisa son regard. Elle sentit son cœur manquer un battement, puis s'emballer. Ces yeux… Impossible de les oublier. Elle l'avait reconnu instantanément. Le prince Sebastian. Tout à coup, elle comprit. Voilà pourquoi l'homme qui se tenait sur le seuil lui disait quelque chose. Ses prunelles étaient bleues, mais ses yeux avaient la même forme, et son regard, la même intensité. C'était le prince cadet.

— L'affaire délicate qui nous amène ne saurait être entendue que par le juge, expliqua-t-il avec un faible sourire. C'est tout ce que je puis vous dire, milady.

Plus de doute : ils venaient pour la lettre. Elle en était convaincue. De quoi d'autre pourrait-il s'agir ? Sebastian d'Alucie n'était certainement pas là pour lui faire essayer une pantoufle de vair ! Son cœur battait la chamade, à présent. Où donc était Hollis quand on avait besoin d'elle ? Elle l'avait pourtant prévenue que c'était une mauvaise idée. Hélas, comme d'habitude, sa sœur n'en avait fait qu'à sa tête. Et, comme d'habitude, elle avait su la rallier à son opinion. Miséricorde ! Qu'allait dire leur père ? Il les avait clairement priées de ne pas se mêler de cette affaire et de laisser la police de la ville de Londres faire son travail.

Elle songea au courrier. Une lettre anonyme, rédigée à la main avec force fioritures, à l'encre noire épaisse :

Votre Honneur, le responsable de la tragédie de Kensington est l'un des leurs. Tournez votre regard vers le maréchal.

Elle entendait encore la réaction de son père après qu'elle lui avait lu le message à voix haute.

— Ma foi, voilà une bien étrange missive, tu ne trouves pas ?

— Pourquoi vous l'avoir adressée, Père ? lui avait-elle demandé.

— Je ne saurais le dire, ma chérie. Parce que j'ai traité des affaires criminelles ce mois-ci, peut-être ? Je ne vois pas d'autre explication.

Il l'avait priée de porter la lettre à Mr Frink, son greffier.

— Il la remettra aux autorités compétentes, avait-il ajouté. Mieux vaut ne pas en parler autour de nous. Cette affaire ne nous concerne pas.

Eliza avait suivi les instructions de son père, cela allait sans dire. En l'accompagnant au tribunal, elle avait confié la missive à Mr Frink. Mais peut-être un ou deux jours plus tard que le pensait le juge : elle n'avait pu résister à l'envie de la montrer d'abord à Hollis.

Sa sœur et elle étaient tombées d'accord sur un point : pas question d'aller contre la volonté de leur père. Malgré tout, ce message anonyme était bien trop tentant pour ne pas en faire usage. Hollis, qui avait vu le maréchal alucien au bal, lui avait trouvé « une grande prestance ».

Après réflexion, elles étaient parvenues à la conclusion qu'il n'y aurait aucun mal à imprimer la nouvelle, pourvu qu'elles la rendent suffisamment vague. Après tout, les fidèles lectrices de la gazette le méritaient bien. Et puis, personne ne pourrait deviner de qui il s'agissait. De plus, qui songerait à interroger des femmes qui publiaient une revue pour ladies ?

C'étaient du moins les arguments de Hollis.

— T'imagines-tu que les responsables de l'enquête nous liront ? Allons, Eliza, ce n'est qu'un jeu. Personne ne saura. Et, dans le cas contraire, le pire que l'article puisse faire, c'est aider les enquêteurs à découvrir l'auteur du crime.

— Vu sous cet angle… Après tout, il n'est pas impossible qu'un témoin se manifeste après avoir lu la gazette, avait convenu Eliza.

— Exactement, avait confirmé Hollis avec assurance.

Eliza avait plongé les yeux dans ceux de sa sœur et soutenu son regard un long moment.

— Ne sommes-nous pas en train de nous chercher des prétextes pour désobéir à Père ?

— Quelle idée, Eliza ! Jamais nous ne ferions une chose pareille !

C'était parfaitement faux, évidemment. Elles bafouaient l'autorité de leur père depuis leur plus tendre enfance...

Enfin, peu importait, à présent. Ce qui était fait était fait. Elles avaient publié leur article, il avait été lu, et voilà qu'un prince se tenait sur le pas de sa porte. Deux, pour être tout à fait exact. D'un côté, il y avait de quoi se réjouir qu'ils aient lu la gazette. D'un autre côté, comment Hollis et elle pouvaient-elles avoir si peu de jugeote, parfois ?

— Eh bien, miss ?

Le jeune prince s'impatientait. Elle l'observa plus attentivement. Curieusement, il n'était pas vêtu à l'alucienne. Pas plus que son frère ou son escorte. Pourquoi se promenaient-ils habillés en gentlemen anglais ? S'ils ne s'étaient pas tenus regroupés, si l'un d'entre eux n'avait pas brandi sa canne comme une arme, on aurait pu les prendre pour de simples passants. Et elle-même, au fait, à quoi ressemblait-elle ? Elle portait un tablier blanc sur sa robe grise de tous les jours, et ses cheveux, encore humides après son bain matinal, étaient rassemblés en un chignon lâche sur sa nuque. Doux Jésus ! Ce n'était pas du tout une tenue pour accueillir les princes d'Alucie ! Si Caroline la voyait, elle en mourrait de honte...

Et que dire de leur modeste demeure, avec ses rideaux de dentelle et ses horloges entassées dans chaque recoin ? Les horloges... Le comble du ridicule, vraiment ! Pas question d'accueillir ces deux illustres visiteurs dans un tel décor, qui plus est au milieu des aboiements incessants des chiens. Non, pour la circonstance, elle voulait être habillée et coiffée convenablement. Les joues un peu fardées, pourquoi pas. Autrement dit, une seule option s'offrait à elle – qu'aucune personne sensée n'aurait choisie, bien sûr – : refuser de les laisser entrer.

— Pardonnez-moi, mais nous n'attendions personne, dit-elle en se frottant nerveusement la joue, soudain inquiète à l'idée d'y trouver une trace d'encre, de suie ou – Dieu l'en préserve ! – de graisse.

— Permettez-moi d'insister, milady. Le juge est-il là ?

— Je peux me charger de lui, miss, suggéra Ben en faisant craquer les articulations de ses doigts d'un air menaçant. Vous n'avez qu'un mot à dire.

— Pardon ? s'écria le prince, interloqué.

— Vous m'avez très bien compris, répliqua Ben.

Un mouvement au coin de la rue attira le regard d'Eliza. Mrs Spragg venait de sortir sur son perron. Elle avait un balai à la main, mais elle ne s'en servait pas. Allons bon ! Pas de doute, cette commère cherchait à savoir ce qui se passait chez les Tricklebank. La situation devenait inacceptable : en matière de ragots, leur voisine surpassait Hollis. Pas une semaine ne passait sans qu'elle vienne leur répéter des indiscrétions dans l'espoir de les voir publiées dans la gazette.

Il fallait agir.

Eliza recula vivement à l'intérieur.

— Tout va bien, Ben. Je vous en prie, donnez-vous la peine d'entrer, dit-elle au jeune prince.

Il jeta un coup d'œil par-dessus son épaule à son frère aîné, puis acquiesça.

Quelle étrange vision que ces deux hommes de sang royal pénétrant chez elle ! Ils se serrèrent l'un à côté de l'autre dans l'entrée et ôtèrent leur couvre-chef, qu'ils tendirent à Ben. Ils devaient le prendre pour un majordome.

Grossière erreur. Ben considéra avec dédain les chapeaux, puis interrogea Eliza du regard. Avec une grimace, elle le pria d'accepter d'un discret signe de tête. Il s'exécuta à contrecœur.

— Les manteaux aussi, je suppose ? demanda-t-il sèchement.

— S'il vous plaît, Ben.

— Ce ne sera pas nécessaire, intervint le prince cadet.

Apparemment, c'était à lui qu'il incombait de parler. L'héritier, pour sa part, promenait autour de lui des regards circonspects. Il n'avait jamais dû entrer dans une maison comme la sienne, sans doute. Un hall si modeste, pensez-vous ! Qui plus est, encombré de manteaux accrochés aux patères et de bottes entassées pêle-mêle entre les paniers à provisions… Sans parler des rubans et des cordons fixés aux murs, ni de l'horloge à balancier cassée, couchée par terre avec la porte ouverte, pour que le chat puisse aller s'y blottir comme il aimait à le faire…

Pourtant, si peu adaptée que soit sa maison pour accueillir des personnages royaux, elle lui plaisait dans sa modestie même. Elle en était fière. Les Tricklebank ne vivaient ni dans un palais ni dans un château, et le quotidien foisonnait un peu dans les pièces, mais leur intérieur était coquet. Ce prince arrogant pouvait toujours jeter des coups d'œil dédaigneux autour de lui, elle n'en avait cure.

— Par ici, indiqua-t-elle avant de prendre le chemin du salon, passablement irritée par cette visite impromptue.

Dès qu'elle eut franchi le seuil de la pièce, les deux terriers bondirent de leur panier et se ruèrent vers elle en jappant comme si la maison était en feu.

— Comment sont-ils entrés ici ? demanda Eliza tandis

que les chiens filaient derrière elle pour aller flairer les intrus. Jack ! John ! Suffit ! cria-t-elle. Ben, occupez-vous d'eux, voulez-vous ?

— Oui, miss. Je les tiens.

Ben s'accroupit et souleva les animaux l'un après l'autre. C'était sans doute Margaret qui les avait relâchés. L'épouse de Ben, qui faisait office de gouvernante, cuisinait l'essentiel des repas et s'occupait du linge. Quand ce brave cœur ne nourrissait pas les bêtes en catimini, elle les gâtait de toutes les manières possibles. Elle se montrait beaucoup trop complaisante avec eux…

Comme eux tous, à vrai dire.

— Allons, tout doux, mes deux corniauds, murmura Ben d'une voix bourrue. Voyons voir si Meg ne vous a pas trouvé un os à ronger.

Sur ces mots, il se retira, un chien sous chaque bras.

Eliza jeta un coup d'œil nerveux aux princes. La mine perplexe, ils regardaient l'intendant s'éloigner. Évidemment, ce devait être un choc pour eux de voir comment vivait le reste du monde. Comment un homme pouvait prendre soin de ses chiens, trébucher sur un tricot, hésiter à prendre des chapeaux quand il n'avait nulle part où les mettre ?

Que faire de ces encombrants visiteurs ? Il devait y avoir un protocole précis à observer, mais lequel ? Elle n'en avait pas la moindre idée. À moins que… Oh ! quelle idiote ! Il fallait leur faire la révérence, bien sûr !

— Mille excuses, Vos Altesses, dit-elle précipitamment en s'abîmant dans une révérence bancale.

Qu'oubliait-elle d'autre ? Si seulement elle avait mieux écouté les discours interminables de Caroline sur toutes les façons de se présenter ! Les connaissances de son amie en matière d'étiquette à la cour lui auraient été bien utiles.

Même si, jusqu'ici, la probabilité que deux princes étrangers s'égarent dans son salon avait paru infime…

Des jappements excités les firent sursauter tous les trois. Quelqu'un avait dû contrarier les terriers. Eliza adressa à ses visiteurs un petit sourire penaud.

— Avez-vous des chiens, Vos Altesses ?

Les princes la considérèrent en silence. Ils paraissaient à court de mots.

Eliza jeta un rapide coup d'œil dans la pièce. Quelle sotte de ne pas avoir songé à ramasser le tricot de son père avant de sortir ! Et pourquoi n'avait-on pas aéré pour dissiper l'odeur de tabac ? Du moins le feu était-il allumé, Dieu merci. Mais le sofa trônait devant, un peu de guingois, sans doute poussé là quand le juge s'était plaint d'avoir froid. Les paniers des chiens achevaient de combler l'espace devant l'âtre. Ces chers animaux appréciaient la chaleur des flammes, eux aussi… Tout comme Prince, le chat, qui s'étirait de tout son long en travers des deux paniers, le dos tourné aux nouveaux venus. À l'évidence, les visiteurs de sang royal ne l'impressionnaient pas le moins du monde.

Deux fauteuils moelleux aux bras fatigués et aux coussins affaissés encadraient un guéridon près des fenêtres. Ils avaient un air usé, mais c'était précisément ce qui plaisait aux Tricklebank. Avec le temps, les sièges avaient fini par épouser leurs formes, de sorte qu'il n'existait pas d'endroit plus confortable pour lire durant les longs après-midi d'hiver. Eliza rechignait à les remplacer.

Un plaid était drapé sur le dossier d'un des fauteuils. La petite table croulait sous une pile de livres et de papiers. Derrière, le chintz des rideaux s'était détendu au fil des lessives. La moquette qui recouvrait le sol trahissait les chemins empruntés le plus souvent par les occupants de la maison. Quant au manteau de la cheminée, il disparaissait sous un fouillis de pendules en attente de réparation.

Et son bureau… C'était depuis cette table de travail qu'elle régissait le ménage Tricklebank. Elle n'était pas la personne la plus ordonnée qui soit, il fallait bien le reconnaître. *Bon d'accord, c'est un véritable capharnaüm.* En plus du courrier, des quelques documents qu'elle devait lire à son père et des menus qu'elle avait composés à l'intention de Margaret, le plateau était jonché de pièces d'horlogerie en attente de réparation.

Cette pièce, où se réunissaient souvent les membres de la maisonnée, constituait le cœur de leur foyer. Un cœur vieux de mille ans, en bout de course. Que pouvaient bien en penser les princes ? Mystère. Non qu'elle ait honte de l'endroit où elle vivait, mais… tout ce désordre était un peu gênant, tout de même.

— Voulez-vous vous asseoir ? proposa-t-elle en désignant le sofa.

— Non, merci, répondit le cadet.

Soudain, Poppy fit irruption dans le salon, comme si elle craignait de manquer quelque chose. Elle marqua un temps d'hésitation à la vue des deux hommes, leur adressa une révérence, puis tourna vers Eliza des yeux brillants de curiosité.

— Poppy, voudrais-tu bien nous servir du thé, je te prie ?

— Ne vous donnez pas cette peine, intervint le jeune prince. Comme je l'ai dit, l'affaire qui nous amène est assez urgente.

— Ne vous inquiétez pas, milord, ça ne me dérange pas, lui assura Poppy avant de disparaître aussi vite qu'elle était venue.

— Bien, dit Eliza en joignant les mains devant elle. Donc, vous désirez…

— Nous entretenir avec le juge Tricklebank.

Tandis que son cadet répondait, le prince héritier s'avança jusqu'au guéridon. Plusieurs exemplaires de la gazette y côtoyaient quelques ouvrages qu'elle avait entrepris de lire à son père.

— Auriez-vous l'amabilité d'informer le juge que Mr Chartier souhaite le rencontrer ?

Mr Chartier ? Qu'est-ce que c'est que cette histoire ?

— Je crains qu'il ne soit en train de se reposer. Je suis navrée, ajouta-t-elle avec un sourire attristé.

L'héritier échangea un regard sombre avec son frère. Son impatience était palpable. Elle imagina Hollis pousser des hauts cris lorsqu'elle lui raconterait cette invraisemblable conversation. *Non !* dirait-elle. *Tu me fais marcher !*

— Si vous désirez lui laisser un message, je me ferai un plaisir de le lui transmettre.

Sauf s'il concernait la rumeur que Hollis et elle avaient reprise dans la gazette. Dans ce cas, bien sûr, elle éviterait soigneusement de faire la commission.

Les deux hommes se tournèrent vers elle et l'observèrent d'un air incrédule.

— Que dois-je lui dire ? insista-t-elle avec une joyeuse amabilité – du moins l'espérait-elle.

Le prince Sebastian marmonna quelques mots en alucien. Son frère lui répondit de même, puis s'avança vers elle.

— Écoutez, milady, j'aimerais vous faire comprendre. Encore une fois, nous sommes venus nous entretenir avec le juge d'une affaire de la plus haute importance, qui nécessite une totale discrétion. Êtes-vous sa gouvernante ?

— Sa gouver…, commença-t-elle, mortifiée, avant de redresser les épaules avec fierté. Que Son Altesse royale me pardonne, mais il y a méprise. Je suis la fille du juge, Miss Eliza Tricklebank.

Visiblement, ses deux visiteurs ne s'attendaient pas à cette révélation. Soudain raides et immobiles, ils la dévisagèrent de la tête aux pieds. Le prince héritier, en particulier, la toisait avec méfiance, comme s'il doutait de sa sincérité.

Mal à l'aise, elle porta la main à une mèche de cheveux échappée de son chignon, qui retombait sur sa clavicule. Quel mufle ! C'était tout à fait vexant. *Allons, du calme.*

— J'ai eu le plaisir de faire votre connaissance à Kensington Palace. Vous n'en avez peut-être pas souvenir ?

Une pensée soudaine lui traversa l'esprit.

— Oh ! C'est impossible, bien sûr, ajouta-t-elle précipitamment. Où avais-je la tête ? Je portais un masque !

Elle rit de soulagement. Elle aurait été blessée qu'il ait pu boire dans son verre, puis lui écraser les orteils, sans en garder aucun souvenir.

— Nous nous sommes rencontrés une première fois dans le couloir de service, puis une seconde fois dans la salle de bal, quand vous m'avez marché sur le pied, précisa-t-elle.

Aïe... Pourquoi ce simple rappel sonnait-il comme une accusation ? Ce n'était pas du tout son intention !

— Accidentellement, bien sûr, se dépêcha-t-elle d'ajouter.

Le prince Sebastian plissa les yeux. Enfin, il se décida à lui adresser la parole.

— De quoi parlez-vous ?

— Mon pied, répéta-t-elle en tendant la jambe et en soulevant légèrement l'ourlet de sa robe. Vous avez marché dessus.

Il paraissait consterné. Offensé, même.

— Je n'ai rien fait de tel !

— Vous ne vous rappelez pas ? Je faisais partie des jeunes femmes qui attendaient de vous être présentées. Mon tour n'était pas encore venu quand vous avez commencé à vous éloigner. Voyant cela, j'ai… bondi à votre rencontre, disons. C'est alors que ce petit incident est survenu.

Une lueur indéfinissable s'alluma dans le regard du prince.

— Je m'étonne que cela ne vous évoque rien, dit encore Eliza.

Brusquement, elle s'avisa que ces deux hommes venaient de perdre l'un des leurs. Le bal devait être le cadet des soucis du prince, à l'heure qu'il était !

— Seigneur, quelle écervelée ! Je vous en prie, Vos Altesses, permettez-moi de vous présenter mes plus sincères condoléances.

Ses visiteurs continuèrent à la dévisager en silence. Se montrait-elle à ce point maladroite ? Hélas, pourquoi Caroline n'était-elle pas là pour lui souffler ce qu'elle devait faire ?

— J'ai, euh… Nous avons tous appris la nouvelle, je le crains.

Le prince cadet hocha la tête. Comment s'appelait-il, déjà ? Impossible de se rappeler son prénom !

— Merci, miss, dit-il.

— Cette tragédie a dû terriblement vous affecter. C'est un choc pour toute la ville, vraiment…

— Miss Tricklebank, voulez-vous bien réveiller le juge ? l'interrompit-il sans lui laisser le temps de faire l'inventaire des réactions qu'elle avait entendues.

— Je regrette, Votre Altesse. C'est impossible.

— Si vous savez qui je suis, Miss Tricklebank, vous savez également que vous ne pouvez pas rejeter ma demande, intervint le prince héritier.

Il avait parlé d'une voix calme, mais ses yeux lançaient des éclairs.

C'était un comble ! Encore un de ces mâles qui, en

vertu de leur sexe, se jugeaient supérieurs aux femmes et s'estimaient en droit de leur donner des ordres. Elle ne comptait plus les rustres qui, sous prétexte de venir rendre visite à son père, s'étaient installés dans ce salon en trouvant parfaitement normal de lui imposer leurs volontés. « Du thé, Miss Tricklebank. » « Allez donc chercher le plaid de monsieur le juge, Miss Tricklebank. » « Je prendrai un porto, Miss Tricklebank. » *En voilà assez.* Elle était chez elle, après tout. C'était à elle de décider si elle accéderait ou non à sa demande.

— Mon père est aveugle, Votre Altesse. Il n'a pas comme vous et moi la notion du temps qui passe, surtout la nuit. Ses moments de repos lui sont indispensables.

L'héritier ne sembla guère apprécier qu'elle lui résiste. Il s'avança d'un air menaçant, jusqu'à se trouver aussi près d'elle que dans le couloir de service. Sa haute taille força Eliza à lever la tête pour soutenir son regard. Fut un temps, la proximité immédiate d'un prince autoritaire l'aurait intimidée. Elle se serait exécutée sur-le-champ, sagement, sans discuter, parce qu'une jeune lady se devait d'obéir aux exigences de la gent masculine. Mais ce temps était révolu. Depuis son humiliation, elle avait retenu quelques leçons. Désormais considérée comme une vieille fille, elle avait cessé de se soucier de ce qu'on pensait d'elle. Et cet homme-là, tout prince héritier qu'il était, commençait à lui faire perdre patience.

Le regard d'émeraude se durcit encore. Lorsque le prince Sebastian reprit la parole, sa voix était à peine plus qu'un murmure, mais ses yeux étincelaient de colère.

— Nous vous avons priée poliment, à plusieurs reprises, d'aller chercher votre père. Comme nous l'avons précisé, cette affaire est de la plus haute importance. Puisque vous ne semblez pas saisir l'urgence de la situation, je vais être plus clair. Le juge a publié dans sa gazette pour ladies un indice, ou plus probablement une rumeur, concernant la mort de mon secrétaire personnel. Je souhaite m'entretenir avec lui sur ce point. Maintenant, soyez gentille : allez prévenir votre père, et en vitesse, nom de nom ! Me suis-je bien fait comprendre, Miss Tricklebank ?

Eliza en resta bouche bée. Quel culot ! Une bonne claque bien sentie, voilà tout ce qu'il méritait. Et qu'il en tombe sur son royal derrière ! Le spectacle n'en serait que plus réjouissant. Comment osait-il lui parler sur ce ton, comme s'il s'adressait à une simple femme de chambre qui n'aurait pas épousseté convenablement sa couronne ? Il était fils de roi, beau et puissant – et après ? La belle affaire !

— Inutile d'être grossier, lâcha-t-elle.

Elle posa les mains sur les hanches.

Il imita son geste.

— Qu'avez-vous dit ?

— Vous avez parfaitement entendu. Vous êtes grossier. Et, à titre d'information, la gazette n'a rien à voir avec le juge. Par ailleurs, il est hors de question que j'aille le réveiller simplement parce que vous me l'ordonnez. Non mais, quel toupet !

Elle croisa les bras d'un air de défi.

Les beaux yeux verts qui la toisaient trahirent la surprise du prince.

— Avez-vous la moindre idée de la personne à qui vous vous adressez ? Je pourrais vous faire punir durement pour votre impertinence.

— Il ferait beau voir. Nous sommes dans un pays libre, Votre Altesse. Il se peut que vous soyez le prince de votre peuple, mais vous n'êtes pas le mien. Je ne suis pas une enfant qu'on peut réprimander pour son « impertinence », comme vous dites. Je suis la maîtresse de ces lieux. Et ma réponse est claire : non, vous ne pouvez pas voir le juge tout de suite. Maintenant, je vous prierai de bien vouloir vous retirer.

Sur ces mots, elle tendit le bras d'un geste sec en direction de la porte. Alors seulement, elle se rendit compte que Poppy se tenait sur le seuil, bouche bée, un plateau entre les mains.

— Poppy, écarte-toi, veux-tu ? Il ne faudrait surtout pas retarder le départ de ces gentlemen.

La jeune femme était tellement abasourdie qu'elle ne réagit pas.

— Poppy !

La bonne se précipita vers la table pour y déposer le service à thé.

Eliza sentait sur elle les regards ahuris des deux princes. Ou plutôt, du plus jeune. L'aîné, lui, bouillait de rage contenue. Quoi d'étonnant ? Ils ne devaient guère être habitués à se faire jeter dehors ! Elle répéta son geste.

— La porte est là.

Le plus jeune tenta d'arrondir les angles.

— Miss Tricklebank, vous pouvez sans doute imaginer dans quelle détresse se trouve mon frère.

— Le mot « fureur » serait plus juste, corrigea sèchement Sebastian en tournant le dos à Eliza.

Elle vit ses épaules se soulever, puis s'abaisser, comme s'il avait pris une profonde inspiration.

— Je peux imaginer tout ce qu'on veut, dit-elle, mais rien ne l'autorise à venir dans ma maison me parler comme à une esclave de votre pays…

— Une esclave ? rugit l'héritier en faisant volte-face.

— Sebastian ! protesta son frère.

Il se mit à parler en alucien, rapidement et à voix basse. Quand il eut fini, l'héritier tourna de nouveau le dos à Eliza.

— Sortez, maintenant, dit-elle.

Mais ni l'un ni l'autre ne firent mine d'obtempérer. Poppy la fixait d'un regard effaré. Mon Dieu, qu'allait-elle faire s'ils refusaient de partir ?

— Eh bien, qu'attendez-vous ? insista-t-elle.

Le plus jeune fut le premier à réagir. Il gagna la porte à grandes enjambées sans un regard pour Eliza.

Le prince héritier se retourna lentement pour lui emboîter le pas. Mais, pour sa part, il prit soin de s'arrêter juste devant elle pour la clouer d'un regard assassin. Les lèvres serrées, elle le lui retourna avec la même férocité.

L'instant d'après, il avait disparu. Enfin !

Quand elle entendit la porte d'entrée se refermer, elle manqua de s'effondrer à genoux, le souffle court. Elle tourna les yeux vers Poppy. La bonne, encore estomaquée, se reprit avant elle et courut à la fenêtre. Elle la suivit de près. Fébrile, elle se pencha pour regarder dehors.

Dans la rue, les deux princes semblaient être en pleine dispute.

— Qui était-ce ? souffla Poppy.

— Tu ne vas pas me croire. Ces deux hommes sont les princes d'Alucie.

— Quoi ? s'exclama la bonne en les regardant s'éloigner de Bedford Square. Sebastian et Leopold ?

— Leopold ! s'exclama Eliza. C'est ça ! Je n'arrivais pas à retrouver son prénom. Je me demande bien comment j'ai pu l'oublier, après tout ce que m'en a dit Caroline.

Poppy se tourna vivement pour la saisir par les épaules.

— Vous les avez chassés ! s'écria-t-elle en la secouant par les épaules. Vous avez ordonné aux princes d'Alucie de sortir de chez vous ! Oh ! Seigneur ! Oh ! mon Dieu !

Eliza ne se sentait pas bien, tout à coup. Elle s'écroula sur l'un des fauteuils usés.

— Oui… Oui, je crois bien.

Sa réaction s'était imposée à elle sur le moment, quand ce malotru l'avait insultée. Mais à présent… Misère, qu'avait-elle fait ?

— Je n'en reviens pas. Moi, j'ai bouté le prince héritier d'Alucie hors de chez moi…

Avec un petit rire incrédule, Poppy se laissa tomber dans l'autre fauteuil.

— Imaginez la réaction de Hollis quand elle l'apprendra !

Avec un hoquet, Eliza se redressa brusquement.

— Mais c'est vrai, où avais-je la tête ? File la trouver, Poppy, et dis-lui de venir sur-le-champ. Et pas un mot à Père, d'accord ?

La bonne était déjà debout.

— Comptez sur moi, promit-elle avant de disparaître.

Eliza se laissa retomber dans le fauteuil et posa les mains dans son giron. La tension de ces derniers instants lui avait presque donné la nausée.

Elle n'arrivait toujours pas à croire ce qu'elle avait fait.

Quelle mouche l'avait donc piquée ?

Chapitre 9

Une modiste de Mayfair, dont la réputation en matière de création de masques et de chapeaux n'est plus à faire, a noté cette semaine un intérêt inhabituel pour le cuir de chevreau. Une fois n'est pas coutume, cet engouement n'est pas à attribuer à ces dames en quête de nouveautés pour leur garde-robe, mais bien à des messieurs cherchant à remplacer un gant perdu.

À titre d'information, Franklin Clothiers fait état d'un surplus momentané de tarlatane bleue et verte, idéale pour les vêtements d'été.

Honeycutt's,
gazette mode et maison pour ladies

Hollis accourut presque aussitôt, comme si on lui avait appris qu'un incendie s'était déclaré dans la maison de Bedford Square. Elle entra en coup de vent dans le salon, déjà armée de son crayon et de son calepin, et jeta négligemment son réticule. Puis elle s'assit tout au bord d'un des fauteuils, prête à noter.

— Raconte-moi tout depuis le début !

Mais Eliza n'eut pas le temps de desserrer les lèvres : des coups insistants résonnèrent à l'entrée. Elle se leva d'un bond, affolée. Et si c'étaient les princes d'Alucie qui revenaient ?

— Ce doit être Caroline, lui expliqua Hollis. J'ai envoyé Poppy la chercher.

— Je vois, ironisa Eliza. On réunit le grand conseil de guerre.

En partie remise de sa frayeur, elle se dirigeait vers la porte du salon quand Caroline surgit, Poppy sur ses talons.

— Je reviens de chez Mrs Cubison ! annonça Caroline, tout excitée. Vous savez qu'elle fabrique les plus beaux masques de la ville et que c'est à elle que tout le monde a passé commande pour le bal de Kensington.

— Comment l'oublier ? s'amusa Eliza. Tu nous l'as répété au moins dix fois.

— Elle le mérite, répliqua Caroline en jetant son chapeau et sa cape sur une chaise. Figurez-vous qu'elle m'a donné des nouvelles du gant, ajouta-t-elle en arrangeant ses cheveux.

— Poppy, peux-tu nous apporter du thé, s'il te plaît ? demanda Hollis.

— Du whisky, plutôt, rectifia Eliza. La journée a été riche en émotions, jusqu'ici.

— Où est le juge ? s'enquit Caroline.

— Il se repose.

— Sait-il, au sujet des princes ? demanda Hollis.

— Tu n'y penses pas, voyons ! s'écria Eliza en jetant un coup d'œil apeuré vers la porte. Il serait hors de lui s'il venait à l'apprendre. Pas question de lui en parler.

— Bon, assez tourné autour du pot. Raconte ! la pressa Caroline en allant s'asseoir dans le fauteuil voisin de celui de Hollis.

Eliza leur expliqua toute l'histoire.

Sa sœur et son amie, suspendues à ses lèvres, ponctuaient son récit tantôt d'exclamations effarées, tantôt de froncements de sourcils réprobateurs.

— Le pire, conclut Eliza, ce n'est même pas l'absence totale de bonnes manières de ce mufle de prince héritier ! Le croirez-vous si je vous dis qu'il n'a gardé aucun souvenir de notre rencontre ?

Toutes trois laissèrent le silence s'installer un moment.

— C'est à peine croyable, finit par commenter Caroline. Deux princes étrangers qui déjouent la surveillance permanente dont ils sont l'objet pour débarquer à Bedford Square... Mais que fait le Premier ministre ?

— Qu'aurais-tu voulu qu'il fasse ? demanda Eliza.

— Moi, c'est leur grossièreté qui me sidère, dit Hollis.

— Le prince Leopold est resté plutôt correct, nuança Eliza en tirant un fil qui dépassait du bras du fauteuil. Non, c'est son frère qui s'est comporté comme un goujat. Non mais, quel sans-gêne ! Il doit s'imaginer que son statut lui autorise toutes les brutalités... Et on peut dire qu'il ne s'en est pas privé ! Franchement, je ne serais pas surprise d'apprendre que c'est lui qui a commis ce crime.

Hollis émit un hoquet horrifié, mais Caroline s'esclaffa.

— Allons, ma chérie, il ne se salirait pas les mains de la sorte. Non, plus sérieusement, qui a pu tuer cet Alucien, d'après vous ?

— Un de ses compatriotes, assura Hollis. Quelle raison aurait eu un Anglais de l'assassiner, je vous le demande ?

— Tout de même, je l'ai vu palabrer avec un Anglais le soir du bal. Tu l'as vu aussi, Caroline, tu te rappelles ?

— Un Anglais, tu dis ? releva Caroline.

Elle réfléchit un instant, puis son visage s'éclaira.

— Mais oui, Mr John Heath ! s'écria-t-elle. C'est le nouveau directeur de la Banque d'Angleterre.

— Ah ? Dans ce cas, il sait peut-être quelque chose, suggéra Hollis.

— Je ne vois pas ce qu'il pourrait savoir, soupira Caroline en se laissant aller contre le dossier de son fauteuil d'un air soudain découragé.

Poppy reparut, chargée d'une carafe en cristal et de quatre verres.

— Tu arrives à point nommé, Poppy, déclara Caroline. Avec toutes ces histoires de princes et de gants, nous avons bien besoin d'un petit remontant.

— Pourquoi Mr Heath n'aurait-il rien à dire ? demanda Hollis à Caroline au moment où son amie prenait le verre que lui tendait Poppy. Il pourrait au moins révéler la teneur de leur conversation.

— Je ne sais pas, je ne lui trouve pas le profil d'un comploteur, répondit Caroline. Sans compter qu'il passe tous ses week-ends dans une certaine maison à l'autre bout de la ville, ajouta-t-elle avec un air entendu.

— De quel genre de maison parles-tu ? s'enquit Eliza, à qui Poppy tendait maintenant un verre.

— D'un lupanar, précisa la bonne.

Hollis poussa un petit cri et griffonna rapidement quelque chose sur son calepin avant d'accepter un verre à son tour.

Après avoir pris pour elle le dernier verre, Poppy vint rejoindre Eliza sur le sofa.

— Il peut bien passer ses week-ends où bon lui semble, dit Eliza. L'important, c'est l'entretien qu'il a eu avec ce malheureux Alucien juste avant la tragédie. Tu connais la fille de Mr Heath, Caroline. Qui sait si elle n'a pas eu vent de leur conversation ? Après tout, on ne bavarde pas tous les jours avec quelqu'un qui est retrouvé mort le lendemain. Le banquier a dû en parler au souper, vous ne croyez pas ?

— Tu as raison ! s'écria Hollis, enthousiaste. Caroline, ne m'as-tu pas dit qu'on voyait souvent Miss Heath en compagnie de son père ? Il faut que tu nous la présentes !

— Ne dis pas de bêtises, protesta leur amie. Vous feriez mieux de ne pas vous mêler davantage de cette affaire, toutes les deux.

— Et pourquoi donc ? s'offusqua Eliza. Pour ménager la susceptibilité d'un prince ? J'en ai plus qu'assez de ces hommes qui s'imaginent que les femmes ont la tête creuse et les croient incapables de saisir la moindre complexité.

Hollis, Caroline et Poppy tournèrent vers elle des regards interloqués.

Eliza renifla.

— Il faut croire que j'ai du mal à digérer le mépris dont m'entourent ces messieurs du tribunal. Pourtant, j'ai lu autant de textes de loi qu'eux, et…

— Pourquoi ne pas l'inviter à prendre le thé ? l'interrompit Poppy.

Eliza la soupçonna d'avoir voulu couper court à son habituel couplet sur le manque de considération dont elle était victime au tribunal où siégeait son père. Simplement parce qu'elle était une femme…

— Je ne la connais pas assez, objecta Caroline.

— Allons, allons, n'importe quelle débutante sauterait sur l'occasion de venir chez toi dans l'espoir d'entrevoir le séduisant Lord Hawke, affirma Hollis. Sauf Eliza, bien sûr, ajouta-t-elle avec un regard en coin pour sa sœur.

Eliza fit claquer sa langue.

— Plutôt épouser le prince héritier d'Alucie !

— Bon, d'accord, soupira Caroline. Je vais l'inviter à prendre le thé. Mais à une condition, Eliza : raconte-moi tout encore une fois ! Surtout le moment où tu l'as envoyé sur les roses !

Eliza se leva et s'éclaircit la voix.

— « Si vous savez qui je suis, Miss Tricklebank, vous savez également que vous ne pouvez pas rejeter ma demande », dit-elle en imitant la voix grave et l'accent du prince. « Maintenant, soyez gentille : allez prévenir votre père, et en vitesse, nom de nom ! »

Ses trois spectatrices hurlèrent de rire.

— Et c'est là que tu lui as dit de s'en aller ? demanda Hollis.

— Laissez-moi jouer cette partie du dialogue ! supplia Poppy en bondissant de son siège.

Elle prit une voix plus aiguë qu'à l'ordinaire.

— « Je ne suis pas une enfant qu'on peut réprimander pour son "impertinence", comme vous dites. Je suis la maîtresse de ces lieux. Et ma réponse est claire : non, vous ne pouvez pas voir le juge tout de suite. Maintenant, je vous prierai de bien vouloir vous retirer. » Et ensuite, elle leur a montré la porte, des fois qu'ils ne la trouveraient pas tout seuls !

Caroline se tenait les côtes.

— Quelle histoire ! commenta Hollis. Notre maison est sans doute la seule dans tout Londres où ils étaient susceptibles de recevoir ce genre d'accueil !

— À mon avis, ce ne sera pas la dernière fois, fit observer Eliza avec un geste dédaigneux du poignet. Non mais, quel empêcheur de danser en rond, celui-là !

— Tout de même, Eliza, que fais-tu de ses beaux yeux ? objecta Hollis en cherchant à reprendre son souffle.

Elle riait si fort qu'elle en pleurait presque.

— Ses beaux yeux ? Les yeux du diable, oui !

— Voyez-vous cela ! s'amusa Hollis. C'est un démon,

à présent. Ma foi, les démons font de meilleurs amants que les anges.

— Hollis ! protestèrent Poppy et Caroline d'une même voix.

Et les quatre jeunes femmes rirent de plus belle.

Des aboiements soudains les réduisirent au silence. Des bruits de pas se faisaient entendre à l'étage.

— Ce doit être Mr Tricklebank qui se réveille de sa sieste, dit Poppy.

Elle se leva et quitta précipitamment la pièce.

Quelques instants plus tard, elle revint en compagnie du juge.

— Qui est là, Poppy ? s'enquit-il d'une voix aimable tandis qu'elle le guidait jusqu'à son fauteuil préféré.

— C'est moi, Père, dit Hollis. Avec Eliza.

— Et moi ! compléta Caroline en se levant. Vous paraissez en pleine forme, aujourd'hui, Votre Honneur, déclara-t-elle en se penchant pour l'embrasser sur la joue.

— Caroline, vile flatteuse, s'amusa-t-il. On a pris un verre, si je ne m'abuse ? ajouta-t-il au moment où elle s'éloignait.

— Rien ne vous échappe ! s'exclama gaiement Caroline.

Le juge se mit à son aise et tâtonna autour de lui à la recherche de son tricot. Il avait entamé un ouvrage de longue haleine dans une laine couleur ivoire. De quoi s'agissait-il ? Mystère. Quoi qu'il en soit, il aimait avoir les mains occupées, et le tricot répondait parfaitement à cette aspiration. Il plaça son travail sur ses genoux. Les bords tombaient jusqu'au sol. Le chat parut y voir l'endroit idéal où faire un petit somme : il sortit de derrière la bibliothèque et, à pas nonchalants, vint s'installer sur l'une des extrémités. Quant à Jack et John, qui avaient suivi le juge dans le salon, ils firent trois tours sur eux-mêmes avant de se laisser choir dans leurs paniers respectifs.

— Alors, que mijotez-vous, toutes les quatre ? demanda le juge sur un ton jovial en regardant le plafond.

— Oh ! J'ai failli oublier, s'exclama Caroline. Je suis allée chez Mrs Cubison. Vous devez la connaître, Votre Honneur. C'est la modiste la plus en vue de tout Londres.

— De tout Londres, peut-être, mais pas de moi, ironisa-t-il.

— Père, vos yeux ne sont pas un sujet de plaisanterie, objecta Hollis d'une voix implorante.

— Loin de moi cette idée, ma chérie.

— En tout cas, elle avait beaucoup de choses à raconter, reprit Caroline. Figurez-vous qu'elle a vu défiler toute une série de gentlemen venus l'interroger à propos du fameux gant.

— Quel gant ? voulut savoir le juge.

— Celui qui a été perdu à Kensington le soir du bal, expliqua Hollis. On l'a retrouvé dehors, devant la partie privée du palais, perdu ou jeté là après le départ du prince héritier d'Alucie. Certains pensent qu'il s'agissait d'une sorte de signal. Vous savez, pour indiquer au meurtrier que l'heure était venue.

— Oh ! je vois, commenta le juge sur un ton pensif. Je suppose que son propriétaire n'a pas pu le perdre, tout simplement ?

— C'est une possibilité, admit Hollis.

Le juge hocha la tête avec sagesse.

— Cette brave modiste n'a pas laissé entendre que ce gant pouvait appartenir à un certain maréchal, tout de même ?

— Non. Mais je suis sûre qu'elle l'a pensé, répondit Caroline.

Eliza et sa sœur échangèrent un regard.

— Vous êtes bien silencieuses, tout à coup, mes filles. J'en déduis que notre conclusion est la même. Cette Mrs Cubison a eu vent de la rumeur qui circule sur le maréchal. Eliza, ma chérie, tu as eu tort de montrer cette lettre à ta sœur. Et Hollis, ma chérie, tu as eu plus tort encore d'en faire un article.

— Mais, Père, nous avons peut-être rendu service, tenta d'objecter Hollis.

— Vous n'avez fait que remuer la boue. Je ne veux pas que mes filles jouent le moindre rôle dans cette affaire.

Il reposa son ouvrage et tourna la tête vers le centre de la pièce, où se trouvait Eliza.

— Je me dois d'insister. Il faut me donner votre parole, toutes les deux. Et vous aussi, Caroline et Poppy. Je refuse que vous vous mêliez de quelque façon que ce soit à l'enquête concernant le décès de ce pauvre homme. Est-ce bien compris ?

Les quatre filles, penaudes, marmonnèrent leur assentiment.

— Décidément, ce bal aura causé bien des ennuis, bougonna le juge. Et ne levez pas les yeux au ciel, mesdemoiselles. Je n'ai pas besoin de mes yeux pour le voir.

— Père…

Eliza tourna les yeux vers Hollis et l'interrogea du regard. Fallait-il lui raconter le reste ?

— Eh bien ? dit le juge. Qu'y a-t-il encore ?

Allons, du courage.

— Nous avons reçu de la visite…

Elle lui relata toute la scène avec les princes, déjà résignée à recevoir une sévère réprimande. Pourtant, quand elle en vint à décrire la façon dont l'aîné lui avait parlé et sa propre réaction, son père émit un petit rire.

— À la bonne heure ! À vrai dire, je craignais que l'un de ces princes vienne t'enlever à moi, Eliza. Que ferions-nous sans toi, Poppy et moi ?

— Seigneur, je cède volontiers la place à Caroline, protesta-t-elle en riant. D'ailleurs, j'ai lu dans la gazette le mois dernier qu'elle représentait un parti très prisé.

— D'où l'intérêt d'avoir des amies dans la presse ! s'esclaffa Caroline. Mais trêve de bavardages, je dois vous laisser. Beck et moi dînons chez les Montpassen, ce soir.

Elle rassembla ses affaires et se dirigea vers la porte, non sans s'arrêter en chemin pour caresser Prince, qui s'était installé sur les genoux du juge.

Quand elle fut partie, Eliza se remit à l'ouvrage sur sa pendule et Hollis entreprit de prendre des notes. La vie reprenait son cours normal.

Le répit fut de courte durée. Le lendemain, Caroline leur fit savoir que le thé avec Lucille Heath, la fille du banquier, était fixé au samedi après-midi suivant.

Inutile de préciser qu'aucune des trois n'avait l'intention de suivre les recommandations du juge.

Il n'était pas encore né, l'homme qui saurait les faire plier à ses exigences.

Chapitre 10

En ce samedi après-midi royalement frais et vivifiant, un petit oiseau qui se serait perché dans les frondaisons de Hyde Park aurait pu apercevoir trois gentlemen, vêtus comme des lords anglais mais s'exprimant avec un curieux accent. Il aurait également pu remarquer une jeune et jolie paonne dans leur sillage, tout occupée à faire la roue dans l'espoir d'attirer l'attention sur ses plumes chatoyantes.

Honeycutt's,
gazette mode et maison pour ladies

Leopold était furieux. Il fallait bien reconnaître qu'il n'avait pas tort. Quand cette Miss Tricklebank avait rejeté sa demande, Sebastian avait perdu son sang-froid. Évidemment, c'était tout à fait regrettable. Cela dit, à sa décharge, ces derniers jours s'étaient révélés particulièrement éprouvants. Et puis, quel manque de respect chez cette femme ! Il n'avait jamais vu cela.

Et que dire de l'endroit où elle vivait ? À peine mieux qu'une cahute, petite et encombrée. Un invraisemblable fatras de pendules, d'animaux et de livres, aux murs couverts de cordons et de rubans, au sol jonché de souliers, de châles et de papiers… Enfin, visiblement, ce gourbi convenait à l'étrange assemblage de personnes qui l'occupaient.

Pourtant, somme toute, cette visite l'avait beaucoup distrait. Il n'avait pas eu assez d'yeux pour tout observer. Il aurait voulu voir comment vivaient les Anglais, comprendre le pourquoi de tous ces livres entassés à même le sol.

— Franchement, tu n'aurais pas pu faire pire, fulmina Leopold.

— D'accord, j'ai mal réagi, concéda Sebastian. Mais quelle impudente furie, tout de même ! Tu admettras qu'on a rarement vu sa pareille.

— *Je*, cette femme n'a pas mâché ses mots. Et après ? Elle n'est personne. Ce n'est qu'une simple ménagère.

— Précisément ! s'exclama Sebastian. Jamais une roturière ne m'avait parlé sur ce ton. Crois-moi, Leopold : si un prince se laisse agresser de la sorte par n'importe quelle femme du commun, il n'aura guère à attendre avant que les lords viennent lui cracher au visage. L'insolente harpie !

— Tu n'avais rien à faire là-bas, Sebastian. Qu'y as-tu gagné, sinon attirer l'attention sur toi ? Je te le dis, mon frère : toute la ville va savoir que tu t'es rendu chez cette vieille fille. Cette histoire va être sur toutes les lèvres en un rien de temps. Dire que c'est moi qui te fais la morale, soupira-t-il en secouant la tête. Je n'en reviens pas.

Qui l'eût cru, en effet ? Leopold ne comptait plus les rappels à l'ordre pour conduite inconvenante, en général à l'issue de fêtes trop arrosées en compagnie galante.

Tout l'inverse de Sebastian, qui était d'ordinaire un modèle de retenue. Pour tout dire, il s'étonnait lui-même d'avoir si vite perdu son calme avec cette miss. Le résultat d'une trop grande tension après la mort de Matous, sans doute. Quoique, à la réflexion, n'était-ce pas plutôt parce qu'il n'avait pas l'habitude d'essuyer un refus ? Surtout de la part d'une femme…

C'est vrai : on ne lui disait jamais « non ». Il n'entendait que « Oui, Votre Altesse » ou « Comme il vous plaira, Votre Altesse ». Cette effrontée, elle, ne s'en était pas privée. Et sans le moindre scrupule, encore, comme si elle s'adressait à un enfant ! Cette fin de non-recevoir l'avait complètement désarçonné. D'habitude, les femmes se montraient excessivement attentionnées. Trop soucieuses de lui plaire, d'obtenir une bribe d'attention de sa part – même infime. Or, cette impertinente l'avait chassé de chez elle comme un malpropre ! Eût-elle été Alucienne, il l'aurait condamnée aux cachots, ou à récurer les sols pour le restant de ses jours.

Voilà bien une chose qui n'arriverait jamais, cela dit. Aucune femme de son pays n'oserait se comporter comme elle l'avait fait. Et une autre Anglaise ? Sans doute pas non plus.

Miss Tricklebank… Il n'avait encore jamais rencontré une femme comme elle. Plutôt jolie, avec ses cheveux d'un brun doré et ses yeux incroyablement pétillants, d'un bleu tirant sur le gris. Mais différente des innombrables beautés qu'il avait eu l'occasion de contempler au fil des années. Il avait mis du temps à comprendre en quoi, mais la raison était évidente, à présent. Il ne lisait dans son regard aucune admiration teintée d'espoir. Elle savait pertinemment à qui elle avait affaire, et pourtant ses yeux n'exprimaient aucune déférence. Pas même une once d'estime.

Il y avait de quoi être déconcerté. Comment réagissait-on face à une femme qui vous considérait comme un intrus en sa demeure ? Que fallait-il éprouver quand votre présence n'était ni recherchée, ni même désirable ? Quel décalage avec son quotidien habituel !

Quel décalage tout court, depuis qu'il se trouvait en Angleterre...

Malgré tout, Leopold avait raison. Ne lui en déplaise, il avait fait preuve d'un manque de maîtrise consternant. Sans pour autant obtenir l'information qu'il recherchait. C'était là le plus rageant ! Miss Tricklebank en savait plus long qu'elle voulait l'admettre, aucun doute sur ce point. Et il avait gâché toute chance de découvrir de quoi il s'agissait.

Cette nuit-là, il tourna et vira dans son lit, accablé de doutes, assailli de questions. Au matin, sa décision était prise : il retournerait à Bedford Square. Il l'annonça à son frère dès qu'il le vit.

— Ma parole, tu perds la tête ! protesta Leopold.

— J'en ai bien l'impression. La dépouille de Matous est déjà en route pour Helenamar, où l'attendent son épouse et ses enfants, et nous ne sommes pas plus avancés que le jour où nous l'avons retrouvé mort dans son lit. Comment pourrais-je regarder Lady Reyno dans les yeux et lui avouer que je ne sais pas qui a tué son mari ? Pis, que je n'ai rien fait pour le découvrir ?

Un coup frappé à la porte les interrompit. Patro venait leur annoncer l'arrivée du maréchal et du ministre des Affaires étrangères. Leopold et lui échangèrent un regard discret au moment où les deux hommes pénétraient dans la pièce. La même interrogation leur avait traversé l'esprit : pouvaient-ils se fier à Rostafan ? Ou à Anastasan, du reste ? Ils suspectaient tout et tout le monde, désormais.

Comme à son habitude, Rostafan prit un siège sans y être invité. Caius, lui, resta debout. Il paraissait mal à l'aise. Cela dit, quoi d'étonnant, compte tenu des circonstances ? Les événements de ces derniers jours avaient éprouvé tout le monde. À l'exception du maréchal, visiblement : le voilà qui tendait la main – sans en demander la permission, bien sûr – vers la coupe de raisin posée au milieu de la table.

Sebastian s'interrogea. Connaissait-il vraiment les hommes qui l'entouraient, au fond ? Il n'avait pas souvenir de s'être déjà senti aussi isolé.

— Quelles sont les nouvelles ? s'enquit-il.

— Nous sommes cernés par les incompétents, voilà quelles sont les nouvelles, gronda Rostafan. Les enquêteurs nous assurent qu'ils ne négligent aucune piste. Balivernes ! Creuses promesses ! Laissez-moi prendre les choses en main, Votre Altesse. Nous ne pouvons pas faire confiance aux Anglais. Qui nous dit que ce n'est pas un complot pour prendre le dessus dans les négociations ?

— Quel avantage leur donnerait un assassinat ? objecta Sebastian. Je parlerai avec Botley-Finch. Nous verrons s'ils ont avancé.

— Botley-Finch passe plus de temps à son club de gentlemen qu'à faire son travail, grogna Rostafan.

Le maréchal soupira bruyamment et repoussa sa chaise en prenant appui sur la table.

— Chaque jour qui passe réduit nos chances de retrouver l'assassin, ajouta-t-il.

— Je le sais bien, reconnut Sebastian. Je vous l'ai dit, je vais m'entretenir avec Botley-Finch.

À l'évidence, Rostafan attendait une autre réponse. Il soutint le regard de Sebastian un long moment. Puis, voyant qu'il n'obtiendrait rien de plus, il se leva brusquement.

— Dans ce cas, si vous voulez bien m'excuser, Votre Altesse…

D'un geste, Sebastian l'autorisa à se retirer.

Le maréchal gagna la porte à grandes enjambées. Le ministre des Affaires étrangères le suivit des yeux, manifestement déconcerté. Sebastian ne savait que penser, lui non plus. Que cherchait Rostafan, au juste ? À donner le change pour cacher sa culpabilité, peut-être ? Tout de même, il ne parvenait pas à s'en convaincre. Qu'est-ce qui aurait pu pousser le maréchal à assassiner Matous ? Qui pouvait en vouloir à ce point à son secrétaire personnel ?

— Caius, j'aimerais m'entretenir avec mon frère, si vous n'y voyez pas d'inconvénient.

— Y a-t-il quoi que ce soit que je puisse faire, Votre Altesse ? s'enquit le ministre.

Sebastian lui répondit d'un signe de tête négatif.

La mine résignée, Anastasan s'inclina et prit congé. D'un signe de tête, Sebastian pria Patro de les laisser également.

Une fois certain qu'ils étaient de nouveau seuls, il se tourna vers son cadet.

— Je retourne chez le juge, s'entêta-t-il.

Leopold parut sur le point de répliquer, mais il se ravisa. Il se renversa dans son fauteuil et poussa un long soupir en se frottant les yeux avec la paume de ses mains.

Sebastian se leva et se dirigea à pas nerveux vers la fenêtre.

— Crois-tu que je devrais laisser Rostafan se charger de l'enquête ?

— Non.

— Moi non plus. Cela dit, pour l'instant, nous n'avons que deux certitudes. Premièrement, personne n'a été vu cette nuit-là. Deuxièmement, Rostafan a été montré du doigt dans une revue pour ladies. C'est bien maigre. Il n'est pas question que j'en reste là, Leopold.

— Mais les Anglais sont…

— J'irai seul, cette fois. Je ne t'impliquerai pas. Deux gardes me suffiront. Comprends-moi : il faut que je sache qui accuse notre maréchal. Je n'arrive plus à le regarder sans me demander s'il m'a trahi ou non.

— À supposer qu'on te laisse entrer, fit observer

Leopold. As-tu oublié la façon dont tu as été congédié à ta première visite ? Pour l'amour du ciel, Sebastian, laisse donc les autorités britanniques se charger de cette affaire !

Voilà que son jeune frère se souciait des apparences, à présent… Tout comme leur père.

— Sur ce point, je suis de l'avis de Rostafan : les autorités ne font rien. Ou du moins, elles ne progressent pas assez vite.

Il se retourna vers son cadet.

— Retrouver le coupable leur importe moins qu'à nous. Les Anglais pensent que le meurtre de Matous est lié à la rébellion. Que c'est un Weslorian ou un traître alucien qui l'a assassiné. Il se peut qu'ils aient raison. Quoi qu'il en soit, il nous faut des réponses rapides. Qui sait si le coupable n'attend pas l'occasion de s'en prendre à moi ?

— Si tel est le cas, tu feras une cible idéale en te promenant sans escorte dans les rues de Londres, fit remarquer Leopold.

— Personne ne saura que c'est moi. Je me déguiserai en marchand, ou que sais-je. Trouve-moi deux hommes et un attelage.

Leopold fit un mouvement de tête affligé.

— Je te le répète : tu commets une terrible imprudence. Voire une folie.

Malgré tout, il se leva pour faire ce que Sebastian lui demandait.

L'après-midi même, Egius l'aida à enfiler des vêtements qui, à leurs yeux, pouvaient le faire passer pour un Anglais du commun : un gilet sans manches sur une chemise, un manteau rapiécé et un chapeau si usé que les bords s'affaissaient sur ses yeux.

— Que suis-je censé être ? voulut-il savoir.

— Un Anglais, Votre Altesse.

— Mais encore ? Un marchand, un boulanger, un notaire ?

La question parut dérouter son valet.

— Un Anglais..., répéta-t-il d'une voix moins assurée.

À présent, Sebastian roulait dans une voiture d'emprunt que lui avait dénichée Leopold. Entraîner son frère dans cette comédie ne lui plaisait guère, mais qui d'autre l'aurait aidé ? Nul ne lui inspirait pleinement confiance dans son entourage. Un comble, quand on y songeait, qu'un futur roi n'ait personne autour de lui à qui se fier...

Il ordonna aux deux gardes de stationner l'attelage à l'extrémité nord de la place.

— Attendez-moi ici, leur intima-t-il en anglais.

— Son Altesse royale le prince Leopold nous a expressément défendu de vous laisser seul, objecta l'un d'eux en alucien.

Quel besoin avait ce sot de lui parler dans leur langue ? On risquait de les entendre et de se demander pourquoi des Aluciens rôdaient dans le quartier en tenue autochtone...

— Et moi, je vous défends expressément de lui obéir, riposta Sebastian. Vous pourrez le lui dire à notre retour. Et parlez en anglais, nom de nom !

— Votre Altesse, protesta l'autre garde, c'est dangereux de...

Sans lui laisser le temps d'achever sa phrase, Sebastian ouvrit la portière et sauta à terre.

— Attendez-moi ici.

Puis il claqua la portière et gagna d'un pas vif la porte peinte en rouge du 34, Bedford Square.

Les coups qu'il frappa déclenchèrent une série de jappements furieux, suivis de grattements frénétiques de l'autre côté du battant. Une voix féminine ne tarda pas à les réduire au silence, puis la porte s'entrouvrit. Un visage apparut dans l'entrebâillement. N'était-ce pas la servante qui avait eu l'air si abasourdie quand sa maîtresse l'avait jeté dehors ?

La femme lui jeta un rapide coup d'œil tout en repoussant du pied les chiens qui tentaient de sortir. Apparemment, elle ne le reconnut pas.

— Les livreurs et les colporteurs doivent se présenter à la porte de service, indiqua-t-elle.

— Je ne… Pardonnez-moi, pourriez-vous faire savoir à Miss Tricklebank que le p…

Il se rattrapa juste à temps. Diable, qu'il mentait mal ! D'ordinaire, il en tirait une grande fierté. Pourtant, à cet instant, rien n'aurait pu le contrarier davantage.

— Veuillez lui annoncer que Mr Chartier désire la voir, je vous prie.

La servante ouvrit le battant et l'observa plus attentivement.

— Qui, vous dites ?

— Mr Chartier.

Elle plissa légèrement les yeux et le détailla des pieds à la tête.

— Patientez ici, dit-elle avant de refermer le battant.

Il l'entendit crier aux chiens de la suivre, puis les bruits derrière la porte s'estompèrent.

Eh bien voilà, il avait belle allure, à faire le pied de grue sur le perron comme un soupirant éperdu, au vu et au su de toute l'Angleterre ! Et l'attente qui n'en finissait pas… Leopold avait vu juste. Il faisait une cible de premier choix. N'importe qui pouvait l'assaillir, l'enlever ou lui tirer dessus. Il était à la merci du monde entier, une situation que son royaume s'était évertué à éviter depuis sa plus tendre enfance.

À deux ou trois reprises, Sebastian jeta un coup d'œil au coche par-dessus son épaule. Pourvu que personne ne le hèle ! Sans quoi il devrait retrouver son chemin dans cette ville inconnue, où tout le monde sauf lui savait se repérer. Il se voyait déjà errer dans les rues comme un mendiant, sans un sou en poche.

Bon sang, que faisait-elle ? Plus elle tardait, plus il risquait de se faire remarquer. À tout instant, quelqu'un pouvait l'apostropher ou l'attaquer par-derrière.

Il sursauta malgré lui : enfin, la porte venait de s'ouvrir. Miss Tricklebank apparut sur le seuil. Elle le dévisagea en fronçant les sourcils, puis ébaucha une demi-révérence – ce qui était encore beaucoup dire.

— Encore vous ?

— Je vous dois des excuses, milady.

— Je ne vous le fais pas dire, rétorqua-t-elle.

Elle croisa les bras et le toisa de ses prunelles si singulières.

— Mon comportement d'hier était… injustifié.

— Hum.

Combien de fois fallait-il s'excuser ? Il manquait un peu de pratique, à vrai dire… La vie qu'il menait lui donnait assez rarement l'occasion de demander pardon, en particulier à une personne du peuple.

— Avez-vous… compris ce que je viens de dire ?

— Je ne parle pas trop mal l'anglais, merci. Je comprends surtout que vous ne savez pas présenter des excuses.

Il tiqua.

— C'est plutôt vous qui ne savez pas les accepter, je dirais.

Elle fit mine de refermer la porte, mais Sebastian tendit le bras pour l'en empêcher.

— D'accord, capitula-t-il. Je me suis montré… grossier, pour reprendre vos termes.

Il grimaça intérieurement. En règle générale, il n'était pourtant pas quelqu'un de discourtois. Du moins ne l'avait-il pas été jusqu'à l'après-midi précédent. *L'art de la guerre, c'est de soumettre l'ennemi sans combat*. Il connaissait cette maxime chinoise depuis l'enfance, mais cela ne l'empêchait pas d'y avoir échoué lamentablement.

— Je n'ai pas d'autre excuse que ma détresse face à la perte d'un compatriote et ami. Je vous demande pardon, Miss Tricklebank.

Elle laissa retomber sa main.

— C'était votre ami ? Je l'ignorais. Si je ne l'ai pas encore fait, je vous présente mes plus sincères condoléances.

Elle s'était un peu radoucie. Elle paraissait même penser ce qu'elle disait. À son tour, il laissa retomber sa main.

— Puis-je entrer, je vous prie ? demanda-t-il à mi-voix. N'ayez crainte, je saurai me tenir, cette fois.

— C'est le prince ? s'enquit la servante en passant la tête par-dessus l'épaule de sa maîtresse.

Cette domestique se montrait bien curieuse. D'ordinaire, les serviteurs ne posaient pas de questions. Ils faisaient ce qu'on attendait d'eux, en silence, puis retournaient dans l'ombre. Il attendit que Miss Tricklebank la remette à sa place. Elle n'en fit rien.

— C'est bien lui, Poppy. C'est drôle, quand on y pense. Je ne rêvais que de rencontrer un prince, pour le plaisir de m'en faire valoir. Et voilà que je croise celui-ci tant de fois qu'on pourrait nous croire amis.

Elle lui adressa un sourire charmant.

Il en oublia la réplique cinglante qui lui était venue à l'esprit.

Elle se pencha en avant et inspecta les deux côtés de la rue.

— Vous êtes seul, aujourd'hui, Votre Altesse ? Vous

feriez mieux d'entrer. Vous avez suffisamment attiré l'attention comme cela.

— Comment ? Que voulez-vous dire ?

Il jeta un coup d'œil derrière lui. Rien.

— Vous ne l'avez peut-être pas remarqué, mais les rideaux ont frémi à cette fenêtre, là-bas. Je vous en prie, entrez, dit-elle en ouvrant la porte toute grande.

— Merci.

Il s'avança, ôta poliment son chapeau et le tendit. Mais ni la servante ni Miss Tricklebank ne paraissaient disposées à le lui prendre. Lentement, il ramena le couvre-chef à lui.

— Le juge est-il là ?

— Non, il s'est absenté. Poppy, il nous faudrait du thé. Efforçons-nous d'accueillir convenablement notre visiteur.

Miss Tricklebank se mit à rire, comme si l'idée même lui paraissait improbable. Puis elle indiqua le salon.

— Attention où vous mettez les pieds, Votre Altesse. Nous avons entrepris de déplacer quelques livres, aujourd'hui.

Sebastian lui emboîta le pas. Sitôt qu'il eut franchi la porte, les deux chiens bondirent de leur panier et se ruèrent vers lui pour flairer ses chaussures. Il s'immobilisa, mal à l'aise. Que faire de ces bêtes ? Et de son chapeau, qu'il tenait toujours à deux mains ?

— Pour l'amour du ciel… Jack ! John ! Laissez donc ce pauvre homme tranquille ! Au panier ! ordonna son hôtesse.

L'un des chiens s'éloigna aussitôt en trottinant. L'autre paraissait moins enclin à obéir. Elle vint donc le prendre dans ses bras pour le porter jusqu'à son panier.

— Savez-vous quand le juge sera de retour ? demanda-t-il en contournant prudemment une pile de livres au sol.

— Pas avant cinq heures. Il est au tribunal.

Elle tourna les yeux vers l'horloge de parquet qui trônait dans la pièce, dont le balancier égrenait les secondes.

Sebastian l'imita. L'horloge se dressait fièrement au milieu d'une rangée d'autres horloges plus ou moins démontées. Dans quel but ? Mystère. Perché sur le manteau de la cheminée entre deux pendules, un chat blanc et noir le toisait d'un air suffisant.

À en croire les cadrans en état de fonctionner, il n'était que trois heures et demie. Comment plaider sa cause de façon à pouvoir attendre le juge ici même ?

— Comme je vous le disais hier, il est impératif que je m'entretienne avec votre père. Je vais vous expliquer pourquoi, si vous le voulez bien. Il se trouve qu'il a publié un article d'une importance capitale à mes yeux. Je le crois capable de nous fournir un indice sur l'identité du meurtrier de mon ami.

— Je vois, commenta-t-elle lentement. Mais mon père n'a rien publié, Votre Altesse.

Comment pouvait-elle le nier ? C'était écrit noir sur blanc dans la gazette dont le juge était propriétaire.

— J'ai lu en toutes lettres dans sa revue…

— Je sais que…

— Je ne m'attends pas à ce que vous compreniez…

— Ah non ? releva-t-elle, avant d'émettre un son à mi-chemin entre le ricanement et le jappement. Et pourquoi donc ?

— Ma foi, je…

Sa réaction le prenait au dépourvu. Il voyait mille raisons de ne pas saisir toutes les subtilités de cette affaire, toutes les nuances des intrigues politiques qui s'étaient jouées à la cour d'Alucie ces dernières années. Si lui-même peinait à embrasser toute la complexité de la situation, comment imaginer que cette femme en soit capable, elle qui consacrait l'essentiel de son existence à prendre soin d'un père vieillissant ?

— Mon père n'est en rien responsable de la publication de cet article, je puis vous l'assurer. Il s'agit de... quelqu'un d'autre, dit-elle avec un petit mouvement du poignet.

Elle releva le menton d'un air de défi.

— De qui s'agit-il, dans ce cas ? Je dois lui parler. C'est extrêmement...

— Urgent, je sais. Figurez-vous que j'ai compris, Votre Altesse. Seigneur, ne voyez-vous donc pas que la personne que vous désirez se trouve juste devant vous ?

Que diable racontait-elle ? Il la désirait, lui ?

Elle s'empourpra.

— Pas dans ce sens-là, voyons. Et ne prenez pas cet air incrédule. C'est bien moi que vous cherchez. J'ai reçu cette information et j'en ai fait part à... la personne qui publie la gazette.

Sebastian la dévisagea, effaré.

— C'est vous qui avez répandu cet immonde ragot, pour le simple plaisir de le voir publié dans une revue pour ladies ?

Elle se troubla, comme si elle n'avait pas envisagé les choses sous cet angle.

— Ce n'était pas un ragot, protesta-t-elle. Il s'agissait d'un message, adressé à mon père.

Il sentit son cœur manquer un battement.

— Un message ? Quel message ? Écrit par qui ? Et pourquoi l'avoir envoyé à votre père ?

— La lettre n'était pas signée. Elle incriminait le maréchal. C'est tout. Mon père a supposé qu'on la lui avait adressée parce qu'il avait traité des affaires criminelles ce mois-ci. L'auteur de la missive devait penser que mon père aurait quelque influence sur l'enquête.

Sebastian n'en croyait pas ses oreilles. Quelqu'un avait donc accusé Rostafan par écrit… Lentement, il se retourna et déposa ce satané chapeau qui l'encombrait. Puis il reporta son attention sur Miss Tricklebank. Elle l'observait, elle aussi. Elle semblait être sur ses gardes. Devait-il la croire ? Se pouvait-il qu'elle soit complice de la machination qui avait coûté la vie à Matous ? Son instinct lui disait de ne pas lui faire confiance. Pourtant, quelque chose, chez elle, lui donnait à réfléchir. L'étonnante franchise dont elle avait fait preuve à son égard jusque-là, sans doute. Elle s'était désignée sans hésiter. Elle n'avait pas cherché à lui dissimuler l'existence de cette lettre anonyme. Et il ne décelait pas une once de duplicité dans ses yeux.

Mais enfin, tout cela était parfaitement invraisemblable. Cette femme n'avait rien d'une aventurière. Pourquoi était-ce à elle qu'on avait envoyé la missive ? Qu'avait-elle à voir dans cette affaire ? Ou son père, du reste. Quel rapport entre un juge aveugle et la mort de Matous ? Il secoua la tête, puis se frotta l'arête du nez entre le pouce et l'index.

— Milady, je vous en conjure : dites-moi ce que vous savez. Reprenez tout depuis le début, si vous le voulez bien.

Elle se balança d'un pied sur l'autre, comme si elle hésitait à rester debout ou à s'asseoir.

— Je n'en sais guère plus, à vrai dire. Peu après le bal, un homme est venu nous apporter le courrier. La lettre s'y trouvait.

— Votre facteur, donc.

— Non, justement : ce n'était pas le facteur habituel. L'inconnu est reparti tout de suite après m'avoir tendu le paquet de lettres. Je suis rentrée pour trier les enveloppes, et c'est là que j'ai trouvé le message anonyme. Une feuille pliée, adressée à mon père.

— Pourquoi votre père, à votre avis ?

— Comme je vous l'ai dit, il siège à la cour supérieure de justice de Sa Majesté la reine. Je ne vois pas d'autre raison. Je pense, comme lui, que l'expéditeur de cette lettre devait le croire en mesure d'influer sur l'enquête.

— Y joue-t-il un rôle ?

Elle fit un signe de tête négatif.

— Il me l'aurait dit. D'après lui, l'auteur s'est trompé de destinataire.

— Puis-je voir cette lettre ?

Elle n'eut pas le temps de répondre. La servante ouvrit la porte avec fracas et s'avança dans le salon, peinant visiblement sous le poids du service à thé qu'elle portait.

— Voilà, voilà ! chantonna-t-elle.

Il étouffa un grognement. Maudite bonne ! Il commençait tout juste à faire quelques progrès. Et il voulait voir cette lettre.

— Pose tout ça sur la table, s'il te plaît, Poppy, dit Miss Tricklebank.

La domestique – Poppy, apparemment – sourit à Sebastian tout en s'affairant dans la pièce.

— C'est un peu comme rejouer la scène d'hier, mais en mieux, vous ne trouvez pas ? pépia-t-elle en déposant son plateau sur le bureau.

Elle emplit deux tasses et en tendit une à sa maîtresse. Elle lui présenta l'autre, qu'il refusa d'un signe de tête. Alors, à son grand étonnement, plutôt que de la reposer, elle choisit de la boire ! Elle alla s'asseoir à côté de Miss Tricklebank, porta la tasse à ses lèvres, souffla légèrement dessus et prit une gorgée de thé.

Bonté divine, mais que se passait-il dans cette maison ? Depuis quand les domestiques prenaient-ils le thé avec leurs maîtres ? Et d'ailleurs, depuis quand les femmes ne se sentaient-elles plus le moins du monde intimidées par le futur roi d'Alucie ? Tout cela était décidément très déroutant. Enfin, peu importait pour l'instant.

— La lettre, Miss Tricklebank. Puis-je la voir ?

Mais son hôtesse semblait avoir la tête ailleurs. La mine soupçonneuse, elle le détaillait du regard.

— Pourquoi êtes-vous accoutré de la sorte ?

— Pardon ?

Il baissa les yeux sur ses vêtements. Il avait complètement oublié son déguisement de fortune.

— Pour passer inaperçu, pardi !

— Vraiment ?

Elle et sa bonne échangèrent un regard.

— N'avez-vous pas le droit d'aller où bon vous semble ?

— Si, bien sûr, mais…

Ah ! À quoi bon se perdre en vaines explications ?

— Nous parlions de la lettre. Il faut que je la voie. Je ne suis pas convaincu que toutes les pistes soient à l'étude dans cette enquête, et quand cette rumeur est apparue dans la… *revue*…

— *Honeycutt's, gazette mode et maison pour ladies*, précisa Miss Tricklebank.

— Bref, les autorités britanniques ne l'ont pas prise au sérieux, et je…

— Voyez-vous cela ! l'interrompit Poppy comme s'il venait de lui faire un affront personnel.

— Te rends-tu compte ? s'indigna Miss Tricklebank en levant les yeux au ciel.

— C'est incroyable ! renchérit la bonne. Ils sont jaloux, tous autant qu'ils sont, voilà la vérité.

Que diable racontaient ces deux pipelettes, à la fin ?

— Évidemment, abonda Miss Tricklebank. Depuis toujours, on considère l'art de publier comme étant exclusivement masculin. Mais nous venons de prouver le contraire, n'est-ce pas ?

— Dame, oui !

— Excusez-moi, je ne comprends pas un mot de ce que vous dites, intervint-il. Les Anglais n'ont pas creusé cette piste, car ils pensent que l'assassinat de mon secrétaire est une affaire alucienne. Il est fort possible qu'ils aient raison, mais il se trouve que quelqu'un a accusé mon maréchal, et que cette personne vous a adressé une lettre. À vous. Pourquoi ? C'est ce que j'aimerais comprendre.

— Pour donner un indice, cela va de soi, répondit la servante avec assurance tout en sirotant son thé.

— Ou pour détourner l'attention du véritable assassin, suggéra Miss Tricklebank.

Poppy sourit.

— Quelle fine mouche vous faites, Eliza. Bien sûr ! Si ça se trouve, c'est le Premier ministre alucien qui a commis le crime, et il a accusé le maréchal pour que tout le monde le croie coupable.

Sacrebleu, quel embrouillamini !

— Le Premier ministre n'est pas en Angleterre, objecta-t-il.

— Ou un autre personnage important, avança Miss Tricklebank à Poppy, sans tenir compte de ce qu'il venait de dire. Avec tous les documents que j'ai lus pour Père, je commence à devenir experte en matière de manigances criminelles.

— Je vous crois ! acquiesça la bonne. Que ferait le juge sans vous ?

Sebastian avait la désagréable impression d'être invisible. Pour la première fois en trente-deux ans d'existence, on ne le remarquait même pas et personne n'avait besoin de lui.

— Miss Tricklebank ! dit-il d'une voix forte.

Les deux jeunes femmes cessèrent leur bavardage pour se tourner vers lui.

Il jeta un coup d'œil à la servante. Puis à Miss Tricklebank.

— Puis-je vous parler seul à seule ? S'il vous plaît.

Toutes deux le dévisagèrent comme s'il venait de leur demander de soulever leurs robes. Poppy rougit.

— Très bien, lâcha-t-elle en reposant sa tasse à contrecœur. Je vois bien que je dérange.

— Allons, ma chérie, pas le moins du monde ! protesta Miss Tricklebank.

— Ce n'est rien, dit la bonne.

Sa légèreté de ton fut aussitôt démentie par le regard offusqué qu'elle lança à Sebastian avant de disparaître.

La maîtresse des lieux la regarda quitter le salon, puis tourna vers lui un regard dur. La contrariété se lisait dans ses beaux yeux.

— Vous êtes satisfait, maintenant ?

— Moi ? Qu'ai-je fait ?

— C'est moi qui l'ai blessée, peut-être ?

Fallait-il en rire ou hurler de rage ? Il hésitait.

— J'ignore quels sont les usages en Alucie, mais Poppy fait entièrement partie de la famille et nous la traitons comme telle.

— Dans quelle maison de fous suis-je tombé ? marmonna-t-il dans sa barbe.

Il balaya d'un nouveau regard les pendules, le chat dédaigneux, les piles de livres, les pelotes de laine.

— Vraiment, je n'y comprends rien. Je suis le prince héritier d'un royaume étranger. Cela ne vous inspire-t-il donc aucun respect ?

Miss Tricklebank tourna les yeux vers la porte derrière laquelle Poppy avait disparu.

— Il semblerait que non.

La vérité le laissa sans voix. Jamais il n'aurait pu imaginer se retrouver dans pareille situation. Cette ménagère refusait obstinément de lui témoigner la déférence qui lui était due. Pis, les circonstances exigeaient qu'il accepte son insolence. L'affaire qui l'occupait l'emportait sur tout le reste. Il devait absolument découvrir qui avait rédigé cette lettre. Eh bien, tant pis. Si pour cela il devait cesser d'être prince dans ce salon, soit.

Il fit une dernière tentative.

— Miss Tricklebank, je vous en conjure, donnez-moi la lettre qu'on vous a adressée.

— Je ne demanderais pas mieux.

— À la bonne heure !

— Encore faudrait-il qu'elle soit encore en ma possession. Ce n'est plus le cas. Père m'a priée de la remettre aux autorités, et c'est ce que j'ai fait.

Elle reposa sa tasse et traversa la pièce jusqu'à la cheminée au manteau encombré de pendules.

— Vous n'avez plus la lettre ? s'écria-t-il.

— Non. Je regrette. Inutile de me fusiller du regard. Je ne m'attendais pas à ce qu'un prince vienne frapper à ma porte.

Elle se tut un instant, puis émit un petit rire.

— Non, vraiment pas, ajouta-t-elle.

Elle tira à elle un petit marchepied disposé contre le mur et y grimpa pour examiner le cadran de l'une des horloges.

— Il est déréglé, je pense. La lune ne sera pas pleine ce soir, n'est-ce pas ?

Sebastian se sentait pris de vertige.

— Mais la gazette…

— Oui, je n'ai donné la lettre à Mr Frink qu'après l'avoir montrée à… la personne responsable de la publication.

Elle remit en place le cadran lunaire et, tout sourire, descendit lestement de son perchoir.

— Êtes-vous sûr de ne pas vouloir de thé ?

— Qui est Mr Frink ?

— Le greffier de mon père. Il l'assiste dans son travail quotidien à la cour. Moi, je n'en ai pas le droit. Pensez-vous ! Qui songerait à laisser une femme conseiller un juge de la cour supérieure de justice de la reine ?

Elle croisa les bras, le regard dans le vague. À l'évidence, ce sujet la contrariait.

— Où puis-je trouver ce greffier ?

— Le trouver ? Pourquoi voudriez-vous... Oh ! suis-je bête. Hélas, lui non plus ne pourra rien pour vous. Il a remis la lettre à la police de la ville de Londres.

C'en était trop. Il passa les doigts dans ses cheveux, un geste de nervosité que sa nourrice avait pourtant réussi à lui faire abandonner voilà bien longtemps.

— À qui, exactement ?

— Je ne saurais dire. Je m'étonne que personne ne vous en ait fait part.

Il crispa les mâchoires. *Quel cirque, mais quel cirque...*

— C'est ainsi, pourtant.

— Comme c'est curieux...

Miss Tricklebank parut réfléchir un moment.

— Il y a de quoi perdre courage. Allons, Votre Altesse, je n'ai plus le message en ma possession, mais je peux vous dire très précisément ce qu'il contenait. Le texte était bref. Voici ce qu'il disait : « Votre Honneur, le responsable de la tragédie de Kensington est l'un des leurs. Tournez votre regard vers le maréchal. » Le mot n'était pas signé, comme vous le savez.

— Et l'écriture, que pouvez-vous m'en dire ?

— Très élégante. L'auteur a un vrai talent de calligraphe. Une fermeté dans les pleins que je n'ai jamais su maîtriser. C'est le fait d'une main énergique, à mon sens. Possiblement féminine. Encore que rien ne permette de l'affirmer.

Il se pressa l'arête du nez dans l'espoir d'endiguer la migraine qu'il sentait poindre. Il avait reçu la meilleure instruction qu'on puisse souhaiter en ce monde, et pourtant il était incapable de voir clair dans cet imbroglio.

— Je ne compte pas en rester là.

Allons bon, de quoi parlait-elle, cette fois ?

— Je vais poursuivre l'enquête, clarifia-t-elle sur un ton neutre, comme si l'élucidation d'un meurtre ne lui paraissait pas plus compliquée que de faire une lessive.

— Vous ?

— Oui, moi. Pourquoi pas ? Je suis d'un naturel curieux, et mon père me trouve une certaine habileté sur ces questions. Et puis, personne ne me verra venir.

Voilà qui confinait à l'absurde. S'était-il embarqué à son insu vers une contrée occulte ? Tout était sens dessus dessous. Cherchait-elle à se jouer de lui ? Il la scruta une fois de plus, en vain. Son visage n'exprimait qu'assurance et curiosité.

— Ne soyez pas ridicule, Miss Tricklebank. Vous ne pouvez en aucun cas mener une enquête par vos propres moyens.

Ses beaux yeux gris se durcirent, et elle redressa les épaules. Elle semblait prête à le gifler.

— Vous m'en direz tant. Vous paraissez savoir mieux que moi ce que je peux faire ou non. Eh bien, vous vous trompez. Je l'ai vu au bal, figurez-vous. À plusieurs reprises.

— De qui parlez-vous ?

— Du…

Elle s'éclaircit la voix et fit un mouvement circulaire

du poignet, comme si ce geste pouvait l'aider à prononcer le mot à voix haute.

— Du défunt.

— Que voulez-vous dire par là ?

— Ni plus ni moins que ce que je viens de dire. Je l'ai rencontré une première fois dans le rang des débutantes, quand vous m'avez marché sur le pied.

Encore cette histoire ? Il allait répliquer, mais elle ne lui en laissa pas le temps.

— Accidentellement, se hâta-t-elle d'ajouter. Mais je l'ai revu au moins deux fois ensuite, en grande conversation avec un banquier.

Pourquoi diable Matous se serait-il entretenu avec un banquier ?

— Qui était-ce ? Et comment savez-vous qu'il s'agissait d'un banquier ? Comment l'avez-vous reconnu, du reste ? Tout le monde portait un masque.

— Bien sûr, mais Mr John Heath est un personnage assez… remarquable, disons.

Elle était folle. Voilà l'explication. Cette femme, aussi jolie soit-elle, n'avait pas toute sa tête. Elle avait inventé de toutes pièces cette fable extravagante.

— On pourrait en dire autant d'un grand nombre des invités de ce soir-là, objecta-t-il.

— Je voulais dire que Mr Heath est corpulent.

Bon. Il était plus que temps d'y mettre un terme à ce dialogue insensé. Sebastian la jaugea du regard. Oui, décidément, il avait sans doute vu juste : elle était un peu dérangée. Il valait peut-être mieux battre en retraite, voir ce qu'en pensait Leopold. Enfin, il n'avait pas totalement perdu son temps : il tenait un nom, au moins. Quelqu'un qui s'était entretenu avec Matous, à plusieurs reprises, pendant le bal. C'était un début.

— Merci pour votre aide, Miss Tricklebank. Je ferai bon usage de ce que vous m'avez appris.

Elle lui adressa un sourire indulgent, comme à un enfant un peu lent.

— Je dois prendre le thé avec la fille de Mr Heath, dit-elle. Mon amie, Lady Caroline Hawke, m'y a invitée. Si je découvre quoi que ce soit, je me ferai un plaisir de vous le rapporter.

À quoi bon, vraiment ?

— Merci, mais ce ne sera pas nécessaire. J'irai moi-même trouver Mr Heath.

Elle émit un son qui ressemblait à s'y méprendre à un rire étouffé. Il la regarda avec attention. Mais oui, pas de doute, elle se retenait de rire ! Ça alors, elle osait se moquer de lui ? Il n'y avait donc pas de fin à l'insolence de cette femme ?

— Puis-je savoir ce qui vous amuse à ce point ? demanda-t-il, au bord de l'explosion.

— Bien sûr ! répondit-elle gaiement. Vous vous figurez qu'on vous laissera pénétrer dans une autre maison anglaise accoutré comme vous l'êtes et que vous pourrez y apprendre quelque chose. Voilà ce qui m'amuse. Vous vous leurrez. Même si Mr Heath a des révélations à faire, il ne vous dira rien. Il pensera qu'il s'est mis en fâcheuse posture et préférera garder ce qu'il sait pour ses compatriotes. En admettant qu'il accepte seulement de vous recevoir ! Vous savez, nous sommes très compréhensifs, ici à Bedford Square. On ne peut pas en dire autant ailleurs. Non, croyez-moi : si Mr Heath détient la moindre information, sa fille nous le dira.

— Dans ce cas, c'est elle que j'irai trouver, s'entêta-t-il.

Même s'il voyait mal comment rendre une autre visite

dans son piètre déguisement… En matière de dissimulation, il avait atteint ses limites.

— Mais voyons, vous n'y pensez pas ! s'exclama-t-elle avec un nouvel éclat de rire.

Elle passait la mesure. Il croisa les bras, exaspéré.

— Je vous écoute, dans ce cas. Jusqu'ici, vous n'avez pas hésité à m'expliquer en quoi et à quel point j'ai tort à tout propos. Pourquoi mon projet est-il inenvisageable ?

— Vraiment, vous ne voyez pas ?

Il serra les lèvres sans répondre.

— C'est pourtant évident, Votre Altesse ! Si vous rendez visite à Miss Heath, tout Londres croira que c'est elle.

— Que c'est elle…, répéta-t-il sans comprendre.

Miss Tricklebank se mit à rire avec tant de gaieté et d'insouciance qu'il faillit rire avec elle. Quel rire charmant, doux comme la caresse d'un rayon de soleil… Mais il avait trop de soucis en tête.

— L'heureuse élue, voyons ! expliqua-t-elle.

Misère ! Comment avait-il pu oublier ? Maudits Anglais, qui surveillaient ses moindres faits et gestes dans l'espoir de deviner à qui il ferait sa demande. Les joues en feu, il se détourna légèrement de son hôtesse. Voilà qu'elle étouffait un nouveau rire moqueur ! Décidément, il n'avait jamais rencontré une impertinente de sa trempe. Et lui, quelle image lui renvoyait-il ? Surgir ainsi en habits de propre à rien, incapable de se défendre par lui-même ou de venger la mort de son ami… Tout prince qu'il était, ici, en Angleterre, il n'avait aucun pouvoir.

— De toute façon, personne ne vous laisserait rester seul avec elle, poursuivit-elle, toute moquerie momentanément envolée. Sa famille voudra d'abord négocier les termes de l'union.

Il claqua la langue, agacé.

Elle lui adressa un sourire désarmant.

— Et si vous cherchez à rencontrer Mr Heath lui-même, tout le monde s'imaginera que votre visite concerne votre traité commercial.

— On croirait entendre mon frère, la railla-t-il.

— Vous me flattez, Votre Altesse, commenta-t-elle en esquissant une révérence.

Il fallait tout de même lui reconnaître une certaine habileté. Et beaucoup d'attraits, maintenant qu'il y pensait. Son sourire, en particulier, lui plaisait. Même si elle l'avait souvent montré à ses dépens.

Elle haussa les sourcils, étonnée de cet examen.

— Je suis navré, Miss Tricklebank, mais je ne puis laisser cette affaire entre vos mains.

— Aurais-je demandé votre permission par mégarde ? Ce n'était pas mon intention, répondit-elle, les yeux pétillant de malice.

— Par ma foi, vous êtes bien la personne la plus irrévérencieuse, la plus indisciplinée que je connaisse ! s'emporta-t-il.

— Dans ce cas, vous devriez voyager plus souvent, Votre Altesse. Si je suis indisciplinée, comme vous dites, c'est parce que je ne fais pas partie de vos sujets.

— Oui, vous vous êtes montrée on ne peut plus claire sur ce point, Miss Tricklebank. Et c'est précisément là que je voulais en venir. Vous ne faites pas partie de mes sujets. Pourquoi vous ferais-je confiance pour me rapporter fidèlement ce que vous révélera ou non cette jeune lady ?

Sa question parut l'étonner.

— Mais parce que je m'y engage.

— C'est peut-être une surprise pour vous, mais la vie m'a appris que la confiance est un don à distribuer avec parcimonie.

Il hésita. Il sentait monter l'émotion.

— Matous Reyno était sans doute l'unique ami à qui je pouvais vraiment me fier. Sans lui…

Il s'interrompit, tout près de perdre pied. Tout à coup, le poids de sa culpabilité et de son chagrin était trop lourd à porter.

— Sans lui, je suis perdu, acheva-t-il, mortifié à l'idée que sa voix puisse se briser.

Mais la vérité était là : sans Matous, il ne savait plus que faire. Il avait tenu sa présence pour acquise et s'était entièrement reposé sur lui. Et pas une fois il ne se rappelait l'avoir remercié pour sa loyauté ou son amitié.

— Oh…, souffla-t-elle, la mine soudain grave. Je suis sincèrement navrée pour vous. Perdre un être cher est une terrible épreuve, j'en sais quelque chose. Sachez que je n'ai qu'une parole, quoi qu'il arrive. En outre, je n'ai rien à gagner ou à perdre dans cette affaire. Je ne suis mue que par la curiosité. Ce qui est arrivé à votre ami est une véritable tragédie. Il s'est montré d'une grande bienveillance avec moi. Ce devait être quelqu'un de bien.

— Vous dites vrai, répondit Sebastian à mi-voix.

Les entrailles nouées par le remords et le chagrin, il se détourna d'elle. Au fil des jours, il avait fini par surmonter un tant soit peu sa détresse, par accepter la mort de Matous. Mais son absence avait creusé en lui un gouffre impossible à combler.

— Vous pouvez me faire confiance, Votre Altesse. Vous avez ma parole.

Il la croyait. Il devait avoir perdu la raison. Il s'arracha à son accablement pour se tourner vers elle.

— Comment me ferez-vous savoir ce que vous aurez appris ?

— Vous n'envisagez pas de venir en personne réclamer

ces informations, cette fois ? le taquina-t-elle avec un sourire. Je peux vous faire porter un message, si vous le souhaitez, ajouta-t-elle plus sérieusement.

— Quand devez-vous la voir ?

— Samedi après-midi, pour quatre heures. Chez Lord Beckett Hawke, à Grosvenor Square, dans le quartier de Mayfair, précisa-t-elle. Avez-vous eu l'occasion de faire sa connaissance ?

Sebastian répondit d'un signe de tête négatif. Il prit son chapeau sur la table.

— Merci pour votre aide, Miss Tricklebank, répéta-t-il.

— Je vous en prie. Voulez-vous que je vous raccompagne ?

— Inutile, je connais le chemin.

Avant de franchir la porte, il se retourna pour lui adresser un dernier regard. Il la trouva de nouveau perchée sur le marchepied, absorbée dans l'examen d'une des innombrables pendules. Quel étrange petit salon… Quel étrange petit monde…

En d'autres temps, dans une autre vie, qui sait s'il n'aurait pas aimé vivre ici ? La journée avait été éprouvante, mais instructive. Il venait de découvrir ce qu'on éprouvait à être traité comme un gentleman ordinaire.

Pas comme un prince. Comme un homme, tout simplement.

C'était plaisant, et rafraîchissant à tous égards.

Chapitre 11

Une jeune débutante, modèle de patience, prenait le thé chez une amie. Un faucon a fait son apparition, l'effleurant presque de son Beck. Les spéculations vont bon train. Le noble oiseau de proie se serait-il enfin décidé à se choisir une compagne ?

Les invitées de ce goûter ont pu admirer la toute dernière mode des manches cloches, portées à la perfection par la fille d'un célèbre homme de loi. Il est à parier que l'on verra ces manches partout dès le printemps.

Miladies qui présentez le monde à votre nouveau-né, il est conseillé de n'introduire que progressivement objets et couleurs vives, afin de ne pas stimuler à l'excès le cerveau en cours de développement.

Honeycutt's,
gazette mode et maison pour ladies

Le matin du jour où elles devaient prendre le thé avec Miss Heath, Eliza et Hollis se rendirent à Holbren Hill pour y acheter une dinde et du tabac pour la pipe de leur père.

La dinde était pour Hollis : elle s'était mis en tête d'organiser un dîner.

— Je n'ai plus reçu depuis le décès de Percival. Plus

de deux ans, tu te rends compte ? Il est grand temps que je me débarrasse de mes tenues de deuil et que je recommence à vivre.

— Il y a des mois que tu ne portes plus le noir, fit remarquer Eliza.

— C'est exact, ma chère Eliza, mais mon cœur, lui, n'était pas encore remis. Crois-tu que je devrais inviter le prince héritier d'Alucie, maintenant que vous vous connaissez si bien ?

— Tu parles de celui qui se promène dans toute la ville habillé en cocher ? ironisa-t-elle.

Toutes deux se concentrèrent sur les trois rangées de volailles suspendues devant la boucherie. Bien entendu, Eliza avait raconté par le menu à sa sœur et à Caroline la seconde visite du prince Sebastian à Bedford Square, et elles en avaient déjà amplement commenté chaque détail.

— Je n'arrive pas à croire qu'on le laisse faire, pouffa Hollis. Tu imagines la reine en faire autant, vêtue comme toi et moi ?

Elle avisa le boucher.

— S'il vous plaît ? Excusez-moi ! J'aimerais vous prendre celle-ci, dit-elle en désignant une oie bien grasse accrochée dans la plus haute rangée.

L'artisan, en bras de chemise sous son tablier en cuir, leva les yeux vers le volatile qu'elle lui montrait.

— Elle devrait convenir pour douze couverts, n'est-ce pas ? ajouta Hollis.

— Même quinze, si votre cuisinière sait découper une oie.

— Dans ce cas, je vous la prends.

L'homme leva les yeux à nouveau.

— Vous n'en préféreriez pas une de cette rangéelà ? tenta-t-il en montrant les volailles les plus proches. N'importe laquelle suffira pour douze.

— Non, c'est celle-là que je veux, insista Hollis.

— Je vais devoir aller chercher l'un de mes gars.

— Je peux attendre ! répondit-elle joyeusement.

Le boucher lui adressa un regard noir.

— Pourquoi l'avez-vous accrochée en devanture si vous ne voulez pas la vendre ?

L'homme marmonna dans sa barbe, puis siffla. Un garçon passa la tête par la porte. Le boucher lui intima d'aller chercher une échelle.

Tandis qu'elles patientaient, Hollis se tourna vers Eliza et lui prit les mains.

— Je n'arrête pas de penser à cette histoire. Dire que c'est toi, de toutes les ladies comme il faut, titrées et richement dotées, qui as reçu le prince ! Et à deux reprises, encore ! Crois-tu que tu lui plaises ?

Eliza éclata de rire. Ses yeux croisèrent ceux de Donovan, le valet de Hollis, qui lui adressa un clin d'œil avant de reporter son attention sur le garçon et son échelle.

— C'est à peine s'il me supporte, Hollis. Il pense que je n'ai que faire de son titre et croit tout savoir mieux que moi.

— Il a doublement raison. Cela dit, tu le connais mieux que personne.

— Ne dis pas de sottises. Tout ce que je sais de lui, c'est qu'il se met facilement en colère.

— Il est très beau, fit observer Hollis.

— Donovan aussi.

Sa sœur s'empourpra. Tout le monde s'extasiait sur le physique avantageux de son domestique. Il faut dire qu'il avait de l'allure, avec sa haute taille, ses épaules carrées, ses beaux yeux noisette et ses épais cheveux bruns. Mais son atout majeur, aux yeux d'Eliza, restait son indéfectible loyauté envers Hollis. Sans lui, sa sœur n'aurait jamais pu surmonter les semaines et les mois qui avaient suivi la mort de Percival. Il avait tout pris en main. Évidemment, Caroline et elle ne pouvaient s'empêcher de glousser en imaginant toutes sortes de choses intimes qui avaient pu se passer entre eux derrière les portes closes de la résidence de Hollis. Après tout, c'était une veuve pleine de vie. Et puis, qui l'aurait su ?

Mais elle connaissait bien sa sœur. Personne n'arrivait à la cheville de Lord Honeycutt. Sans compter que, si Hollis avait jamais songé ne serait-ce qu'à embrasser Donovan, elle le lui aurait dit sur-le-champ. Or, il n'en avait jamais été question.

— Que pense Poppy du prince ?

La question de sa sœur la ramena au présent.

— Elle ne le porte pas dans son cœur. Elle pensait rester avec nous le jour où il est venu, mais il l'a congédiée. Elle l'a très mal pris.

— Tu sais, personne hormis les Tricklebank ne songerait à prendre le thé avec la bonne, commenta Hollis avec un haussement d'épaules.

— C'est faux. Tu ne t'en prives pas avec Donovan, toi. Et puis, Poppy est beaucoup plus qu'une bonne, tu le sais.

— Bien sûr. Simplement, tu devrais peut-être éviter de lui demander de servir le thé quand tu as de la visite. On pourrait en déduire qu'il s'agit d'une servante, or un futur roi ne s'attend pas à devoir prendre le thé au salon avec une domestique. Il a dû trouver la situation très perturbante.

— Pauvre chéri, forcé de prendre le thé avec une bonne qui n'en est pas une ! Mais baste, oublions Poppy. Il s'est montré grossier, un point c'est tout.

Et vulnérable, aussi, ce qui n'avait pas laissé de la surprendre. Quand il avait évoqué la mort de son secrétaire, il n'avait pu masquer sa détresse. À cet instant, elle avait eu envie de le prendre dans ses bras et de le serrer contre elle.

Le garçon, à présent perché sur le dernier barreau de l'échelle, cherchait à attraper l'oie désignée par Hollis. Il tendait à l'extrême son bras vers la droite. L'échelle commença à glisser. En contrebas, la foule des chalands poussa un cri terrifié.

— Pour ce qui est de son humeur, je ne lui jette pas la pierre, commenta Hollis sans quitter des yeux le jeune aide. Il y a eu meurtre. Il doit se sentir menacé, lui aussi.

Un autre cri s'éleva de la foule. L'échelle continuait de pencher vers la droite. Le boucher s'en aperçut et la redressa avant que garçon et volaille chutent à terre.

— Pourquoi voudrais-tu qu'il se sente menacé ? demanda Eliza.

— Je me suis un peu renseignée sur l'Alucie. Il paraît que l'oncle du prince Sebastian convoite le trône, qui lui aurait été volé par le roi Karl.

— Vraiment ? s'étonna Eliza. Je croyais au contraire que le père était le roi légitime, et l'oncle, un usurpateur.

Hollis fit un geste d'ignorance.

— Je n'ai pas étudié toute l'histoire de très près. Je n'en connais pas tous les détails, évidemment. Quoi qu'il en soit, quelque chose ne va pas en Alucie. C'est de notoriété publique. Qui sait si ce n'est pas le prince lui-même qui pose problème ?

— Voilà pour vous, milady. Ça fera une livre et un schilling, annonça le boucher en tendant l'oie à Hollis.

Donovan s'avança posément pour prendre la volaille.

— Combien ? Mais c'est exorbitant ! Je vous en donne une livre, pas plus.

— Pour un spécimen de près de vingt livres ? Vous vous moquez, milady.

— À d'autres ! Si cette volaille pesait si lourd, votre garçon n'aurait pas pu la décrocher. Une livre, sir, ou vous pouvez la faire raccrocher.

L'artisan grommela, mais prit tout de même l'argent qu'elle lui tendait.

Hollis le gratifia d'un sourire enjôleur.

— Merci bien, sir.

Il empocha les pièces dans son tablier et se désintéressa aussitôt d'elle.

— À qui le tour ?

Cet achat terminé, toutes deux se frayèrent un passage dans la rue jusqu'au débit de tabac. Donovan suivait avec l'oie quelques pas derrière elles.

— Je ne peux pas venir cet après-midi, tu n'as pas oublié ? lui rappela Hollis.

Caroline l'avait invitée, mais elle avait déjà des projets.

— Il faudra tout me raconter, ajouta-t-elle. Tu sais, j'ai entendu dire que Miss Heath était très timide et qu'elle ne disait pas un mot en société.

— Seigneur, j'espère qu'il n'en est rien !

Hollis s'assombrit et posa une main sur son bras.

— Ne laisse pas Caroline faire toute la conversation, lui conseilla-t-elle.

Eliza s'esclaffa. Empêcher Caroline de parler ? Voilà qui confinait à l'impossible…

— Et sois prudente, ajouta sa sœur. Un meurtre est une affaire sérieuse. Poser quelques questions n'a l'air de rien, mais qui sait où cela peut te mener ?

— N'aie crainte, Hollis, je sais ce que je fais.

Hollis passa un bras sous le sien.

— Je ne veux pas te voir souffrir encore.

Eliza se retint de lever les yeux au ciel.

— Allons, tu crois donc que je vais me laisser tourner la tête par le prince avant de m'apercevoir, bonne dernière, qu'il en a demandé une autre en mariage ?

— Non, bien sûr ! protesta Hollis. Simplement, tout le monde semble s'accorder à le trouver très séduisant. Et très riche, ajouta-t-elle en lui donnant un petit coup de coude. Pour qui est encline à se laisser tourner la tête, voilà deux puissants narcotiques.

Eliza rit de sa plaisanterie.

— Ne t'inquiète pas pour moi. J'ai bien changé, tu sais.

— Tu restes une femme, commenta Hollis.

Eliza était habituée aux élans protecteurs de sa famille. À leur décharge, l'erreur qu'elle avait commise avec Asher avait été assez spectaculaire, il fallait bien l'admettre.

— Tu n'as rien à redouter de ce point de vue-là, assura-t-elle. J'ai autant de chances de m'enticher du prince Sebastian que de Mr Norris.

— Tu plaisantes ! s'écria Hollis.

Toutes deux gloussèrent au souvenir du malheureux soupirant aux cheveux rêches et hirsutes qui avait poursuivi Eliza de ses assiduités voilà quelques années.

— Je viendrai ce soir pour que tu me racontes tout, reprit sa sœur. Il ne faudra rien omettre, surtout. En particulier la réaction de Beck quand il comprendra quel rôle il doit jouer…

Toutes deux échangèrent un regard malicieux et pouffèrent de plus belle.

Elles avaient concocté un petit stratagème, évidemment. L'idée consistait à se gagner l'amitié de Miss Heath en la gratifiant d'une apparition de Beck. À cette occasion, Lord Hawke devait laisser entendre qu'il envisageait enfin de choisir une épouse. Voilà qui devrait mettre la jeune femme dans de bonnes dispositions à leur égard, fût-ce pour en savoir plus sur les projets de mariage du séduisant jeune lord. Eliza et Hollis doutaient que Caroline parvienne à organiser cette apparition surprise, car Beck n'aimait rien tant qu'à se montrer rétif. Mais leur amie leur avait assuré que son frère se plierait à sa volonté. Une fois que Miss Heath aurait fait la connaissance de Beck, elles orienteraient la conversation vers le père de leur visiteuse. Alors, Eliza évoquerait tout naturellement ce qu'elle avait vu le soir du bal. C'était aussi simple que cela.

Quand elle eut acheté le tabac pour son père, les deux sœurs s'étreignirent avant de se séparer.

— Tu mettras ta robe bleue, lui rappela Hollis.

— Mais oui.

— Bonne chance, ajouta sa sœur en lui tapotant la joue. À ce soir !

Eliza la regarda s'éloigner en compagnie de Donovan, qui portait l'oie avec désinvolture sur une épaule. À sa façon d'agiter sa main en marchant, sa sœur devait s'être lancée dans une grande conversation avec son valet, qui la dominait de sa haute taille.

Avec un soupir, Eliza se détourna et partit dans la direction opposée.

Vers le milieu de l'après-midi, elle sortit de sa chambre vêtue comme le lui avait suggéré Hollis. D'un beau bleu turquoise, sa robe était dotée de manches longues si évasées qu'elle aurait pu y glisser Prince sans que personne ne s'en aperçoive.

Elle trouva son père dans le salon, occupé à tricoter. Le cliquètement régulier de ses aiguilles se mêlait au tic-tac des horloges. Ben s'occupait du feu. Les deux chiens dormaient, couchés dans leurs paniers. Quant au chat, il n'était nulle part en vue.

— Je vais prendre le thé chez Caroline, Père, annonça-t-elle en se penchant pour l'embrasser sur le sommet du crâne.

— Ah ? Qui d'autre sera là ?

— Miss Lucille Heath. La fille de Mr John Heath.

— Le banquier ?

— Lui-même.

Poppy entra, munie de la cape d'Eliza.

— Oh ! Eliza, quelle élégance ! Vous avez vu, Ben ?

— Oui. Très jolie, Miss Eliza.

Poppy décrivit la robe à l'intention du juge.

— Elle est neuve ? s'enquit-il, les yeux fixés droit devant lui.

— Remise au goût du jour par l'ajout de nouvelles manches, nuança Eliza. Hollis m'a dit que les manches cloches faisaient fureur en ce moment.

— Si Hollis le dit, ce doit être vrai ! s'amusa son père. Fais mes amitiés à notre chère Caroline et à Miss Heath. Veux-tu que Ben fasse venir un fiacre ?

— Inutile, merci. Il fait un temps splendide. J'irai à pied.

Eliza drapa la cape sur ses épaules et les salua, puis passa dans l'entrée encombrée, où elle décrocha son chapeau d'une patère. Après l'avoir coiffé, elle se mit en route d'un pas énergique tout en nouant les rubans sous son menton.

Au coin de la rue, elle leva les yeux vers les fenêtres de Mrs Spragg. Les rideaux étaient écartés juste ce qu'il fallait pour offrir à la commère une bonne vue sur la rue. Eliza fit un signe de main avant de poursuivre son chemin. Elle passa devant la boucherie et s'arrêta devant la pâtisserie qui faisait l'angle de la rue suivante pour y admirer les douceurs exposées en vitrine.

Voilà qui était appétissant : un plateau entier de tartes au citron qui semblaient tout juste sorties du four ! Elle était en train de se demander si elle allait se laisser tenter quand elle perçut une présence derrière elle. Brusquement, une silhouette d'homme apparut dans la vitrine. Elle sursauta et fit volte-face, la main sur le cœur. Quand elle vit qui se trouvait derrière elle, elle émit un grognement et laissa retomber sa main. Le prince Sebastian !

— Seigneur tout-puissant, à quoi jouez-vous ? Vous m'avez fait une de ces peurs !

— Mille excuses, milady, ce n'était pas mon intention, dit-il. Je venais vous accompagner à votre *tea party*. J'ai un coche, ajouta-t-il en désignant d'un geste l'attelage stationné au bout de la rue.

Eliza regarda dans la direction qu'il lui indiquait, puis se tourna de nouveau vers lui.

— Je n'ai nul besoin d'un coche. Vous ne devriez pas vous approcher ainsi des gens sans faire de bruit, Votre Altesse.

— Pourrions-nous éviter les formules officielles, je vous prie ? marmonna-t-il en jetant des coups d'œil nerveux alentour. Je ne souhaite pas attirer l'attention.

— Dans ce cas, vous feriez mieux de ne pas errer dans les rues comme un voyageur égaré. Où sont vos hommes ?

— Non loin d'ici. Mais, je vous en conjure, parlez moins fort.

Elle tenta de repérer ses gardes derrière lui. Il se déplaça légèrement pour l'en empêcher.

— N'ayez pas peur, je suis bien protégé, chuchota-t-il.

Elle le dévisagea, incrédule. Cet homme était vraiment impossible. Croyait-il réellement qu'elle s'inquiétait pour lui ? C'était pour elle-même qu'elle avait des craintes.

— Je n'ai pas peur. Mais vous, vous devriez. Et moi aussi, tout compte fait, car je crois bien, Votre Altesse, que vous êtes complètement fou !

Sa tirade parut le décontenancer, puis l'amuser au plus haut point, à en juger par le sourire qui se dessina sur ses lèvres. Un sourire à couper le souffle…

— Ça alors, Miss Tricklebank, vous ne manquez pas d'air ! C'est l'hôpital qui se moque de la charité…

Elle croisa les bras. Il n'avait peut-être pas tout à fait tort. Oui, mais quand même. Elle le scruta de haut en bas.

— Pourquoi vous entêtez-vous à vous vêtir comme un cocher, Votre Altesse ?

— Pour l'amour du ciel, cessez de m'appeler ainsi, protesta-t-il en regardant fébrilement autour de lui.

— Alors ? Pourquoi m'accostez-vous dans cet accoutrement ?

Indigné par son jugement sans appel, il baissa les yeux sur ses vêtements.

— Je ne vous ai pas accostée, comme vous dites. Et je ne vois pas ce que vous reprochez à ma tenue. Je suis habillé comme un Anglais typique. Appelez-moi Mr Chartier.

— Un Anglais typique ! Non mais, regardez-vous : vous avez l'air d'un vaurien, avec votre manteau rapiécé et votre chapeau affaissé.

Il l'accabla d'un regard réprobateur digne d'un père pour son enfant récalcitrant.

— Si vous voulez bien monter dans cette voiture, vous pourrez critiquer ma mise tout votre soûl.

Elle se mit à rire.

— N'y comptez pas, Mr Chartier, dit-elle en accentuant exagérément son nom de famille.

Il soupira, puis leva la tête et contempla le ciel un instant, comme pour en tirer un regain de patience ou de force.

— Votre aptitude à me dire « non » dépasse l'entendement, Miss Tricklebank. Un coche est le moyen de transport le plus sûr pour vous comme pour moi, c'est l'évidence même. Enfin, puisque vous tenez absolument à n'en faire qu'à votre tête, soit. Nous marcherons. Mais de grâce, mettons-nous en route. Si nous nous attardons encore ici, nous allons nous faire remarquer.

Décidément, il avait des idées bien arrêtées sur ce qu'elle devait faire ou non. L'arrogance de ce prince commençait à lui porter sur les nerfs.

— Il n'y a pas de nous. Et j'ajoute que je parle avec qui je veux dans la rue. Ce qu'en pensent les indiscrets m'est parfaitement égal.

Il ricana.

— Bien sûr, ironisa-t-il.

Il la prit fermement par le coude et l'entraîna avec lui.

— Vous ne me croyez pas ? s'insurgea-t-elle en lui emboîtant le pas. Dites-vous une chose : quiconque me connaît s'étonnera de me voir accompagnée, car cela m'arrive rarement. Je n'ai pas besoin d'un gentleman pour m'escorter partout. Figurez-vous que je me déplace seule.

Elle se rendit compte qu'elle avait prononcé ces mots avec une pointe d'orgueil. Quel curieux motif de fierté… Mais voilà : elle en tirait une certaine satisfaction. Miss Williams, qui vivait de l'autre côté de Bedford Square, n'avait jamais l'autorisation de se rendre au marché sans une bonne ou un chaperon. Eliza, elle, y allait quand bon lui semblait, sans avoir de comptes à rendre.

— Vous m'en voyez ravi, commenta-t-il en lâchant son bras.

Il joignit les mains dans son dos.

— Ravi, mais surpris. Vous êtes plutôt jolie.

Elle s'arrêta net et le foudroya du regard.

— Plutôt jolie ? Merci infiniment de ce généreux compliment, Mr Chartier, siffla-t-elle sur un ton sarcastique.

— Je ne voulais pas vous vexer, murmura-t-il en

regardant droit devant lui. Je m'étonne simplement que, avenante comme vous l'êtes, les gentlemen ne se bousculent pas pour vous accompagner.

Le prétendu Mr Chartier posa une main dans le bas de son dos.

— Continuons à marcher, voulez-vous ?

Elle oublia de protester. Un frisson venait de la parcourir tout entière, la privant momentanément de l'usage de la parole. Il venait de lui dire qu'il la trouvait avenante… En règle générale, les compliments qu'on lui prodiguait dans l'espoir de gagner ses faveurs la laissaient de marbre. Celui-ci, en revanche, lui était allé droit au cœur. *Avenante comme vous l'êtes…* Quand Caroline, Hollis et Poppy allaient l'apprendre !

— Inutile de courir, tout de même. On va croire que vous me fuyez.

Sa remarque la ramena brusquement à la réalité.

— C'est peut-être ce que je devrais faire. Comment se fait-il que vous déambuliez dans tout Londres sans que personne ne le sache ? N'avez-vous pas des audiences à accorder, des documents importants à signer, ou que sais-je encore ?

— Nous sommes samedi. Les pourparlers ne reprendront que lundi. Dans l'intervalle, mon majordome fera savoir que je suis souffrant.

Le ridicule du prétexte la fit rire.

— Ainsi, vous vous faites porter pâle pour pouvoir vous promener en ville vêtu d'un vieux manteau et d'un chapeau usé ?

Il lui jeta un regard en coin, visiblement irrité.

— Vous n'imaginez pas combien ma vie est difficile, surtout ici, en Angleterre. Je croule sous les sollicitations.

Pour m'octroyer un tant soit peu d'intimité, je suis parfois contraint de mentir, Miss Tricklebank.

Il disait sans doute vrai.

— Je vous en prie, appelez-moi Eliza. Après tout, je suppose que nous sommes amis, maintenant que vous m'avez confié votre secret.

Il claqua la langue.

— Nous ne sommes pas amis, et je ne vous ai rien confié du tout.

— Vous m'avez révélé deux secrets, en réalité. Le premier, c'est que vous ne pouvez vous fier à personne. Le second, c'est que vous n'avez aucune intimité. Je le sais, car vous m'avez sans doute accordé plus de temps qu'à quiconque dans cette ville. Vous avez même bu dans mon verre.

— Pardon ?

Il baissa les yeux sur elle, perplexe.

— Dans le couloir de service, le soir du bal. Je vous ai offert un peu de punch et vous avez tenté de me séduire.

Il s'arrêta et la dévisagea, incrédule.

— C'était vous ?

Elle s'arrêta également.

— Devrais-je me sentir vexée que vous ne gardiez aucun souvenir de moi ? Vous avez pourtant trempé les lèvres dans ma coupe, avant de m'écraser le pied… Cela ne vous dit vraiment rien ?

Il la parcourut rapidement des yeux, puis fixa sur elle son regard d'émeraude. Elle le soutint.

— À vrai dire, j'en garde quelques souvenirs très précis.

Elle sentit un nouveau frisson courir délicieusement le long de son échine.

— Nous sommes deux, dans ce cas, murmura-t-elle.

Elle le vit hausser un sourcil, comme si sa réponse l'étonnait ou l'amusait. Mais elle ne mentait pas : les souvenirs qu'elle conservait de ces instants passés en sa compagnie s'étaient imprimés jusque dans les fibres de son être.

— Et, à l'évidence, les miens sont bien plus vifs que les vôtres. L'homme que j'ai rencontré ce soir-là était fort différent, il faut dire.

— Vous trouvez ? En quoi ?

— Vous étiez nettement moins… désobligeant. Vous nourrissiez même des idées tout à fait inconvenantes.

Il la détailla du regard, plus lentement, cette fois.

— Ma mémoire n'est pas aussi traîtresse que vous l'imaginez, Miss Tricklebank, dit-il d'une voix plus grave. Cela dit, vous avez raison : je nourrissais de tout autres idées, ce soir-là.

Il releva lentement les yeux et plongea le regard dans le sien.

— Même si, pour ma part, je ne les qualifierais pas d'inconvenantes.

Elle sentit les battements de son cœur s'accélérer. Que faire de cette agitation soudaine ? Elle se détourna et reprit son chemin.

— Quoi qu'il en soit, je persiste, Mr Chartier. Nous passons beaucoup de temps ensemble dernièrement, et nous avons un centre d'intérêt commun. Voilà deux bonnes raisons d'être amis, vous ne trouvez pas ? Aussi, vous devriez m'appeler Eliza. Et, si je puis me permettre, je devrais vous appeler Sebastian.

Il émit un rire bref.

— Diable, vous ne manquez pas d'audace.

— Ni d'impertinence, ajouta-t-elle du tac au tac. Car il en faut pour oser vous répéter des choses telles que « Vous vous trompez, Sebastian » ou « Que faites-vous ici, Sebastian ? » ou encore « Vous êtes fou, Sebastian ! ».

Il esquissa un petit sourire.

— Si vous étiez alucienne… Je ne sais pas si vous mesurez la chance que vous avez.

— Bien au contraire, j'ai parfaitement conscience des avantages liés à ma condition de sujet britannique. Votre prénom est-il une tradition familiale ?

— Il me vient de mon trisaïeul, le roi Sebastian Ier. Et le vôtre, de qui le tenez-vous ?

— De personne. Il plaisait à ma mère, tout simplement.

— Où est votre mère, à présent ?

— Elle nous a quittés depuis longtemps. Et la vôtre ?

— En Alucie.

— Vous êtes un homme chanceux, alors. J'aimerais tant que ma mère soit encore à mes côtés…

Eliza jeta un coup d'œil derrière elle. Deux Aluciens les suivaient de loin, vêtus eux aussi comme des cochers.

— Ce sont vos hommes ? chuchota-t-elle.

— Si vous entendez par là que ce sont mes gardes, la réponse est oui, la taquina-t-il à voix basse. Mieux vaut ne pas les regarder du tout si vous voulez éviter d'attirer leur attention.

Elle se retourna et regarda droit devant elle. Puis elle se mit à rire.

— Ils doivent vraiment croire que vous avez perdu la raison, eux.

— Oh ! Très certainement, répondit-il aimablement en lui souriant à son tour. Mais ils n'auraient jamais l'effronterie d'exprimer cette opinion à voix haute. Et puis, qui sait si l'un d'entre eux n'est pas l'assassin de Matous ?

Eliza hoqueta de stupeur.

— Non… Vous croyez ?

Il haussa les épaules.

— Franchement, je ne sais pas quoi penser, Miss… Eliza.

Oh… Qu'il était doux de l'entendre prononcer son prénom de sa voix grave et suave, avec ce petit accent irrésistible…

Ils avaient atteint l'angle de la rue. Au moment où elle prenait à gauche, une brusque rafale de vent froid manqua de lui arracher son chapeau. Le ciel se faisait menaçant. Des nuages bas s'amoncelaient au-dessus de leurs têtes, frôlant les cheminées.

— C'est encore loin ? demanda-t-il.

— Un quart d'heure, tout au plus.

Une nouvelle rafale s'en prit à son chapeau. Elle le retint d'une main tout en s'efforçant de refermer sa cape, si bien qu'elle faillit tomber du trottoir. Le prince la rattrapa, une main posée au creux de ses reins.

— Attention…

C'était la deuxième fois qu'il la touchait ainsi, et ce contact l'électrifia. Jamais, jusque-là, un simple effleurement ne l'avait à ce point aiguillonnée.

Il retira immédiatement sa main, bien sûr. Elle tourna la tête vers lui. Ses beaux yeux verts étaient fixés sur elle. Leur teinte lui parut plus intense, comme assombrie. Elle n'avait pas remarqué la puissance de sa mâchoire, le rose sombre de sa bouche bien dessinée. Quel effet cela ferait-il d'embrasser ces lèvres ? Quel goût avaient-elles ? Avec quelle passion seraient-elles capables de s'emparer des siennes ? Ou de son cou, de son bras, de sa gorge ?

Elle dut détourner les yeux, de peur que son imagination ne s'enflamme. Seigneur, quelle chaleur, tout à coup…

Côte à côte, ils reprirent leur chemin dans un silence complice. Lorsqu'ils parvinrent à l'angle de Grosvenor Square et d'Upper Brook Street, elle désigna le numéro 22.

— C'est là qu'habite Lady Caroline Hawke.

Le prince contempla l'imposant édifice sans faire de commentaire.

— Combien de temps resterez-vous ? s'enquit-il.

— Environ une heure, peut-être un peu plus. Laissez-moi un de vos hommes, si vous voulez. Je lui confierai un message pour vous raconter comment se sera passée l'entrevue.

— Je préfère attendre.

— Vous allez vous faire repérer, objecta-t-elle. Sans compter qu'il commence à faire froid.

— Vous oubliez mon coche. Et puis, personne ne m'a accordé la moindre attention en chemin.

Il ôta son chapeau et passa une main dans ses cheveux avant de le remettre en place.

— Voyez-vous, il y a quelque chose de libérateur à me promener au beau milieu d'une ville comme Londres sans tambour ni trompette et sans même une escorte montée.

Une bien étrange aspiration, pour elle qui vivait au quotidien dans l'anonymat.

— Faites comme il vous plaira, capitula-t-elle.

Elle lui adressa un sourire fugitif, puis gravit les marches du perron.

Elle sentait le regard de Sebastian dans son dos pendant qu'elle attendait qu'on lui ouvre. Plus exactement, elle avait l'impression qu'il la perçait à jour, qu'il lisait en elle. Elle risqua un coup d'œil par-dessus son épaule.

Le prince était resté à l'endroit précis où elle l'avait laissé, les yeux fixés sur elle. Il lui adressa un demi-sourire, comme s'il n'était pas certain de devoir le faire.

Un autre petit frisson la parcourut. Elle se retourna. Décidément, elle avait grand besoin d'une tasse de thé ou d'un autre remontant pour faire cesser tous ces tremblements intérieurs.

Garrett, le majordome des Hawke, lui ouvrit.

— Miss Tricklebank, la salua-t-il en s'inclinant.

— Eliza !

Tout sourire, Caroline surgit derrière son majordome, qu'elle contourna pour tendre une main vers Eliza. Elle la saisit par le bras et l'attira vivement à l'intérieur.

— Entre, entre, chuchota-t-elle.

Elle jeta un coup d'œil furtif à Garrett derrière elle.

— Elle est déjà là. Elle a à peine dit un mot ! Tout juste une ou deux phrases polies ! Comment diable allons-nous réussir à la faire parler ?

Eliza retira calmement son chapeau et sa cape, qu'elle tendit au majordome.

— Allons voir cela.

Bras dessus, bras dessous, Caroline et elle pénétrèrent dans le salon avec la ferme intention de circonvenir la timide Miss Heath. Mais deux yeux d'émeraude s'attardaient encore à la lisière de ses pensées.

Chapitre 12

Une lady brasillante dont l'époux sillonne des contrées lointaines a reçu une visite du conseil privé de la reine. Portait-elle un gant ou deux lorsqu'elle a accueilli ses visiteurs ? Le mystère demeure. Il semble que cette élégante ait simplement une fâcheuse propension à perdre ses gants, propension sans rapport avec un quelconque signal envoyé à une hypothétique coterie dans le cadre d'un complot d'envergure.

Miladies, une goutte de jus de citron au coin de l'œil vous donnera les yeux de biche que toutes envient à la charmante duchesse d'Inverness.

Honeycutt's,
gazette mode et maison pour ladies

Une heure passa.

Sebastian faisait les cent pas, absorbé dans la mise en cause de tout ce qu'il avait cru être jusque-là. Miss Tricklebank – Eliza – avait vu juste à son sujet. Il était fou, et même davantage, d'avoir arpenté les allées de ces jardins jusqu'à ce qu'un vieux grincheux le prenne pour un vagabond et l'en chasse.

Il faudrait toucher quelques mots de ce déguisement à Egius.

Il en était donc réduit à longer fébrilement les abords du parc, dans l'attente de nouvelles d'une fille de banquier qui ne savait probablement rien du tout.

C'était entièrement sa faute, cela dit. Quelle idée d'écouter Eliza ! Une simple ménagère, recluse dans un gourbi encombré au fin fond d'une rue anonyme de Londres… Qu'allait-elle bien pouvoir découvrir ? Rien, sans doute. Et la fille du banquier, que pouvait-elle savoir ? Mais alors, pourquoi diable s'accrochait-il à la moindre bribe d'information qu'Eliza était susceptible de lui donner sur les faits et gestes de Matous le dernier soir de son existence ?

Et comment expliquer qu'elle ait remarqué plus que lui son secrétaire personnel, la nuit du bal ? N'étaient-ce pas ses remords qui le poussaient à agir en dépit du bon sens, à courir après des indices fantômes ? Ou encore sa propre impuissance, son inaptitude à agir en personne ? Quoi qu'il en soit, une évidence s'imposait : il ne pouvait pas rester sans rien faire. Le petit stratagème conçu par Eliza avait au moins un mérite. Il lui donnait l'illusion de mettre quelque chose en œuvre pour venger la mort de son ami. Comment envisager de rentrer à Helenamar sans avoir de réponses à apporter à sa veuve ? Pauvre Maribel… Elle devait être complètement dévastée. Le couple Reyno lui avait toujours paru béni par la félicité, uni par un amour sincère. Tous deux semblaient véritablement épris l'un de l'autre. Dans une autre vie, c'était à une union comme la leur qu'il aurait aspiré.

Comme Matous allait manquer à Maribel ! Comme il lui manquait, à lui !

Pourtant, cette sensation qui lui serrait le cœur avait

peut-être une tout autre origine. Une source non identifiée, encore insaisissable, qui le poussait néanmoins à battre le pavé comme un dément.

Il n'avait jamais rien éprouvé d'aussi intense. C'était tellement inattendu qu'il ne savait qu'en faire, ni comment s'en débarrasser. Le souhaitait-il seulement, du reste ? Cette émotion, quelle qu'elle soit, semblait être en mesure d'annihiler toute pensée rationnelle.

Allons, au fond, il pouvait bien se l'avouer : il avait de l'estime pour Miss Tricklebank. Au premier abord, elle ne lui avait inspiré que du mépris ; puis il s'était laissé surprendre par son franc-parler, pour finir par apprécier la place inattendue qu'elle occupait dans ce monde. Tandis qu'ils marchaient côte à côte, un peu plus tôt, il avait eu envie de la toucher, de se noyer dans ses pétillants yeux gris. Il ne s'était même pas soucié qu'elle ne semble pas partager son inclination. Qu'elle ne lui accorde même aucune considération, pour tout dire… Elle ne l'en intriguait que davantage.

À présent qu'il arpentait le trottoir en l'attendant, il révisait un peu son jugement. Tout compte fait, il avait envie qu'elle l'apprécie. Qu'elle ait de l'estime pour lui, elle aussi. Mais comment faire naître ce sentiment en elle ? Il se rendit compte, avec angoisse, qu'il n'en avait aucune idée. Jusque-là, il n'avait jamais eu à se préoccuper d'impressionner quiconque. Il lui avait suffi de respirer pour qu'on se presse autour de lui.

Ce désir absurde commençait à prendre une place démesurée dans ses pensées. Et cette visite qui s'éternisait… Mais voilà : ne lui en déplaise, maintenant qu'il avait pris conscience de l'intérêt qu'elle éveillait en lui et de toutes les raisons qui le poussaient à espérer la réciproque, impossible de quitter les jardins de Grosvenor.

Quelle attente assommante ! Il évitait son coche et ses gardes. Eux aussi patientaient, l'un adossé au mur d'une ruelle, l'autre appuyé contre un des chevaux de l'attelage.

Par deux fois, il interrompit ses déambulations pour observer les allées et venues des riverains qui se hâtaient de rentrer chez eux ou sortaient pour la soirée. Le vent s'était levé pour de bon. Une odeur de pluie flottait dans l'air. Il leva les yeux vers l'horloge du beffroi qui se dressait à l'angle de la rue. Cinq heures et demie. Diable… On devait le chercher partout, à Kensington. Il ne pourrait plus attendre bien longtemps.

Une énorme goutte de pluie s'écrasa sur son épaule. Il ne manquait plus que cela… D'un rapide coup d'œil, il s'assura que le parc était désert. Puis il se faufila à l'intérieur pour s'abriter sous la large frondaison d'un arbre. Le col de son manteau relevé, son chapeau baissé sur ses yeux, il croisa les bras et reprit son attente. Il avait dû s'assoupir contre le tronc, car un bruit soudain le fit sursauter. La porte du numéro 22 s'était brusquement ouverte. Une femme en coiffe et cape brune, une paire de lunettes à fine monture métallique perchée sur le bout de son nez, franchit le seuil d'un pas vif. Une fois sur le perron, elle fit volte-face et serra d'un geste ferme la main d'une autre femme. Puis elle dévala les marches et gagna le coin de la rue, où l'attendait un cabriolet garé au bord du trottoir. Un homme en descendit, l'aida à monter et tira les rideaux, puis il grimpa sur le siège du cocher et mit les chevaux au trot.

Son cœur traître manqua un battement. Au numéro 22, Eliza Tricklebank venait d'apparaître sur le perron. Elle s'employait à nouer les liens de son chapeau tout en bavardant avec une autre femme.

Il regagna l'entrée du parc à grandes enjambées, prêt à

l'intercepter pour la raccompagner chez elle. C'est alors qu'un gentleman rejoignit les deux ladies à la porte. Les poings sur les hanches, la mine courroucée, il semblait échanger des propos houleux avec l'amie d'Eliza. Sebastian n'entendait pas ce qu'ils disaient, mais le ton employé ne laissait pas de place au doute. Il vit Eliza embrasser rapidement son amie, esquisser une révérence à l'adresse du jeune homme, puis descendre les degrés de pierre d'un pas léger, bondissant de la dernière marche.

Il fit quelques pas dans sa direction avant de comprendre son erreur. L'amie d'Eliza l'avait remarqué. Le gentleman continuait de l'apostropher, mais elle n'y prêtait plus aucune attention. Ses yeux étaient fixés sur lui. Même à l'autre bout de la rue, elle l'avait immédiatement reconnu, aucun doute sur ce point. Quelle déveine ! Voilà qui allait le consigner plus sûrement que jamais à Kensington, et sous bonne garde, encore.

Mais l'heure n'était pas aux lamentations. Les deux mains serrées sur son col, Eliza s'éloignait rapidement. Le vent faisait voler les pans de sa cape. Il s'élança au petit trot pour la rejoindre.

— Eliza !

Elle releva vivement la tête. Il pleuvait, à présent. Il lui tendit une main.

— Venez !

Sans hésiter, elle glissa ses doigts fins entre les siens et le laissa l'entraîner dans une course effrénée vers le coche. Il ouvrit la portière et la poussa à l'intérieur, avant de grimper à sa suite. L'attelage tangua un peu : ses hommes prenaient place sur le siège du conducteur. Il fit coulisser la trappe ménagée dans le plafond.

— À Bedford Square ! lança-t-il avant de refermer le panneau de bois.

Eliza haletait, les yeux brillant de plaisir. Elle retira son chapeau ruisselant et l'essora sur le plancher de la voiture.

— Vous m'avez sauvée ! s'exclama-t-elle gaiement. J'aurais été trempée jusqu'aux os avant d'atteindre Bedford Square.

Elle s'adossa à la banquette et laissa courir ses doigts sur le siège moelleux, tout en promenant ses yeux clairs sur le velours qui tapissait les cloisons.

— Cet attelage vous appartient ?

— Non.

Sebastian s'efforça de détacher les yeux de ses lèvres. Un peu de concentration, que diable ! Pourquoi avait-il tant de mal à résister à l'envie de noter chaque détail de sa personne, tout à coup ? Sa façon de croiser les chevilles, de faire tressauter joyeusement un pied sur l'autre. La finesse et l'élégance de ses mains, posées sur ses genoux.

— Alors, qu'avez-vous découvert ?

Elle le gratifia d'un sourire éblouissant. Ses yeux étincelaient.

— Nous avons résolu le mystère !

— Nous ? Qui exactement ? Et que voulez-vous dire par là ?

— Caroline et moi. Enfin, Lady Caroline Hawke et moi. Miss Heath n'avait pas grand-chose à nous apprendre, tout compte fait, sinon que votre ami a prié son père, le banquier, de le présenter à un confrère français qui se trouve actuellement en Angleterre.

— Un banquier français ?

Elle acquiesça.

— D'après elle, votre ami souhaitait le rencontrer pendant son séjour ici. À propos d'une dette, ou quelque chose d'approchant.

Ce qu'elle disait n'avait aucun sens. Pour quelle obscure

raison Matous se serait-il tourné vers un banquier français pour une histoire de dette ?

— Voilà qui semble tout expliquer, vous ne croyez pas ?

Son regard pétillant ne le lâchait pas. Qu'avait-elle dit, déjà ?

— Pardon ?

— Ma foi, à mon sens, tout cela est limpide. Votre ami avait une dette. Il cherchait de l'aide, sans quoi il n'aurait pas demandé au banquier anglais de parler en son nom au banquier français. Il devait avoir besoin d'argent. De beaucoup d'argent, sans doute.

Sebastian dut se faire violence pour cesser de suivre des yeux la courbe de son cou.

— Autrement dit, Mr Reyno aurait été assassiné parce qu'il devait de l'argent. C'est bien ce que vous pensez ?

— Cette hypothèse ne vous paraît-elle pas plausible ? La dette en question devait être colossale. Sans doute n'était-il pas en mesure de l'honorer, et... Hélas, ce monde n'est pas exempt d'âmes corrompues.

— La jeune miss vous a-t-elle spécifié que ce dû était considérable ?

— Non, répondit-elle d'une voix songeuse. Mais il l'était forcément. Dans le cas contraire, votre secrétaire n'aurait-il pas attendu son retour en Alucie pour y emprunter l'argent qui lui faisait défaut ?

Rien n'était moins sûr.

— Vous a-t-elle dit autre chose ?

— Miss Heath ?

Eliza se mit à rire.

— C'est à ce point de la conversation que Lord Hawke a fait son apparition. Dès lors, plus rien d'autre n'a compté pour elle. Nous aurions pu renverser du thé sur ses genoux sans qu'elle le remarque. Vous ne me croyez pas ? Il est très bel homme, vous savez.

Sebastian ne put se défendre d'une certaine sympathie pour Miss Heath. Mais, pour en revenir à Matous, pourquoi aurait-il recherché l'aide d'un banquier français ? Son secrétaire n'avait pas de dette, il en était certain. Les Reyno s'étaient vu attribuer un immense domaine et jouissaient d'une rente plus que confortable depuis une décennie. Ils étaient riches. Matous n'avait pas besoin d'argent, il le savait parfaitement. Avait-il joué les intermédiaires pour quelqu'un d'autre ? Cela lui ressemblerait bien d'avoir cherché à aider un ami. Mais qui, dans ce cas ?

— Beck – c'est ainsi que nous l'appelons – est un parti fort convoité, poursuivit Eliza. Un peu comme vous, à vrai dire. À une échelle bien plus réduite, évidemment, car il fera de son épouse une simple baronne et non une reine.

Il ne l'écoutait que d'une oreille. À quoi avait pu jouer Matous ? Il fallait absolument aller interroger ce banquier.

— Pourtant, il n'a jamais manifesté le moindre intérêt pour le mariage, continuait Eliza.

L'attelage s'arrêta.

— Tiens, nous voilà arrivés, constata-t-elle. Quelle rapidité !

Elle regarda par la fenêtre. Il l'imita. Il tombait de véritables trombes d'eau, à présent, mais on distinguait tout de même le rectangle rouge de la porte.

Elle s'adossa de nouveau à la banquette et prit son chapeau.

— Merci, Sebastian Chartier. Vous aurez ma reconnaissance éternelle pour m'avoir raccompagnée dans votre voiture. Je pensais demander à Caroline de me faire ramener, mais elle était en pleine dispute avec Beck. J'ai préféré ne pas les interrompre. Il se trouve que son frère n'avait pas vraiment prévu de faire la connaissance de Miss Heath, et qu'il était encore très contrarié que Caroline ait arrangé leur rencontre. Ah ! les frères et sœurs…, soupira-t-elle en guise d'explication. Bref, je vous suis infiniment redevable.

— C'est moi qui suis votre débiteur, Miss Tricklebank.

— Eliza ! lui rappela-t-elle joyeusement.

— Eliza, se corrigea-t-il d'une voix étranglée. Votre aide m'a été précieuse.

Elle lui adressa un sourire radieux.

— Très heureuse d'avoir pu résoudre cette énigme pour vous.

Elle coiffa son chapeau d'un air satisfait, comme si elle avait non seulement dissipé le mystère, mais aussi classé tous ses dossiers, et qu'elle s'apprêtait désormais à aller dîner.

— La conclusion est peut-être un peu prématurée, nuança-t-il.

— Il reste à confondre le meurtrier, évidemment. Mais, au moins, vous connaissez son mobile. Ce doit être un certain réconfort.

Elle glissa sur la banquette pour s'approcher de la portière.

Mais il n'était pas encore prêt à la laisser partir.

— Votre raisonnement comporte une faiblesse, si je puis me permettre.

— Laquelle ? s'enquit-elle en se penchant en avant, le regard toujours aussi pétillant, comme si elle s'attendait à être divertie par son explication.

— Matous Reyno disposait d'une fortune considérable. Il n'était pas endetté, j'en suis certain.

Elle se laissa retomber contre le dossier de la banquette.

— Ah…

— Malgré tout, ce que vous m'avez appris m'a donné matière à réfléchir. Merci encore pour votre aide.

— Avec grand plaisir, Sebastian.

Elle sourit, puis ouvrit la portière. La pluie tombait toujours à verse.

— Quel déluge !

Elle fit mine de bondir sous la cataracte. Alors, d'un geste un peu gauche, il la retint par la main, qu'il effleura de ses lèvres. Elle avait la peau douce. Un léger parfum sucré s'attardait sur ses doigts. Il se sentit gagné par une vague de chaleur qui le troubla.

Ridicule. Il l'avait à peine touchée. Oui, mais voilà : ne lui en déplaise, cette impertinente s'était immiscée dans ses pensées. Il releva les yeux. Elle lui souriait.

— Ce fut un plaisir, Votre Altesse. Bonne chance pour la suite.

Et, sur ces mots, elle bondit de l'attelage et courut jusqu'à sa porte. Malgré le grondement de la pluie, il entendait les chiens aboyer furieusement derrière le battant.

Elle se retourna pour lui adresser un petit signe de la main, puis disparut à l'intérieur. La porte se referma derrière elle.

Elle lui avait fait signe comme à un ami… Une bouffée de nostalgie le saisit, aussi inconfortable qu'inattendue. Sans entrain, il frappa contre le plafond pour faire redémarrer l'attelage. Dommage… Il ne reverrait pas le désordre de la petite maison chaleureuse. Ni les facéties des chiens trop gâtés. Pas plus que le regard dédaigneux du chat, que son rang n'impressionnait nullement.

D'où diable lui venait cet absurde vague à l'âme ? Après tout, ce n'était qu'un modeste logis, occupé par des gens tout à fait ordinaires. Et pourtant, sa mélancolie était bien réelle. Et cruelle.

Hélas, son retour à Kensington n'arrangea rien. Les domestiques s'écartaient de son chemin, les courtisans rivalisaient de courbettes et de révérences sur son passage.

Nulle spontanéité, nulle sincérité dans les sourires qu'on lui adressait. On lui témoignait pourtant la même déférence depuis toujours, mais il s'en rendait compte seulement maintenant. Depuis qu'on la lui refusait à Bedford Square.

Il trouva Patro dans ses appartements. Sans poser de question, le majordome s'empara aussitôt de ses effets dégoulinants de pluie.

Il passa dans le salon et promena son regard autour de lui. La pièce était luxueusement meublée. Fauteuils de velours aux moulures dorées, tableaux somptueux, âtres en marbre… Le tout disposé avec soin, dans un ordre parfait. Quoi d'étonnant, au fond ? Après tout, il se trouvait dans un palais.

Mais cette suite, où il vivait depuis deux semaines déjà et où il passerait encore au moins un mois, voire davantage, donnait l'impression d'être inoccupée. Il n'y décelait pas une seule touche personnelle. Il y manquait deux ou trois pelotes de laine…

Un peu plus tard, il rejoignit ses conseillers dans la salle à manger pour y dîner et commenter l'avancée des négociations en vue de l'accord commercial. Contre toute attente au vu des circonstances, elles allaient bon train. Sebastian lança un coup d'œil à la ronde. Se trouvait-il quelqu'un, parmi ces hommes, qui soit assez digne de confiance pour qu'il lui fasse part de ce qu'il avait appris ? Il observa Rostafan à la dérobée. Comme à l'accoutumée, le maréchal mangeait avec appétit et parlait plus fort que les autres. Rien ne paraissait l'atteindre.

Hélas, qu'il le veuille ou non, Sebastian avait besoin d'aide pour établir la vérité. Sa décision était prise : il allait courir le risque de se confier à Caius Anastasan. Après le repas, quand le petit groupe se retira au salon pour y savourer un cigare et un verre de whisky, il entraîna son vieil ami à l'écart.

— Que puis-je pour vous, Votre Altesse ? s'enquit Caius avec empressement.

— J'ai besoin de votre aide et de votre discrétion, commença Sebastian.

— Vous pouvez compter sur l'une et l'autre.

— Même votre épouse ne doit rien savoir, le prévint-il.

L'étonnement se peignit sur les traits du ministre. Pourtant, il n'eut pas un instant d'hésitation.

— Vous avez ma parole, affirma-t-il.

Diable, que ces mots étaient difficiles à prononcer ! Sebastian s'apprêtait à formuler une accusation, ni plus ni moins. Une terrible incrimination. Il fixa du regard les prunelles d'un brun sombre de son ami.

— Savez-vous si Rostafan a des dettes ? Des dettes importantes ?

Caius fronça les sourcils.

— Pardon ?

Sebastian resta silencieux, laissant la question faire son chemin.

— Importantes à quel point ?

— Je ne sais pas. Assez pour devoir recourir aux services d'un banquier.

Caius serra les lèvres.

— Pourquoi cette question, Votre Altesse ?

Fallait-il le lui dire ?

— Un événement a été porté à mon attention, et j'ignore quoi en faire, répondit-il. Pour l'instant, je cherche simplement à me renseigner. Je ne suis sûr de rien.

Il le regarda droit dans les yeux.

— Arrangez-vous comme vous voulez, Caius, mais

personne – personne, vous m'entendez bien ? – ne doit avoir vent de cette petite enquête. Surtout pas lui.

Le ministre acquiesça.

— Compris, Votre Altesse.

Tout était dit. Sebastian désigna d'un geste la porte menant au salon.

— Allons rejoindre les autres, voulez-vous ?

— Encore un mot, si vous le permettez.

Sebastian y consentit d'un hochement de tête.

— Vous connaissez mon épouse, Sarafina.

— Bien sûr.

Depuis de nombreuses années, même. Une femme de petite taille, au teint aussi pâle que celui de son mari était mat. Toujours souriante et avenante. Plutôt appréciée, d'après ce qu'il en savait.

— Elle m'a fait part d'une idée qui mérite réflexion, je pense, expliqua Caius. Elle propose de tenir votre secrétariat jusqu'à notre retour en Alucie. Elle a un excellent sens de l'organisation, et c'est une très bonne épistolière.

Dans son chagrin, Sebastian n'avait même pas songé à remplacer Matous. Il s'efforça d'imaginer Lady Sarafina en train de composer son emploi du temps et de s'occuper de sa correspondance avec les membres de sa famille ou le gouvernement britannique. Il n'avait jamais eu de femme à son service. Cette perspective l'intriguait, à vrai dire. Si l'épouse de Caius se révélait moitié aussi intelligente qu'Eliza Tricklebank – ce dont il doutait franchement —, ses services lui seraient bien utiles, en effet.

— Envoyez-la-moi demain matin. Je m'entretiendrai avec elle.

Caius inclina la tête, puis tous deux allèrent rejoindre leurs compagnons.

Le lendemain matin, on introduisit Lady Anastasan dans le salon de Sebastian. Elle avait apporté de la *molete* – une spécialité pâtissière d'Alucie – tout juste sortie du four.

— Quelle délicieuse surprise ! s'écria-t-il, ravi.

— Un jour, j'ai entendu la reine dire que c'était votre péché mignon, répondit-elle avec un sourire charmant.

Voilà qui paraissait de bon augure. Ils s'entendraient sans doute très bien, en effet. Ils bavardèrent encore un peu, mais sa décision était déjà prise : il lui confirma son engagement jusqu'à leur retour à Helenamar.

Le lendemain, Caius vint lui faire son rapport. Rostafan n'avait pas de dettes significatives. Bien au contraire, à vrai dire : il était récemment entré en possession d'une coquette somme – pas moins de trente mille livres.

Étonnant. Le montant en question n'avait rien d'anodin pour un maréchal.

— D'où vient cet argent ?

— Impossible à dire avec certitude, répondit Caius. Je devrais être en mesure d'en apprendre davantage à notre retour.

Sebastian hocha la tête et remercia son ministre. Pour l'heure, le sujet était clos.

Une pensée le taraudait encore, tout de même. Il poursuivait sans doute des chimères en s'accrochant à ses doutes, mais… Dans l'hypothèse où Rostafan trempait bien dans cette sombre affaire, était-ce vraiment pour emprunter de l'argent que Matous s'était entretenu en son nom avec Mr Heath, ou plutôt pour déposer une forte somme d'argent en toute discrétion ?

Cela dit, s'il voyait juste, qu'est-ce qui aurait pu pousser Rostafan à tenter une telle opération ? Et, question plus cruciale encore, pourquoi Matous aurait-il été dans la confidence ? Qu'avait-il à voir avec toute cette histoire ?

Et pourquoi Rostafan aurait-il besoin des services d'un banquier français ? Ne pouvait-il pas se tourner vers un banquier alucien ?

Toutes ces questions ne cessaient de tourbillonner dans sa tête. Au fil des interminables rencontres de la journée, il dut faire un effort considérable pour se concentrer sur les négociations en cours. Si seulement Leopold avait été là pour le conseiller… Hélas, son frère était retourné à ses études à Cambridge. En son absence, il fallait absolument qu'il trouve quelqu'un à qui parler.

Quelqu'un à qui il puisse se fier.

À vrai dire, il savait exactement à qui il souhaitait demander conseil. À la femme qui occupait toutes ses pensées depuis déjà deux jours.

Chapitre 13

À son grand désarroi, une jolie paonne qui espérait entendre sonner les cloches nuptiales à travers tout le continent n'a pas été invitée à se joindre aux trente-six convives qui ont dîné en compagnie princière à la table ducale de Lord Rutland. Les péchés des pères rejailliraient-ils sur leurs enfants ?

Miladies, prenez garde si vous devez sortir. Un meurtrier court toujours dans les rues de Londres.

Honeycutt's,
gazette mode et maison pour ladies

Après avoir ramassé les pelotes de laine éparpillées dans toute la maison par ce chenapan de Prince, Eliza avait emmené les chiens en promenade jusqu'à la boucherie pour leur acheter un os. L'occasion était trop belle de bavarder un peu avec Mr et Mrs Thompkins de ce terrible assassinat commis à Kensington – sans rien dévoiler, bien entendu – et, surtout, d'entendre toutes les hypothèses que ce tragique événement soulevait parmi la clientèle. Car, cela va sans dire, chacun avait sa petite idée sur la question. L'un clamait que le drame n'avait pas eu lieu, et que ce n'était qu'une manœuvre des Aluciens pour gagner la faveur de la reine. Un autre protestait, arguant qu'il s'agissait d'un complot ourdi par les Whigs pour empêcher l'Angleterre de signer un accord commercial désastreux. Mais de toutes les conjectures, c'était celle de Mrs Thompkins qui plaisait le plus à Eliza. D'après la bouchère, il ne pouvait s'agir que d'un crime passionnel, commis par une amante jalouse. Pourquoi n'avait-on aperçu aucun homme dans les parages de la chambre du malheureux secrétaire ? Parce que le coupable était une femme, pardi ! Et qu'elle avait réussi à se faufiler sans être vue.

Après cette visite instructive, Eliza était rentrée aider Margaret en cuisine. Ensemble, elles avaient arrangé des légumes et confectionné de la pâte. Puis il avait fallu se plonger dans les comptes du foyer, lire trois actes juridiques à son père et aider Poppy à étendre la lessive dans le jardin. Elle avait également réparé deux pendules, qu'elle avait ensuite confiées à Ben pour qu'il les rapporte à leurs propriétaires.

En un mot, elle avait fait tout son possible pour s'occuper l'esprit. En pure perte. Impossible de détourner ses pensées de ce maudit prince déguisé en cocher. Elle revoyait son regard assombri, cette façon qu'il avait eue de la rattraper par la main avant qu'elle saute de l'attelage…

Allons, cette obsession tournait au ridicule. Elle n'avait d'abord songé qu'à le gifler de toutes ses forces, et voilà qu'elle brûlait de l'embrasser, à présent ! Quelle absurdité, vraiment ! Elle ne pourrait jamais prendre un prince pour amant, même en supposant qu'il en ait envie – une autre idée à laquelle elle s'était autorisée à rêver, il fallait bien le reconnaître.

Évidemment, le feu nourri des questions de Caroline et de Hollis n'avait rien arrangé. Elle n'avait pourtant pas fait mystère de la visite du prince. Mais, à l'évidence, le voir de ses yeux attendre Eliza devant sa porte comme un prétendant éperdu avait fait bien plus forte impression sur Caroline que d'en entendre parler.

Quoi qu'il en soit, Eliza les avait invitées toutes les deux à dîner ce soir. Tout, plutôt que de rester seule avec ses pensées.

Hélas, l'une et l'autre n'avaient que le prince à la bouche.

— Vous n'avez plus aucun recul, toutes les trois, déclara le juge après les avoir entendues spéculer tout au long du repas. Ces histoires de princes étrangers vous font tourner la tête. C'est de la folie pure, si vous voulez mon avis.

— Je sais ! s'écria Caroline avec enthousiasme à l'adresse d'Eliza. Tu n'as qu'à lui envoyer un message !

— Que pourrais-je lui dire ? demanda Eliza, intriguée.

— Ton immense plaisir d'avoir fait sa connaissance, pardi ! Car tu es ravie de l'avoir rencontré, c'est indéniable, ajouta-t-elle en riant.

— Mieux vaudrait qu'elle s'abstienne d'écrire à un Alucien, quel qu'il soit, objecta sévèrement son père.

— Voyons, Père, il a déjà dû recevoir des missives de toute la noblesse, objecta Hollis. Pourquoi pas d'Eliza ?

Elle posa une tranche de pain dans son assiette et guida sa main pour qu'il l'y trouve.

— J'ai une idée ! reprit-elle. Et si nous l'invitions à dîner ?

— Comment ? Ici ? se récria Eliza. Tu voudrais qu'un prince s'asseye à notre table hors d'âge ?

— Que reproche-t-on à cette table ? s'indigna le juge. Quelques entailles sont le signe d'une maisonnée heureuse et d'une vie bien vécue.

— Jusqu'à un certain point, nuança Eliza. Vous ne

l'avez pas vue depuis des années, Père. On croirait qu'elle a été trouvée dans la rue.

— Dans ce cas, c'est moi qui l'inviterai, annonça Hollis. Ma table est en parfait état, elle.

— Ne dis pas de sottises, voyons, protesta Eliza. Qu'irait-il faire chez toi ? Il ne te connaît même pas.

— Je compte bien y remédier, vois-tu. Songez à tout ce que je pourrais publier si je le rencontrais…

— Ne sois pas ridicule, Hollis, intervint Caroline. Mais dis-moi, Eliza, n'as-tu pas envie de le revoir ?

Quelle question ! Elle en mourait d'envie, au contraire.

— À ton avis ? Quelle femme sensée ne le souhaiterait pas ?

— Ce n'est pas ce que tu disais voilà quelques jours, fit observer Hollis.

— Oui, eh bien, j'ai changé d'avis. J'aimerais beaucoup le revoir, dit-elle sur un ton guindé. Dans des circonstances convenables, cela va de soi.

— Évidemment, abonda son père d'une voix ferme.

— Hélas, je ne crois pas que la réciproque soit vraie, poursuivit Eliza. Le prince héritier d'Alucie a sans doute bien d'autres soucis en tête qu'une vieille fille perdue au milieu de la ville.

— Sans doute, ironisa le juge. Un traité commercial capital pour l'avenir de l'Alucie, par exemple.

Ne te qualifie pas de vieille fille comme si tu ne valais rien, la gronda Hollis en lui resservant du vin.

— Pourquoi pas ? C'est bien ce que je suis, non ? Je n'en ai pas honte. Cela m'attriste un peu, certes, mais je n'y vois aucun motif de gêne.

— De toute façon, je ne vois même pas pourquoi il faudrait nous chercher un qualificatif. Tu es vieille fille, je suis veuve, Caroline est jeune débutante… Nous sommes toutes trois des femmes non mariées. Quelle différence, au fond ?

Hollis n'avait pas tort, mais à quoi bon cette polémique ? Quoi qu'elle en dise, Eliza était vieille fille. Libre à sa sœur de ne pas vouloir s'en souvenir. La bonne société ne la laisserait jamais l'oublier, elle. Surtout pas après sa déconfiture spectaculaire. Car la perfidie et les mensonges de Daughton-Cress lui étaient apparus en public, à l'occasion d'un dîner, lorsque leur hôte s'était levé pour porter un toast aux fiançailles d'Asher.

La nouvelle l'avait tellement stupéfiée qu'elle avait réagi sans réfléchir.

— Comment ? avait-elle crié.

Les dix-sept visages réunis autour de la table s'étaient tournés vers elle dans un même mouvement.

— Enfin, il doit y avoir une erreur, avait-elle balbutié.

Pourtant, à l'instant où ces mots franchissaient ses lèvres, la vérité s'était imposée à elle dans toute sa cruauté. Un simple regard à Asher le lui avait confirmé. Le misérable était blême. Alors, elle avait perdu la tête.

Qui aurait pu le lui reprocher ? Pas une fois elle ne lui avait fait défaut ! Elle l'avait attendu, fidèle et patiente. Elle s'était donnée à lui. Son trousseau était prêt. Elle avait naïvement cru à tous ses mensonges. Ainsi, lorsque l'ampleur de sa duplicité lui était apparue, son chagrin et sa colère avaient eu raison d'elle. Elle s'était levée d'un bond et avait explosé.

— Asher, est-ce vrai ? Êtes-vous sur le point d'offrir à une autre femme ce que vous m'avez promis, à moi ?

Dieu merci, Beck avait été là pour l'empêcher d'épancher davantage sa fureur. Alors qu'elle s'apprêtait à exiger des explications, son ami l'avait saisie à bras-le-corps et l'avait entraînée hors de la salle tandis qu'elle hurlait à l'hypocrisie.

Une fois seule avec Beck, elle s'était effondrée dans ses bras.

— Il m'avait promis de m'épouser ! avait-elle sangloté.

— Pour l'amour du ciel, Eliza, les hommes font toutes sortes de serments pour obtenir ce qu'ils désirent, s'était désolé Beck. Pauvre chérie... Ce qui t'arrive est terrible. Écoute, tu auras peut-être du mal à me croire maintenant, mais tu te porteras mille fois mieux sans cette ordure.

Sa mésaventure l'avait rendue extrêmement prudente. Elle n'avait plus jamais laissé son affection s'exprimer. Mais certains avaient bonne mémoire. Le scandale n'était pas oublié.

— Allons, vous êtes bien gentilles, toutes les trois, déclara le juge en repoussant son assiette. Et, n'en doutez pas, je ne demanderais pas mieux que de rester à cette table décrépite pour écouter toutes vos élucubrations éplorées sur ce prince étranger. Hélas, la fatigue me guette. Je vais me retirer. Mais, avant cela, il me faut être la voix de la raison dans cette maison. Eliza, ma chérie, tu as enduré une grande souffrance par le passé. Je ne veux pas voir cela se reproduire. Or, toutes ces divagations princières ne peuvent que mal finir. Voilà ce que je pense. Cela étant dit, où est Ben ?

— Je vais le chercher, Père, dit Hollis.

Eliza aida le juge à se relever. Quand Ben entra pour le prendre en charge, toutes trois reprirent leur place à table. Eliza but son vin à petites gorgées pendant que Margaret desservait. Ses pensées ne cessaient de revenir aux quelques heures qu'elle avait passées en compagnie de cet homme puissant aux incroyables yeux d'émeraude...

Soudain, Hollis rompit le charme en interrogeant Caroline.

— Sais-tu si Katherine Maugham ou Elizabeth Keene ont éveillé l'intérêt du prince ?

— Dis donc, je croyais que tu étais décidée à me voir l'épouser, s'insurgea Eliza.

Hollis pouffa de rire.

— C'est amusant de faire semblant.

— Non, je n'ai rien entendu dire, répondit Caroline. En revanche, il paraît que Lord Prudhomme n'est pas insensible au charme de Lady Elizabeth, ajouta-t-elle avec un air de conspiratrice.

— C'est vrai ? s'écria Hollis, toute ragaillardie. Tout le monde sait que la loi rend la fortune des Prudhomme inaliénable sur plusieurs générations.

— Précisément, confirma Caroline avec une lueur malicieuse dans le regard. C'est ce qui rend la dot de la belle si désirable aux yeux de Lord Prudhomme. Il a vingt ans de plus qu'elle, au bas mot.

— Et moi qui n'ai rien pour noter ! se lamenta Hollis.

Elle se leva et se mit à fouiller fébrilement la pièce.

— Attends, j'ai des feuilles dans le salon, dit Eliza.

Trop heureuse d'échapper à ces pronostics nuptiaux, elle quitta la salle à manger pour gagner son bureau. Elle y trouva le papier qu'elle cherchait. Hollis allait sans doute lui demander du matériel pour écrire, également. Au moment où elle s'emparait d'un porte-plume et d'un encrier, les chiens se mirent à aboyer avec force. Elle sursauta violemment. La petite bouteille lui échappa des mains et répandit son contenu sur sa main et sur le bureau.

— Bonté divine, ces bêtes vont finir par me tuer, marmonna-t-elle en essuyant avec son doigt la tache d'encre sur le plateau.

C'est alors qu'on frappa à la porte. Eliza sursauta de plus belle. Allons bon, elle avait de l'encre partout sur la main, à présent. Elle s'essuya hâtivement sur son tablier tout en se dirigeant vers l'entrée.

Avant d'ouvrir, elle écarta une mèche qui lui tombait sur la joue. Minute… Elle baissa les yeux. Juste ciel ! C'était la main tachée d'encre.

— Décidément…, souffla-t-elle, contrariée.

On frappa à nouveau. Les chiens se ruèrent sur la porte comme s'ils avaient l'intention de passer au travers.

— Jack ! John ! Au pied ! cria Hollis, qui s'était approchée pour voir ce qui provoquait tant de raffut.

Dociles, les terriers firent volte-face et trottinèrent jusqu'à Hollis, qui tendit le doigt vers la cuisine.

— Filez, ordonna-t-elle.

Eliza la laissa parquer les bêtes et ouvrit la porte.

Elle entendit le hoquet de Hollis – ou plus exactement son cri – avant d'avoir eu le temps de reprendre sa respiration. Il se tenait là, devant elle, un coude appuyé contre le chambranle, l'autre main posée sur sa hanche. L'héritier du trône d'Alucie. Non pas en habit de cocher, cette fois, mais vêtu de ses atours princiers. Sa cape de fine laine s'ouvrait sur un gilet orné de broderies élaborées. Quant à sa cravate en soie, nouée à la perfection, elle avait dû passer entre les mains d'une véritable petite armée de valets.

Eliza s'était si peu attendue à le voir qu'elle en resta sans voix.

Un futur roi.

Qui se tenait devant sa porte.

Pour la troisième fois.

— Bonsoir, Miss Tricklebank, dit-il avec son délicieux accent. Je vous prie de m'excuser, je me présente sans m'être fait annoncer.

Elle parvint à s'arracher à son mutisme.

— Quelle surprise !

Il sourit, l'air incertain.

— J'espère qu'elle ne vous est pas désagréable. Rassurez-vous, je n'ai pas l'intention de m'imposer à cette heure tardive. Je me trouvais simplement dans le voisinage.

Quelque part derrière elle, elle percevait un bruit de voix étouffé aux notes surexcitées.

— Vous passiez dans le quartier, comme ça, par hasard ?

Il ébaucha une grimace à peine perceptible.

— Vous ne semblez pas me croire.

— Non, en effet. Nous sommes bien loin de Kensington Palace, comme vous avez pu le vérifier depuis votre dernière visite, sans doute.

— C'est exact. Cependant, je connais du monde un peu partout.

Il se redressa et laissa retomber son bras, puis jeta un coup d'œil par-dessus son épaule. Sans surprise, elle aperçut plusieurs hommes qui se tenaient sur le trottoir à côté d'un attelage armorié.

— Mais il se peut aussi que je sois venu du côté de Bedford Square, disons…

Son regard revint se poser sur elle.

— Parce que j'en avais envie, acheva-t-il dans un murmure.

Le cœur d'Eliza bondit dans sa poitrine. Du calme. Elle avait besoin de réfléchir. Hélas, un frou-frou de robes derrière elle lui annonça l'arrivée de sa sœur et de son amie.

Le prince la dévorait des yeux.

— J'ai besoin d'un conseil, souffla-t-il, de sorte qu'elle seule puisse l'entendre.

Un conseil ? Était-ce vraiment ce qu'il venait chercher ? Quelle déception ! L'espace d'un instant, elle s'était prise à espérer qu'il soit venu l'enlever pour l'emmener en Alucie et l'épouser ! Ou, à tout le moins, pour lui proposer une petite visite privée de Kensington Palace… Après tout, même une future trentenaire non mariée avait bien le droit de nourrir quelques rêves romantiques. Mais il fallait bien se rendre à l'évidence : le motif invoqué par le prince pour sonner à sa porte n'avait rien à voir avec elle.

— Je vois. Malheureusement, mon père s'est retiré pour la nuit.

— Votre père ? Il y a méprise, Eliza. C'est vous que je viens consulter.

Il n'en fallait pas plus pour raviver ses espérances. Elle s'empourpra violemment. Quelle gourde ! Elle qui s'imaginait avoir la tête sur les épaules, voilà qu'elle ne savait plus comment réagir.

— Vous désirez que moi, je vous donne mon avis ?

— Si vous le voulez bien.

Impossible… Les esprits les plus brillants du pays ne demandaient qu'à lui prodiguer leurs conseils éclairés, et c'était elle qu'il venait écouter ? Alors qu'il avait refusé de le faire jusque-là ? Voilà qui méritait réflexion. Elle le scruta longuement, perplexe.

— Pourquoi moi ?

Les prunelles de Sebastian s'attardèrent sur sa gorge, puis sur sa taille.

— Parce que je pense pouvoir compter sur votre discrétion. Et que je vous fais confiance pour me dire le fond de votre pensée, sans vous soucier de froisser ma susceptibilité.

Elle sourit malgré elle. Il se trompait doublement. Non seulement elle n'allait pas pouvoir s'empêcher de répéter mot pour mot tout ce qu'il lui dirait, mais, en outre, elle n'était pas assez hardie pour ne pas enrober un tant soit peu ses propos, afin de les rendre plus audibles. Elle s'apprêtait à le lui expliquer quand ses yeux se posèrent sur les gardes et l'attelage qui l'attendaient dans la rue.

— Ils ne vont pas rester ici, précisa Sebastian. Ils reviendront me chercher dans une demi-heure, si toutefois vous acceptez de me recevoir. Je ne vous importunerai pas longtemps. Inutile d'attirer l'attention sur votre maison.

Trop tard. Tous les habitants de la place devaient avoir remarqué le somptueux équipage, à présent. Mais qu'importe. Elle n'en revenait pas. Le prince Sebastian en personne la priait de daigner le recevoir… Une vague de chaleur et d'excitation la parcourut, mêlée d'un léger vertige.

— C'est que… ma sœur et mon amie sont venues dîner.

— Cela ne prendra qu'une minute. S'il vous plaît, insista-t-il en l'implorant du regard comme s'il craignait un refus.

Comment aurait-elle pu l'éconduire ? Elle n'en avait aucune envie, du reste. Pour tout dire, maintenant qu'elle était revenue de sa surprise, elle brûlait de le laisser entrer, fût-ce pour pouvoir parader à son bras devant Hollis et Caroline. Elle ouvrit donc un peu plus grand.

— Entrez, je vous en prie.

Le prince se retourna et adressa un signe de tête à ses hommes. Aussitôt, deux d'entre eux bondirent sur le siège du cocher et mirent l'attelage en route. Eliza recula et s'adossa contre le mur pour le laisser passer. Une fois dans l'entrée, il s'arrêta pour ôter sa cape, qu'il drapa sur son bras. Son gilet long, typique, disparaissait en partie sous une veste plus longue encore. Il portait au revers un insigne orné d'un ruban, ainsi qu'une sorte de sceau en or incrusté de diamants.

Lorsqu'elle se tourna, prête à l'inviter à la suivre au

salon, elle tomba nez à nez avec Hollis et Caroline. Toutes deux observaient le prince, abasourdies. Une fois n'est pas coutume, ni l'une ni l'autre ne paraissait en mesure d'articuler le moindre mot. Ce fut Caroline qui, la première, reprit ses esprits. Elle exécuta une révérence impeccable, tout en tirant sur la robe de Hollis pour l'inciter à en faire autant.

— Euh… Votre Altesse, permettez-moi de vous présenter ma sœur, Mrs Hollis Honeycutt, dit Eliza en contournant le prince. Et voici ma plus chère amie, Lady Caroline Hawke.

Sebastian dévisagea Hollis.

— Honeycutt… Du nom de la gazette, c'est bien cela ?

Flattée qu'il connaisse sa revue, Hollis lui sourit, rayonnante de fierté.

— C'est tout à fait exact, Votre Altesse royale.

— Lady Caroline, mes hommages, dit-il en inclinant la tête.

— Je… Vous me faites honneur, Votre Altesse, balbutia Caroline.

Sa sœur et son amie, béates et médusées, semblaient incapables de détacher leur regard de l'illustre visiteur. Quelle satisfaction de les voir ainsi subjuguées ! Pour une fois, c'était elle, Eliza Tricklebank, qui faisait sensation. Elle qui, d'ordinaire, vivait toutes leurs aventures par procuration…

Le prince joignit les mains dans son dos et attendit poliment.

Caroline attrapa la main de Hollis et la serra entre ses doigts.

— J'ai eu le plaisir de rencontrer le prince Leopold, déclara-t-elle.

Elle paraissait au comble du bonheur.

— Vraiment ? Dans quelles circonstances avez-vous fait sa connaissance ?

— À l'occasion d'une partie de campagne près de Chichester, l'été dernier.

Seigneur, pourvu que Caroline n'ait pas l'intention de raconter par le menu sa brève entrevue avec le prince cadet, comme elle en avait la pénible habitude avec Hollis et elle !

— La beauté de la campagne anglaise a su gagner le cœur de mon frère, commenta aimablement Sebastian. Moi aussi, du reste, j'admire vos paysages. Je les trouve presque aussi beaux que ceux de chez moi.

Hollis et Caroline roucoulèrent comme des écervelées. Elles n'allaient tout de même pas se ridiculiser devant lui ? Le prince dut avoir la même crainte, car il se tourna vers elle.

— Miss Tricklebank, pouvons-nous avoir notre petit aparté ?

Hollis et Caroline écarquillèrent les yeux de plus belle.

— Bien sûr, répondit Eliza d'une voix douce en indiquant d'un geste le salon.

Il attendit qu'elle le précède, puis lui emboîta le pas. Voyant que sa sœur et son amie l'imitaient, Eliza s'arrêta et revint vers elles, tout sourire.

— Auriez-vous la gentillesse de nous attendre dans la salle à manger ?

Hollis prit une expression déconfite, mais Caroline la retint par le bras et l'attira en arrière.

— Absolument ! se récria-t-elle comme si elle n'avait jamais eu d'autre intention.

Cette courtoisie feinte ne dupa personne : elle ne pouvait s'empêcher de tendre le cou pour mieux voir le prince derrière Eliza.

Lorsqu'ils furent seuls dans le salon, Eliza referma la porte sans bruit et s'adossa au battant.

— Je vous prie de m'excuser pour…

— Ce n'est rien du tout.

Il désigna sa joue.

— Étiez-vous en train de peindre ?

— De peindre ?

Juste ciel ! La tache d'encre…

— Oh ! Non, ce sont les chiens. Enfin, ils n'étaient pas en train de peindre, bien sûr.

Elle laissa échapper un rire nerveux. Quelle ineptie ! Qu'est-ce qui lui prenait, tout à coup ?

— Moi non plus, du reste, ajouta-t-elle. Personne ne peignait ! Simplement, ils m'ont fait une peur bleue alors que j'avais un encrier à la main.

— Je crois qu'ils ont effrayé tout Bedford Square avec leurs jappements furieux.

Elle se frotta la joue, gênée.

Le prince s'approcha d'elle, les yeux rivés à la tache. Il tira un mouchoir d'une poche intérieure.

— Puis-je ?

Sans tenir compte de son hésitation, il s'avança et se mit à tamponner sa joue. Il promenait sur son visage un regard intense qui lui enflamma les pommettes.

— Voilà. L'essentiel est parti.

Elle devait être rouge comme une pivoine. Elle porta une main à son visage, là où il l'avait effleurée. Quelle étrange sensation de vertige… Ou plutôt, non : elle se sentait comme grisée. Un peu ivre, oui, c'était cela.

Mais Sebastian s'était éloigné et déambulait dans la pièce, s'intéressant à un objet, puis à un autre. Ses pendules. Le portrait de chien qu'elle avait peint voilà des années. La pile de livres et de papiers qui encombrait son bureau.

Il retourna près de l'âtre.

— Vous possédez un nombre impressionnant de pendules.

— Elles ne sont pas à moi. Je les répare.

— Vous ?

Elle émit un nouveau petit rire nerveux en triturant l'ourlet de sa manche. L'horlogerie n'était sans doute pas un centre d'intérêt à mettre en avant si l'on voulait impressionner un futur roi…

— C'est mon passe-temps. On m'apporte des pendules cassées et je les répare. Il m'arrive d'en acheter moi-même, pour le plaisir de les remettre en état.

Elle esquissa un haussement d'épaules gêné.

— Ça m'occupe, ajouta-t-elle.

De nouveau, il examina les pendules.

— Et vous, Votre Altesse, avez-vous une passion ?

Il lui adressa un regard en coin.

— Rien de très enthousiasmant, j'en ai peur. J'ai récemment entrepris de rédiger une histoire militaire de l'Alucie. Peut-on appeler cela une passion ?

— Si personne ne vous contraint à le faire, c'en est une.

Elle rit de sa propre plaisanterie. Décidément, l'autodérision devenait une tendance marquée chez elle lorsqu'elle se sentait mal à l'aise.

— Mais ce doit être extrêmement intéressant, se hâta-t-elle d'ajouter.

Pourvu qu'il n'ait pas eu l'impression qu'elle se moquait de lui… Ce n'était pas le cas.

Il lui adressa un sourire chagrin, comme si sa petite occupation lui avait déjà valu quelques railleries.

— Vous trouvez cela d'un ennui mortel, inutile de prétendre le contraire. J'ai bien conscience que ma lubie ne donne pas de moi l'image qu'on a généralement d'un prince. C'est une occupation solitaire. Mais, voyez-vous, puisque ma vie ne se prête guère à d'autres loisirs plus publics, j'y trouve une façon agréable de passer le peu de temps dont je dispose.

— Détrompez-vous, je n'y vois rien d'ennuyeux ! le rassura-t-elle avec empressement. Je lis de nombreux textes historiques à mon père. Il dit toujours qu'une société privée d'histoire est comme un arbre privé de racines.

— Je ne peux qu'être d'accord, murmura-t-il en la considérant d'un air presque intrigué.

Une chance qu'elle ait retenu cette phrase-là ! Son père se montrait si prodigue en opinions personnelles, et sur tant de sujets, qu'elle n'y prêtait même plus attention. Elle fit un geste en direction du sofa.

— Voulez-vous vous asseoir ?

Il insista pour la laisser montrer l'exemple. Quand elle se fut installée à une extrémité du canapé, il se dirigea vers l'autre. Après avoir repoussé le bas de sa veste, il s'assit tout au bord du siège, une main appuyée sur une cuisse qu'elle devinait ferme et musculeuse.

Eliza tenta de détourner les yeux. En vain : son regard paraissait comme aimanté à lui.

— Bien, dit-elle en redressant les épaules. Que puis-je faire pour vous ?

— Je n'ai pas de question précise, à vrai dire. J'ai surtout besoin de parler. Mon frère est rentré à Cambridge, et je ne connais personne d'autre en qui j'aie une totale confiance.

Quel aveu ! Eliza en resta muette un instant.

— Vous me faites beaucoup d'honneur, finit-elle par murmurer.

Il parut presque déconcerté par sa réponse.

— Ai-je tort ?

— Non ! Vous pouvez compter sur moi, soyez sans crainte. Simplement, vous me connaissez à peine…

— Et dans ce court laps de temps, vous m'avez témoigné une franchise aussi brutale qu'infaillible, l'interrompit-il avec un sourire en biais. Je ne peux pas en dire autant de tout le monde.

Ce compliment lui alla droit au cœur. Elle se redressa un peu plus.

— De quoi souhaitez-vous parler ?

Il tourna les yeux vers les flammes qui dansaient dans l'âtre.

— De Matous. Je n'ai pas cessé de m'interroger sur les raisons de son entretien avec Mr Heath. En particulier à la lumière des révélations de la fille du banquier, puisque mon secrétaire n'était pas endetté. Du moins pas au point de devoir recourir à un prêt, quel qu'il soit.

Étrange… Pourtant, Miss Heath avait semblé persuadée qu'il s'agissait d'une histoire de dette.

— Le maréchal Rostafan, en revanche, a récemment touché une petite fortune, dont les origines restent obscures.

— Intéressant. Mais quel rapport y aurait-il entre cette information et la conversation de Mr Reyno avec Mr Heath ?

— Je l'ignore. Mais il me semble plausible que Matous se soit adressé à ce banquier anglais pour le compte de Rostafan.

— Vraiment ?

— Cette hypothèse vous paraît-elle tirée par les cheveux ?

Elle s'aperçut qu'il l'étudiait du regard. Il semblait réellement désireux de connaître son point de vue. Voilà qui sortait singulièrement de l'ordinaire ! Si son père accordait quelque valeur à ses avis, Mr Frink et les avocats qui venaient voir le juge, eux, ne faisaient aucun cas de ce qu'elle pouvait penser. Quel serait leur étonnement s'ils apprenaient que le prince Sebastian en personne requérait ses conseils ! Qu'il respectait ses analyses ! Oh ! quel plaisir de sentir son jugement valorisé de la sorte !

— D'après vous, Miss Heath a-t-elle de bonnes raisons de croire que la conversation portait sur une dette ?

Voyons, qu'avait dit exactement la fille du banquier ? Miss Heath avait bien prononcé le mot « dette », sans autre précision. Compte tenu de la profession d'une partie des personnes concernées par cette discussion, Caroline et elle en avaient déduit qu'il s'agissait d'une dette d'argent. C'était le plus logique. Pourtant, avec le recul, elle se rendait compte qu'il existait d'autres possibilités.

— Et si nous faisions fausse route sur la nature de cette dette ? S'il ne s'agissait pas d'argent, mais d'autre chose ?

— Je ne comprends pas.

— Une dette de reconnaissance, par exemple. Ou de faveur.

L'hypothèse sembla faire réfléchir le prince. Il se leva et alla jusqu'à la fenêtre, les mains sur les hanches. Puis, brusquement, il se retourna.

— Vous pourriez bien avoir raison, Eliza.

Grands dieux, entendre une nouvelle fois son nom prononcé par cette voix riche et profonde… Elle en fut tout émoustillée. Comme souvent en sa compagnie, à bien y songer…

— Je ferais bien de m'entretenir personnellement avec ce banquier, je crois. Je le prierai de venir dîner à Kensington.

— Comment ? Mais vous n'y songez pas ! protesta-t-elle aussitôt en se levant à son tour.

— Pourquoi pas ? Comme vous me l'avez fait remarquer, je peux difficilement aller jusqu'à lui.

— Vous ne pouvez pas davantage l'inviter sans qu'il vous ait été présenté dans les règles de l'art. Songez à ce qu'il risque d'imaginer ! Et puis, s'il détient la moindre information compromettante, cette entorse à l'étiquette ne manquera pas d'éveiller ses soupçons. Non, Sebastian, les circonstances de votre entretien doivent paraître naturelles, comme si vous le rencontriez fortuitement au cours d'un événement mondain. Un dîner, par exemple.

Le prince émit un grognement.

— Dieu m'en garde ! J'ai déjà dû m'asseoir à toutes les tables de Londres.

Pas à la sienne... Mais le problème des entailles demeurait entier. Tout comme celui des chiens. Et de tout un tas d'autres détails parfaitement déplacés en présence d'un homme de sang royal.

— Je pourrais l'organiser moi-même.

Elle regretta ses propos sitôt qu'ils eurent franchi ses lèvres. Que racontait-elle là ? Elle n'avait pour ainsi dire aucune relation et ne vivait vraiment qu'à travers les récits de sa sœur et de sa plus proche amie. Comment pouvait-elle espérer organiser un dîner qui réunirait un banquier qu'elle n'avait jamais rencontré et un prince qu'elle n'aurait jamais dû croiser ?

À en juger par son expression, Sebastian partageait ses doutes.

— Parfaitement ! insista-t-elle, piquée au vif.

Pas question d'admettre qu'elle avait parlé sans réfléchir.

— Caroline m'aidera. Et si Lord Hawke ne se laisse pas convaincre d'ouvrir sa table, elle n'aura aucun mal à en trouver une autre. Elle connaît tout Mayfair. Rien ne sera plus facile pour elle que d'organiser un souper, fût-ce à plusieurs dizaines de convives.

Était-elle vraiment crédible ?

Sebastian la regarda attentivement.

— Vous feriez cela pour moi ?

Dieu soit loué, il la croyait ! Si elle ferait cela pour lui ? Sans hésitation. À vrai dire, son empressement à se mêler de cette affaire contre l'avis exprès de son père la laissait un peu perplexe. Peut-être avait-elle besoin de se prouver quelque chose... Était-ce vraiment tout ? Non, évidemment. Elle recherchait aussi la compagnie de Sebastian. Bref, tout cela était bel et bon, mais comment diable allait-elle s'y prendre pour concrétiser sa vantardise ? Gênée, elle détourna les yeux de ce regard qui la transperçait.

Elle ne se reconnaissait plus, tout à coup. Quelle mouche la piquait de proposer ce genre d'exploit, qu'elle se savait parfaitement incapable d'accomplir ?

— Je vais bien trouver un prétexte crédible justifiant la présence de Mr Heath en même temps que la vôtre.

Sous le feu de son regard d'émeraude, elle aggrava encore sa situation.

— Entre-temps, j'ai l'intention de retrouver l'homme qui m'a apporté cette fameuse lettre anonyme. Je l'aperçois au marché de temps en temps.

C'était pourtant vrai : comment n'y avait-elle pas songé plus tôt ?

— Il n'en est pas question, protesta-t-il fermement. C'est trop dangereux. Je ne le permettrai pas.

— J'ai dû mal entendre.

— Je sais, dit-il en levant une main pour l'empêcher de protester. Je ne suis pas votre prince et vous n'avez pas d'ordre à recevoir de moi. Mais je me permets d'insister. J'enfreins déjà les règles en cherchant des réponses moi-même au lieu de m'en remettre à qui de droit. Vous laisser enquêter, vous aussi, serait irresponsable. J'ignore complètement qui se cache derrière l'assassinat de Mr Reyno.

Une nation entière, peut-être. Cette affaire pourrait se révéler extrêmement périlleuse, Eliza.

Pour qui se prenait-il ? Pour son mari, pour son père ? Rien ne la mettait plus en rage que l'autorité mal placée d'un homme.

— Je me rends à Covent Garden plusieurs fois par semaine. Comment comptez-vous m'en empêcher, au juste ?

— Je vous accompagnerai.

— Certainement pas ! On vous remarquerait aussitôt. Vous savez, les hommes du beau monde ne sont pas légion à Bedford Square. Mon père fait partie des plus éminents, ici. Sans même parler d'en voir déambuler entre les étals d'un marché.

— Qui s'en apercevra ? lâcha-t-il avec dédain.

À l'évidence, l'idée qu'on puisse l'identifier à son seul maintien lui paraissait ridicule, voire insultante.

— Ne vous en déplaise, il émane de vous l'assurance d'un futur roi.

— Parce que c'est une chose qui se voit ? ricana-t-il.

— Bien sûr !

Il marmonna quelques mots incompréhensibles en se dirigeant vers la fenêtre pour regarder dehors, comme s'il méditait ce qu'elle venait de dire.

— À quoi songez-vous ? s'alarma Eliza. Éloignez-vous de la fenêtre ! Tout Bedford Square a les yeux braqués sur cette maison. Votre attelage et votre mise ne sont pas passés inaperçus, croyez-moi.

— À votre avis, que s'imagine-t-on, Eliza ? Que vous recevez un gentleman à la nuit tombée ?

Il sourit, apparemment réjoui par cette idée.

— On croira que la visite est pour mon père, comme d'habitude. Je vous en prie, écartez-vous et laissez-moi tirer les rideaux.

Il ne bougea pas.

Qu'à cela ne tienne : Eliza passa de force devant lui et, le dos contre son torse, ferma d'un geste sec les lourdes draperies. Il ne bougeait toujours pas. Elle s'éclaircit la voix et se retourna. Il ne fit pas le moindre geste, si bien qu'elle demeura coincée entre lui et la fenêtre. Si près de lui qu'elle distinguait nettement chaque pli de sa cravate. Elle pouvait même lire la minuscule inscription gravée sur la médaille qu'il portait au revers de sa veste. Sa barbe commençait à repousser. Un demi-sourire amusé flottait sur ses lèvres, ponctué d'une esquisse de fossette. Et cette lueur qui brillait dans ses yeux verts…

Il la regardait droit dans les yeux, comme s'il y cherchait quelque chose. Une brusque vague de chaleur l'envahit. Seigneur, ils étaient si proches ! L'air entre eux semblait presque crépiter.

Sebastian leva une main et, avec une exquise douceur, sans presque la toucher, il glissa deux doigts sous son menton, qu'il releva doucement. Un long frisson la parcourut. Elle savait ce qu'elle voulait qu'il fasse. Ce qu'elle-même avait envie de faire. Mais, à cet instant, toute sa hardiesse, toute son effronterie ne lui étaient plus d'aucun secours. Elle se découvrait incapable d'embrasser le prince héritier d'Alucie. S'il ne faisait rien, s'il se contentait de continuer à la regarder comme il le faisait à présent, elle en mourrait. Il ne saurait y avoir de demi-mesure. Elle disparaîtrait, purement et simplement.

— Votre aide m'a été infiniment précieuse, Eliza.

Cette façon de prononcer mon nom…

— Je suis heureuse d'avoir pu vous être utile, articula-t-elle avec peine.

Tout en continuant de l'observer, il se mordit doucement les lèvres. Du bout des doigts, il effleura son menton, sa gorge, la corniche qui soulignait son épaule. Il inclina la tête doucement.

— Je ne sais pas comment vous remercier, murmura-t-il tout près de sa bouche.

Une onde de chaleur remonta le long de son échine.

— C'est inutile, souffla-t-elle.

— J'y tiens.

Il se rapprocha encore. Leurs visages se touchaient presque. Il hésita, comme incertain.

— Oubliez ce messager, vous m'entendez ? murmura-t-il.

Puis il posa les lèvres sur les siennes.

Eliza ferma les paupières. Peut-être soupira-t-elle. Il y avait si longtemps qu'on ne l'avait pas embrassée. Qu'on ne l'avait pas touchée. Que ses espoirs s'étaient éteints au profit de la vie bien rangée d'une vieille fille insignifiante.

Le baiser de Sebastian se fit plus ardent. Doux, mais pressant. Délicat, mais exigeant. Elle redécouvrait des sensations oubliées depuis longtemps. Des étincelles couraient dans ses veines, jusque dans les moindres fibres de son être, embrasant son corps, son cœur, sa tête.

Il glissa la langue entre ses lèvres. Elle gémit doucement et se pressa contre lui. Il passa une main au creux de ses reins et l'étreignit. Le contact de ce corps ferme lui fit l'effet d'un roc. Il était tout en puissance, tout en force. Elle s'abandonna à son baiser en caressant son torse robuste. En avait-elle le droit ? Qu'importe. C'était plus fort qu'elle. Cet homme viril, prince, de surcroît, était en train de l'embrasser avec fougue. Pas question de rester de marbre. *Approchez, les enfants. Je vais vous raconter comment j'ai rencontré et embrassé un prince.*

Elle remonta les mains jusqu'à sa nuque et, glissant les doigts dans ses cheveux, elle l'attira à elle avec passion. Elle aurait voulu se fondre en lui. Il émanait de sa peau un parfum enivrant, mélange de santal, de bois de rose et d'une autre fragrance indéfinie, subtile et entêtante. Malgré les vêtements qu'il portait, elle devinait sous ses doigts les muscles fermes et puissants de ses épaules et de ses bras.

Tout contre lui, son corps brûlait, pareil à un brasier. Le désir et l'attente l'étourdissaient.

Et puis tout s'arrêta.

Sebastian se redressa. Il parcourut du regard son visage, s'attardant sur ses lèvres, qu'il caressa lentement du pouce. Puis il l'embrassa sur le front et recula d'un pas.

— Je devrais peut-être… Je ferais mieux de m'en aller.

— Vous partez ? demanda-t-elle, déroutée, encore enivrée par ce voluptueux baiser.

Elle resta immobile. Elle aurait été incapable de faire le moindre geste. Elle était comme pétrifiée de désir.

Il effleura son menton.

— Pas de furetage à Covent Garden. Bonne nuit, Eliza.

— Bonne nuit, Sebastian, murmura-t-elle.

D'ordinaire, ce vieux réflexe d'humilité l'aurait agacée, mais, à cet instant, elle n'avait pas la force de lutter. Elle n'avait pas encore repris tous ses esprits.

Elle le suivit des yeux jusqu'à ce qu'il quitte le salon. La porte d'entrée se referma. Ses bottes claquèrent sur les marches du perron. Son attelage devait l'attendre le long du trottoir en contrebas. Elle inspira profondément, figée à l'endroit précis où il avait donné vie à ses rêves en l'embrassant impétueusement.

Les chiens aboyaient dans la cuisine. Quelqu'un marchait dans le salon à l'étage. Les voix de Caroline et Hollis lui parvenaient de la salle à manger.

Elle ne bougeait toujours pas. Cet unique baiser l'avait consumée.

Chapitre 14

Un dîner officiel chez Lord Stanley a donné l'occasion aux nombreuses convives anglaises d'arborer des traînes somptueuses, quoique plus courtes et moins richement brodées que celles qui ornent les robes aluciennes. Les manches cloches sont incontournables. La tendance est à la soie imprimée et aux bustiers agrémentés de perles. Espérons que cette mode perdurera jusqu'à l'ouverture de la saison mondaine, au printemps.

Miladies, il semblerait qu'un bon trot à dos de cheval au lendemain d'un rendez-vous galant permette de badiner sans conséquences. Si c'est impossible, de vigoureux sauts sur place feront un substitut efficace.

Honeycutt's,
gazette mode et maison pour ladies

Dans les couloirs de Kensington Palace qui menaient à ses appartements, Sebastian dénoua sa cravate et se délesta de sa cape sans même ralentir. C'est à peine s'il remarqua les valets qui le débarrassaient de son chapeau et de ses gants, ou la femme de chambre qui s'écartait vivement de son passage pour disparaître au plus vite.

Il avait la tête ailleurs.

Il songeait au baiser d'Eliza. Comme jamais il n'avait songé à ce genre de chose jusque-là. Habituellement, quand il embrassait une femme, son objectif était clair : la mettre dans son lit. Au fil des années, il avait eu de nombreuses passades et donné d'innombrables baisers. Mais ces élans n'étaient encore jamais partis du cœur.

Ce n'était pas non plus le cas de ce baiser-là, bien entendu. Simplement, il l'avait trouvé… rafraîchissant.

Et il en aurait volontiers repris.

Tout à ses pensées, il ne remarqua la présence de Lady Anastasan qu'au dernier moment. Il sursauta. Sa nouvelle secrétaire se leva précipitamment du siège derrière son bureau et exécuta une profonde révérence.

Sebastian la toisa un instant, puis tourna les yeux vers sa table de travail.

— Pardonnez mon intrusion, Votre Altesse. Je venais déposer sur votre bureau la liste de vos engagements pour la semaine prochaine.

Visiblement, elle en avait profité pour faire du rangement. Les quelques documents qu'il avait laissés éparpillés sur la table de travail avaient été rassemblés et empilés avec soin.

— Merci.

Que fallait-il en penser ? Il ne lui avait pas demandé de ranger ses papiers. Sa seule tâche consistait à prendre des notes. Il fit prudemment le tour de la pièce, cherchant du regard d'autres changements éventuels. Voire des intrus.

Lady Anastasan s'attardait près de son bureau, l'air indécis.

— Vous vouliez me dire quelque chose ?

— Non, Votre Altesse. Je me demandais simplement… Eh bien… Comment vous vous sentez.

Quelle étrange question… Matous ne la lui avait jamais posée.

— Vous avez subi de dures épreuves dernièrement, Votre Altesse. Je me disais que, peut-être, vous aviez besoin… d'aide.

— Tout va bien.

Il se détourna du bureau. Cette conversation lui déplaisait. Il n'attendait pas de son personnel qu'il l'interroge sur ses états d'âme.

— Y a-t-il quoi que ce soit que je puisse faire pour vous être utile ?

Intrigué, Sebastian se tourna à demi pour l'observer.

— Non, merci, Sarafina.

Elle esquissa un mince sourire et baissa les yeux. Il eut l'impression qu'elle s'apprêtait à ajouter quelque chose, mais Patro choisit cet instant pour faire son apparition.

— *Bon notte, mae principae*, dit-il en s'inclinant. Dois-je vous envoyer Egius ?

— *Bon notte*, Patro. Non, pas tout de suite. J'aimerais lire un peu, avant.

Son majordome acquiesça. Il jeta un rapide coup d'œil à Lady Anastasan, puis disparut par une autre porte.

Sa secrétaire, elle, ne se décidait pas à partir. Elle commençait à l'agacer.

— Autre chose, Sarafina ?

— Non, Votre Altesse, répondit-elle.

Elle se pinça le lobe de l'oreille.

— Je ne voudrais pas que vous croyiez… Enfin, ma présence ici n'a d'autre raison que le souci de ne pas laisser vos affaires sans surveillance, ajouta-t-elle.

— De quelles affaires parlez-vous ?

Sa question parut la dérouter.

— Eh bien… Le maréchal Rostafan est passé tout à l'heure, voyez-vous. Il disait être porteur de courriers contenant des informations sensibles…

— Rostafan ?

— *Je*, Votre Altesse.

— Quand est-il passé ?

— Il y a une heure ou deux, je dirais.

Le maréchal avait participé au dîner chez Lord Stanley, tout comme lui. Au moment de partir, il l'avait informé qu'il accompagnait Mr Botley-Finch à un club de gentlemen de Bond Street.

Mais alors, quand avait-il pu venir ici déposer cette correspondance confidentielle ?

— Quelque chose ne va pas ? s'enquit la secrétaire.

— Non, tout va bien. Merci, milady. Vous pouvez disposer.

À contrecœur, elle fit une nouvelle révérence et se retira. Enfin !

Il s'installa à son bureau et fit appeler son majordome.

Patro apparut presque aussitôt.

— Vous m'avez demandé, Votre Altesse ?

Sebastian se renversa sur son siège, cala ses pieds sur le bureau et joignit les mains, les index dressés l'un contre l'autre devant sa bouche, observant pensivement son serviteur.

— J'ai une question à te soumettre.

Patro croisa les mains dans son dos et attendit.

— Crois-tu qu'il soit possible d'organiser un dîner privé entre ces murs sans que personne ne sache qui y a été convié ?

Le majordome promena autour de lui un regard critique.

— Je dirais que c'est possible, en théorie.

— Possible, mais peu envisageable ?

— C'est cela, Votre Altesse.

— Hum…, fit Sebastian, pensif. Et si on souhaite dîner

avec quelqu'un en toute discrétion, comment doit-on s'y prendre, d'après toi ?

— On peut louer une maison. Ou, mieux encore, en faire louer une par une personne de confiance.

L'idée n'était pas mauvaise.

— De cette façon, personne ne saurait rien ?

— Cela doit pouvoir s'arranger, Votre Altesse. Devons-nous attendre une visite de Son Altesse royale le prince Leopold ?

Sebastian secoua négativement la tête.

D'un infime geste du menton, Patro lui signifia qu'il avait compris. Le brave majordome le servait depuis de nombreuses années. Il le connaissait mieux que personne.

— Je vais avoir besoin d'aller et venir sans être remarqué ni des Anglais ni des Aluciens. À l'exception des personnes qui assureront le service, bien sûr.

— Je m'en chargerai avec plaisir, Votre Altesse, proposa Patro d'une voix égale.

— Il me faudra également quelqu'un pour aller chercher la personne en question. Avec toute la discrétion qui s'impose, naturellement.

— Cela va sans dire, Votre Altesse. Il sera fait selon vos désirs.

Ses désirs ? Savait-il seulement ce qu'il désirait, au fond ? Il éprouvait tant d'émotions contradictoires qu'il ne parvenait même plus à réfléchir. Enthousiasme, crainte, satisfaction, agitation se bousculaient en lui à égale mesure. Ce qu'il s'apprêtait à faire ressemblait fort à l'une des fantaisies dont Leopold était coutumier. Une folie contre laquelle lui-même, en temps normal, aurait mis son frère en garde.

Oui, mais voilà : Miss Eliza Tricklebank lui plaisait. Elle lui plaisait beaucoup. Il appréciait sa franchise.

Tout autant que sa façon de l'embrasser… On aurait dit qu'elle craignait de le voir disparaître si elle desserrait son étreinte. Il avait envie de la revoir, d'être seul avec elle, sans félin pour les épier, sans indiscret pour écouter à la porte. Était-ce donc trop demander ?

— Tu m'assures que ce projet peut aboutir ? insista-t-il.

— J'aurai besoin d'un peu d'aide, reconnut Patro. Puis-je suggérer de mettre Egius dans la confidence ? Il se ferait tuer plutôt que de desserrer les lèvres.

Sebastian sourit.

— *Je.* Egius.

— Dans ce cas, oui, je vous l'assure. Vous pouvez compter sur ma discrétion dans la recherche d'un lieu propice.

Une épouse et cinq enfants attendaient son majordome en Alucie. Que devait-il penser de son prince ? Percevait-il les entraves invisibles qui bridaient les moindres mouvements de Sebastian ? Patro comprenait-il que parfois, comme ce soir, ces entraves lui deviennent insupportables ?

Si son majordome désapprouvait son comportement, il n'en laissa rien paraître. Il demeura impassible.

— Tu as toute latitude, Patro. Reviens me dire ce que tu auras trouvé.

Le serviteur s'inclina et se retira.

Sebastian le suivit des yeux. Cet homme était aussi énergique dans sa démarche que dans l'accomplissement des devoirs liés à sa charge. Avec un soupir, Sebastian tourna les yeux vers le dossier qui l'attendait sur son bureau. Il alla le prendre. *Tiens…* Le lacet de cuir censé le refermer était dénoué. Était-ce l'œuvre de Rostafan ? De Lady Anastasan ? Il ouvrit le dossier et en sortit les lettres.

Des communiqués de Helenamar. Des documents qu'il avait demandés concernant les principales marchandises qui faisaient l'objet des négociations en cours. Ainsi qu'un calendrier des marées pour les deux mois à venir, afin de pouvoir préparer leur retour en Alucie.

Leur retour… Comment pourrait-il quitter l'Angleterre sans savoir qui avait assassiné Matous ?

Il rangea les papiers et noua le lien de cuir, puis fixa longuement du regard le dossier posé sur son bureau. Franchement, il voyait mal Rostafan prendre des précautions pour ne pas abîmer le fragile lacet qui scellait le paquet de lettres. Si c'était le maréchal qui avait joué les curieux, il l'aurait tout bonnement arraché. Cela dit, à quoi bon ? Tout ce que contenait ce dossier allait lui être révélé le lendemain.

Mais alors, si ce n'était pas lui, qui ? Lady Anastasan ? Pour quel motif ? Patro, alors ? Impossible. Son majordome se serait pendu plutôt que de toucher aux affaires de Sebastian sans sa permission.

Il resta assis un long moment à son bureau, à se demander qui avait pu fouiller dans sa correspondance et ce qu'on était venu y chercher.

Mais, insensiblement, ses pensées dérivèrent, pour se tourner vers Eliza Tricklebank et la tache d'encre incongrue qui maculait sa joue opaline.

Chapitre 15

Une réception d'anniversaire doit se tenir à Mayfair, où l'on pourra déguster les meilleures ales d'une brasserie très en vue, en l'honneur d'une jeune lady qui attirera bien des regards à son entrée dans le monde au printemps prochain. Si toutefois un certain prince ne brûle pas la politesse à tous les futurs prétendants.

On raconte également qu'un jeune gentleman récemment honoré du titre de comte n'a de cesse qu'il se marie et assure sa postérité, afin de pouvoir retourner au plus vite aux gazouillis de la belle oiselle qui chante pour lui sur le Strand.

Miladies, une demi-cuillère à café de sucre dans votre mélange d'amidon prolongera la rigidité de vos jupons. Il reste à éprouver ce remède sur les époux.

Honeycutt's,
gazette mode et maison pour ladies

Pressée par Caroline et Hollis, Eliza avait dû raconter à deux reprises et dans les moindres détails tout ce qui s'était passé entre elle et le prince. Chaque fois, sa sœur et son amie avaient laissé échapper des cris extasiés lorsqu'elle leur avait narré, le cœur encore battant, le baiser qu'ils avaient échangé. Elles l'avaient harcelée de questions. Où avait-il posé ses mains ? S'était-il excusé d'avoir pris tant de libertés ? Quelles sensations avait-elle éprouvées ?

Eliza avait ri avec elles, mais comment décrire ce qu'elle avait vécu ? Elles prenaient toute l'affaire avec légèreté, elle le savait. Elles la taquinaient. Pour elle, en revanche, ce baiser n'avait rien eu d'une plaisanterie. Il avait réveillé quelque chose en elle. Il avait ravivé son désir, et peut-être davantage.

Elle ne pouvait penser à rien d'autre. C'était plus fort qu'elle. Ce baiser ne suffisait pas. Elle le voulait, lui, tout entier. Elle brûlait de vivre enfin tout ce qui lui avait été refusé quand elle était tombée amoureuse de ce dépravé de Daughton-Cress.

Elle n'était plus une ingénue. Elle savait fort bien ce qu'elle voulait. Elle pouvait en remercier ce goujat d'Asher… Entre deux promesses de mariage susurrées à son oreille, l'infâme l'avait attirée dans son lit. Elle aurait pourtant dû savoir ce qu'il avait derrière la tête. Ses baisers avaient été trop pressants, trop insistants. Avec le recul, il était évident qu'il n'avait cherché auprès d'elle qu'un moyen d'assouvir ses bas instincts. Ce rustre de la pire espèce s'était servi d'elle. Et, pour couronner le tout, c'était elle qui avait été la risée de tous.

Le baiser du prince, lui, avait été empreint d'un infini respect. Et le désir qu'elle avait perçu chez lui n'avait rien de commun avec les élans lubriques de ce lâche d'Asher.

Pas plus que son propre désir.

Tel était le fruit de ses méditations tandis qu'elle errait de pièce en pièce en fredonnant, le lendemain, cherchant en vain à donner un sens à cet aspect nouveau et inattendu de son existence.

Dans l'après-midi, alors qu'elle venait de faire tomber

par inadvertance une pile de livres, Poppy se baissa pour l'aider à les ramasser.

— Je n'y tiens plus, Eliza. Allez-vous enfin me raconter ce qui s'est passé ?

— Que veux-tu dire ?

— Ne me jouez pas de la flûte ! Vous êtes dans la lune depuis ce matin ! Il est arrivé quelque chose, et je veux savoir de quoi il s'agit. Est-ce le juge ? Est-il malade ?

— Que vas-tu imaginer ? répondit Eliza en riant, mal à l'aise.

Poppy était sortie la veille au soir. Elle ne savait pas que Sebastian était revenu.

— J'ai un peu la tête ailleurs, concéda-t-elle.

— Pourquoi ?

Eliza tourna les yeux vers la porte du salon, puis se hâta d'aller la fermer pour éviter que Ben ou Margaret puissent l'entendre.

— Hier soir, pendant ton absence, le prince est revenu.

Poppy laissa échapper un hoquet de stupeur.

— Encore ?

— Oui, encore, confirma Eliza à voix basse en souriant malgré elle.

Quelle sotte ! Ce sourire irrépressible allait la trahir à coup sûr…

Poppy prit un air soupçonneux.

— Que voulait-il ?

— Parler. Il m'a expliqué que, le prince Leopold étant reparti à Cambridge, il n'avait personne avec qui discuter du sujet qui l'amenait.

Et ce maudit sourire qui ne cessait de s'élargir…

Les yeux de Poppy se mirent à briller.

— Mais encore ? insista-t-elle en croisant les bras.

— Eh bien, il venait effectivement me demander conseil, mais…

Allons bon, voilà qu'elle se mettait à glousser, maintenant…

— Il m'a embrassée.

Poppy la dévisagea avec des yeux ronds.

Eliza rit de plus belle.

— Ah ! s'exclama-t-elle en levant la tête vers le plafond. Je ne peux pas m'empêcher de sourire et de roucouler comme une idiote, et…

Poppy s'assit brusquement, au point qu'elle crut l'avoir vue tomber.

— Poppy ? Tout va bien ? s'alarma-t-elle.

La servante secoua la tête.

— Alors ça y est. Nous allons vous perdre.

Eliza pouffa de rire.

— Qu'est-ce que tu racontes, voyons ?

Poppy leva les yeux vers elle.

— C'est vous qu'il va choisir, Eliza.

— Seigneur ! Tu es encore allée voir la diseuse de bonne aventure, c'est cela ?

Sa boutade ne fut visiblement pas du goût de la bonne, qui se leva d'un bond, bouleversée.

— Je ne peux pas en parler maintenant. C'est au-dessus de mes forces, s'écria-t-elle en se dirigeant vers la porte.

— Mais enfin, Poppy, qu'est-ce qui te prend ? Tu ne parles pas sérieusement ! Un homme comme lui se doit d'épouser une femme de haut rang, tu le sais aussi bien que moi.

Mais Poppy ne voulait rien entendre. Elle ouvrit la porte en coup de vent et disparut dans le couloir. Eliza l'entendit gravir l'escalier quatre à quatre. Avec un soupir, elle se laissa tomber dans le fauteuil que la jeune femme venait de libérer. Pauvre chérie... Elle ne comprenait rien à la marche de ce monde.

Ce qui n'était pas son cas, à elle. Elle ne se faisait aucune illusion.

Si Poppy redoutait de voir Eliza partir pour une contrée lointaine, Hollis et Caroline, elles, commençaient à craindre qu'elle ait perdu la tête. Elles la soupçonnaient d'avoir exagéré. Peut-être même d'avoir été elle-même à l'origine du baiser. Quoi qu'il en soit, ni l'une ni l'autre ne la croyaient en danger d'être enlevée en Alucie.

Ce soir, toutes trois s'étaient retrouvées chez Caroline pour admirer les dernières robes qu'elle avait fait confectionner. Comment diable allait-elle pouvoir dissimuler ces fastueux achats à son frère ? Mais Caroline ne semblait pas s'en préoccuper outre mesure. Après s'être extasiées sur la qualité des tenues, elles s'attablèrent autour d'un rôti de bœuf accompagné de pommes de terre, suivi de fraises venues du sud de l'Angleterre pour un coût exorbitant, le tout arrosé d'un bon vin.

La conversation dériva naturellement vers le prince, mais une question taraudait Eliza.

— Je lui ai promis d'organiser un dîner ou une réception quelconque, finit-elle par avouer.

— Pardon ? s'écria Hollis. Mais qu'est-ce qui t'a pris de promettre une chose pareille ?

— Sebas... Le prince désire s'entretenir avec Mr Heath. Figurez-vous qu'il prévoyait de l'inviter à Kensington !

— Et alors ?

— Le gouvernement tout entier ne manquerait pas d'y voir une connivence dans les négociations commerciales en cours. Je lui ai donc suggéré de l'aborder dans un contexte où personne ne s'étonnerait de les voir échanger quelques mots. Au cours d'un dîner, par exemple. Cela paraîtrait moins… officiel. Vous comprenez ?

— Juste ciel, Eliza…

Caroline reposa sa fourchette et tourna les yeux vers la porte de la salle à manger, restée ouverte. Elle se leva brusquement, alla fermer la porte le plus discrètement possible, puis revint s'asseoir en toute hâte.

— Inutile que Beck entende cette petite conversation. Maintenant, écoute-moi bien, Eliza.

Caroline repoussa son assiette, croisa les bras sur la table et se pencha en avant.

— Ma chérie, ça y est : tu as rencontré ton prince. Tu as eu ton baiser. Il serait peut-être temps de passer à autre chose, tu ne crois pas ?

— Que veux-tu dire, au juste ? demanda Eliza.

— Ce que je veux dire, c'est que tu t'efforces tranquillement de résoudre un meurtre. Un assassinat. Que sais-tu de ces questions-là ? Tu ne peux pas continuer à mener ta petite enquête !

Eliza se hérissa.

— Et pourquoi donc ? Ma petite enquête ne t'a pas dérangée quand il s'est agi d'inviter Miss Heath à venir prendre le thé. Et je te rappelle que c'est Hollis qui a tout commencé en publiant cette lettre anonyme.

— Ça n'a rien à voir, protesta Caroline. J'avais envie depuis longtemps de voir cette Miss Heath de plus près. Quant à Hollis, elle publie tous les ragots, tu le sais très bien.

— D'ailleurs, tu oublies que tu étais d'accord, renchérit Hollis. Tu m'y as même aidée.

— Eliza, ma chère amie, tu commets une folie, reprit Caroline. C'est avec le prince héritier d'Alucie que tu badines ! Te rends-tu bien compte ? Ton attitude confine au ridicule.

Eliza n'en revenait pas.

— Ça n'a rien de ridicule, Caroline ! Et je ne badine pas, comme tu dis. Il se passe quelque chose de terrible, tu ne le nieras pas. Un homme a été assassiné dans son propre lit, je vous le rappelle. J'ai l'impression que personne ne s'en soucie.

— Allons, nous savons toutes les trois de quoi il retourne vraiment, je crois, murmura Hollis.

— Ah oui ? releva Eliza.

Hollis lui prit la main et la serra entre ses doigts.

— Tu es en train de tomber amoureuse.

— Ah ! pour l'amour du ciel ! s'emporta Eliza.

Elle retira vivement sa main et se renfonça dans son siège.

— Il te plaît, insista sa sœur. Et puis, toute cette histoire a été follement excitante, y compris pour nous.

Autrement dit, Caroline et Hollis avaient parlé d'elle. *Pauvre chère Eliza… La vieille fille qui tombe amoureuse d'un prince.*

— Tu dis vrai sur un point : c'était follement excitant, répliqua sèchement Eliza. Mais je ne suis pas naïve. J'ai la tête sur les épaules, vous le savez l'une comme l'autre.

— Plus maintenant, murmura Caroline avec une grimace compatissante. Comprends-nous, Eliza. Nous ne voulons pas que tu souffres à nouveau, c'est tout.

— Aucun risque, rassurez-vous, lâcha Eliza avec humeur.

Elle aimait profondément sa sœur et son amie, mais elles sous-estimaient grandement sa force morale. Elle payait encore les conséquences de son coup d'éclat public : plus personne, depuis, ne la croyait capable de supporter la moindre déception.

— Vous n'avez pourtant pas boudé votre plaisir, toutes les deux, quand je vous racontais dans le détail toutes mes rencontres avec lui. Et voilà que, subitement, vous vous inquiétez pour moi ?

— Tu ne comprends pas, dit Hollis. C'était très divertissant, mais… depuis qu'il t'a embrassée, les choses ont pris un tour plus sérieux. Je ne veux pas te voir souffrir. Or, si tu te laisses séduire davantage, c'est ce qui va se produire, inévitablement. Car il va rentrer en Alucie avec un accord de mariage et une fiancée richement dotée, en biens comme en influence au sein du gouvernement britannique. Et je ne parle même pas de l'autre versant de l'affaire. Si tu t'entêtes à fureter autour de cet assassinat, tu risques de sérieux ennuis.

— Non mais, dites-le tout net : vous pensez que je crois aux contes de fées, s'emporta Eliza sur un ton amer. Vous me croyez trop candide pour saisir comment fonctionne le monde, comme l'a bien prouvé ma tragique mésaventure avec Asher.

— C'est faux, protesta Caroline. Je dirais la même chose à Hollis si elle était à ta place.

À d'autres ! Eliza n'y croyait pas une seconde. Elle balançait entre colère et tristesse. Elles ne se rendaient pas compte. Sa vie n'avait rien de commun avec la leur. Elle n'avait pas l'occasion, comme Caroline, de rencontrer des gentlemen chaque jour. Elle n'avait pas connu, comme Hollis, la félicité d'un mariage heureux. Toutes deux jouissaient d'une aura dont elle-même était dépourvue. On ne l'invitait pas comme elles aux réceptions huppées. Tout cela, elle le savait. Mais elle n'était pas une oie blanche, bon sang ! Plus maintenant.

Elle se redressa lentement et leva les yeux vers Caroline.

— J'ai besoin d'organiser un dîner ou une réception. Tu es mon amie, Caroline. En tant que telle, je te demande de m'aider.

Son amie écarquilla les yeux.

— Rien ne peut se faire ici. Beck ne le permettra jamais, encore moins pour favoriser ce genre d'intrigue.

— Dans ce cas, tu dois bien connaître quelqu'un chez qui nous pourrions nous retrouver ?

— Eliza ! Il ne suffit pas de claquer des doigts...

La porte s'ouvrit avec fracas et Beck pénétra à pas énergiques dans la salle à manger. Il s'arrêta net en les apercevant toutes les trois.

— Encore vous ? Pauvre de moi ! Eliza, Hollis, n'avez-vous donc rien à manger chez vous ?

— C'est meilleur chez toi, répliqua Hollis en croquant une fraise.

Beck leva les yeux au ciel. Puis, tout en s'approchant d'un pas désinvolte, il tira une enveloppe du paquet de lettres qu'il tenait à la main et la jeta sur la table. Le pli glissa sur le bois poli et s'arrêta devant Caroline.

— Qu'est-ce que c'est ? s'enquit-elle.

— Une invitation, apparemment.

Elle décacheta l'enveloppe et en tira un épais vélin, qu'elle déplia. Elle parcourut des yeux la lettre.

— Juliana Whitbread donne une grande fête pour son anniversaire, annonça-t-elle.

— Quel événement ! commenta Beck tout en passant en revue le reste du courrier. Tout le monde y sera, j'imagine.

Il releva les yeux vers les deux sœurs.

— Pas vous, naturellement. Je veux parler des gens importants. Pas des péronnelles qui fabriquent de toutes pièces un attachement de ma part à une pauvrette myope comme une taupe, avant de publier leur fable.

— Tiens donc, tu lis la gazette, finalement ? s'amusa Hollis. Tu as l'air irrité, Beck.

— Irrité ? C'est le moins qu'on puisse dire, Mrs

Honeycutt. Ce ragot que tu as inventé est ignoble. Miss Lucille Heath ne m'inspire aucune espèce de considération.

— En es-tu bien certain ? susurra Eliza.

— Je vous ai assez vues, toutes les deux, trancha Beck.

— Qui ira à cette fête d'anniversaire ? s'enquit Hollis sans relever sa remarque.

Comme à son habitude, elle ne tenait aucun compte des humeurs du frère de Caroline

— Leurs noms ne te diraient rien, rétorqua-t-il.

— Qui sait ? pépia Hollis avant de croquer dans une autre fraise.

— En tout cas, moi, je les connais, intervint Caroline. Alors, qui viendra ?

— Le Tout-Londres. Ainsi que les deux princes qui vous mettent tellement en émoi.

Toutes trois échangèrent un regard entendu.

— Mr Heath y sera-t-il ? demanda Eliza.

— Allons bon, qui est-ce encore que ce Mr Heath ?

— Le banquier, voyons ! s'écria Caroline. Tu sais bien, le père de cette jeune lady dont tu t'es entiché, d'après la rumeur.

Elle gloussa.

Beck lança à Hollis un regard assassin.

— Il viendra sans doute. Comme la moitié du Parlement. Ce sera toute une affaire. Une sorte de carnaval d'automne, surtout destiné à inciter le comte de Leicester à demander la main de la jeune beauté, Miss Whitbread. Son père est un homme ambitieux.

— Pas au point de viser le prince d'Alucie ? s'enquit Hollis.

Beck émit un ricanement dédaigneux.

— Oh ! son auguste personne aura certainement été invitée à faire concurrence au comte, histoire de le stimuler un peu. Mais le désir d'alliance entre les Whitbread et les Leicester ne fait aucun doute. C'est de notoriété publique.

— Je connais très bien Juliana, fit remarquer Caroline.

— Félicitations, ironisa-t-il d'une voix traînante.

— L'invitation nous est adressée à tous les deux, Beck.

Il reprit l'examen du courrier.

— Je n'ai pas l'intention de perdre une journée à caresser des abrutis dans le sens du poil et à regarder une petite fille gâtée se pavaner tranquillement devant tout le monde.

— Pourquoi ? lança Eliza. Serais-tu amoureux d'elle ?

Hollis pouffa de rire.

Beck émit un grognement et les dévisagea à tour de rôle.

— Dites-moi, vous trois, qu'est-ce que j'ai bien pu faire pour mériter tout ça ? Tu peux envoyer mes excuses, Caroline. Je n'irai pas.

— Je m'en doute.

— Hollis, je te conseille vivement de modérer ta gourmandise, déclara Beck d'une voix menaçante. Ces fraises ne t'étaient pas destinées.

— D'accord, d'accord, répondit-elle avec entrain tandis qu'il tournait les talons.

Dès qu'il eut franchi la porte, elle croqua une nouvelle fraise.

— Ma foi, Eliza, voilà l'occasion rêvée, je crois, commenta Caroline en agitant l'invitation devant elle.

— À ceci près que je ne suis pas invitée, nuança Eliza.

Évidemment, le prince n'avait pas besoin d'elle pour faire la connaissance de Mr Heath, mais elle tenait tout de même à être présente.

Fût-ce pour le simple bonheur de le revoir.

— Moi, je suis conviée. Et, puisque Beck ne prévoit

pas de venir, je me ferai accompagner de ma plus chère amie. Juliana n'y verra aucun inconvénient.

Oh ! quelle joie ! Et son exultation ne devait pas grand-chose au plaisir relatif d'être invitée par Caroline à la célébration d'anniversaire d'une parfaite inconnue…

— Dois-je en déduire que mes sentiments à l'égard du prince ne te préoccupent plus autant ?

— Ne dis pas de bêtises. Simplement, cette fête promet d'être mémorable, et je serais désolée que tu la manques. Et puis, qui sait ? Peut-être y rencontreras-tu un prétendant plus plausible ? ajouta Caroline avec un clin d'œil.

— Je ne cherchais qu'à te mettre en garde, commenta Hollis en grimaçant. De toute façon, tu n'en feras qu'à ta tête. Je suis bien placée pour le savoir. Mais tu es ma sœur. Tu comptes pour moi. Je me devais de te faire part de mes craintes.

Eliza se radoucit un peu. À sa place, elle en aurait fait autant, sans doute.

— Et tu as toute ma reconnaissance, Hollis. Mais tu as raison : j'agirai à ma guise.

Hollis soupira.

— Je le sais bien, ma chérie. Eh bien, vas-y. Je resterai à la maison avec Père.

— Que va-t-elle porter ? s'inquiéta soudain Caroline.

— Excellente question ! s'exclama Hollis. Je m'en charge, Caroline.

— Le programme prévoit un carnaval, suivi d'un bal en soirée, la prévint Caroline. Fais en sorte qu'elle soit habillée en conséquence.

— Je vais faire ce que je peux, commenta Hollis en détaillant Eliza d'un œil critique.

— Dites, je suis toujours là ! s'offusqua Eliza.

— Un décolleté plongeant, bien entendu, poursuivit Hollis. Pas question de décevoir le prince.

Caroline gloussa.

— Et des manches, bien sûr. Oh ! J'allais oublier : il faut une belle traîne. As-tu des robes à traîne, Eliza ?

— Tu sais pertinemment combien j'ai de robes et à quoi elles ressemblent, Hollis, la rabroua Eliza avec un regard noir. Aucune n'a de traîne.

— Nous allons arranger ça, fais-moi confiance !

Elle se pencha pour reprendre une fraise.

— La réception aura lieu dans quelques jours, rappela Caroline. Ça ne te laisse pas beaucoup de temps.

— Mais enfin, ça suffit ! s'indigna Eliza. Suis-je donc un cas si désespéré ?

— Oui, affirmèrent Caroline et Hollis d'une seule voix.

Avec un clin d'œil, sa sœur lui tendit la coupe de fraises.

Toutes trois dévorèrent tous les fruits à l'exception d'un seul, qu'elles laissèrent généreusement à Beck.

Chapitre 16

Les toutes dernières tendances étaient à l'honneur à Worthington Hall, où s'est tenu le carnaval d'anniversaire de Miss Juliana Whitbread. Toutes les robes dénudaient les épaules. La traîne s'est imposée, plus courte et moins richement brodée chez nos ladies que chez leurs homologues aluciennes – un léger désavantage amplement compensé par l'ornementation des manches, infiniment moins recherchée chez nos visiteuses.

La reine de la fête, resplendissante dans sa toilette bleu ciel ourlée de blanc, parée d'un rang de perles qui rappelait son teint d'opale, a attiré tous les regards. Au crépuscule, les allées du labyrinthe qui agrémente les jardins ont abrité bien des inconduites. Notamment celle d'une jeune lady, dont l'enfançon est à peine sevré, avec un gentleman assez âgé pour être son père. Un ami de la famille qui, à l'évidence, lui porte un attachement plus que paternel.

Honeycutt's,
gazette mode et maison pour ladies

La barbe que ce bal ! Quel intérêt de célébrer l'anniversaire d'une fillette qui n'avait même pas encore fait son entrée dans le monde ? Sebastian n'avait aucune envie de s'y rendre. Mais voilà : Mr Whitbread était une voix influente en matière de commerce, avait fait valoir Caius. Cet ancien membre du Parlement avait exercé, avec succès, de fortes pressions pour faire baisser le cours du coton. Or, l'Alucie voulait voir ce cours remonter. En outre, Whitbread espérait marier sa fille à un lord anglais, et la présence des princes aluciens à cette réception pourrait servir ses intérêts. D'après Caius, sa bonne volonté inciterait sans doute l'ancien parlementaire à peser en faveur de la hausse des tarifs souhaitée.

Voilà donc comment Sebastian, toujours consciencieux, s'était résigné à répondre à l'invitation en tenue d'apparat. Mais pas question de subir cette corvée seul : il avait convoqué Leopold à Kensington.

Son frère jubilait.

— Penses-tu, je suis ravi ! Les plus beaux minois dotés de plus de cinq mille livres par an y seront, avait-il plaisanté en ajustant sa cravate.

La délégation alucienne compterait quatorze personnes. Leopold et lui avaient fait en sorte d'arriver pour l'heure du bal. Pourtant, depuis la route, on distinguait encore les décors de l'après-midi un peu partout dans le parc. Manifestement, le carnaval n'était pas fini : des participants entraient et sortaient des tentes, les jeux se poursuivaient, on continuait à jucher les enfants sur le dos des poneys. À en juger par les chants et les rires, la bière brune avait coulé à flots. Dans le jour déclinant, des serviteurs s'affairaient à allumer des torches dans les jardins.

Sebastian et Leopold partageaient un cabriolet avec Caius et son épouse. Au moment où la voiture franchissait les grilles du domaine, son ministre s'éclaircit la voix.

— Puis-je avoir un mot, Votre Altesse ?

D'un signe de tête, Sebastian l'encouragea à poursuivre.

— Il y aura ce soir deux jeunes prétendantes que vous connaissez déjà, et une troisième dont la famille, j'ai plaisir à vous l'apprendre, s'est décidée à vous apporter son soutien dans les négociations.

Sebastian retint un grognement.

— Qui sont ces gentes dames ?

— Lady Katherine Maugham, Lady Elizabeth Keene et Lady Mary Brazelton.

Ces noms lui disaient quelque chose. Ils figuraient sur la liste qu'on lui avait remise avant son départ d'Alucie.

— Comment les reconnaîtrai-je ?

— Je vous renseignerai, le rassura Caius. Les deux premières vous ont déjà été présentées. Quant à Lady Brazelton, il me semble que vous l'avez à peine croisée.

De toute façon, il ne pouvait se remémorer qu'un seul visage : celui d'Eliza.

Assise à côté de son mari, Lady Anastasan esquissa un petit sourire affecté avant de tourner la tête vers la fenêtre.

— Pas de procession, Caius. Je ne veux ni rangées de prétendantes, ni présentations officielles.

Son ministre acquiesça d'un signe de tête.

— Je comprends. Toutefois, si je puis me permettre…

— Non, vous ne pouvez pas, s'impatienta Sebastian.

Inutile de s'entendre rappeler son manque d'enthousiasme pour cette tâche primordiale entre toutes.

— Laisse-le parler, voyons, intervint Leopold.

Il lui décocha un regard noir. Son frère ne se gêna pas pour le lui rendre.

— D'ici à notre départ, il ne vous reste que deux semaines, trois tout au plus, pour faire votre demande, persista Caius. Or, nous avons besoin de temps pour négocier les termes de votre union.

Sebastian le foudroya du regard.

— Croyez-vous que j'ignore mon devoir ? Que je ne saisis pas l'importance de ce choix ?

Anastasan demeura impassible.

— Le roi me demandera des comptes. Je fais mon possible pour que tous nos objectifs soient atteints.

— Laisse-le tranquille, Sebastian. Tu es le seul responsable de cette situation.

— Je me réjouis que ma future épouse fasse l'objet d'une si grande préoccupation de la part d'hommes qui n'auront pas à la mettre dans leur lit, rétorqua-t-il sèchement. Pardonnez mon langage cru, Lady Anastasan.

Elle eut un faible sourire et baissa les yeux.

Sebastian soupira.

— Très bien, je ferai ce qui doit être fait, Caius. Cette question m'importe autant qu'à vous. Mais ce n'est pas à vous d'orchestrer tout cela.

— *Je*, Votre Altesse, murmura Caius.

Le ministre échangea un regard avec Leopold.

Quelques minutes plus tard, l'attelage s'arrêta et on vint ouvrir la portière. Sebastian fut le premier à mettre pied à terre, suivi par Leopold. Ils attendirent impatiemment que Caius aide sa femme à descendre. Une nuée de valets se portèrent à leur rencontre pour les accueillir et les conduire à l'intérieur.

Dès qu'ils eurent posé le pied dans le hall d'entrée, Sebastian sentit sur ses épaules tout le poids de son rang. Comme souvent dans des occasions similaires. Tous les yeux se tournaient immanquablement vers lui, l'écrasant de leurs attentes aussi sûrement qu'une meule. Il ne s'y ferait jamais. Les visages devenaient graves, et bien souvent les personnes qu'on lui présentait semblaient perdre l'usage de la parole. Alors, il ne se sentait plus tout à fait humain, réduit à un objet d'admiration que l'on pouvait scruter à loisir.

Voilà pourquoi, peut-être, il avait mis si peu d'ardeur à se trouver une épouse jusqu'ici : personne ne l'avait encore regardé comme un simple être humain.

À l'exception notable de Miss Tricklebank, bien sûr. Et de sa bonne qui n'en était pas une.

— Votre Altesse royale, le salua un Anglais en s'inclinant profondément devant lui.

— Mr Samuel Charles Whitbread, murmura Caius dans son dos.

— Mr Whitbread, dit Sebastian au nouveau venu. Que c'est aimable à vous de nous avoir conviés à la fête d'anniversaire de votre fille !

— Votre présence et celle du prince Leopold nous honorent, Votre Altesse. Si vous voulez bien me suivre…

Ensemble, les princes et leur hôte s'avancèrent dans le hall. Sebastian répondait d'un signe de tête à chaque salutation, d'un sourire à chaque révérence destinée à attirer son attention.

À peine entré dans la salle de bal, Sebastian fut assailli par deux parlementaires qui proclamèrent leur joie à l'idée de soutenir et de ratifier un accord commercial avec l'Alucie. Alors qu'il écoutait d'une oreille distraite l'un des deux hommes pérorer à propos d'un différend mercantile avec les Américains, un éclat de rire lui parvint, qui le cloua sur place. Son cœur se fit léger, tout à coup. Elle était donc là ? Se pouvait-il que la chance lui sourie à ce point ? Ces quelques derniers jours, il avait cherché des raisons de lui rendre visite. Mais les interminables rencontres avec les Anglais s'étaient succédé sans relâche, parfois jusqu'à une heure avancée, l'empêchant de retourner à Bedford Square.

Il se retourna vivement et scruta la foule qui l'entourait. Elle n'était nulle part en vue. Pourtant, c'était bien son rire, tout de gaieté impertinente, qu'il avait entendu.

À moins qu'il ait pris ses désirs pour des réalités ? Déçu de ne pas l'apercevoir, il se retourna vers les deux importuns.

Au moment où le fâcheux reprenait son babil, le rire retentit de plus belle.

— Excusez-moi, dit-il poliment avant de se retourner à nouveau.

C'était absurde : comment pouvait-il entendre un rire particulier dans le brouhaha ambiant ? Et pourtant, il était sûr de son fait. Il pencha la tête pour regarder par-delà une grappe de ladies qui, les yeux braqués sur lui, affichaient un sourire plein d'espoir.

Elle était là.

Il n'avait fait que l'entrevoir, mais c'était elle, il en aurait mis sa main au feu. De joie et d'impatience, son cœur manqua un battement. Quelle incroyable surprise ! Allons, la soirée ne serait pas si fastidieuse, tout compte fait.

Il fit un pas de côté pour mieux la voir. Elle se tenait un peu à l'écart en compagnie d'un gentleman, avec qui elle conversait en agitant négligemment son verre pour ponctuer ses propos. Elle paraissait très animée. Elle partit d'un rire si franc qu'elle se cambra légèrement. L'or de sa robe répondait à celui de sa chevelure. De loin, on l'aurait crue coiffée d'un diadème vaporeux.

Il ne la distinguait pas aussi bien qu'il l'aurait voulu. Et pour cause : à l'inverse de toutes les autres invitées, elle ne le regardait pas. Ni droit dans les yeux, ni du coin de l'œil.

— Votre Altesse Royale ?

Diable, où en étais-je ? Il se retourna vers les deux raseurs. Caius s'était joint à leur petit groupe, une jeune femme à son bras. Sebastian la connaissait. Il l'avait déjà rencontrée à un dîner ou à un autre.

— Permettez-moi de vous présenter Lady Mary Brazelton.

Mais oui, bien sûr : Lady Mary, la fille de Lord Richard Brazelton, comte de Branleigh. Celle dont les yeux semblaient se fuir l'un l'autre…

— Comment donc ! Ravi de vous revoir, Lady Mary.

À contrecœur, il prit la main qu'elle lui tendait timidement et s'inclina en l'approchant de son front. Elle fit la révérence.

— Tout le plaisir est pour moi, Votre Altesse, répondit-elle d'une voix tremblante.

Il la releva. Aussitôt, elle retira sa main et lui adressa un sourire trémulant.

— Avez-vous… Euh… Avez-vous visité le parc, Votre Altesse ?

Deo, était-ce donc ainsi qu'on les éduquait ? Il voyait d'ici les leçons qu'on devait leur prodiguer. *Vous inviterez le prince à faire le tour des jardins. Vous prendrez bien soin de lui montrer vos connaissances en matière d'horticulture, qui s'ajouteront à la liste de vos accomplissements.*

— Pas encore. Aimeriez-vous m'y emmener, milady ?

— Bien volontiers.

Sebastian offrit son bras à Lady Mary, qui y plaça sa main. Elle frémissait encore. Que diable lui trouvait-elle de si intimidant ? Il avait à peine ouvert la bouche, bon sang !

Il l'escorta au milieu d'une foule curieuse. Il entendait presque les murmures qui couraient après leur passage. Il devinait les spéculations naissantes. Au moment où ils sortaient sur la terrasse, le rire d'Eliza s'égrena jusqu'à lui. Un frisson lui parcourut l'échine.

Tous ces intrigants pouvaient bien essayer de lire au fond de son cœur. Une chose était sûre : Lady Mary ne s'y trouvait pas.

Une fois dans le parc, la pauvrette se mit à trembler si violemment qu'il en fut gêné pour elle. Il décida de la ramener à l'intérieur.

— Nous nous promènerons une autre fois, Lady Mary. La fraîcheur de l'air nocturne semble vous incommoder.

Elle paraissait incapable de le regarder en face.

— Vous êtes trop aimable, Votre Altesse, souffla-t-elle, si bas qu'il dut se pencher pour l'entendre.

Dès qu'ils furent dans le hall, la petite souris, doutant à juste titre d'avoir été à la hauteur, fila rejoindre un gentleman qu'il supposa être son père. Elle allait sans doute subir un interrogatoire en règle pour savoir ce qu'ils s'étaient dit et comment elle avait réagi.

Pour sa part, il prierait Caius de rayer son nom de la liste. L'idée d'une épouse tremblant de tous ses membres chaque fois qu'il s'approcherait d'elle l'insupportait.

À peine eut-il le temps de redresser un peu ses insignes, tout en scrutant les alentours en quête d'Eliza, qu'on l'aborda une fois de plus. *Tiens, tiens…* La fougueuse Mrs Forsythe faisait partie du groupe. Elle se rapprocha discrètement de lui, la mine indéchiffrable.

— Votre Altesse, le salua-t-elle avec une révérence. Vous paraissez en excellente forme, ajouta-t-elle avec le sourire sensuel dont elle avait le secret.

En toute autre circonstance, il se serait fait un plaisir de répondre à son badinage. Mais il se trouve qu'il avait eu vent de cette histoire de gant… De ce fait, la belle lui inspirait encore moins confiance qu'avant.

— Merci, milady, se contenta-t-il de répondre.

D'après Botley-Finch, l'enquête autour de la mort de Matous avait permis d'innocenter Mrs Forsythe quant à l'assassinat. En revanche, on avait mis au jour ses petites activités d'espionnage pour le compte de Lord Montpassen, un ferme opposant au traité commercial. À en croire l'attaché, le soir du bal masqué, Mrs Forsythe devait laisser choir un gant pour indiquer qu'elle se trouvait avec le prince derrière des portes closes, afin qu'un complice posté dans la chambre attenante puisse écouter chaque mot concernant les négociations en cours, la Weslorie ou tout autre secret d'État qui pourrait échapper au prince dans le feu de leurs ébats.

Sebastian n'avait pas caché à Botley-Finch son mépris face à ce plan ridicule.

— Il n'est pas dans mes habitudes de parler affaires au lit, avait-il commenté avec dédain.

— Vous savez, Votre Altesse, personne n'a jamais accusé Montpassen d'intelligence… On ne lui connaît qu'un penchant pour l'accumulation de richesses.

Le sourire de Mrs Forsythe se fit plus charmeur, et elle parvint à effleurer le bras de Sebastian.

— Avez-vous eu l'occasion d'admirer le labyrinthe, Votre Altesse ? C'est un ouvrage remarquable.

— Je l'ai vu, oui. Avez-vous retrouvé le gant que vous aviez perdu, milady ?

Elle parut un peu décontenancée, et ses joues s'empourprèrent légèrement. Mais la rouée ne manquait pas de pratique : elle recouvra bien vite son aplomb.

— Mais oui, merci ! Quelle mémoire, Votre Altesse !

Une voix les interrompit.

— Veuillez m'excuser, Mrs Forsythe. On vous réclame près de l'entrée.

Ce cher Caius, venu à sa rescousse ! La fleur vénéneuse chercha à croiser une dernière fois son regard, mais il ne lui accorda pas ce plaisir. Il n'avait rien à lui dire. Chacun avait utilisé l'autre à ses propres fins. Inutile de faire comme s'il existait quoi que ce soit d'autre entre eux.

— Bonsoir, finit-elle par dire d'une voix incertaine.

Caius entraîna Sebastian vers d'autres convives, lui rappela des rencontres qu'il avait déjà faites. Du coin de l'œil, il vit son frère qui s'esclaffait au centre d'un cercle d'admiratrices. Ce petit chanceux s'amusait comme un fou… Le protocole, les présentations avec les personnages influents, la succession de jeunes femmes dont il fallait évaluer le potentiel de figure royale et d'épouse à supporter jusqu'à la fin de ses jours, tout cela était complètement étranger à Leopold.

L'un de ses gardes aluciens plaça un verre de vin entre ses mains. Autrement dit, il pouvait le boire en toute sécurité. Sebastian le vida d'un trait. Si seulement ce breuvage pouvait tromper l'ennui profond que lui inspiraient les subtilités du commerce, ou les platitudes convenues d'oiselles qu'il ne reverrait jamais ! Un gentleman d'un certain âge, qui avait réussi à s'immiscer auprès de lui, s'épanchait à présent sur le minerai de fer.

Sebastian laissa ses pensées dériver vers une réception qu'il avait organisée au palais quand il était encore très jeune. Tous ses amis étaient venus, y compris quelques filles de courtisans avec lesquelles il avait grandi. À l'époque, la gaudriole occupait plus de place dans leur tête que leur cervelle. Attifés de robes, ses joyeux compères avaient valsé entre eux pour amuser leurs jeunes amies, qui en avaient ri aux larmes.

Tels avaient été le charme et l'insouciance de sa jeunesse… Il avait encore des amis sincères, alors. Il se fiait encore à son entourage. Mais ensuite, les rumeurs de rébellion avaient commencé à circuler…

Où est passée Eliza ?

— Vous voyez donc, Votre Altesse, l'intérêt de mes

découvertes en matière d'extraction du minerai de fer pour vous et votre royaume.

— Absolument, mentit-il.

Pouvait-il envisager de renouveler l'expérience de cette lointaine soirée ? Après tout, pourquoi pas ? Il pourrait rassembler quelques-uns de ses vieux amis à son retour à Helenamar. Voilà des années qu'il n'avait pas revu certains d'entre eux. Avec un peu de chance, ils n'auraient pas tous succombé à l'effroyable obséquiosité qui s'était emparée de Caius.

— Le procédé est infiniment…

— Pardonnez-moi, Lord Dalton.

Allons, il n'est pas si mauvais bougre… Caius, une fois de plus, venait de voler à son secours pour lui épargner la fin de la phrase de l'assommant vieillard.

— Je dois vous dérober l'attention du prince, ajouta le ministre sur un ton d'excuse.

— Oh ! Mais certainement, dit Lord Dalton. Nous reprendrons notre conversation un peu plus tard, s'il plaît à Votre Altesse.

Pitié…

— Bien entendu, répondit-il avec un pâle sourire avant de se tourner vers son sauveur.

Le ministre était accompagné de son épouse. Elle lui sourit avec entrain.

— Prévoyez-vous de danser, Votre Altesse ? Désirez-vous que je jette un coup d'œil discret pour vous sur quelques carnets de bal ?

Les musiciens commençaient à s'échauffer. Ils jouaient une valse, apparemment.

— *Je*, Sarafina, excellente idée, approuva son mari. Allez quérir Lady…

— Inutile, le coupa Sebastian.

Il inspecta fébrilement la foule, sans succès. Elle restait introuvable. Avait-elle quitté la salle de bal ? Enfin, ses yeux se posèrent sur le visage tant espéré. Eliza se trouvait en compagnie d'une autre femme.

— Là-bas, indiqua-t-il en la désignant d'un signe de tête. La dame à la toilette dorée.

Caius plissa les yeux et finit par la repérer.

— Je regrette, Votre Altesse, mais je ne connais pas cette personne.

Précisément.

— Aucune importance, Caius. Moi, je la connais.

Il s'éloigna sans laisser à son ministre le temps d'envoyer sa femme lui chercher une cavalière plus convenable.

À mesure qu'il traversait la salle, tous les convives s'écartaient en s'inclinant ou en faisant la révérence. Il avait l'impression d'être Moïse fendant les flots de la mer Rouge.

Eliza parlait avec beaucoup d'animation. Elle ne s'aperçut de sa présence que lorsqu'il fut tout près d'elle. Ou plutôt, c'est son interlocutrice qui, le voyant arriver, prit une expression médusée et s'abîma dans une profonde révérence.

Eliza riait encore lorsqu'elle se retourna. Elle se figea. Ses yeux se mirent à pétiller et, à son tour, elle le gratifia d'une révérence aussi maladroite qu'appuyée.

— Votre Altesse Royale ! s'exclama-t-elle avec un plaisir visible.

Il ne répondit pas tout de suite. Il en était incapable. Elle était tout simplement époustouflante. Il avait coutume de la voir dans ses vêtements de tous les jours, avec ses cheveux coiffés à la diable. Et il la trouvait belle ainsi. Mais ce soir, la femme qui se tenait devant lui avait l'allure d'une princesse. C'était en son honneur qu'aurait dû se tenir le bal.

Le bustier de sa robe, en soie dorée rehaussée de perles, épousait étroitement ses formes. Elle portait une coiffe de la même étoffe diaphane que celle qui recouvrait sa jupe, entrelacée de fils d'argent qui scintillaient à la lumière des candélabres. Ses boucles frémissaient sur ses tempes à chaque éclat de rire. Elle était élégante, ravissante. Elle rayonnait. S'il n'avait pas su qui elle était, il l'aurait prise pour une personne de très haut rang. Comment se faisait-il qu'elle ne soit pas entourée d'un parterre de soupirants ? Tous les hommes à marier de cette salle auraient dû chercher à l'approcher. Décidément, drôles de sires que ces Anglais...

L'amie d'Eliza, les genoux toujours ployés, le dévorait des yeux, incrédule.

— Vous pouvez vous relever, je pense, commenta Eliza.

— Pardonnez-moi, milady, je manque à tous mes devoirs, dit-il précipitamment en aidant la dame à se relever. *Allons, mon ami, reprends-toi.* Bonsoir, Miss Tricklebank, ajouta-t-il en s'inclinant devant Eliza.

— Bonsoir, répondit-elle avec un clin d'œil taquin. Puis-je vous présenter Mrs Keller ?

Interdite, la compagne d'Eliza continua à le dévisager sans faire le moindre geste. Sebastian la gratifia d'un signe de tête poli. N'allait-elle pas finir par déguerpir ? D'ailleurs, qu'ils disparaissent, tous ! Le carnet de bal d'Eliza, accroché à son poignet, capta son regard. Il la contempla un instant. Elle ondulait imperceptiblement au rythme de la musique. Il se sentit soudain maladroit, comme s'il avait perdu depuis longtemps l'habitude de séduire.

— Me ferez-vous l'honneur de cette danse, Miss Tricklebank ?

Avec un sourire, elle se pencha lentement pour regarder derrière lui, puis s'approcha et baissa la voix.

— Êtes-vous vraiment sûr de vouloir prendre ce risque ? demanda-t-elle.

— Absolument, répondit-il sur le même ton.

— Dans ce cas, j'en serais enchantée.

Elle lui tendit une main, tout sourire. Son pouls s'accéléra. Quelque chose en lui se rompit – comme une brèche dans sa cuirasse.

Il lui offrit son bras.

— Si vous voulez bien nous excuser, Mrs Keller, dit-elle à son amie.

Et, la tête haute, elle le laissa l'entraîner vers la piste de danse.

Une fois en place, Sebastian s'inclina. Elle répondit d'une révérence tout juste passable, après quoi elle glissa une main entre ses doigts et posa l'autre main sur son épaule.

— Je vous aurai prévenu, dit-elle d'une voix amusée avant que s'élèvent les premières notes. Si vos orteils souffrent, vous ne pourrez vous en prendre qu'à vous-même.

Il posa une main dans son dos.

— C'est vrai, j'oubliais : la danse ne fait pas partie de vos talents.

Il ne put retenir un sourire attendri.

Elle haussa ses sourcils d'or sombre.

— Tiens donc, la mémoire vous revient…

Il entama la danse.

— Certains souvenirs sont plus précis que d'autres, murmura-t-il en baissant les yeux vers sa bouche. Il est des choses qui ne s'oublient pas.

Elle entrouvrit les lèvres.

Il la fit tourbillonner vers la droite.

— Ma sœur m'affirme que je valse à peu près convenablement, dit-elle. Pour les danses aluciennes, en revanche, il me faudrait toute une vie d'apprentissage.

Il ne demandait qu'à devenir son professeur…

— Vous dansez très bien, Eliza.

Elle le remercia d'un sourire.

— Quel dommage que vous ne puissiez en répondre devant mon ancien professeur de danse ! Hélas, il n'est plus de ce monde. Sans doute tué par ses propres exigences.

Sebastian éclata de rire et la fit virevolter. Il brûlait de l'embrasser. De se perdre dans son regard. De la sentir tout contre lui.

— Vous a-t-on dit combien vous êtes éblouissante, ce soir ? souffla-t-il sans réfléchir.

Il vit ses yeux briller de plaisir et d'étonnement mêlé.

— Vous êtes trop aimable, Mr Chartier. Il se trouve que Mr Robinson m'a complimentée, oui. C'est un vieil ami de la famille, et sa vue est à peu près aussi bonne que celle de mon père.

Elle se pencha un peu vers lui tandis qu'ils évoluaient sur la piste.

— Trêve de bavardages, je n'y tiens plus. L'avez-vous vu ?

— Qui donc ? Mr Robinson ?

— Mais non, voyons !

Elle jeta un coup d'œil rapide autour d'elle, puis articula un nom : *Mr Heath*.

Le banquier ! Il l'avait complètement oublié. Comme tout le reste, d'ailleurs. La beauté d'Eliza avait tout éclipsé.

— Je ne… Non. Est-il ici ?

— Mais oui ! C'est l'occasion rêvée ! Je vais vous le désigner, si vous voulez.

Elle se mit à le chercher des yeux dans la foule.

Lui ne la quittait pas du regard.

— Eliza, vous êtes…

Elle tourna de nouveau les yeux vers lui.

Il déglutit avec peine, lui fit faire une nouvelle virevolte. Il avait du mal à parler, tout à coup.

— *Belius*, acheva-t-il d'une voix rauque.

— Seigneur, vous m'en direz tant, s'amusa-t-elle.

Pourquoi se montrait-il si fruste ? C'était bien la peine d'avoir passé tant d'années à parfaire son raffinement… Il avait l'impression d'avoir tout perdu.

— Ce que j'essaie de vous dire, fort mal, j'en conviens, c'est que vous êtes belle. C'est la traduction la plus proche.

Ce terme signifiait bien davantage, en réalité. *Belius* désignait une beauté transcendante. Ce mot parlait davantage de l'âme que de la seule perfection physique.

— Oh…, souffla-t-elle en s'empourprant légèrement. Vous m'accablez de compliments, Mr Chartier. Je ne sais qu'en faire.

Lui non plus ne savait qu'en faire. Tout ce qu'il savait, c'est qu'elle l'enchantait.

— Vous aussi, *Votre Altesse*, vous resplendissez, ce soir, avec vos insignes et vos décorations.

Elle baissa les yeux sur la broche qui fermait sa cravate. Le bijou était incrusté d'une obsidienne, sans doute issue des mines aluciennes.

— Que symbolise cette broche ?

— C'est une médaille de bravoure.

— Vraiment ! Êtes-vous donc un brave ?

— Je m'y suis efforcé, à l'occasion. Cette distinction m'a été remise à l'issue de la guerre de quatre ans contre la Weslorie.

Elle le dévisagea, stupéfiée.

— Vous avez combattu ?

— Servir dans l'armée fait partie des obligations des fils de roi.

La guerre était une abomination. Pourtant, en toute franchise, ses années de service comptaient parmi les plus heureuses de son existence. Il y avait découvert de quelle étoffe il était fait. Une fois débarrassé des attributs de son rang, il avait enfin pu rencontrer l'homme qu'il était vraiment.

— Décidément, vous ne cessez de me surprendre, commenta-t-elle sur un ton enjoué.

Elle le regardait différemment, à présent. Son sourire était empreint d'une considération nouvelle. Ce sourire-là le toucha au cœur. Il se sentait invincible, tout à coup.

— Et moi qui vous prenais pour un malotru sans nuances, ajouta-t-elle.

Il s'esclaffa et la fit tourbillonner de plus belle. Quelle danse ! Voilà une éternité qu'il n'avait pas apprécié un bal à ce point. Hélas, comme tous les instants lumineux de son existence, celui-ci allait devoir prendre fin. La valse arrivait à son terme.

Il dut se faire violence pour lâcher la main d'Eliza. Si seulement il avait pu la garder à son bras et partir avec elle… Marcher à ses côtés, loin du trône, loin de la mort tragique de Matous, loin de Londres et de Helenamar… Elle et lui, seuls au monde.

— Croyez-vous qu'il serait déplacé de danser encore ensemble ? murmura-t-il tandis qu'ils suivaient le mouvement et quittaient la piste. À la prochaine série de danses aluciennes, peut-être ?

— Mieux vaudrait nous abstenir, si vous tenez à vos pieds. Mais merci pour cette valse. Je me suis follement amusée. Et on ne va parler que de moi dans la salle de repos de ces dames.

— Dans la gazette aussi, j'imagine.

— Évidemment. C'est moi qui rédigerai l'article !

Elle sourit et inclina la tête.

— Il est juste derrière vous, souffla-t-elle. Corpulent, avec une moustache grise si fournie qu'on redouterait presque de savoir ce qui s'y cache.

— Pardon ?

— Mr Heath, murmura-t-elle. Vous souhaitiez vous entretenir avec lui... L'auriez-vous oublié ?

— À vrai dire, oui.

Il avait oublié tout ce qui n'avait pas trait à elle.

— Merci de ce rappel, dit-il avant de s'incliner.

Avec un sourire espiègle, elle s'éloigna d'un pas allègre.

Quand elle eut disparu, il se retourna, bien décidé à aller trouver Mr Heath. Il s'aperçut alors que de nombreux regards étaient fixés sur lui. Combien de convives venaient de constater sa réticence à laisser partir Eliza ? Combien en avaient tiré leurs conclusions quant aux sentiments qui l'animaient ?

Il avisa Caius qui fendait la foule vers lui. L'armée de jeunes ladies qui, le sourire aux lèvres, espéraient chacune être sa cavalière pour la prochaine danse. L'énorme gentleman à la moustache inquiétante prenait lentement la direction de la sortie. Saisi d'une impulsion, Sebastian lui emboîta le pas. Il prit soin de distribuer des signes de tête polis aux invités qui croisaient son regard, mais louvoya habilement pour échapper à ceux qui faisaient mine de l'intercepter.

Mr Heath s'était arrêté devant l'une des tables poussées sur le côté de la salle, où trônaient deux immenses coupes remplies de punch. Le banquier s'employait à remplir un verre quand Sebastian le rejoignit. Aussitôt, sorti de nulle part, un valet se matérialisa à côté de lui.

— Puis-je vous servir, Votre Altesse ? s'enquit-il en désignant le punch.

La question du domestique surprit le banquier, qui se tourna vivement vers Sebastian.

— Bonsoir.

— Oh ! Bonsoir, Votre Altesse royale, balbutia le gros homme.

Il s'inclina. Il avait l'air pressé de partir.

Sebastian n'eut pas besoin de se retourner pour savoir que Caius arrivait à grands pas.

— Votre visage ne m'est pas inconnu, dit-il au banquier tout en acceptant d'un signe de tête la proposition du serveur.

— Vraiment, Votre Altesse ? répondit Mr Heath, visiblement pris de court. Pardonnez-moi, mais je ne vois pas comment cela serait possible. Je n'ai pas eu l'honneur de vous être présenté.

— C'est exact, reconnut Sebastian en prenant le verre que lui tendait le domestique. Mais vous connaissiez mon secrétaire, si je ne m'abuse.

Les joues rubicondes de l'homme devinrent livides.

— Je me rappelle vous avoir vus bavarder ensemble au bal masqué, continua Sebastian d'une voix neutre.

Il but une gorgée.

— Excellent punch, vous ne trouvez pas ?

Ses gardes devaient être au bord de l'apoplexie en le voyant siroter une coupe qui n'avait pas été goûtée au préalable.

— Je... Euh... En effet, il est délicieux.

Mr Heath paraissait très mal à l'aise. Sebastian vit Caius entrer dans son champ de vision.

— Dites-moi, Mr... Heath, c'est bien cela ? J'aimerais savoir une chose. Que vous voulait Mr Reyno ?

Le banquier pâlit encore davantage, si toutefois c'était possible.

— J'ai déjà raconté tout ce que je savais aux autorités, Votre Altesse…

— Mais à moi, vous n'avez encore rien dit, fit observer Sebastian.

Il secoua négativement la tête à l'intention de Caius. Son ministre hésita. Un instant seulement.

— Auriez-vous l'obligeance de m'accompagner dans le hall ? ajouta-t-il aimablement. Je ne vous retiendrai pas longtemps.

— Mais je… suis certain que je ne pourrai rien vous apprendre.

— J'en jugerai par moi-même, si vous le permettez, lâcha-t-il avec un sourire froid.

L'expression calculatrice dans les yeux du banquier ne lui échappa point. L'homme hésitait sur la conduite à tenir. Qu'à cela ne tienne : il allait l'aider à se décider. Il le prit par le coude et l'entraîna vers la porte, sans laisser à Caius le temps de les rejoindre.

— Alors, mon cher ami, de quoi Mr Reyno vous a-t-il donc entretenu ? s'enquit Sebastian quand ils pénétrèrent dans le hall.

— Oh ! vous savez, nous nous sommes à peine croisés, expliqua Mr Heath avec un soupçon de fébrilité. Je l'ai salué, nous avons parlé de la pluie et du beau temps. C'est tout.

Sebastian jeta un coup d'œil par-dessus son épaule.

— Vous lui avez parlé non pas une, mais trois fois. Mon secrétaire aimait évoquer la couleur du ciel comme tout un chacun, je n'en doute pas, mais… à trois reprises au cours de la même soirée ?

Les moustaches du gros homme frémirent.

— Je ne veux pas d'ennuis, murmura-t-il. Je ne connaissais pas Mr Reyno avant ce bal et je ne lui voulais aucun mal. Il faut me croire, Votre Altesse.

— Dans ce cas, je vous en prie, dites-moi ce que je veux savoir. Mon unique but est de découvrir qui a commis cet horrible crime.

Mr Heath tourna les yeux vers l'autre extrémité du vaste hall. D'un signe du menton, il pria Sebastian de le suivre. Tous deux traversèrent l'entrée à vive allure et s'engouffrèrent dans un long couloir sombre. Une fois qu'ils furent seuls, son guide lança un regard en arrière, puis se mit à parler d'une voix précipitée.

— Votre secrétaire voulait savoir si un certain banquier français du nom d'Adolphe d'Eichtal m'avait contacté. Il était question d'une dette, m'a-t-il dit. Quelqu'un souhaitait rembourser une somme assez substantielle, et prévoyait de transférer celle-ci en France.

— Par l'intermédiaire de la Banque d'Angleterre ?

— C'est ce que j'ai compris.

Cela n'avait aucun sens. Pourquoi Matous aurait voulu faire une chose pareille ?

— Y avait-il un rapport avec nos négociations ? demanda Sebastian.

Mais non, impossible. Matous était son homme de confiance. Jamais il n'aurait évoqué les pourparlers en cours en présence d'un inconnu.

— Hélas, je ne saurais dire, répondit Heath. J'ignore même l'identité de la personne qui était en possession de cet argent.

— Et ce d'Eichtal, le connaissez-vous ?

— Nous nous sommes déjà rencontrés, oui, à l'occasion de diverses tractations internationales. Mais je ne sais rien de cette affaire. Comme je l'ai expliqué à Mr Reyno, je n'ai pas eu de nouvelles récentes de M. d'Eichtal, et je n'en attendais pas. Il aurait été fort inhabituel de sa part de me contacter personnellement pour un transfert de fonds. Ce sont les agents et les employés qui s'occupent des transactions, et non les directeurs de banque.

Sebastian posa son verre sur une console et mit les mains sur les hanches.

— Vous avez revu mon secrétaire à plusieurs reprises au cours du bal, insista-t-il.

— Il m'a posé la même question sous différents angles, Votre Altesse. J'ai fini par lui expliquer qu'un transfert entre deux banques, même important, était toujours possible, mais que je n'avais pas entendu parler d'une opération de ce genre récemment.

— Pourquoi avoir tant hésité à me dire tout cela ? l'interrogea Sebastian, intrigué. Pourquoi avoir prétendu que vous aviez échangé de simples banalités ?

Mr Heath baissa les yeux.

Sebastian fit un pas vers lui.

— Qu'avez-vous dit aux enquêteurs ?

— La même chose qu'à vous. Que nous avions parlé du climat londonien.

— Que signifient ces cachotteries, Mr Heath ? insista Sebastian.

— Pour tout vous dire, l'affaire dont Mr Reyno est venu m'entretenir ne me paraissait pas très nette. Voire franchement louche. Apparemment, mon intuition ne m'a pas trompé.

En effet… Restait à savoir qui voulait transférer cette forte somme d'argent en France via l'Angleterre. Et pourquoi Matous, entre tous, avait eu vent de ce projet.

— Mr Reyno vous a-t-il précisé pour qui il était venu vous trouver ? Ou…

Il dut faire un effort sur lui-même pour achever sa question.

— Ou parlait-il en son propre nom ?

L'homme secoua sa grosse tête.

— Je l'ignore, parole d'honneur. Il ne m'a pas donné de nom, mais rien dans ses propos ne permettait de croire qu'il agissait pour lui-même, non plus. Cela dit, j'ai l'intime conviction qu'il se renseignait pour le compte d'un sujet alucien, et non pour un Anglais.

— Qu'est-ce qui vous incite à le croire ?

Heath détourna les yeux un instant.

— Je ne saurais le dire, au juste, mais c'est l'impression que m'a laissée notre conversation. L'affaire concernait un Alucien, j'en suis persuadé. Votre secrétaire semblait très perturbé.

Perturbé...

— Je vous ai dit tout ce que je savais, Votre Altesse. Je n'ai plus reparlé à un Alucien depuis ce soir-là.

Sebastian ne répondit pas. Il s'efforçait d'assimiler ce qu'il venait d'apprendre.

— Puis-je me retirer, maintenant ?

— Bien sûr. Merci, Mr Heath. C'est fort aimable à vous d'avoir satisfait ma curiosité.

Il fit un pas de côté pour laisser passer l'imposant personnage, qui s'éloigna à pas pressés sans demander son reste.

Sebastian s'attarda un peu dans le couloir pour réfléchir, un bras appuyé contre le mur. Rostafan avait reçu une importante somme d'argent. Avait-il emporté son pactole en Angleterre ? Pour quelle raison, si tel était le cas ? Pourquoi ne pas avoir choisi la banque d'Alucie ? Et en quoi cela concernait-il Matous ?

— Ah, te voilà ! Tes gardes te cherchent partout. Ils sont dans tous leurs états.

Sebastian tourna les yeux vers son frère. Leopold lui souriait, un verre à la main.

— Viens-t'en donc, vieux bonhomme, la danse et le vin t'attendent, ajouta le freluquet en passant un bras autour de ses épaules pour l'entraîner vers le hall.

Sebastian le laissa faire. Il avait l'esprit trop embrouillé. Mieux valait réfléchir à tout cela à tête reposée.

De retour dans la salle de bal, il fallut rencontrer de nouvelles prétendantes, refaire dix fois le tour du parc. Il fallut danser et sacrifier aux bavardages ineptes sur les splendeurs de l'Alucie et l'impatience de revoir les beaux jours. Inlassablement.

Interminablement.

Chapitre 17

Quelle meilleure occasion de danser que la célébration d'anniversaire d'une jeune lady ? Deux princes, en particulier, semblent avoir partagé cette opinion : ils n'ont pas quitté la piste, faisant virevolter toutes les prétendantes au titre de future souveraine. Mais qui était la beauté toute d'or vêtue au bustier orné de perles, qui semble avoir subjugué l'un de ces deux illustres convives ?

Miladies, si vous désirez un autre enfant, saupoudrez généreusement vos plats de safran.

Honeycutt's,
gazette mode et maison pour ladies

Voilà qu'elle avait récidivé ! Elle avait bu trop de punch. *Bah !* Après tout, qui lui jetterait la pierre ? Elle avait bien le droit de jouir un peu des festivités, pour une fois. D'ordinaire, on ne l'invitait jamais à ce genre d'événement. Elle n'était jamais aussi éblouissante, non plus. Même si le corset dans lequel elle avait dû se sangler pour pouvoir enfiler la robe de Caroline, remise au goût du jour, lui coupait la circulation dans tout le haut du corps.

Était-ce une conséquence du manque d'air ou un effet

du savoureux breuvage ? Toujours est-il qu'Eliza se sentait sur un petit nuage. Elle ne faisait pas partie des reines du bal, mais c'était tout comme. La danse en compagnie de Sebastian lui avait donné des ailes. Elle souriait à tous les invités qu'elle croisait. Elle s'arrêtait pour rire à une plaisanterie qui ne lui était pas destinée. Lorsque Caroline la présenta à Miss Whitbread, Eliza la gratifia d'un sourire extatique et la félicita avec effusion pour son anniversaire.

Quelle délicieuse jeune personne que cette Miss Whitbread, avec sa robe blanche et lavande ornée d'une traîne qui semblait flotter derrière elle à chaque mouvement ! À en juger par son sourire épanoui et ses yeux brillants, elle était aux anges. À juste titre, du reste : belle, bien plus jeune qu'Eliza, elle avait devant elle toute une vie de privilèges et de confort.

Eliza éprouva un pincement au cœur. De jalousie ? Pas le moins du monde ! C'était ce maudit corset ! De quoi aurait-elle été jalouse ? Sa vie lui convenait parfaitement. Sans compter qu'il ne servait à rien de soupirer après des chimères, elle l'avait appris depuis bien longtemps.

C'est alors que ses yeux se posèrent sur un visage de triste mémoire. Asher. Il était là, en chair et en os ! Voilà dix ans qu'elle ne l'avait pas revu. Toujours aussi mince, toujours aussi énergique, malgré des tempes légèrement grisonnantes. Et, à son bras, sa splendide épouse, qui se préparait visiblement à lui donner un nouvel enfant. Le quatrième !

La jalousie n'était peut-être pas si loin, tout compte fait. Quel bonheur, sans doute, de se savoir destinée à un beau mariage, avec tous les agréments que promettait une union avantageuse – notamment des enfants heureux et en bonne santé… Et quel sort cruel on lui avait réservé, à elle, en lui mentant sur des sujets aussi fondamentaux…

Eliza tourna les talons et s'éloigna. Inutile de croiser ce couple exemplaire. Pour rappeler à chacun son humiliation passée ? Sans façon, merci bien.

D'ailleurs, pas question de s'attarder sur ce triste sujet. Elle refusait de songer à ce scélérat, au tort qu'il lui avait infligé, au fait qu'il n'avait jamais exprimé le moindre regret. Elle avait surmonté sa souffrance depuis longtemps. L'heure était aux réjouissances. Ce soir, elle avait envie de s'amuser. Il n'était rien qu'elle puisse faire pour améliorer son lot dans l'existence. Autant reprendre un verre de punch et célébrer l'anniversaire de Miss Whitbread.

Tout en évitant consciencieusement Asher, elle dansa entre les bras de parfaits inconnus et badina avec une timidité feinte. La soirée lui appartenait. Et puis elle comprit que l'agitation, à l'autre bout de la salle de bal, était due à l'exécution d'un quadrille par le prince héritier d'Alucie.

Il dansait avec Lady Katherine Maugham. La paonne. La femme qui, d'après Caroline, allait remporter la main de Sebastian. Eliza imaginait sans peine son triomphe quand il l'avait invitée pour cette danse.

Cette seule idée suffit à la faire basculer dans le désespoir. La vue du bonheur indécent d'Asher et de sa femme ne suffisait donc pas ? Il fallait encore regarder Sebastian courtiser la femme qu'il allait épouser ?

C'est cette perspective qui, plus que tout le reste, la dégrisa. Elle ne parvenait plus à détacher son regard de Sebastian. Elle se hissait sur la pointe des pieds pour l'apercevoir par-dessus les épaules des gentlemen ou derrière les robes des ladies qui se succédaient entre ses bras.

Toute gaieté l'abandonna. Ce bal était un véritable défilé de prétendantes. Malgré tout, de temps en temps, elle croyait – ou s'imaginait – le voir la chercher des yeux.

Et chaque fois que leurs regards se croisaient, elle croyait – ou s'imaginait – le voir sourire discrètement.

Quant à elle, elle éprouvait régulièrement le besoin d'aller remplir sa coupe de punch.

Elle n'était pas idiote, pourtant : elle comprenait sans la moindre équivoque qu'il manifeste son respect à toutes ces femmes. Après tout, il allait devenir roi ! Il devait se marier, engendrer des héritiers pour son royaume. Et il ferait son choix parmi toutes ces ladies bien nées, dont l'éducation irréprochable et la situation mondaine les rendaient éligibles au statut de future reine.

La paonne trouverait-elle de l'agrément à son union avec Sebastian ? Jouirait-elle d'une demeure grandiose ? Sans doute. La famille royale d'Alucie devait vivre dans un palais comparable à celui de Buckingham. Porterait-elle une couronne ? En existait-il une pour l'usage quotidien et d'autres plus élaborées pour les occasions officielles ? Il faudrait penser à poser la question à Hollis. Sa sœur saurait.

L'heureuse élue verrait-elle son mari quotidiennement ? Prendrait-elle le thé avec lui ? S'assiérait-elle tranquillement devant ses pendules – ou ses travaux d'aiguille, plus probablement, car Eliza ne connaissait personne d'autre qu'elle pour s'intéresser à l'horlogerie – pendant que son époux lirait des documents importants et lui ferait part de ses commentaires ? Participeraient-ils ensemble à des parties de chasse ou de croquet, à des réceptions ou des dîners chez les membres du Parlement ?

À présent, Sebastian dansait un quadrille écossais avec une ravissante lady aux cheveux dorés.

Allons, il lui avait accordé le privilège de sa première danse. De quoi se plaindrait-elle ?

Quelle surprise, tout de même, qu'il l'ait invitée à danser ! Elle peinait encore à croire qu'il soit venu la chercher, elle, alors qu'il avait tant de femmes à courtiser. À cet instant, elle s'était sentie comme une reine parée des plus beaux atours. Et quelle apothéose quand il l'avait conduite vers le parquet ! Tous les regards s'étaient braqués sur elle – et cette attention ne lui avait pas déplu, il fallait bien l'admettre.

Pourvu, pourvu qu'Asher et sa femme l'aient vue !

Avec un petit sourire satisfait, elle se dirigea une fois de plus vers la table où trônaient les coupes remplies de punch. Une femme l'y avait devancée. À gestes précautionneux, elle s'employait à remplir son verre à l'aide d'une louche.

— C'est du punch, annonça Eliza.

Sa précision lui valut un rapide sourire.

— Il y en avait au bal masqué royal, également, crut bon d'ajouter Eliza.

La femme leva les yeux et regarda autour d'elle, comme si elle pensait qu'Eliza s'adressait à quelqu'un d'autre. Ne voyant personne d'autre près de la table, elle lui jeta un regard en coin, mal à l'aise.

— J'étais à Kensington, expliqua fièrement Eliza. Quel bal spectaculaire ! Les masques étaient à couper le souffle. Et je n'avais jamais bu meilleur punch. J'ai entendu dire qu'il s'agissait de celui de la reine en personne…

— Eliza ! Je t'ai cherchée toute la soirée !

Elle tourna la tête.

— À d'autres ! ironisa-t-elle.

Habituellement, Caroline profitait de ce genre de réception pour accepter les attentions de tous les gentlemen qu'elle n'envisagerait jamais d'épouser.

Son amie sourit à l'inconnue qui se trouvait derrière elle.

— Excusez-moi, milady, puis-je vous emprunter Miss Tricklebank ? s'enquit-elle aimablement.

— N'hésitez surtout pas, répliqua la femme, trop heureuse de fuir avec son verre.

Caroline éloigna Eliza de la table.

— Quelle grossièreté, Caroline ! Cette lady aurait peut-être aimé avoir plus de détails sur le bal masqué.

— Absolument pas, crois-moi.

— Et puis, tu ne m'as pas laissé le temps de remplir mon verre.

— Tu t'en passeras très bien, Eliza. Tu es rouge comme une pivoine. Écoute, j'ai besoin de ton aide, ajouta-t-elle, la mine soudain sérieuse. Le prince Leopold est dans la salle de jeu.

Eliza la dévisagea en attendant de plus amples explications. Caroline haussa les sourcils, comme si l'évidence s'imposait.

— Euh… Est-ce vraiment grave ? demanda prudemment Eliza.

— Plutôt, oui ! Pendant ce temps-là, il ne danse pas ! Or, il ne m'a pas encore saluée. J'ai pourtant passé près d'un quart d'heure juste derrière lui !

— Incroyable, se moqua Eliza avec une sollicitude feinte.

Caroline la foudroya du regard.

— Tu n'es pas la seule à avoir des problèmes de prince, figure-toi.

— Je n'ai pas de « problème de prince », comme tu dis.

— Pourquoi feint-il de ne pas me reconnaître ? Je ne comprends pas !

— Il ne se souvient peut-être pas de toi, tout simplement.

Caroline poussa un soupir exaspéré et agita les doigts autour de son visage.

— Enfin, Eliza, comment aurait-il pu oublier mon visage ? Non, ajouta-t-elle avec un claquement de langue, je veux savoir ce qu'il manigance. Il faut que tu ailles t'asseoir à une table.

— Où ?

— Dans la salle de jeu, pardi !

— Moi ?

— Fais-le pour moi, Eliza ! Crois-tu qu'il va passer le reste de la soirée à jouer ?

— Mais enfin, Caroline, comment pourrais-je le savoir ?

— En allant t'asseoir à une table ! Tu n'as qu'à entrer dans la salle de jeu et… Qu'est-ce qui te fait rire ?

— Voyons, Caroline, tu n'y penses pas ! Je suis lamentable au jeu, et je n'ai pas un sou en poche.

— Aucune importance, affirma Caroline en la faisant pivoter, puis en la poussant vers la porte. Va seulement jouer une ou deux mains et reviens me dire ce qu'il fabrique. Tu auras ma reconnaissance éternelle.

Eliza tenta d'échapper à son amie, qui voulait la faire entrer de force dans la salle de jeu, mais elle se ravisa aussitôt. Asher marchait dans sa direction. Ce n'était qu'une question de secondes avant qu'il l'aperçoive. Ils se retrouveraient bientôt nez à nez. Pas question. Elle n'allait tout de même pas le saluer comme une vieille connaissance ! Elle fit volte-face.

— Entendu, capitula-t-elle. Reste que ma bourse est vide. Si je perds une main et qu'on me demande des comptes, tu prendras ma place pour le duel.

— Ne perds pas, rétorqua Caroline. Tiens, qui voilà, marmonna-t-elle en regardant derrière Eliza. Daughton-Cress l'infâme.

— Oui, je l'ai aperçu. Retiens-moi de faire une bêtise que je pourrais regretter, et trouve-moi une autre sortie. J'irai espionner ton prince.

— N'exagérons rien, maugréa Caroline en prenant

le bras d'Eliza. Ce n'est pas de l'espionnage, c'est de la collecte d'informations.

Elle l'entraîna vers une autre porte.

La salle de jeu se situait de l'autre côté du couloir. Presque aussi vaste que la salle de bal, elle arborait d'immenses miroirs où se reflétait la lumière de quatre lustres aux dimensions impressionnantes. Il y faisait si clair qu'on se serait cru en plein jour, par un après-midi de printemps ensoleillé.

La pièce était bondée. Assis aux tables couvertes de nappes, des groupes d'hommes et de femmes s'adonnaient à des jeux de hasard. Pas un seul siège vacant… Eliza n'aurait pu se joindre à aucun cercle même si elle l'avait voulu.

Cela dit, elle n'en avait aucune envie. Elle ne cherchait qu'à éviter à tout prix une rencontre avec Asher.

Malgré tout, elle repéra immédiatement le prince Leopold. Il faut dire qu'elle avait eu tout le loisir de l'examiner le jour où il s'était tenu bouche bée dans son salon. Il partageait une table avec deux gentlemen et une séduisante Alucienne.

Une véritable beauté.

Voilà qui ne convenait pas du tout… À la façon dont cette dame souriait au prince, à en juger par les œillades qu'elle lui lançait, il existait un lien de séduction entre eux. Aurait-elle le courage de l'annoncer à Caroline ?

— Pardonnez-moi, milady.

La voix féminine, marquée d'un accent charmant, venait de derrière elle. Eliza se retourna. Une Alucienne aux grands yeux noisette lui souriait avec chaleur.

— *Bon notte.*

— Euh… Bonsoir.

L'inconnue inclina la tête de côté.

— Avons-nous été présentées, milady ? Votre visage ne m'est pas inconnu.

— Non, du moins pas que je m'en souvienne. Je m'appelle Eliza Tricklebank.

— Ah…, fit l'Alucienne avec un nouveau sourire. Non, en effet, je ne crois pas que nous nous soyons rencontrées. Je suis Lady Anastasan.

Elle paraissait s'attendre à ce qu'Eliza reconnaisse son nom. Mais celui-ci ne lui disait rien.

— Bonsoir, répéta-t-elle en souriant de plus belle.

Le visage de Lady Anastasan s'éclaira subitement.

— Je sais ! Je me rappelle où je vous ai vue. Vous avez dansé avec Son Altesse royale, le prince Sebastian ! La toute première danse, si je ne m'abuse.

Son regard brillait d'une lueur étrange qui démentait son expression affable.

— Ma foi, oui, c'était bien moi, balbutia Eliza. Le prince a eu l'extrême gentillesse de m'inviter.

— Vous ne croyez pas si bien dire ! Tout le monde rêve de danser avec lui. Comment avez-vous fait sa connaissance ?

Se pouvait-il que cette Lady Anastasan soit amoureuse de Sebastian ? Quoi qu'il en soit, l'Alucienne ne lui laissa pas le temps de répondre.

— Pardonnez mon indiscrétion, s'excusa-t-elle en se touchant le front d'un air contrit. Je voulais simplement dire qu'il y a tant de femmes qui désirent le rencontrer…

— J'ai fait la connaissance de Son Altesse au bal masqué de Kensington Palace, expliqua Eliza.

— Oh ! merveilleux ! N'avez-vous pas trouvé l'idée excellente ? Même s'il faisait effroyablement chaud sous le masque, au bout d'un moment.

— Je ne vous le fais pas dire ! acquiesça Eliza.

— C'est Lady Marlborough qui vous a invitée à le

rencontrer, je suppose ? s'enquit Lady Anastasan avec un sourire en coin. Sa rangée de prétendantes avait de quoi impressionner. Toutes les ladies anglaises semblent vouloir être présentées au prince.

Lady Anastasan n'était pas désagréable, mais que lui voulait-elle, au juste ? Ses propos se nuançaient d'un soupçon de dénigrement, léger mais perceptible, qui n'était guère à son goût.

— Il faut dire que nous-mêmes n'avons pas de prince à marier, comme vous le savez, fit-elle observer.

Sa remarque fit rire l'Alucienne.

— C'est exact ! Ravie d'avoir fait votre connaissance, Miss Tricklebank. Passez une bonne soirée.

— Merci…

Intriguée, Eliza regarda Lady Anastasan s'éloigner. Non, décidément, cette femme ne lui plaisait pas. En revanche, sa traîne ornée de broderies complexes forçait l'admiration. Des dizaines de couturières avaient dû y travailler pendant tout un mois. Captivée par tant de splendeur, elle continua à la suivre des yeux. L'Alucienne traversait la salle. Au moment où elle parvenait à hauteur d'une des tables, l'un de ses compatriotes, un homme à l'imposante carrure qui jouait aux cartes avec deux gentlemen anglais, émit un rire tonitruant. Lady Anastasan contourna la table. N'avait-elle pas effleuré furtivement le dos du colosse en passant ? Eliza ne rêvait pas : l'Alucienne venait de jeter un coup d'œil au géant par-dessus son épaule, avec un sourire et ce qui ressemblait fort à un clin d'œil. Puis elle poursuivit son chemin jusqu'au fond de la pièce, où plusieurs ladies s'étaient regroupées autour d'une autre table.

Ce gentleman devait être son mari. Quelque chose,

dans le regard qu'ils avaient échangé, dénotait une grande intimité.

Mais assez rêvassé : que faisait donc le prince Leopold ? Penché sur sa table, il avait les yeux plongés dans ceux de sa compagne de jeu. Pauvre Caroline ! Allons, inutile de s'attarder ici. Mais, une fois devant la porte, elle dut s'écarter pour laisser entrer un soudain afflux de convives. Puis des gentlemen, visiblement pressés de sortir avant elle, la contraignirent à patienter encore. Quand elle parvint enfin à gagner le vaste hall d'entrée, ce fut un groupe d'Aluciens qui lui barra le passage. Elle entreprit de le contourner. Bien mal lui en prit : à moins d'un mètre devant elle se trouvaient Asher et sa femme, une main protectrice posée sur son ventre rebondi.

Elle fit aussitôt demi-tour et fila dans la direction opposée. Il lui était arrivé d'imaginer une rencontre fortuite avec Asher. Elle avait toujours pensé qu'elle serait parfaitement à l'aise si cela devait arriver. Après tout, ce triste individu ne représentait plus rien pour elle. Pourtant, ce soir, elle ne se faisait pas entièrement confiance quant à son aptitude à rester courtoise. La trahison de ce goujat l'avait marquée. Elle ne voulait plus rien avoir à faire avec lui.

Un autre cercle d'Aluciens se trouvait sur son chemin. Au moment où elle obliquait, une main la retint par le bras.

Interloquée, elle se retourna vivement.

— Alors, Miss Tricklebank, comment trouvez-vous ce bal ?

Sebastian ! Soulagée, elle sourit.

— Formidable ! Et vous, Mr Chartier ?

— Fastidieux, lâcha-t-il avant de tourner les yeux vers la porte de la salle de jeu. Êtes-vous allée tenter votre chance ?

— Non. Je l'envisageais, mais je me suis avisée que je

n'avais pas de poches où ranger les fortunes que j'allais amasser.

Sa boutade le fit sourire.

— C'est un problème, en effet.

Le gentleman qui se tenait derrière Sebastian la dévisageait avec curiosité.

— Voilà une innovation à suggérer pour la prochaine saison de la mode féminine : des poches ! ajouta-t-elle. Mais j'y pense, Votre Altesse, avez-vous eu l'occasion de…

— Oui.

L'un des compagnons du prince s'avança, les yeux fixés sur Eliza.

— Votre Altesse, Lady Amelia Darnley vous attend.

Une lueur passa dans le regard de Sebastian. Il ne fit pas de commentaire, mais adressa à Eliza un sourire presque triste.

— Bonne soirée, Miss Tricklebank.

— Bonne soirée, Votre Altesse.

Le cœur battant à tout rompre, elle reprit son chemin et entra dans la salle de bal. Quelle injustice ! Qui donc, là-haut, distribuait les grâces et les miracles ? Elle avait un ou deux mots à lui dire. Elle voulait être la seule et l'unique aux yeux de Sebastian. Et pas question de se trouver en présence de ce maudit Asher quand Sebastian le comprendrait.

Elle alla se resservir un verre de punch – et tant pis si elle avait déjà les joues rouges !

Elle fit un nouveau tour de piste au bras d'un gentleman aux lèvres épaisses affligé d'une claudication qui, curieusement, ne l'empêchait pas d'être un excellent cavalier.

Toutefois, au fil des heures, à mesure que toujours plus de jeunes prétendantes défilaient devant Sebastian, Eliza finit par se décourager. Il était temps de rentrer. Jouer les princesses la fatiguait. Elle s'était bien amusée, mais la déprimante réalité ne cessait de se rappeler à elle chaque fois que son regard se posait sur Asher ou sur Sebastian.

Une autre pensée vint s'imposer, plus cruelle encore. C'était sans doute la dernière fois qu'elle voyait Sebastian. À présent qu'elle l'avait aidé à identifier Mr Heath, plus rien ne justifiait qu'ils restent en contact. Il lui faudrait se contenter des souvenirs de la danse qu'ils avaient partagée. De ces quelques instants de grâce où elle s'était sentie comme une reine.

Elle se mit à la recherche de Caroline. Pourvu qu'elle soit prête à rentrer… Hélas, son amie paraissait fort occupée à se faire courtiser par deux gentlemen.

En désespoir de cause, Eliza sortit discrètement sur la terrasse. La fraîcheur de l'air nocturne offrait un répit bienvenu à la chaleur étouffante qui régnait dans la salle de bal.

— Miss Tricklebank ?

Eliza sursauta. Un Alucien aux cheveux bruns et au regard plus sombre encore l'avait suivie dehors.

— Comment savez-vous…

— J'ai un message pour vous, milady.

Elle avait sans doute mal compris. Il parlait avec un accent nettement plus prononcé que Sebastian.

— Un message ? Pour moi ?

Elle chercha à voir derrière lui, mais sa carrure imposante lui masquait la porte.

Il fit quelques pas vers elle. Elle recula d'autant.

— Son Altesse royale m'a chargé de vous faire savoir qu'il vous enverra un mot prochainement.

Eliza scruta son visage, incertaine. Fallait-il croire cet homme ? S'agissait-il d'une mauvaise plaisanterie ?

— Un mot ? Pourquoi veut-il…

— Son Altesse ne m'a rien dit d'autre, l'interrompit le messager.

Il lui adressa un signe de tête sec, tourna les talons et retourna à l'intérieur.

Lentement, elle leva les yeux vers la lune. Pourquoi tant de mystères ? Mais qu'importe. Elle allait le revoir. Cette soirée ne serait pas la dernière, finalement. À cette pensée, elle se sentit gagnée par un espoir lumineux.

Un sourire se dessina sur ses lèvres. Peut-être n'avait-elle pas fini de jouer les princesses, tout compte fait.

Chapitre 18

Qui finira par gagner l'affection du prince héritier ? Le suspense a atteint de nouveaux sommets cette semaine. Une lady au regard vague, fille d'un éminent personnage de l'industrie charbonnière, semble avoir gravi quelques échelons. Serait-elle la partenaire commerciale idéale ? L'éducation royale du futur époux lui permettra-t-elle de surmonter une telle divergence de vues ?

Miladies qui souffrez de léthargie, essayez les gaufrettes Damiana. À raison de deux par jour, vous vous découvrirez une énergie de bûcheron. La fabrique déconseille tout de même à ses clientes l'usage de la hache.

Honeycutt's,
gazette mode et maison pour ladies

Sebastian avait les nerfs à fleur de peau. Dans ce genre de circonstances, voilà qui ne lui ressemblait guère.

Patro avait fait des merveilles : il avait déniché une petite maison coquettement meublée au fond d'une ruelle en plein cœur du quartier de Mayfair. Avec toutes les précautions requises, Sebastian était arrivé incognito dans un attelage anonyme. On avait loué les services d'un cuisinier, qui croyait préparer ce dîner pour un membre du Parlement. Un feu crépitait dans l'âtre, et quatre gardes gardaient les issues. Discrètement, Dieu merci. Sebastian se trouvait seul dans le petit salon.

Il attendait. Fiévreusement. Et si elle ne venait pas ?

Son message était parti à six heures et demie. Il était maintenant près de huit heures. Tout en faisant les cent pas devant la cheminée, il s'était peu à peu convaincu qu'il avait fait le mauvais choix. Après tout, pourquoi viendrait-elle ? Son invitation, qu'elle avait toute chance de prendre pour une convocation, passait les bornes de la décence, il fallait bien le reconnaître. Si on lui avait prédit seulement un mois plus tôt qu'il agirait de la sorte, il s'en serait indigné. Mais voilà : il ne supportait pas de rester loin d'elle, et il lui était impossible de procéder par voie officielle. Il avait quitté tôt la table des négociations, ulcéré par les droits de douane exorbitants qu'on tentait de lui imposer sur les minerais et qui lui laisseraient à coup sûr le fer alucien sur les bras. Mais, à vrai dire, il y avait une autre raison à son départ prématuré : il n'avait tout bonnement pas la tête à ce qu'il faisait.

Eliza avait-elle jugé son message trop hardi, déplacé, grossier ? C'était fort possible. Si tel était le cas, il ne tarderait pas à…

Un grondement monta des pavés en contrebas. Un attelage ! Il courut à la fenêtre. La voiture dépourvue de signe distinctif qui l'avait amené jusqu'ici venait de s'arrêter à nouveau devant la porte. Il vit le cocher descendre de son siège et ouvrir la portière.

Elle était venue.

Sebastian recula et relâcha son souffle. Il l'avait retenu sans s'en apercevoir. *Qu'est-ce que je fais ici, déguisé en quelqu'un d'autre ? Quel homme suis-je donc devenu ?*

Leopold lui avait posé la même question quand il avait entendu Patro lui parler de la location de cette maison. « À quoi joues-tu, Sebastian ? »

Que répondre ? Son frère ne voyait pas la vie de la même façon que lui. Et pour cause : Leopold pouvait agir comme bon lui semblait. Rien ne l'empêchait de batifoler à sa guise. Tout l'inverse de lui, en somme : la prudence dictait ses moindres faits et gestes. Pour lui, une paternité aurait été désastreuse. Un scandale, tout autant. Impossible de baisser la garde, fût-ce un bref instant.

Bien sûr, il ne manquait pas de compagnie féminine. Princes et futurs rois bénéficiaient à cet égard de dispositions particulières. Il avait entretenu une liaison longue de plusieurs années avec une jeune et riche veuve. La belle avait fini par attendre de lui plus qu'il ne pouvait ou voulait lui offrir, ce qui avait mis un terme à leur relation.

De toute façon, il ne s'y était jamais vraiment impliqué. Comment l'aurait-il pu, bridé par le devoir de réserve et la nécessité de veiller à son avenir et à celui de sa descendance ? C'était à lui qu'incomberait la responsabilité de gouverner, tandis que Leopold serait libre de vivre comme il l'entendait… dans les limites du raisonnable.

— Et l'assassin de Matous, dans tout cela ? l'avait apostrophé son frère dans l'après-midi. Que fais-tu de ta soif de justice ?

— Crois-tu que je m'en désintéresse ? Je te l'ai dit : j'ai commencé à mettre mon nez dans les finances de Rostafan.

Deux jours plus tôt, il avait envoyé une lettre en Alucie pour prier son père de se pencher sur la question.

Mais Leopold, loin de se démonter, l'avait transpercé du regard.

— Pour l'amour du ciel, Sebastian, prends garde ! Imagine que tu la mettes dans une position intéressante…

— Leopold ! Je n'ai pas… Je ne ferais jamais…, avait-il balbutié.

Mais à l'instant où ces mots franchissaient ses lèvres, il avait su qu'il mentait. Il n'hésiterait pas. Pas un seul instant.

Un mufle, voilà ce qu'il était. Un déshonneur pour son titre, pour son roi. Pour ses parents. Pour lui-même. Pourtant, envers et contre tout, si elle le désirait aussi, il la prendrait. Il n'y réfléchirait pas à deux fois.

Son frère était revenu à la charge.

— Le temps presse, tu le sais. Les pourparlers sont dans l'impasse, nous n'avons pas avancé d'un pouce dans l'enquête sur le meurtre de Matous, et toute la noblesse attend de savoir à qui tu vas faire ta proposition de mariage.

— N'exagérons rien, Leopold, il s'agit seulement d'un dîner ! avait protesté Sebastian. Rassure-toi, j'ai pleinement conscience de tout ce qu'il me reste à accomplir. Ai-je une seule fois manqué à mes devoirs ?

— Assez tergiversé, Sebastian. Tu dois choisir ta future épouse. Quant à la mission que tu t'es donnée en venant ici, tu vas devoir redoubler d'efforts si tu veux espérer la mener à bien.

Il n'avait rien répondu. Que dire ? Leopold avait raison.

— Bon, de qui s'agit-il ? avait alors demandé son frère.

— Tu veux savoir avec qui je vais dîner ?

— Non. Je parle de la future reine d'Alucie. Tu dois bien t'être fait une opinion, depuis le temps.

Quelle tête de bois, décidément ! Voilà que ce jeune gandin jouait les responsables, à présent ! L'entêtement de Leopold avait si bien irrité Sebastian qu'il avait quitté la pièce en coup de vent. Pas question d'épiloguer sur ce mariage qu'il ne désirait pas alors qu'il s'apprêtait justement à passer une soirée qu'il désirait au plus haut point.

N'avait-il donc pas droit à cet instant ? Fallait-il vraiment qu'il soit le prince héritier chaque seconde de son existence ? Ne le laisserait-on donc jamais être un homme charmé par une belle femme, tout simplement ?

Mais bref. Le moment était mal choisi pour ressasser sa dispute avec Leopold. Sebastian lissa ses cheveux en arrière. Pourquoi diable se sentait-il si nerveux, comme un blanc-bec tout juste sorti de l'enfance ? Pourvu qu'Eliza le trouve à la hauteur…

Il entendit des voix dans le vestibule. Peu après, Patro ouvrit la porte, entra dans le salon et s'inclina.

— Miss Eliza Tricklebank est arrivée, Votre Altesse royale.

Eliza apparut derrière le majordome. Elle regardait autour d'elle, le sourire aux lèvres. Puis ses yeux se posèrent sur lui. Alors, sans l'avoir vraiment prévu, il lui adressa à son tour un sourire radieux.

— Votre Altesse royale ! s'exclama-t-elle comme si elle venait de croiser un ami dans la rue.

Elle le salua à sa façon un peu bancale et se redressa d'un bond.

— Mes révérences s'améliorent, vous ne trouvez pas ?

Il n'aurait pas présenté les choses ainsi… Mais c'était précisément ce qui lui plaisait chez elle. Elle disait tout ce qui lui passait par la tête, sans souci du protocole ou des convenances.

— Eliza, merci d'être venue, dit-il en lui prenant les deux mains.

— Comment résister au mystère du message que vous m'avez envoyé ? dit-elle d'une voix amusée.

Elle retira ses mains pour ôter sa cape. Aussitôt, Patro s'avança pour l'en débarrasser.

— Du vin, Patro, demanda Sebastian en alucien.

Sans un mot, son majordome disparut en emportant la cape.

Eliza promena son regard sur les rideaux de velours, les hautes fenêtres, le plafond peint.

— Où sommes-nous ? demanda-t-elle.

À son tour, Sebastian étudia le décor qui les entourait. La pièce, de taille modeste, était garnie de meubles coûteux ornés de dorures, de porcelaine et de quantité d'autres détails parfaitement insignifiants. Il n'avait d'yeux que pour elle.

— Je l'ignore, à vrai dire. J'ai emprunté cette maison pour la soirée.

— Empruntée ?

Diable, l'avait-il déçue ?

— Je… Euh… Je me suis dit que nous ne serions pas tout à fait à notre aise à Kensington.

Le sourire d'Eliza s'élargit.

— Le sommes-nous ici ?

Il déglutit avec peine. Il avait la gorge nouée, tout à coup. Il vit son expression s'altérer légèrement. Elle l'observa plus attentivement.

— Quelque chose ne va pas ? lui demanda-t-elle.

— Pardon ?

— Vous avez l'air d'avoir avalé quelque chose qui ne passe pas.

Il se frotta le front.

— Je crois que je me sentirais mieux si vous m'appeliez par mon prénom.

Elle retrouva le sourire.

— Vous avez raison. À ce stade de notre amitié, il serait dommage de revenir en arrière. Fort bien, donc. Je suis parfaitement à mon aise ici, Sebastian, déclara-t-elle en inclinant la tête.

Si seulement il pouvait en dire autant… Il se sentait terriblement nerveux et maladroit.

Patro reparut, chargé d'un plateau en argent. Il alla déposer deux verres de vin sur un guéridon disposé entre deux fauteuils tournés vers l'âtre. Tandis qu'il se retirait sans bruit, Sebastian désigna d'un geste les sièges.

Eliza s'assit avec précaution, en arrangeant autour d'elle sa robe de coton et de mousseline. Sa tenue, assez banale, contrastait avec la somptueuse toilette dorée qu'il l'avait vue porter à la réception des Whitbread. Pourtant, cette coupe simple et cette teinte bleue lui seyaient à merveille. La simplicité de sa mise mettait en valeur la nuance singulière de ses prunelles et les reflets dorés de sa chevelure. Quel charme, quelle beauté… Elle avait d'ores et déjà touché son cœur.

— Je vous en prie, murmura-t-il en l'invitant d'un geste à prendre son verre.

— Ne doit-on pas attendre que le prince ait bu sa première gorgée ?

— Eh bien…

Décidément, il n'était pas dans son élément. Son entourage veillait si bien à respecter les usages, et ceux-ci étaient à ce point intégrés par tous, qu'il ne s'en apercevait même plus.

— Faisons comme si je n'étais pas prince, ce soir, suggéra-t-il en faisant tinter leurs verres.

— Je doute d'en être capable, mais je vous promets d'essayer.

Elle sourit, puis but une gorgée de vin. Aussitôt, son visage s'éclaira.

— Dieu, qu'il est bon ! Est-ce un vin français ?

— Alucien.

Elle poussa une exclamation ravie.

— Ma sœur sera verte de jalousie !

Elle prit une nouvelle gorgée et ferma les paupières quelques instants.

— Délicieux…, souffla-t-elle avec un sourire béat. Mais trêve de bavardages : votre messager m'a dit que vous souhaitiez me parler. Je n'ai rien pu en tirer de plus. Je suis au supplice !

— Vous n'avez pas deviné ?

— J'imagine que c'est en lien avec Mr Heath.

On ne pouvait pas être plus éloigné de la vérité…

— Quelle perspicacité ! mentit-il.

Après tout, le banquier faisait un excellent prétexte pour justifier son invitation. Il ne pouvait tout de même pas lui avouer qu'il ne l'avait fait venir que pour pouvoir l'embrasser à nouveau…

— Le bal des Whitbread vous a-t-il plu ? s'enquit-il pour changer de sujet.

— Oh ! énormément. Pas autant qu'à la reine de la fête, j'imagine, mais presque. J'ai tellement dansé que je suis certaine d'avoir miraculeusement progressé. Vous n'en croiriez pas vos yeux.

Eliza, Eliza, si vous saviez à quel point vous dites vrai…

— Avez-vous vu les singes et les jongleurs, juste avant le bal ? C'était fascinant…

Il répondit d'un signe de tête négatif.

— Dommage…, dit-elle en reposant son verre. Avez-vous déjà eu l'occasion d'assister à un carnaval ?

— À plusieurs reprises, oui, ainsi qu'à des spectacles de cirque. Les troupes et les compagnies viennent au palais.

— Vraiment ? s'émerveilla-t-elle en se redressant. Que voit-on, au cirque ?

— Des démonstrations équestres, des acrobaties invraisemblables…

— Je crois que ma liste de choses à voir va s'allonger encore un peu, commenta-t-elle. Oh ! j'y pense : avez-vous remarqué la lune, ce soir ?

— Pas particulièrement, non.

— Elle est grosse comme un soleil. On dirait qu'il suffit de tendre la main pour la toucher. Cela me fait penser à la chansonnette que nous fredonnait ma mère. *Au clair de la lune, mon ami Pierrot, prête-moi ta plume pour écrire un mot, ma chandelle est morte…*

Elle émit un petit rire.

— Je n'ai jamais compris pourquoi ce lubin demandait à Pierrot une plume plutôt qu'une autre chandelle, ajouta-t-elle.

— J'en connais une, moi aussi, où il est question de lune et de plume.

Sebastian se laissa aller contre le dossier de son fauteuil.

— Je ne suis pas certain de bien traduire, mais ça donnait à peu près ceci : *J'ai pris un quart de lune pour en faire un hochet, plus léger que la plume de l'oiselet.* Un autre couplet évoquait la pleine lune : *J'ai pris toute la lune pour en faire un ballon, plus léger que la plume de l'oisillon.*

— Je trouve la vôtre plus poétique, commenta-t-elle.

Il sourit.

— La vôtre est plus mystérieuse.

Eliza reprit son verre et but une nouvelle gorgée. Elle ne le quittait pas des yeux. Bon sang, qu'avait-il fait de sa belle assurance ? Il se sentait trop conscient de lui-même, trop emprunté. Mais aussi, d'ordinaire, on montrait tant d'empressement à lui parler qu'il avait rarement besoin d'entretenir la conversation. Il manquait de pratique. Il voulait tout connaître d'elle, mais comment savoir ce qu'il était en droit de demander ? Et comment s'y prendre ?

Eliza reposa son verre.

— Vous semblez mal à l'aise, Sebastian.

— Pas du tout, répondit-il précipitamment. Tout va bien.

Elle prit une expression soupçonneuse.

— Pourquoi m'avez-vous demandé de venir ici ?

— Pour… Pour vous voir. Pour vous parler.

— Du banquier ?

Du banquier ! Misère, avait-il donc été maladroit à ce point ?

— Non, Eliza. De vous. Je veux vous parler de… vous.

Elle le dévisagea d'un air perplexe. Puis elle partit d'un rire si franc qu'elle se renversa sur son siège.

— Qu'ai-je dit de si drôle ?

— L'espace d'un instant, j'ai cru que vous alliez me demander ma main ! Vous êtes si sérieux, et… Quand un gentleman prononce ce genre de phrase…

Elle agita une main.

— Pardon, ne faites pas attention à moi, ajouta-t-elle en riant de plus belle.

Il sentit son cœur se serrer. Aveuglé par le trouble qu'elle faisait naître en lui, il avait négligé de se demander comment elle pourrait percevoir la situation.

— Oh ! Seigneur ! Eliza, je…

— Tout va bien, je vous assure. Quelle sotte je fais, parfois, ajouta-t-elle en riant encore.

Elle se redressa dans son fauteuil et, d'un geste délicat, essuya une larme sous chaque œil. Puis elle s'avança jusqu'au bord du siège et posa les mains sur ses genoux.

— Voilà, je suis calmée. Je vous prie de m'excuser.

La mine soudain grave, elle se pencha vers lui.

— Cela dit, la question se pose : qui allez-vous demander en mariage ?

Il fut totalement pris de court. Personne n'aurait osé

l'interroger aussi franchement sur ce sujet, hormis son propre frère.

Et Eliza Tricklebank.

Elle dut percevoir sa stupéfaction, car elle leva la main en signe d'excuse.

— Inutile de répondre, Sebastian. Je n'aurais pas dû me montrer si indiscrète. Mais aussi, voyez-vous, tout le monde à Londres se pose la question. Tout le monde sauf moi, ajouta-t-elle sur un ton ferme. Je n'en retirerais rien de bon. Voulez-vous savoir quelle question je me pose, moi ?

— Je vous écoute.

— Je me demande pourquoi vous n'êtes pas encore marié.

Décidément, elle avait le don de le prendre au dépourvu. Rares étaient ceux qui auraient osé l'interroger sur un sujet aussi intime.

— C'est… compliqué, répondit-il.

Il n'avait aucune envie d'aborder ce chapitre maintenant. Ce qu'il voulait, c'était lui parler d'elle.

— Oh ! je n'en doute pas. Pourtant, tout le royaume d'Alucie ne doit songer qu'à cela. Comme tout le monde ici ne songe qu'aux nombreuses grossesses de la reine. Elle est de nouveau enceinte, d'après ce que mon père m'a dit.

— Vraiment ? dit-il faiblement.

La tête lui tournait un peu, tout à coup. La conversation prenait des détours inattendus.

— N'avez-vous rien vu quand vous l'avez rencontrée ? C'est pour bientôt, je crois.

Il dut faire un effort pour se rappeler la réception donnée à Windsor. Le seul souvenir qu'il gardait de la reine, c'était sa petite taille. Elle était à peine plus grande qu'un enfant.

— Non, je n'ai pas remarqué, avoua-t-il. Il faut dire que les robes anglaises sont très volumineuses.

— Je ne vous le fais pas dire, soupira-t-elle. Quel embarras, ces énormes jupons ! Je préfère les toilettes aluciennes. Et ces traînes… Une véritable splendeur.

La porte s'entrouvrit pour livrer le passage à Patro.

— Dois-je commencer le service, Votre Altesse ? demanda-t-il en alucien.

Sebastian acquiesça d'un signe de tête.

Aussitôt, la porte s'ouvrit pour de bon : Egius et l'un des gardes, chargés chacun d'un plateau, apportaient le repas. Avec des gestes experts, Patro garnit deux assiettes de gigot d'agneau accompagné de carottes et de poireaux. Puis, à côté de chacune, il disposa un petit pain tout juste sorti du four. Quand il eut fini, il se mit en retrait.

Sebastian se tourna vers Eliza.

— Passons à table, voulez-vous ?

— Eh bien, pour une surprise ! Je ne m'y attendais pas du tout !

Ses doutes revinrent l'assaillir. Peut-être aurait-il dû lui préciser qu'un dîner était prévu. Il avait cru que cela allait de soi, compte tenu de l'heure tardive.

— J'espère… Cela vous ennuie-t-il ?

— Bien au contraire ! Je meurs de faim, déclara-t-elle.

Elle se leva et se dirigea vers la table, sans lui laisser le temps de l'escorter. D'un geste du menton, il congédia Patro et Egius.

Il eut tout juste le temps de tirer une chaise à son intention avant qu'elle le fasse elle-même. Après s'être installé à son tour, il les resservit tous deux en vin et leva son verre.

— À notre amitié.

Elle l'imita.

— À notre amitié, répéta-t-elle avec un sourire éblouissant en faisant tinter leurs verres.

— C'est délicieux, vous ne trouvez pas ? commenta-t-il quand ils eurent commencé à manger.

— Divin, approuva-t-elle en piquant un nouveau morceau de viande. J'ai longtemps cru que personne ne pouvait égaler les talents de cuisinière de Margaret, mais je me suis peut-être trompée. Mais dites-moi, Sebastian, vous n'avez toujours pas répondu à ma question. Vous ne m'avez pas raconté pourquoi vous n'êtes pas encore marié et père d'une dizaine de petits princes et princesses. N'est-ce pas ce qu'est censé faire un futur roi ?

Décidément, cette faculté de sauter du coq à l'âne le fascinait. Malgré tout, sa question le troubla. Elle avait visé juste.

— Présenté ainsi, ce n'est pas un sort très enviable, commenta-t-il.

— Vraiment ? Pour ma part, j'adorerais avoir une dizaine de petits princes et princesses autour de moi.

— Je pourrais vous retourner la question, fit-il remarquer. Comment se fait-il que vous ne soyez pas mariée, vous non plus ? Vous devez pourtant être très convoitée. Pourquoi vous en être abstenue ?

Elle prit une expression étonnée.

— Ce n'est pas exactement un choix de ma part. Je vais vous répondre, mais c'est moi qui vous ai posé la question en premier, lui rappela-t-elle avec un sourire effronté.

— Très juste, concéda-t-il.

Il se laissa aller contre le dossier de sa chaise. Il soupira, passant en revue ces dernières années et toutes les raisons qui l'avaient poussé à… éviter, disons, d'accomplir son devoir.

— La vérité est assez simple : chaque fois que j'ai rencontré une femme qui me plaisait, elle ne remplissait pas les conditions pour épouser un prince héritier. Elle n'avait pas le rang adéquat ou les bonnes relations. Et celles qui pouvaient y prétendre ne me plaisaient pas.

— C'est bien triste.

Se moquait-elle de lui ? Prenait-elle à la légère cet aveu difficile qu'il venait de lui faire ?

— Je n'ai aucune marge de manœuvre en la matière, lâcha-t-il en piquant rageusement un morceau d'agneau. Pas plus que dans bien d'autres domaines de mon existence, du reste. Vous n'imaginez pas le nombre de décisions que je dois prendre à mon propre détriment, pour servir les intérêts du royaume.

— À mes yeux, le mariage devrait se fonder uniquement sur l'inclination et l'affection. Rien d'autre ne devrait entrer en ligne de compte, affirma-t-elle avec conviction.

Elle lisait dans ses pensées…

— Je ne peux que vous donner raison.

Elle plongea son regard dans le sien et le soutint. Le temps se suspendit entre eux, intense, vibrant. Puis elle baissa les yeux sur son assiette.

— Comment épouser un prince…, murmura-t-elle. Voilà qui ferait un bon titre de manuel à l'usage de toutes les jeunes filles qui souhaitent devenir princesses.

Quand elle releva les yeux vers lui, elle avait retrouvé le sourire.

Comme il aurait aimé voir ce sourire chaque matin au réveil ! Si seulement il avait pu se marier uniquement par inclination et par affection, et pour nulle autre raison !

— C'est votre tour de répondre à ma question, lui rappela-t-il d'une voix douce.

— Ah, oui, bien sûr ! L'éternelle question que se pose l'humanité tout entière : pourquoi diable Miss Tricklebank n'a-t-elle pas pris époux, comme toute jeune femme se doit de le faire ?

Elle but son vin à petites gorgées tout en l'observant d'un air pensif.

— Je risque fort de vous scandaliser, reprit-elle au bout d'un moment.

— Allez-y, scandalisez-moi, l'encouragea-t-il. Racontez-moi tout. La vérité est-elle si terrible ?

Elle se mit à rire.

— Disons qu'elle n'est pas très agréable de mon point de vue. Seigneur, je n'arrive pas à croire que je m'apprête à vous raconter cette histoire ! s'exclama-t-elle en s'éventant d'une main. Hollis ne cesse de me répéter que je parle trop, que certains sujets ne devraient pas sortir de nos quatre murs. Mais qu'ai-je à perdre à être honnête ? Ma situation ne saurait être pire, de toute façon. Très bien, Sebastian, accrochez-vous. Nous nous ressemblons plus que vous l'imaginez. Nous sommes tous deux prisonniers des convenances et des attentes d'autrui. Voilà : dans mon cas, il y a bien eu un gentleman, autrefois.

— Un gentleman, c'est un bon début, non ?

— C'est ce pour quoi il se faisait passer, nuança-t-elle.

— Vous me faites languir, se plaignit-il. De grâce, poursuivez.

— Mon père est juge, comme vous le savez. Le père de ce prétendu gentleman l'était aussi. Nous nous sommes rencontrés plusieurs fois. Au bout de quelque temps, il a exprimé le désir de se marier.

Sebastian éprouva une pointe de jalousie.

— Et vous avez refusé ?

Elle éclata de rire.

— Si seulement… La vérité, c'est que j'étais très naïve. Voyez-vous, il n'a pas officiellement demandé ma main.

Il m'a seulement promis de le faire. Je lui ai assuré que, le moment venu, il pourrait compter sur une réponse favorable et enthousiaste de ma part.

— Ah…

Sebastian reposa sa fourchette. Il n'avait aucun droit de lui poser cette question, mais il fallait qu'il sache.

— L'aimiez-vous ?

Il serra le poing et le posa doucement sur la table.

— Pardonnez-moi, murmura-t-il. C'est terriblement indiscret.

Décidément, il s'excusait beaucoup auprès de Miss Tricklebank…

— Mais non, votre curiosité est bien naturelle. Oui, je l'aimais. J'étais même très éprise de lui. Je me voyais déjà lui donner une dizaine de petits héritiers, ajouta-t-elle avec un sourire de regret.

Il avait le cœur au bord des lèvres, tout à coup. Était-ce l'indignation qui lui donnait la nausée, ou plutôt la jalousie ?

— Pourquoi ne l'avez-vous pas épousé, dans ce cas ?

— C'est là où le bât blesse. Il n'a jamais fait sa demande. Il m'a bercée de promesses, en m'assurant que ce n'était qu'une question de temps. Il a pleinement tiré profit de l'affection que je lui portais, ajouta-t-elle en cillant. Et puis, le moment venu, c'est une autre femme qu'il a conduite à l'autel.

Sebastian la dévisagea d'un air incrédule.

Les joues d'Eliza s'étaient empourprées. Un pli amer s'était formé au coin de ses lèvres.

— L'heureuse élue percevait une rente annuelle de vingt mille livres. Quant à moi, j'avais un père aveugle et une dot bien plus modeste. Respectable, mais rien de comparable. Le choix de ma rivale venait résoudre quelques tracas financiers, j'imagine.

Sebastian n'en croyait pas ses oreilles.

— Il s'est joué de moi. Il n'avait jamais eu l'intention de m'épouser. Il me mentait depuis le premier jour, dans l'unique but de me séduire. Et je ne vais pas mentir : il y a parfaitement réussi. Mais le plus sordide de l'affaire, comme j'ai fini par m'en apercevoir, c'est que j'étais l'une des rares personnes dans tout Londres à ne pas être au courant de ses autres projets de mariage.

Elle rit à nouveau, cette fois en regardant le plafond.

— J'ai tout découvert à l'occasion d'un dîner, quand notre hôte s'est levé pour porter un toast aux jeunes fiancés. En apprenant la vérité, j'ai…

Elle soupira et baissa les yeux vers lui.

— Je n'ai pas très bien réagi, disons.

— *Deo…* , souffla-t-il. Eliza, je suis terriblement…

— Je vous en prie, le coupa-t-elle. C'était il y a plus de dix ans. J'ai surmonté ma déception depuis longtemps.

Elle reprit une gorgée de vin.

Comment un homme digne de ce nom pouvait-il se montrer si lamentable ? Qui plus est avec une femme comme Eliza ! Il pouvait comprendre la convoitise qu'elle avait inspirée à ce misérable – elle était très belle, indéniablement. Mais une telle cruauté, une telle absence de moralité ? C'était inconcevable. Il baissa les yeux sur son assiette.

— Et aucune autre occasion ne s'est présentée ?

— Pas vraiment. Il y a bien eu Mr Norris, mais il cherchait une gouvernante plus qu'une épouse. J'ignore comment va la coutume en Alucie, mais ici, quand une femme devient… tristement célèbre, disons, ses perspectives se réduisent comme peau de chagrin. Et à mesure qu'elle prend de l'âge, comme moi, elle représente un parti de moins en moins intéressant. Les invitations cessent d'arriver.

On la range dans la catégorie des vieilles filles. Quand elle marche dans la rue, plus personne ne la remarque. Elle devient invisible. Elle aide son père à résoudre d'épineuses questions juridiques, mais personne ne lui prête attention. Elle n'est plus qu'un fantôme aux côtés du juge.

Elle esquissa un sourire empreint de tristesse.

— Quelle ironie, vous ne trouvez pas ? Les règles qui pèsent sur ma vie me paraissent aussi contraignantes que celles qui régissent la vôtre. Je ne vois qu'une différence : vous, vous êtes tout sauf invisible et indésirable.

Quel constat désolant… En Alucie, on mesurait la qualité d'une jeune femme à marier à sa jeunesse, à sa vitalité et à sa richesse. Or, Eliza était une femme pétulante et d'une grande beauté. Vraiment, il n'avait jamais rencontré sa pareille. Chez lui, les hommes de la haute société se seraient bousculés à sa porte pour attirer son attention.

Lui, en tous les cas, ne rêvait que de cela.

— Vous voilà tout désolé à cause de moi ! Il ne faut pas ! s'écria-t-elle gaiement. Il n'y a pas de hasard. Mon père a besoin de moi. Et puis, depuis que je l'aide dans son travail, je suis devenue experte en droit. Et en horlogerie, ajouta-t-elle avec légèreté.

Sebastian se pencha vers elle et posa une main sur la sienne.

— Cette vie vous rend-elle heureuse, Eliza ? N'aspirez-vous pas à autre chose ?

Elle parut décontenancée.

— Je ne… Non. Je n'aspire à rien d'autre. À quoi bon ? Ma situation ne changera plus. Je ne deviendrai pas subitement mère d'une dizaine de bambins qui courent partout. Tout ce que je souhaite, désormais, c'est que mon père ne manque de rien.

Elle détourna le regard un instant.

— J'aimerais voyager un peu, aussi. Voir un peu plus loin que Londres, au moins.

Sebastian se redressa et laissa sa main glisser sur la table. Elle méritait davantage. Bien davantage. Elle méritait le monde entier.

— Alors, vous ai-je scandalisé comme il faut ? ironisa-t-elle.

— Pas du tout, répondit-il d'une voix douce. Et vous n'avez rien d'un fantôme à mes yeux, croyez-moi. Je vous vois parfaitement bien.

— Tant mieux ! dit-elle joyeusement. Notre amitié me plaît.

Et elle se remit à manger avec appétit.

Quant à lui, il n'avait plus faim. Il réfléchissait encore au parallèle qu'elle avait fait entre leurs existences. De fait, leurs situations présentaient d'étonnantes similitudes. Ni l'un ni l'autre n'avaient leur mot à dire dans le choix de la personne qui partagerait leur vie. Lui, de par sa naissance. Elle, en raison de la mésaventure qu'elle avait subie. Évidemment, bien des hommes auraient tout donné pour être à sa place. Bien des hommes auraient jubilé à la vue des nuées de beautés qui, jour après jour, cherchaient à accrocher son regard. Sebastian, lui, s'en était lassé. Avec le temps, elles avaient fini par se ressembler toutes.

En somme, il désirait la même chose qu'Eliza : une vie paisible aux côtés de l'être aimé. Un foyer heureux. Une dizaine de petits princes et princesses.

— Et maintenant, allez-vous enfin me raconter votre conversation avec Mr Heath ? s'enquit-elle.

Encore ? Il reprit sa fourchette en s'efforçant de chasser l'image de Matous, qui s'était brusquement imposée dans ses pensées.

— Il ne m'a rien appris de très utile. Simplement que

mon secrétaire lui avait demandé s'il avait été en contact avec un banquier français. D'après ce qu'il a compris, quelqu'un souhaitait transférer une forte somme d'argent à la Banque de France par l'intermédiaire de la Banque d'Angleterre.

— Dans quel but ? s'enquit Eliza.

— Mystère. Je ne vois pas ce qui pousserait un Alucien à apporter une bourse bien remplie en Angleterre dans le seul but de la faire passer en France.

— Pourrait-il s'agir de gains liés à des jeux d'argent ? Si j'ai bien compris, on y gagne parfois de véritables petites fortunes.

— C'est possible. Mais pourquoi les confier à une banque française plutôt qu'à un établissement alucien ?

— Pour éviter que l'opération ne s'ébruite en Alucie ? suggéra-t-elle.

Elle posa sa fourchette, puis se carra contre le dossier de sa chaise et croisa les bras pour réfléchir.

— Sans compter qu'il est plus simple d'accéder à une banque française qu'à une banque anglaise depuis l'Alucie. Reste à savoir de qui notre riche inconnu cherche à se cacher.

Sebastian haussa les épaules.

— Du gouvernement, peut-être, pour échapper à l'impôt ?

— Ou de sa famille, pour ne pas avoir à partager. À moins qu'il ait juré ne plus jouer à des jeux d'argent et qu'il craigne de décevoir ses proches. Cela dit, comment votre secrétaire a-t-il eu vent de cette affaire ? Qu'est-ce qui l'a poussé à jouer les intermédiaires ?

— C'est toute la question, approuva Sebastian.

— J'ai peut-être une explication.

— Laquelle ?

Eliza se leva – contre toute attente. Personne ne quittait jamais la table avant lui ou le couple royal. Elle, en revanche, s'était déjà approchée de l'âtre et tendait à présent les mains devant les flammes, sans soupçonner qu'elle venait d'enfreindre une règle archaïque.

— Imaginons que cet argent doive servir à financer un acte vil. Dans un tel cas, il vaudrait mieux qu'il ne passe pas par les coffres aluciens.

Très juste. La Banque d'Alucie était administrée par la Couronne.

— Voici mon hypothèse : et si la somme en question était destinée à un autre pays, à la Weslorie, par exemple ? Et si l'unique raison pour laquelle cet argent se trouve en Angleterre était de le faire transiter par la France jusqu'en Weslorie, afin que personne en Alucie ne se doute de rien ?

L'hypothèse se tenait, il devait bien le reconnaître.

Eliza s'agitait, visiblement échauffée par ses conjectures.

— Si j'ai vu juste, on peut supposer que votre secrétaire avait découvert le pot aux roses. On pourrait même penser que c'est lui qui a adressé la lettre anonyme à mon père, ce qui est impossible, évidemment. Autrement dit, quelqu'un d'autre sait tout. Je pense qu'il faut retrouver l'homme qui m'a remis la lettre. La personne qui la lui a confiée détient la clé du mystère.

Ce raisonnement paraissait tellement improbable qu'il en devenait crédible.

— Vous a-t-on déjà dit à quel point vous étiez intelligente, Eliza ?

Elle rit de plaisir.

— Vil flatteur.

— Cela n'a rien d'une flatterie.

Il se leva et alla la rejoindre devant l'âtre. Il eut envie

d'ajouter quelque chose, mais les mots restèrent coincés dans sa gorge nouée.

Il effleura sa main, puis glissa les doigts entre les siens tout en contemplant le feu à ses côtés.

— Eliza… Je veux que vous sachiez…

Il s'interrompit un instant.

— Voilà, j'aimerais…

Bon sang, que dire qui ne sonne pas creux ? Aucun mot n'aurait su exprimer avec exactitude ce qu'il voulait lui dire.

— J'aimerais qu'il en aille autrement pour nous deux.

Elle serra sa main.

— Qu'allez-vous dire là, Sebastian Chartier ? Croyez-vous que j'aie nourri la moindre espérance à votre sujet ? Je ne suis plus une oie blanche. J'ai des yeux pour voir, et je sais comment va le monde. Je ne regrette absolument rien.

Elle se tourna vers lui, plus belle encore à la lumière dorée des flammes.

— J'ai rencontré un prince. Un authentique prince. Et nous sommes devenus amis. Alors, non, je ne regrette rien. Si ce n'est la mort de votre ami, bien sûr.

Il sentit sa gorge se serrer davantage.

— Et pourtant… Si seulement nos vies n'étaient pas telles qu'elles sont, murmura-t-il avec ferveur. *Deo*, comme j'aimerais pouvoir changer les choses !

Il lui effleura la joue. Le feu de cheminée avait chauffé sa peau. Ses yeux gris brillaient, rivés aux siens. Avec douceur, il fit courir ses doigts le long de sa gorge d'albâtre, à la naissance de son cou. Il poursuivit sa caresse vers l'échancrure de sa robe.

Eliza ne fit pas un mouvement. Elle n'émit aucune objection.

— Que feriez-vous, en d'autres circonstances ? demanda-t-elle.

— Tout ce qu'un prince ne doit pas faire.

— Mais encore ?

Elle était tout près de lui, à présent. Si près que, lorsqu'il suspendit son geste à hauteur de son cœur, le soupir qu'elle laissa échapper lui chatouilla le menton.

— Des choses de nature à outrer les jeunes âmes sensibles, souffla-t-il.

Le cœur d'Eliza battait aussi fort que le sien, il le sentait sous sa paume. Quand il prolongea son mouvement vers l'arrondi de son sein, elle prit une inspiration légère et ses joues rosirent. Elle se rapprocha encore.

— Je n'entre pas dans cette catégorie.

Sebastian sentit son pouls s'affoler. Il se pencha vers elle. À l'instant où leurs bouches se rencontrèrent, il crut que son cœur allait exploser. Il mordilla sa lèvre inférieure, puis chercha sa langue tout en cueillant son sein à pleine main.

Eliza gémit doucement. C'était plus qu'il n'en fallait pour lui faire perdre la tête. D'un bras passé autour de sa taille, il la souleva et la serra tout contre lui. Il voulait qu'elle sente l'effet qu'elle lui faisait, avec quelle ardeur il la désirait, combien son corps la réclamait. Il plongea la main dans son corsage.

— La porte, chuchota-t-elle.

Il ne comprit pas tout de suite. Étourdi de désir, il dut faire un violent effort sur lui-même pour revenir à la réalité. Il jeta un coup d'œil par-dessus cette épaule qu'il ne songeait plus qu'à dénuder. À contrecœur, il la lâcha. Puis, d'un pas déterminé, il alla chercher une chaise, qu'il traîna jusqu'à la porte. Il claqua le battant et cala le dossier sous la poignée, comme un galant de bas étage.

Eliza n'avait pas bougé. Elle l'attendait, une main sur la gorge, l'autre sur la hanche. Elle lui sourit et arqua un sourcil, comme pour lui demander ce qui le retenait loin d'elle.

Son sang ne fit qu'un tour. Il s'élança à travers la pièce, la souleva et la fit tourner dans ses bras pour la déposer sur le sofa, lui arrachant au passage un petit cri de plaisir.

— Vous m'avez totalement conquis, Eliza, déclara-t-il, le souffle court.

Il n'eut que le temps de songer, non sans une pointe de désespoir, qu'il s'apprêtait à vivre un moment incomparable, unique, inoubliable.

Puis toute pensée l'abandonna.

Il s'empara de sa bouche et l'embrassa avec passion, ivre de désir.

Chapitre 19

Une lady mariée de longue date, célèbre pour ses coiffes de dentelle, a fourni à ses filles la recette d'un philtre d'amour. Emplir un vase en cristal d'eau de pluie et laisser reposer trois jours, puis faire bouillir avec de la pomme et du romarin. Verser le mélange dans de l'ale et servir à l'être aimé. Ce philtre, semble-t-il, décuple les sentiments amoureux. On prendra garde, toutefois, à ne pas offrir ce breuvage à une personne dont on ne désire pas l'affection, car les effets sont irréversibles. Notre lady aux coiffes de dentelle l'atteste formellement.

Honeycutt's,
gazette mode et maison pour ladies

Eliza se sentait chavirer. C'était exactement la sensation qu'elle avait pu éprouver, enfant, juste avant de tomber d'un arbre ou de cheval. Comme si son cœur se décrochait. Son corps, alors, réagissait avant sa tête.

C'est ce qui se produisit au moment où Sebastian la toucha : elle eut l'impression de tomber à une vitesse vertigineuse, sans espoir – ni désir – d'amortir sa chute.

Tout fut joué dès l'instant où leurs lèvres se rencontrèrent. Elle n'eut plus qu'une envie : continuer à tomber. Elle n'avait pas menti. Elle ne regrettait absolument rien. *Approchez, les enfants. J'ai embrassé un prince, j'en ai fait mon ami, et, avant qu'il reprenne la mer, nous nous sommes aimés. Gravez cela dans vos jolies petites têtes.*

Les mains de Sebastian étaient partout, sur ses seins, ses hanches. Il la comblait de caresses avides, comme s'il laissait enfin libre cours à un désir fou refréné depuis longtemps. Il la serra contre lui, la cambra dans son étreinte, plongeant les doigts dans sa chevelure pour mieux ravir sa bouche. Il la fit basculer sur le dos, passa la main sous l'ourlet de sa robe et, d'une caresse le long de sa jambe, il retroussa son jupon. Ses doigts trouvèrent le bord de son bas, frôlèrent la peau nue de sa cuisse.

Il effleura les boucles entre ses jambes. Eliza enfonça les ongles dans ses épaules et soupira contre ses lèvres. Elle était déjà prête à l'accueillir. Quand il glissa un doigt dans son sillon, des frissons de plaisir la parcoururent.

Arquée sous sa caresse, elle se cramponna à son dos. Sa jupe et son jupon formaient un amas de tissu entre eux. Elle aurait ri de cet inconfort, de leur précipitation, si l'incendie qui s'était allumé en elle n'avait pas fait rage. Mais elle s'était embrasée de tout son être, et plus rien ne comptait désormais que cet homme qu'elle voulait sentir en elle. L'attirance et le désir qui brûlaient entre eux les poussaient à la frénésie.

Sebastian se redressa sur les coudes pour la contempler. Ses yeux d'émeraude avaient pris une nuance plus sombre. Le souffle court, il s'agenouilla et se débarrassa à gestes brusques de sa veste, de son gilet et de sa cravate.

Eliza le regarda faire, subjuguée. Sous la fine chemise de soie, elle devinait un corps ferme, sculpté, terriblement désirable. Elle le vit promener son regard sur elle. Pourvu qu'il la trouve aussi attirante ! Elle vit ses yeux s'arrêter sur l'échancrure de son corsage. Avec un grognement de plaisir, il revint vers elle et l'embrassa à la naissance du cou. Il plongea la main dans son décolleté et libéra un sein, qu'il prit dans sa bouche.

Oh ! C'était divin. Eliza ferma les yeux et s'abandonna aux vagues de volupté qu'il faisait naître du bout des lèvres et de la langue.

— Sebastian, vous causerez ma perte, souffla-t-elle, éperdue de désir.

— Vous avez déjà causé la mienne.

D'une nouvelle caresse le long de sa jambe, il repoussa les plis de son jupon et de sa jupe.

— Avons-nous perdu la tête ? haleta Eliza tout en passant les mains sous sa chemise, avide d'explorer son corps.

— *Je*, pour de bon.

Soudain, il la prit dans ses bras et la souleva du sofa comme si elle ne pesait rien. Il la fit tourner et, mettant un genou à terre, il l'allongea sur le sol devant l'âtre. Puis il la rejoignit.

Brûlant de le sentir en elle, elle passa une jambe autour de ses hanches et couvrit son torse de caresses appuyées. Elle se cambra pour accueillir son baiser. Leurs langues se mêlèrent avec ardeur. Elle souleva les hanches à sa rencontre. Puis, audacieuse, elle glissa une main entre ses jambes et effleura son membre durci.

Sebastian releva brusquement la tête, comme s'il s'apprêtait à parler. Elle lut dans ses yeux assombris le reflet de sa propre fièvre, trop violente, trop urgente pour perdre du temps en vaines paroles. Elle replia les doigts sur son sexe à travers le pantalon et se mit à faire un mouvement de va-et-vient.

— Eliza, gronda-t-il d'une voix rauque.

L'entendre prononcer son nom avec tant de passion

la porta au comble du désir. Ce fut comme si une digue cédait en elle. Il fallait qu'il vienne. Que sa chair pénètre la sienne. Du bout des doigts, elle chercha fébrilement les boutons de son pantalon, tandis qu'il enlevait sa chemise.

Lorsqu'il fit passer le vêtement par-dessus sa tête, Eliza le contempla, saisie par la splendeur de ce corps tout en muscles. Elle embrassa son torse vigoureux, passa la pointe de la langue sur ses mamelons. Elle le modelait de ses mains, brûlant de le toucher partout où elle le pouvait.

Il se plaça au-dessus d'elle, s'immobilisa un instant. Puis, plongeant le regard dans le sien, il s'enfonça en elle avec une exquise lenteur.

Enfin… Elle souleva les hanches pour mieux s'ouvrir à lui.

— Encore.

Sebastian se mit à onduler en elle, aussi avide d'elle qu'elle l'était de lui. Elle sentait monter un plaisir sauvage, débridé. Un plaisir impérieux, fébrile, qui investissait chacune de ses veines, étreignait chaque fibre de son être. Tantôt accordés, tantôt à contretemps, ils s'agrippaient l'un à l'autre, elle à ses hanches pour l'accueillir toujours plus profondément, lui à sa taille pour mieux l'ancrer à lui. Il la dévorait du regard, les yeux plus sombres que jamais.

— Encore, répéta-t-elle.

Que demandait-elle au juste ? Elle n'aurait su le dire. Elle le voulait tout entier, grisée par la passion qu'ils partageaient sans retenue. Un volcan couvait en elle, prêt à entrer en éruption. Il prit possession de sa bouche, chercha sa langue. Il ne la caressait pas seulement des mains, mais de tout son corps.

Ce brasier ardent allait finir par la consumer tout entière. Elle exploserait, et il ne resterait plus rien d'elle.

Sebastian la saisit par le poignet, plaqua la main contre

son torse, puis souleva les hanches pour plonger au plus profond d'elle. L'extase l'emporta. Elle cria de plaisir, le corps secoué de frissons. Il intensifia ses mouvements, décuplant les sensations exquises qui s'étaient emparées d'elle. Puis, brusquement, il se retira. Avec un hoquet, il céda à la jouissance, pris de soubresauts. Vaincu par le plaisir, il posa la tête sur son épaule.

Un long moment s'écoula sans qu'ils puissent prononcer un mot. C'est à peine si Eliza parvenait encore à respirer. Quand elle eut recouvré son souffle, elle écarta la mèche de cheveux sombres qui lui barrait le front, puis posa les mains sur ses joues et lui releva la tête.

Il lui adressa un sourire lumineux, le regard un peu vague.

— J'ignorais qu'on pouvait éprouver tant de plaisir, murmura-t-elle en lui caressant la joue de la paume de sa main.

Elle l'embrassa.

Il se mit à la picorer à la naissance du cou.

— D'où sortez-vous donc, Eliza Tricklebank ? Quel être céleste vous a placée sur ma route ?

Il releva la tête et déposa sur ses lèvres un long baiser empreint de douceur. De tendresse. Puis, sans hâte, il s'écarta d'elle et roula sur le flanc, tout contre elle, un bras passé au creux de sa taille.

Eliza se sentait non seulement comblée, mais libérée. Soulagée du fardeau qu'elle portait depuis des années. Affranchie du passé qui s'était acharné à la définir. Elle éprouvait pour cet homme un profond attachement, ainsi qu'un désir un peu différent, à présent. Celui de se nicher dans ses bras, à l'abri du monde, heureuse, émue, accomplie.

D'où lui venait, dès lors, cette ombre de chagrin qu'elle

sentait poindre, prête à assombrir son bonheur et son bien-être ?

Sebastian se redressa sur son coude, dessina du doigt la courbe de ses lèvres, puis se pencha pour l'embrasser au front.

— J'ai loué cet endroit pour la semaine.

Elle se tourna vers lui, surprise. Il la regardait, les yeux pleins d'espoir, comme s'il redoutait qu'elle désapprouve son initiative.

— Vous voulez que je revienne ?

Il plissa le front.

— *Je*, bien sûr. Vous n'avez tout de même pas cru que je… Que c'était seulement…

— Non, non, répondit-elle précipitamment, sans être tout à fait certaine de ce qu'il s'apprêtait à dire.

Entendait-il cette rencontre comme autre chose qu'un rendez-vous galant sans suite ? Elle n'attendait rien de plus.

— Simplement, vous devez crouler sous les invitations et les entrevues, ajouta-t-elle.

Soudain rembruni, il ferma les yeux un instant et se pinça l'arête du nez.

— Je m'arrangerai, Eliza. Je trouverai une solution.

Sa conviction l'émut, et, s'il parvenait à se libérer, elle serait la plus heureuse des femmes. Malgré tout, une question lui brûlait la langue. À quoi bon ? Tout à coup, elle se sentit étrangement déstabilisée. L'abandon absolu qu'elle avait connu quelques instants plus tôt commençait à se dissiper, cédant la place à une terrible prise de conscience. Les adieux seraient déchirants. Au regard de l'incroyable jouissance qu'elle venait d'éprouver, cette redoutable perspective lui donnait l'impression de flotter à la dérive.

Il saisit délicatement une boucle de cheveux qui s'était échappée de sa coiffure et s'en servit pour lui caresser le cou.

— Tout va bien ?

— Merveilleusement bien, répondit-elle d'une voix faussement enjouée.

Après tout, feindre la gaieté était une seconde nature chez elle. Elle maîtrisait cet art mieux que quiconque. Pourquoi ne pas en faire bénéficier le prince ?

Il l'aida à se relever. Tous deux se rhabillèrent, puis allèrent s'asseoir à table pour deviser à bâtons rompus, comme deux amoureux. Ou, du moins, comme deux amants. Quant à elle, elle savait bien que cette nuit avait été différente. Qu'elle avait transcendé toutes les autres. Elle y avait connu le plus violent des désirs et les prémisses du plus profond désespoir.

En règle générale, Eliza se considérait comme une femme forte. Elle avait appris à s'affirmer après la trahison d'Asher. Après tout, si elle avait pu survivre à une telle forfaiture, plus rien ne pouvait l'atteindre. Pourtant, face à cet homme assis devant elle, si désireux de lui plaire, si beau et si séduisant… Se pouvait-il qu'elle se soit méprise sur elle-même ?

Chapitre 20

À en croire certaine lady ayant un penchant pour les nids d'oiseau, cette bienheureuse fille d'un notable en vue se place actuellement en position de favorite pour accueillir une offre de mariage princière. On y verra peut-être l'explication de la soudaine commande de robes d'un nouveau style, ornées de très longues traînes, passée à une couturière française.

Honeycutt's,
gazette mode et maison pour ladies

Sebastian embrassa Eliza quand elle eut mis sa cape. Elle s'apprêtait à partir. Cette idée lui était insupportable. Il l'attira à lui pour l'embrasser une dernière fois. Puis, la mort dans l'âme, il retira la chaise et ouvrit la porte.

Patro attendait juste derrière le battant. Il avait dû tout entendre. Sans doute avait-il remarqué qu'Eliza avait les cheveux défaits, que lui-même ne portait plus son gilet…

La mine chagrine, il les suivit tous deux jusqu'à la porte d'entrée. Eliza bavardait, d'une voix un peu trop aiguë. Elle avait le souffle court. Évidemment, à l'inverse de lui, elle n'avait pas l'habitude qu'on soit informé de ses moindres faits et gestes ! Quel imbécile de ne pas y avoir pensé… Quelle mouche l'avait piqué de la prendre ainsi, à même le sol ? Mais aussi, comment résister à ce désir urgent, impérieux, qui s'était emparé de lui ? Il n'avait plus eu toute sa tête.

Le prince héritier d'Alucie était un simple mortel, après tout.

Il regarda l'un de ses hommes aider Eliza à monter dans la voiture, puis suivit des yeux l'attelage qui s'éloignait.

— Vous devriez peut-être rentrer, Votre Altesse, suggéra discrètement Patro. Quelqu'un pourrait vous voir.

À contrecœur, il recula et laissa son majordome refermer la porte.

Eliza… Elle occupait toutes ses pensées. Lorsque l'attelage fut revenu le chercher, il rumina durant tout le trajet du retour jusqu'à Kensington Palace.

La soirée avait pris un tour inattendu. Rien n'était prémédité. Il avait seulement voulu passer du temps avec elle, seul à seule. Il n'avait jamais été dans ses intentions de la séduire de la sorte, avec la subtilité d'un garçon de ferme conduisant sa conquête dans une grange pour l'aimer sur un lit de foin.

Cela dit, le tourbillon d'émotions qu'elle éveillait en lui avait de quoi l'étonner et l'intriguer. Dernièrement, il s'était demandé s'il lui restait ne serait-ce qu'une once de passion. Son devoir l'accaparait depuis si longtemps, il consacrait tant d'énergie à tirer l'Alucie vers la modernité, qu'il était devenu étranger aux élans du cœur.

Or, pour Eliza Tricklebank, son cœur s'était embrasé.

Elle méritait un lit digne de ce nom, des oreillers de plume, des draps de soie. Allons, à quoi songeait-il ? Se voyait-il vraiment prolonger son idylle avec elle pendant une semaine ou deux, pour la laisser ensuite sans un regard en arrière ?

Et la raison de sa venue en terre anglaise, qu'en faisait-il ? Il restait quelques points à négocier, certes mineurs, mais cruciaux. Impossible de rentrer en Alucie les mains vides, sous peine de se voir évincer de toute discussion sur les orientations militaires ou commerciales du royaume. Le Premier ministre y veillerait, et se ferait un plaisir de le réduire à un rôle de figurant.

Sans oublier le choix matrimonial qu'il avait à faire. Misère ! Cette seule pensée le rendait malade. Et Matous, dans tout cela ? Se pouvait-il vraiment que son assassinat fasse partie d'un complot weslorien, comme Eliza en avait émis l'hypothèse ? Cette question ne méritait-elle pas qu'il lui consacre toute son attention ?

Il voyait bien qu'il agissait en dépit du bon sens. Mais voilà : son cœur semblait s'être mis à fonctionner indépendamment de sa raison.

Il s'efforçait encore de faire le tri dans cet imbroglio lorsqu'il pénétra dans sa suite de Kensington Palace. Au moment de franchir la porte de son bureau, il s'arrêta net. Lady Anastasan s'y trouvait, assise près du feu.

Elle se leva sitôt qu'elle l'aperçut.

— Votre Altesse, dit-elle avec un fantôme de sourire.

Était-ce son imagination, ou avait-elle un air légèrement narquois ?

Il balaya la pièce du regard. Était-elle seule à prendre ses aises dans ses appartements ? C'était la seconde fois qu'il la surprenait à rôder chez lui en son absence. Ces intrusions le mettaient mal à l'aise. Il se sentait vulnérable. Devait-il en déduire que tous les Aluciens qui l'avaient accompagné en Angleterre savaient à quoi il occupait son temps ?

Deo, tous ces regards indiscrets braqués sur lui en permanence, cela devenait insupportable ! Prince ou non, il était un homme, après tout ! Lui aussi avait droit aux relations amoureuses, bon sang ! Rien n'était plus naturel. L'anormal, c'était d'avoir à choisir une épouse dont il ne connaissait même pas le nom, sans parler de connaître la femme qui y répondait. L'anormal, c'était de trouver cette importune dans l'espace sacré qui lui était réservé.

— Qui vous a autorisée à entrer ici ? l'interrogea-t-il sèchement.

— Veuillez m'excuser, Votre Altesse. J'ai cru bien faire en gardant un œil sur vos affaires en votre absence. Patro était introuvable. Egius aussi.

— De quelles affaires parlez-vous, à la fin ?

Elle joignit ses mains devant elle. Elle paraissait apeurée.

— Je... Euh... J'ai vu Mr Rostafan quitter cette pièce un peu plus tôt. Vous sachant absent pour la soirée avec vos serviteurs, j'ai pensé qu'il valait mieux ne pas laisser vos appartements sans surveillance.

— Et donc, vous avez estimé que cette responsabilité vous incombait, milady. Vous méfieriez-vous donc du maréchal Rostafan ? Pensez-vous que ce soit votre rôle de mettre en cause ses agissements ?

Sa secrétaire se contenta de serrer les doigts sans mot dire.

D'un autre côté, voilà qui ne faisait que le conforter dans sa méfiance envers Rostafan. Que diable était encore venu faire le maréchal dans son bureau ? Que cherchait-il ? Sebastian laissa son regard errer sur sa table de travail, perplexe.

Puis il reporta son attention sur Lady Anastasan.

— Je vous l'apprends peut-être, mais mes gardes sont là pour veiller sur mes effets personnels, Sarafina. Je n'oserais pas exiger de l'épouse de mon ministre qu'elle joue les hommes de guet pour moi.

— Très bien, Votre Altesse, murmura-t-elle, penaude. Mon instinct protecteur a dû m'égarer.

Allons bon, il ne manquait plus que ça ! Allait-il donc falloir lui rappeler qu'elle n'était pas sa mère ? La reine Daria se portait comme un charme et l'attendait en Alucie, merci bien. Sarafina tombait mal, ce soir. Il n'était pas d'humeur à arrondir les angles ou à lui expliquer que sa position auprès de lui n'était que temporaire. Une simple faveur accordée à son époux, rien de plus.

— Où est Caius ? demanda-t-il.

— Il s'est retiré pour la nuit, Votre Altesse. Il ne se sentait pas bien.

Sebastian se détourna.

— Merci, Sarafina. Vous pouvez aller le rejoindre.

Un bruissement de tissu lui indiqua qu'elle traversait la pièce, puis un léger sifflement, suivi d'un déclic discret, lui apprit qu'elle avait refermé la porte derrière elle. Malgré tout, il ne put s'empêcher de jeter un coup d'œil par-dessus son épaule pour vérifier qu'il était enfin seul.

Rassuré sur ce point, il gagna avec raideur le vestiaire, où il jeta son manteau dans un fauteuil. Son gilet, resté dans la maison, avait dû être récupéré par Egius. Il sortit les pans de sa chemise de son pantalon.

Il s'employait à dénouer sa cravate quand un bruit lui parvint de la pièce voisine. Ce devait être Patro ou Egius, de retour de Mayfair. Il retourna sans se presser dans le bureau, et se figea sur le seuil. Rostafan.

Son maréchal eut l'air aussi surpris que lui. Il s'inclina précipitamment.

— Bonsoir, Votre Altesse. J'ignorais que vous étiez rentré.

— C'est ce que je vois. Que faites-vous dans mon bureau sans y avoir été prié ?

— Je cherchais Lady Anastasan, Votre Altesse. On m'a dit que je la trouverais ici.

— Dites-moi, Rostafan, à quel petit jeu jouez-vous avec l'épouse du ministre des Affaires étrangères ?

L'expression du maréchal changea du tout au tout. Il n'aurait pas eu l'air plus furieux s'il l'avait insulté.

— Je ne joue à aucun jeu, Votre Altesse. J'avais simplement l'intention de lui demander où je pourrais trouver son mari. J'ai à lui parler.

À d'autres. Il n'en croyait pas un mot. Il fit quelques pas en direction du colosse.

— Pourquoi ne pas avoir chargé un serviteur de faire la commission pour vous ? Vous arrive-t-il souvent d'entrer quelque part en l'absence du maître les lieux ?

— Vous vous méprenez, Votre Altesse, répondit Rostafan avec calme. La porte était entrouverte, c'est tout.

Rien n'était plus faux, il le savait pertinemment. Il l'avait vérifié lui-même après le départ de Lady Anastasan. Que tramait donc le maréchal ?

— Je vous ai contrarié, Votre Altesse, murmura l'intrus en inclinant la tête.

— *Je*, en effet, confirma Sebastian.

Rostafan joignit les mains dans son dos.

— Si vous le permettez, je vais me retirer.

— Faites, lâcha-t-il.

Le maréchal tourna les talons et quitta le bureau à grandes enjambées, puis referma la porte derrière lui. Comme Sebastian s'y attendait, le battant ne se rouvrit pas de lui-même.

Bon, que pouvait-il y avoir de si intéressant sur son bureau ? Il traversa la pièce jusqu'à sa table de travail, où il trouva une sacoche encore scellée. L'envoi provenait d'Alucie. Il l'ouvrit et passa en revue ce qu'elle contenait.

Des courriers adressés à Caius. Une lettre de son père pour lui demander quand il escomptait achever sa mission, et pour lui apprendre que des rebelles avaient été capturés dans le Nord. Visiblement, le pli que Sebastian lui avait adressé ne lui était pas encore parvenu. Aucune nouvelle, donc, de la situation financière de Rostafan. Ah ! les documents qu'il avait demandés au ministre des Finances, enfin ! Voilà qui lui donnerait des arguments pour faire baisser ces droits de douane prohibitifs qu'on tentait de lui imposer dans les négociations…

La sacoche ne contenait rien d'autre. Décidément, il ne comprenait pas ce qui avait poussé Rostafan à venir fureter dans son bureau. Qu'en dirait Eliza ?

Sebastian resta assis à son bureau pour réfléchir à tout cela. Au bout d'un moment, ses réflexions furent interrompues par l'arrivée de Patro et d'Egius. Il remit les papiers dans la sacoche et la scella de nouveau, assailli de soupçons.

À son réveil le lendemain matin, une sensation de profond malaise s'était installée dans sa poitrine, mêlée aux sentiments qu'il éprouvait pour Eliza. Il avait rêvé d'elle. Chaque instant passé avec elle devant l'âtre lui était revenu en songe, avec une si grande précision qu'il se leva insatisfait, irrité.

Il avait regagné son bureau lorsque Patro vint annoncer l'arrivée du ministre Anastasan et de sa femme.

— *Bon den*, Votre Altesse, le salua Caius en s'inclinant.

Les yeux baissés, Lady Anastasan se contenta d'une révérence. Elle paraissait nerveuse. Elle n'avait pas dû raconter à son mari leur petite altercation de la veille.

— Qu'y a-t-il ? s'enquit Sebastian.

— J'aimerais vous entretenir de Lady Elizabeth Keene

et de Lady Katherine Maugham, Votre Altesse, expliqua Caius.

Sebastian se figea.

— Je vous écoute.

— Je suggère que nous les invitions ici avec leurs familles pour un petit dîner. Rien de trop important, peut-être vingt-quatre convives, s'il plaît à Votre Altesse.

Le visage souriant d'Eliza lui apparut fugitivement.

— Voilà qui enchanterait leurs familles, commenta Lady Anastasan.

Caius décocha à son épouse un regard d'avertissement. Cette question ne la regardait pas. Elle était la secrétaire de Sebastian, en aucun cas sa conseillère.

— C'est au prince d'en décider, dit-il sèchement.

— Bien sûr, répondit-elle sans se laisser démonter. Son Altesse souhaitera peut-être inviter d'autres personnes, également ? L'une de ses cavalières au bal des Whitbread, par exemple ?

Quelle impudence ! Et quelle imprudence… Que cherchait-elle, au juste ?

Son mari s'était considérablement rembruni.

— J'ai oublié des papiers sur mon bureau, ma chère, lui dit-il, les dents serrées. Voudriez-vous bien aller les chercher pour moi, je vous prie ?

Elle se mordit la lèvre, mais obtempéra sans insister.

— Toutes mes excuses, Votre…

— Il n'y a pas de quoi, Caius. Cela dit, j'ai décidé que je pouvais me passer de secrétaire personnel, maintenant que notre séjour arrive à son terme. Nous nous débrouillons très bien tous les deux, je trouve.

Caius blêmit. Il parut sur le point de parler, mais se ravisa. Il serra les lèvres et inclina la tête.

— Comme il vous plaira, Votre Altesse.

— Ma décision est prise.

Franchement, Sebastian ne serait pas fâché de ne plus jamais revoir Lady Anastasan. Pendant longtemps, il n'avait eu aucune opinion à son sujet, et voilà que, subitement, sa seule vue l'irritait. Quel étrange revirement ! Mais aussi, quelque chose chez cette femme ne lui revenait pas. Il n'appréciait pas sa façon de s'attarder, de le regarder droit dans les yeux comme s'ils partageaient un secret.

— Pour en revenir à ce dîner, rafraîchissez-moi la mémoire, voulez-vous ? Elizabeth Keene est-elle blonde ou brune ?

— Blonde, répondit Caius. Son père est un industriel de premier plan dans le domaine de la sidérurgie. C'est aussi un cousin éloigné de la reine. Lady Katherine Maugham, quant à elle, est la fille d'un membre influent de la Chambre des lords. La branche maternelle de sa famille a des liens de parenté avec la famille du prince Albert établie dans le duché de Saxe-Cobourg et Gotha. Toutes deux représentent un excellent parti.

Pour le royaume, peut-être, mais pour lui… Il se souvenait à peine de leur visage. Bah, quelle importance, au fond ? Il finirait par apprendre à connaître la femme qu'il épouserait, sans doute. Il engendrerait les héritiers qu'on attendait de lui, après quoi il pourrait se remettre au travail.

Les deux familles, dans ce cas. Pas plus de vingt-quatre invités. Et pas de danses, je vous prie.

Subir un énième bal serait au-dessus de ses forces.

— Vendredi conviendra-t-il ?

Cela ne lui laisserait que trois jours dans la maison de Mayfair. Trois précieuses journées avec Eliza.

— *Je*, murmura-t-il.

Soudain, il se sentit terrassé par le remords. L'inévitable

se précisait. Mieux valait qu'il prévienne Eliza lui-même avant que l'annonce soit officielle. Elle s'y attendait, bien sûr. Elle n'était pas née de la dernière pluie. Malgré tout, il n'était pas question qu'elle l'apprenne par quelqu'un d'autre. Il voulait qu'elle sache combien cette décision lui était douloureuse.

Il grimaça. Comme si les regrets pouvaient lui être d'une quelconque consolation !

Quelle cruelle ironie, pour un futur roi, d'être ainsi pieds et poings liés par le devoir… S'il était un homme au monde qui aurait dû pouvoir obtenir tout ce qu'il désirait, c'était bien lui. Or, c'était tout l'inverse.

Chapitre 21

Miladies, si vous faites installer une pompe à eau chez vous, prudence. Tout récemment, une lady s'est si bien enthousiasmée pour cette nouveauté que le dispositif, trop sollicité, a explosé et inondé sa cuisine. Elle-même a glissé et s'est cassé le bras. Certains fabricants recommandent d'en réserver l'usage pour le jardin.

D'après les nouvelles des quais de la Tamise, on ravitaille actuellement les navires aluciens en prévision du retour, qui privera la ville des multiples apparitions du prince.

Honeycutt's,
gazette mode et maison pour ladies

Eliza avait besoin de s'occuper l'esprit. Tout, plutôt que de songer à Sebastian et à l'extraordinaire pas de côté qu'elle avait fait avec lui. Elle était donc partie au marché de Covent Garden faire quelques commissions. À présent, son sac en coton sur l'épaule, elle déambulait entre les éventaires en promenant son regard sur les marchandises exposées. Elle avait promis de rapporter une nouvelle pelote de laine à son père, des œufs à Margaret et trois mètres de mousseline grise à Poppy, si le hasard lui permettait d'en trouver.

La laine et la mousseline reposaient déjà au fond de son sac. En chemin vers l'étal de la vieille fermière à qui elle achetait généralement ses œufs, son regard fut attiré par un présentoir de fleurs fraîches. Elle s'approcha pour les examiner. Pourquoi ne pas en prendre quelques-unes pour égayer la table du dîner ? C'est alors qu'une silhouette retint son attention. Il s'agissait d'un homme courtaud, à qui elle n'accorda d'abord qu'un regard distrait. Puis, tout à coup, elle le reconnut. Cet homme qui avançait à pas pressés, en claudiquant et en balançant les bras, n'était autre que l'inconnu qui lui avait apporté la fameuse lettre anonyme !

— Monsieur ! cria-t-elle. Eh ! monsieur, s'il vous plaît !

Elle s'élança derrière lui. Fébrile, elle contourna une paire de poulets qui picoraient tranquillement, passa devant un chien qui aboyait, longea deux étals de fruits.

— Attendez !

L'homme jeta un coup d'œil intrigué par-dessus son épaule. Puis, sans crier gare, il prit ses jambes à son cou.

Ah ! non, pas question de le laisser filer ! Elle n'était plus aussi rapide que par le passé, mais elle pouvait encore tenir le rythme. Elle ramassa ses jupes et bondit au milieu des chalands, qui s'arrêtèrent pour observer cette poursuite peu banale.

Elle pourchassa le fugitif jusque dans une impasse. Là, une main sur la poitrine, elle s'efforça de reprendre son souffle.

— Inutile de courir, voyons ! se plaignit-elle. J'ai les poumons sur le point d'exploser !

— Ne me faites pas de mal, la supplia l'homme acculé contre le mur en joignant les mains devant son torse.

— Vous faire du mal ? Ai-je donc l'allure d'une tortionnaire ?

— Comment savoir ? Vous avez peut-être des hommes de main.

L'éclat de rire d'Eliza s'acheva sur une respiration sifflante.

— Vous n'avez rien à craindre, sir. Regardez autour de vous ! Je n'étais armée que de laine et de tissu. Et encore : votre mauvaise volonté à me parler m'a fait perdre mon sac. Que vais-je dire à mon père, maintenant ? Il attendait sa laine avec impatience.

— Pitié, gémit l'homme.

— Vous souvenez-vous de moi ?

Il acquiesça craintivement de la tête.

— Parfait ! Dans ce cas, plutôt que de m'implorer d'épargner votre vie, que diriez-vous de répondre à une simple question ? suggéra-t-elle en s'avançant de quelques pas. Qui vous a remis la lettre destinée à mon père ?

L'homme, plus petit qu'elle d'au moins une tête, se tassa contre le mur.

— Quelle lettre ?

— Le message glissé au milieu de la pile de courrier que vous m'avez livrée ce jour-là.

— Je ne sais rien, m'lady. On m'a donné cinq pence pour distribuer ce courrier. J'ai fait ce qu'on me demandait. Je n'ai pas cherché à en savoir plus.

— Mais ces cinq pence, qui vous les a donnés ? À quoi ressemblait-il ?

— Pas il.

— Comment ça ? Que voulez-vous dire ?

— Pas il. Elle.

— C'était une femme ?

— Oui, m'lady. Et belle, avec ça.

Tiens, tiens…

— Pourriez-vous me la décrire ?

— Les mêmes cheveux que vous. Un peu plus foncés, peut-être. Les yeux marron. Petite. Beaucoup plus petite que vous. Mais mieux pourvue à ce niveau-là, ajouta-t-il en mimant des formes généreuses sur son torse. Sacrément mieux pourvue, même, et il y avait du monde au balcon…

— Ça suffira, l'interrompit-elle avec un regard noir. Habite-t-elle dans le quartier ?

— Là, je ne peux pas vous dire. Jamais rencontrée avant ce matin-là. Elle n'est pas du coin, m'est avis. Elle avait une drôle de façon de parler.

Allons bon…

— Un défaut de prononciation, vous voulez dire ?

— Elle ne doit pas être de Londres, voyez ?

— Un accent ?

L'homme la dévisagea sans paraître comprendre.

— Avez-vous eu l'impression qu'elle venait du Nord ? tenta encore Eliza.

— Jamais entendu un Anglais parler comme elle.

Une Alucienne, alors ? Eliza s'approcha encore de l'homme. Aussitôt, il leva les bras au-dessus de sa tête comme pour se protéger.

— Pour l'amour du ciel, cessez donc votre manège ! Vous n'avez rien à craindre de moi. Qu'a dit cette femme ?

— Qu'elle me donnerait cinq pence si j'apportais son courrier au juge Tricklebank à Bedford Square. Je savais de qui elle parlait. Il est connu comme le loup blanc, le juge. Même qu'il n'a plus d'yeux.

— Il est aveugle. Ce n'est pas tout à fait la même chose. Bref, poursuivez.

— Ma foi, c'est tout. Elle m'a donné les sous, j'ai pris le courrier et je suis venu vous l'apporter.

Quelle histoire, vraiment ! Comment diable cette femme avait-elle mis la main sur le courrier de son père ?

— Où est-elle allée ensuite ?

Il fit un geste d'ignorance.

— Elle a disparu dans les allées du marché. Je l'ai perdue de vue.

De qui pouvait-il bien s'agir ?

— Je peux m'en aller, maintenant ? s'enquit l'homme.

Elle le jaugea du regard. Mentait-il ? Tentait-il de lui dissimuler des informations ? Sans doute pas. Ce pauvre hère, apparemment terrorisé par les femmes, avait seulement cherché à gagner un peu d'argent.

— Faites, dit-elle. Mais, à l'avenir, vous feriez bien de réfléchir avant d'accepter cinq pence de la part de parfaits inconnus.

— Oui, m'lady.

Il avait déjà entrepris de la contourner avec précaution, comme s'il craignait qu'elle se ravise. Dès qu'il le put, il fila sans demander son reste, comme s'il avait à ses trousses toute une meute de chiens de chasse.

— Vous n'avez rien à craindre, je vous l'ai dit ! lui cria Eliza. Je ne ferais pas de mal à une mouche !

Avec un soupir, elle sortit de l'impasse et rebroussa chemin jusqu'à l'étal de fleurs, au pied duquel elle retrouva son sac en tissu. Piétiné, comme de juste.

Quand elle eut acheté les œufs, elle reprit le chemin de la maison, encore sous le choc. Ainsi donc, l'auteur de la lettre anonyme était une femme…

L'après-midi touchait à sa fin. Sous les nuages noirs qui plombaient le ciel, le fond de l'air était frais. Une vague mélancolie s'empara d'elle. L'hiver serait bientôt là. La saison froide ne la dérangeait pas, en soi. Simplement, son approche annonçait le départ imminent de Sebastian. Car les Aluciens souhaiteraient reprendre la mer avant l'arrivée de la bise, sans doute. Enfin, elle ne connaissait pas grand-chose à la navigation, mais l'idée lui paraissait plausible.

Ces derniers jours, elle n'avait pensé qu'à lui. Les souvenirs de la soirée qu'ils avaient partagée ne cessaient de tourner dans sa tête. Impossible d'oublier un seul son, un seul effluve, une seule sensation. Elle n'avait aucun regret. Ils avaient vécu des instants magiques, qui dépassaient tout ce dont elle aurait pu rêver. Sa propre vertu ne l'avait guère préoccupée : au moins, elle pourrait chérir le souvenir des caresses de cet homme jusqu'à la fin de ses jours.

Malgré tout, elle n'était pas sereine. Elle brûlait de retrouver ces sensations exquises, de se perdre à nouveau dans ce regard d'émeraude... D'un autre côté, elle savait qu'il serait irresponsable de chercher à le revoir en tête à tête. Chaque moment qu'ils partageaient la rapprochait de lui. Chaque instant passé en sa compagnie faisait naître d'inévitables illusions. Si elle n'y prenait garde, son imagination risquait fort de s'emballer et de la conduire au désastre.

Bientôt, il partirait. La réalité était là, implacable. En tant que prince héritier d'Alucie, son retour à Helenamar n'était pas contestable, et il l'accomplirait au bras d'une épouse anglaise digne de son rang. D'ici à son accession au trône, il aurait avec elle de beaux enfants sains et vigoureux. Tandis qu'elle-même...

Elle-même aurait ses souvenirs. Voilà tout.

Cet interlude dans la monotonie de son existence allait prendre fin. Elle en garderait la réminiscence, au moins.

Quelle injustice, quand on y songeait ! D'ailleurs, mieux valait ne pas y songer...

Toute à ses sombres réflexions, Eliza manqua de trébucher sur la sacoche du facteur. Un coup d'œil alentour lui confirma la présence de Mr French, en grande conversation avec Mrs Spragg. Il avait laissé son sac bourré de courrier au pied des marches, sur le trottoir.

Eliza le salua de la main, puis baissa les yeux sur la sacoche grande ouverte. La besace, très large, permettait sans doute de chercher facilement les lettres. Aussi bien pour le facteur lui-même que pour quiconque passerait par là…

Elle jeta un nouveau coup d'œil à Mr French. Appuyé contre le muret qui bordait le perron de Mrs Spragg, les jambes croisées dans une attitude désinvolte, il tournait le dos à la rue. Eliza aurait facilement pu s'emparer du courrier et disparaître sans qu'il s'en aperçoive. Ou, à plus forte raison, fouiller à son insu parmi les lettres pour trouver les plis adressés à son père.

Elle se pencha pour mieux voir le contenu de la sacoche. Un épais tas d'enveloppes, nouées ensemble à l'aide d'un lacet de cuir, portait sur le dessus l'adresse du juge. Mais bien sûr ! Voilà comment la coupable s'y était prise ! La plupart des résidents de la place ne recevaient qu'une ou deux lettres par jour, mais son père, lui, se voyait adresser une abondante correspondance. Quoi de plus aisé que de repérer le courrier destiné au numéro 34 ?

Eliza attendit patiemment. Enfin, Mr French se décida à redescendre les marches, en ménageant sa mauvaise jambe.

— Miss Tricklebank, quel plaisir de vous voir ! Voulez-vous que je vous donne votre courrier maintenant ?

— Volontiers, merci. Cela vous épargnera de venir jusque chez nous.

— Vous êtes bien aimable. Comme ça, je rentrerai de bonne heure, aujourd'hui.

Le facteur ramassa son sac et passa la lanière à son épaule.

— Je m'attarde un peu trop, parfois, ajouta-t-il sur le

ton de la confidence. Mrs French aime bien me savoir à la maison, voyez-vous.

— C'est bien compréhensible. Vous êtes un homme sur qui l'on peut compter. J'imagine que vous devez beaucoup lui manquer quand vous n'êtes pas là.

— C'est ma petite fierté, vous savez. On ne peut pas en dire autant de tous les facteurs, mais moi, je distribue le courrier tous les jours, sans exception.

— Je ne peux que confirmer ! C'est bien pour cela, du reste, que j'ai été si surprise de voir quelqu'un d'autre nous apporter notre correspondance l'autre jour.

— Comment ?

La stupéfaction se peignit sur les traits de Mr French. Puis il prit un air pensif.

— Quand était-ce ? s'enquit-il.

— Oh ! je ne sais plus, répondit-elle avec une légèreté feinte. Il y a une quinzaine de jours, à peu près.

Le facteur paraissait de plus en plus dubitatif.

— Je m'excuse, Miss Tricklebank, mais je ne vois pas comment une telle chose aurait pu se produire. Je fais le même trajet tous les jours. Je suis réglé comme une horloge.

— Précisément, d'où ma surprise.

Il secoua la tête et lui sourit avec indulgence.

— Vous devez faire erreur, Miss Tricklebank.

Ça alors ! La prenait-il pour une vieillarde sénile ? Sa mémoire ne lui jouait pas encore de tours, merci.

— Sans doute, capitula-t-elle avec un sourire mielleux.

N'en déplaise à ce fat, sa conviction était faite. Une femme avait bel et bien subtilisé leur courrier dans sa sacoche pour y glisser la lettre anonyme, avant de payer un quidam trouvé sur le marché pour qu'il apporte le tout au 34, Bedford Square.

— Très bien, Miss Tricklebank. Si vous me permettez

de vous remettre ces lettres en mains propres, je vais poursuivre de ce côté et finir ma tournée pour aujourd'hui.

— Faites donc. Bonne journée, Mr French.

Il toucha sa casquette pour la saluer, puis s'éloigna en boitillant, sa sacoche à l'épaule.

Eliza resserra sa cape autour d'elle et reprit son chemin.

Alors qu'elle approchait de la maison, elle aperçut un attelage stationné à l'angle opposé de la place. La voiture ressemblait fort à celles qu'empruntait la reine de temps à autre pour sortir de Buckingham. Sebastian ? Son cœur se mit à marteler sa poitrine. Allons, du calme. Il ne serait pas venu comme ça, en plein jour, dans un véhicule aussi reconnaissable.

Oh ! Dieu du ciel, se pouvait-il qu'il soit à l'intérieur en compagnie de son père ?

Eliza s'élança vers la porte.

Trois hommes patientaient près de l'attelage, tous vêtus d'un long manteau. Impossible de voir s'ils portaient des vêtements aluciens ou anglais. La vérification aurait été superflue, cela dit. Elle savait.

Elle gravit l'escalier en toute hâte, trébuchant sur la dernière marche dans sa précipitation. Après avoir crié à Jack et John de s'écarter de la porte, elle se glissa par l'entrebâillement pour éviter qu'ils s'échappent.

— Eliza ! s'écria Poppy en se précipitant vers elle, les yeux exorbités. Vous n'allez pas en croire vos oreilles !

— Je crois avoir deviné, Poppy, dit Eliza en lui jetant son sac. Où est-il ?

— Dans le salon. Le juge va descendre prendre le thé d'une minute à l'autre.

À cet instant précis, la voix du juge leur parvint de l'étage, comme s'il n'avait attendu que ce signal.

— Eliza, est-ce toi qui viens de rentrer ?

— Oui, Père ! cria-t-elle en réponse.

— Qui nous rend visite ?

— Euh… Je vais voir, répondit-elle en jetant à Poppy un regard affolé.

Elle se débarrassa fébrilement de sa cape tout en se dirigeant vers le salon, précédée des deux chiens.

Elle entra en coup de vent, et dut s'arrêter un instant pour reprendre ses esprits.

Sebastian se tenait près du manteau de la cheminée, plongé dans l'examen de ses pendules. À moins qu'il ait été captivé par Prince, qui s'était perché sur l'une d'elles. Il se retourna à son arrivée. Quelle virilité ! Quel charme ! Et ce sourire… Une vague de chaleur monta en elle, mêlée à un léger vertige.

Elle jeta un rapide coup d'œil en arrière.

— Que faites-vous ici ? chuchota-t-elle d'une voix pressante, de sorte que lui seul puisse l'entendre.

Les deux terriers le flairaient consciencieusement en remuant la queue.

— Il fallait que je vous parle, expliqua-t-il en s'avançant vers elle, comme s'il n'avait pas remarqué la présence des chiens.

— C'est que… Mon père m'attend pour le thé.

— Quelle meilleure occasion de faire sa connaissance ? Si vous le permettez, bien sûr.

— Eliza ? appela le juge.

Misère de misère, comment allait-elle pouvoir expliquer la présence du prince d'Alucie à son père ?

— Dieu vous préserve, Sebastian, je crois que vous avez perdu la raison, dit-elle d'une voix douce.

— Je ne peux pas vous contredire.

Dans un brusque élan, il la rejoignit, la souleva dans ses bras et l'embrassa fougueusement sur les lèvres. Puis il la reposa et recula d'un pas. Il était temps ! Le juge pénétra dans la pièce, une main posée sur le cordon fixé au mur.

Eliza se tourna vers son père, encore tout émue.

— Père ! s'écria-t-elle avec un peu trop d'enthousiasme.

Elle alla à sa rencontre, le prit par la main et l'aida à s'asseoir dans son fauteuil.

— Où étais-tu ? s'enquit-il en s'installant.

— Au marché. Je t'ai rapporté de la laine, comme tu me l'avais demandé.

Il tourna la tête comme si sa vue ne lui faisait pas défaut et qu'il cherchait quelque chose dans la pièce.

— De quelle couleur ?

— Bleue…

— Ça ne va pas, ma chérie ?

— Pardon ?

— Je te sens nerveuse.

Il s'immobilisa un instant, comme pour tendre l'oreille. Tout en s'efforçant de maîtriser son souffle, elle lança un regard inquiet à Sebastian. Il paraissait sur le point de parler.

— Qui est là ? demanda son père.

— Euh…

Sebastian fit mine de répondre, mais elle se hâta d'intervenir pour l'en empêcher.

— Vous avez raison, Père, nous avons de la visite. Poppy, veux-tu bien nous apporter du thé ? Ou plutôt, du whisky. Ce sera mieux.

— Tout de suite, lança Poppy depuis la porte.

— En voilà, des mystères ! s'exclama le juge.

— Patience, Père, je vais vous expliquer.

Elle lui apporta son tricot et guida ses mains vers les aiguilles. Le chat bondit sur le dossier du fauteuil qu'il occupait et s'y allongea de tout son long.

— Comme vous l'avez deviné, nous avons de la visite.

Enfin, j'ai de la visite, pour être plus précise. Mais il voudrait faire votre connaissance.

— Il ? releva son père. M'aurais-tu fait des cachotteries, ma chérie ? Tu n'as pas l'intention de me quitter, au moins ?

— Voyons, Père, qu'allez-vous imaginer ? Bien, je dois vous prévenir qu'il s'agit d'un personnage important.

Son père fronça les sourcils.

— À quel point ?

— C'est un prince, répondit-elle doucement.

Le regard vague de son père devint fixe.

— Ma foi, on peut parler d'un personnage important, en effet. Que nous vaut l'honneur de sa visite ?

— Il souhaite s'entretenir avec moi. Il se trouve que nous sommes amis…

— Amis ! la railla le juge.

Sebastian fit un pas en avant, mais Eliza l'enjoignit au silence d'un signe de tête.

— C'est pourtant vrai, Père. Je lui ai apporté mon aide dans une affaire personnelle.

Le juge émit un grognement narquois.

— Pardonne-moi, Eliza, car tu es une jeune femme tout à fait capable. Mais je ne vois pas en quoi tu aurais pu aider cet homme. D'autant que je t'avais expressément priée de garder tes distances avec lui.

— C'est exact, Père, concéda Eliza avec une grimace contrite. Mais je ne t'ai pas écouté. Nous sommes devenus amis, et…

— Vais-je finir par rencontrer ce gentleman, Eliza ? demanda le juge d'une voix impérieuse.

Elle n'en entendit pas davantage, car un bruit de voix s'éleva brusquement dans l'entrée. Malheur ! Hollis ! Il ne manquait plus qu'elle… Eliza se rua à sa rencontre pour tenter de limiter les dégâts. Sa sœur était bien capable d'envenimer encore une situation déjà très délicate. Hélas, Hollis était déjà là. Elle s'arrêta net sur le seuil du salon et les regarda tour à tour, abasourdie.

— Hollis, ma chérie, entre ! s'écria gaiement Eliza.

À tout prendre, mieux valait faire comme si la présence de Sebastian dans cette pièce était parfaitement normale.

— Un autre whisky, Poppy !

Hollis dévisageait Sebastian sans retenue.

— Eliza, qu'est-ce que…

— Tu tombes à pic, la coupa Eliza. Je m'apprêtais justement à faire les présentations.

— Le moment serait bien choisi, je pense, approuva Sebastian.

Il inclina la tête à l'adresse de Hollis.

— Bonjour, Mrs Honeycutt.

— Bonjour, Votre Altesse, répondit-elle froidement.

Elle le gratifia tout de même d'une révérence gracieuse.

— Père, permettez-moi de vous présenter Son Altesse royale le prince Sebastian.

Pourvu qu'elle n'ait pas manqué au protocole… Elle tourna des yeux implorants vers Sebastian, mais la passion qui avait animé ses traits à peine quelques instants plus tôt avait laissé place à une expression de neutralité polie.

— Votre Altesse, voici mon père, le juge William Tricklebank.

Sebastian tendit la main et prit celle du vieil homme.

— Enchanté, Votre Honneur.

— Tout le plaisir devrait être pour moi, commenta le juge en retirant lentement sa main. Malgré tout, j'attendrai de savoir ce qui vous lie à ma fille pour vous l'exprimer.

Hollis plaqua une main sur sa bouche, mortifiée. Eliza, elle, n'était guère surprise. Quant à Sebastian, il accueillit la pique sans sourciller.

— J'aime qu'on ne tourne pas autour du pot, Votre Honneur, commenta-t-il simplement. Miss Tricklebank a dit vrai : elle m'a été d'une aide précieuse. Ses conseils se sont révélés très judicieux. C'est justement pour solliciter une nouvelle fois son avis que je suis venu lui rendre visite.

— C'est un fait, ma fille est de très bon conseil, convint le juge. Cependant, j'ose espérer qu'en la consultant vous ne vous êtes pas risqué à lui faire de vaines promesses.

— Père ! s'indignèrent Hollis et Eliza à l'unisson.

— Je vous en donne ma parole de prince et de gentleman, répondit Sebastian avec solennité.

Eliza ne savait plus où se mettre. Fallait-il donc rappeler à son père qu'elle était une femme faite, et non une jeune vierge vite effarouchée ? Elle n'en eut pas l'occasion, toutefois. Dans un tintement de verres, Poppy revint avec le chariot branlant qui servait pour les réunions en grand comité. Elle buta contre une pile de livres, qui s'effondra au sol. Après avoir reculé de quelques pas pour les contourner, elle fit rouler le chariot jusqu'au juge.

— Ah, le whisky, commenta Eliza. Voilà qui ne nous fera pas de mal. Je vous en prie, asseyez-vous, Votre Altesse.

— Ne sommes-nous pas en termes plus amicaux, Eliza ? Il faut m'appeler Sebastian.

— Seigneur, souffla Hollis. Mon Dieu…

— C'est vrai, dit Eliza avec un regard réprobateur à l'adresse de Sebastian.

À ce rythme, sa sœur et son père ne tarderaient guère à deviner ce qui s'était passé entre eux.

— Voulez-vous vous asseoir, Sebastian ? se corrigea-t-elle.

— Je frémis à l'idée de ce qui a pu vous amener à vous appeler par vos prénoms en si peu de temps, commenta le juge comme s'il avait lu dans ses pensées. Mais, pour l'heure, voyons déjà sur quels sujets vous avez consulté l'avis de ma fille.

Elle tenta de placer un verre dans sa main, mais il la chassa d'un geste impatient.

— Elle s'est montrée d'une grande perspicacité dans l'élucidation du meurtre de mon secrétaire personnel, expliqua Sebastian en prenant le verre que lui tendait Poppy. La pauvrette paraissait si impressionnée qu'elle manqua de le lui renverser sur les genoux.

— Comme vous pouvez l'imaginer, lors d'un événement aussi tragique, tout le monde est suspect, poursuivit-il. Or, j'en suis venu à adopter le point de vue d'Eliza.

— Nul doute qu'elle en est venue à adopter le vôtre, elle aussi, répliqua sèchement le juge.

— Voyons, Père !

Hollis, qui ne laissait jamais échapper un sujet d'article, intervint vivement.

— Avez-vous découvert qui avait commandité l'assassinat ?

Sebastian fit « non » de la tête.

Eliza brûlait de lui révéler ce qu'elle avait appris à Covent Garden, mais mieux valait attendre qu'ils soient seuls. Elle s'était toujours enorgueillie d'appartenir à une famille de libres penseurs, où l'on menait souvent des débats sains et francs. Pourtant, cette fois, elle aurait préféré que son père et sa sœur gardent leurs opinions pour eux.

— Vous faites confiance à Eliza, Votre Altesse ? reprit le juge. Fort bien. Cependant, elle est totalement étrangère à ce genre d'affaires, je puis vous l'assurer, et j'aimerais qu'elle le reste. L'idée que vous ayez pu la mettre en danger me déplaît au plus haut point.

— Il n'a rien fait de tel, Père !

Bon sang, allait-il enfin cesser de la traiter comme une enfant ?

— Eliza ne manque pas de jugeote, Père, intervint Hollis. Elle en a bien plus que toutes ces jeunes oies blanches que Son Altesse a pu rencontrer depuis le début de son séjour…

— Hollis ! protesta vivement Eliza. Allons, ça suffit, tous les deux, décréta-t-elle en levant les deux mains. Père, Hollis, j'apprécie le souci et l'attention que vous portez à mon bien-être et à ma réputation… ou ce qu'il en reste, ajouta-t-elle avec un geste indifférent. Mais je ne suis pas sotte, et le prince s'est comporté en parfait gentleman. Nous sommes amis. Je ne suis pas en danger. D'aucune manière, précisa-t-elle avec un regard appuyé en direction de sa sœur.

Hollis plongea le nez dans son verre, l'air froissé.

— Tu comptes pour nous, c'est tout.

Évidemment, ils s'inquiétaient pour la pauvre Eliza, naguère la plus grande dupe de Londres. Ils craignaient que cette terrible épreuve ne lui soit infligée à nouveau.

— Je le sais. Et je ne vous en aime que davantage. Écoutez, j'ai commis une regrettable erreur voilà dix ans, je ne le nie pas. Mais je ne suis plus la même, aujourd'hui. Vous le savez aussi bien l'un que l'autre.

Hollis baissa les yeux et battit des paupières.

— N'en dis pas plus, la prévint-elle doucement.

— Je n'ai rien à cacher, rétorqua Eliza.

— J'ai trouvé sa franchise tout à fait rafraîchissante, intervint Sebastian. Voyez-vous, dans mes relations quotidiennes, je suis souvent confronté à un certain manque de sincérité. Les idées reçues ne manquent pas sur ce qu'il convient de dire ou de ne pas dire à un prince. On a tendance à me cacher des choses, ou à les enjoliver.

Eliza, elle, n'a jamais mâché ses mots vis-à-vis de moi ou de ma situation. Elle dit ce qu'elle pense, quoi qu'il arrive.

— Vous dites vrai. Moi aussi, je me fie à ses avis. Mais Eliza est ma fille. Je refuse que quiconque lui fasse du mal, affirma le juge avec force.

— Mais enfin, personne ne me fait de mal ! s'emporta Eliza, exaspérée.

— Quoi qu'il en soit, tu n'es pas en position de conseiller un prince, s'entêta son père. Si c'est bien de cela qu'il s'agit, peut-être acceptera-t-il de rester dîner ce soir. Ainsi, tous les Tricklebank de Bedford Square pourront lui faire part de leur opinion. Nous sommes tous d'une honnêteté redoutable et avons chacun notre façon de penser, parfois jusqu'à l'obstination.

— J'apprécie la générosité de votre offre, déclara Sebastian. Hélas, on m'attend ailleurs ce soir.

Il tourna les yeux vers Eliza.

— J'espérais pouvoir m'entretenir en privé avec votre fille, si vous voulez bien nous accorder quelques instants.

Eliza jeta un coup l'œil à la ronde. Son père regardait dans sa direction, et tous les yeux étaient tournés vers elle – Hollis, Poppy, et même les chiens et le chat.

— Accordé, déclara-t-elle à leur place. Excusez-nous.

Les mains sur les genoux, son père détourna la tête sans faire de commentaire.

— Ravi de vous avoir rencontré, Votre Honneur, dit aimablement Sebastian. Mrs Honeycutt, ajouta-t-il en s'inclinant. Poppy.

Poppy lui sourit d'un air penaud. Au moins, elle avait meilleure opinion de lui, désormais.

Eliza se dirigea vers la porte et l'ouvrit. Le prince ayant refusé de passer devant elle, elle quitta la pièce sur un dernier regard à sa famille. Elle traversa l'entrée jusqu'au petit salon où elle s'installait parfois pour réparer ses horloges. Un certain nombre d'entre elles jonchaient la table, à divers stades de démantèlement. Sebastian la suivit à l'intérieur et referma la porte derrière lui. Un bref instant, elle songea que son père avait raison : elle n'avait aucune qualification pour conseiller un prince. Malgré tout, il fallait qu'elle lui raconte ce qu'elle venait d'apprendre.

— J'ai du nouveau, Sebastian, annonça-t-elle en le saisissant aux épaules. J'ai retrouvé l'homme qui nous avait apporté la lettre anonyme !

Une lueur s'alluma dans les yeux de Sebastian. Une dureté qu'elle n'y avait jamais vue.

— Ne vous avais-je pas défendu de le chercher ? Où l'avez-vous retrouvé ?

— À Covent Garden. Vous n'allez pas me croire ! C'est une femme qui lui a donné cinq pence pour jouer les coursiers !

— Une femme ? répéta-t-il, stupéfait. Qui ?

— Il m'a assuré qu'il ne la connaissait pas. Mais il me l'a décrite : petite, les cheveux plus foncés que moi, les yeux marron.

— Ce pourrait être n'importe qui, commenta-t-il.

— Il a précisé qu'elle avait… euh… une poitrine généreuse. Et qu'elle s'exprimait avec un accent. Un accent non pas régional, mais étranger.

Sebastian commençait à s'assombrir.

— Cet accent, l'a-t-il reconnu ?

— Non. C'était une Alucienne, vous ne croyez pas ?

Il réfléchit un instant, puis réfuta cette idée d'un signe de tête.

— Impossible.

— Pourquoi ?

Il se frotta la nuque, songeur.

— Je ne sais pas. Je vois mal une femme de ma suite agir de la sorte. Une Française, peut-être ?

— Quel intérêt une Française aurait-elle eu à nous faire parvenir cette lettre ? À moins qu'elle soit en relation avec ce fameux banquier français… Mais il pourrait tout aussi bien s'agir d'une autre Alucienne. Quelqu'un qui se trouvait déjà sur place, ou qui est arrivé après vous. Une rebelle qui connaissait vos projets de séjour en Angleterre.

Voilà qui méritait réflexion. Il se détourna, pensif.

— Ou l'une des femmes qui m'ont accompagné, en effet. À bien y réfléchir, rien ne permet d'exclure cette hypothèse.

Il contempla le sol un long moment.

— Que vouliez-vous me dire ? s'enquit Eliza.

Sebastian se retourna brusquement vers elle.

— Quelle heure est-il ?

La question avait de quoi faire sourire, compte tenu du nombre d'horloges entassées dans la pièce. Eliza saisit une montre à gousset qu'elle avait réparée récemment et en consulta le cadran.

— Six heures moins le quart.

Elle la lui tendit.

— Tenez, c'est pour vous.

Il observa la petite montre qu'elle tenait au creux de sa main.

— Je l'ai achetée à un vieil homme qui la vendait pour pièces. Elle était tellement jolie que j'ai eu envie de la réparer. C'est chose faite.

Elle passa un doigt sur l'inscription gravée au dos. *Amor fidelis.* « Amour loyal », en latin. Un cadeau, sans doute. Pour qui et de la part de qui ? Elle s'était posé la question en s'employant à la réparer, penchée sur le mécanisme.

Quel noble sentiment… D'une certaine façon, l'offrir à Sebastian lui paraissait approprié.

— J'aimerais que vous l'acceptiez. En gage de notre amitié.

Elle lui prit la main et y déposa la montre, puis replia ses doigts sur l'objet.

— En souvenir de moi.

Sebastian releva lentement les yeux vers elle. Ses belles prunelles vertes avaient perdu de leur éclat, tout à coup.

— J'en prendrai grand soin, murmura-t-il en la glissant dans sa poche.

Puis il lui prit les mains.

— Il faut que je vous laisse, maintenant.

— Déjà ?

— On m'attend à Kensington. Je devrais déjà y être.

— Oh…

Elle tenta de lui sourire, mais c'était au-dessus de ses forces. *Il faut que je vous laisse, maintenant.* Cette phrase avait quelque chose de définitif. Mais, après tout, n'était-ce pas ce qu'elle souhaitait ? Mettre un terme à leur histoire avant que survienne l'inévitable ?

— Je dîne avec la brochette habituelle de dignitaires.

Elle acquiesça en silence.

Il baissa les yeux sur ses mains, porta l'une d'elles à ses lèvres, puis l'autre.

— Auxquels s'ajoutent ce soir deux jeunes femmes et leurs familles.

Nous y voilà. Eliza sentit son cœur se serrer. Ses genoux se mirent à trembler de façon inquiétante. Elle n'allait pas perdre connaissance, tout de même ?

— Certaines décisions ne peuvent plus attendre, murmura-t-il avec une note de désespoir dans la voix. Je suis venu en Angleterre investi de deux missions. La première consistait à obtenir cet accord commercial que nous sommes en passe de signer. C'est le tout premier traité de ce genre pour l'Alucie. Grâce à lui, mon pays va enfin entrer dans l'ère industrielle.

Eliza hocha la tête.

— L'idée de cet accord vient de moi. Elle n'a pas la faveur de mon peuple, et certains conseillers de mon père y sont hostiles. D'après eux, tous nos efforts devraient se concentrer sur la Weslorie. Pour ma part, j'espère un meilleur avenir que la guerre pour mon royaume.

— Pourvu que vos espoirs se concrétisent !

— Mais voilà : les pourparlers doivent impérativement se conclure à l'avantage de l'Alucie, sans quoi le Parlement m'écartera de la prise de décision. Pour être seulement autorisé à entamer ces négociations, il m'a fallu faire des concessions, Eliza. La question de la succession au trône d'Alucie étant devenue urgente, j'ai dû accepter la condition que m'imposaient mon père et ses parlementaires. Je dois faire un mariage avantageux avec une lady anglaise disposant de relations influentes. Comprenez-vous ce que cela signifie, Eliza ? Mon union doit nous garantir l'appui de l'Angleterre en cas de guerre contre la Weslorie. Je vous laisse mesurer l'enjeu… Voilà pourquoi certaines décisions ne peuvent plus attendre.

Quelle curieuse formulation… Comme si ce n'était pas vraiment lui qui allait prendre ces fameuses décisions. Eliza hocha la tête, comme en plein brouillard. Elle avait envie de s'asseoir. De relever les jambes et d'y enfouir sa tête.

— Mais je veux que vous sachiez une chose, Eliza. Une chose essentielle. Je n'aurais jamais imaginé, même dans mes rêves les plus fous…

— Inutile de vous inquiéter pour moi, l'interrompit-elle

en se dégageant doucement de son étreinte. Dites-moi seulement qui, Sebastian. J'ai besoin de savoir.

Il esquissa une grimace.

— Lady Elizabeth Keene, marmonna-t-il. Et Lady Katherine Maugham.

La paonne. Il allait demander sa main à la paonne ! Quoi d'étonnant, au fond ? Elle fut prise d'une soudaine nausée, qu'elle maîtrisa à grand-peine.

— Vous les connaissez ? demanda-t-il.

Quelle idée absurde ! Elle n'était personne. Elle répondit d'un signe de tête négatif en s'efforçant de respirer normalement.

— Je vois de qui il s'agit, mais je ne les connais pas personnellement.

Sebastian parcourut des yeux son visage, puis la prit dans ses bras et la serra.

— Je donnerais tout pour pouvoir vous dire autre chose, souffla-t-il dans sa chevelure. Tout, m'entendez-vous ? Si seulement j'étais quelqu'un d'autre ! N'importe qui d'autre !

Mais ce n'était pas le cas. Et elle non plus n'était pas quelqu'un d'autre. La conclusion s'imposait, inéluctable. Elle l'avait toujours su. Il n'y avait jamais eu la moindre chance que cette histoire connaisse une autre issue.

— Vous devriez partir, dit-elle tout contre son épaule.

Elle se dégagea lentement de son étreinte et se força à le regarder. À lui sourire. Pas question de lui montrer l'ampleur de son désespoir. Après tout, il ne lui devait rien.

— Il ne faut pas les faire attendre, ajouta-t-elle.

Le déchirement se lisait sur les traits de Sebastian.

— Peut-être aurais-je mieux fait de ne pas venir, murmura-t-il. Mais je voulais que vous le sachiez. Il fallait que je vous le dise moi-même, Eliza. Je ne pouvais supporter l'idée que vous l'appreniez de quelqu'un d'autre.

— Je comprends, dit-elle sans cesser de sourire.

— Eliza…

Sa voix trahissait son angoisse. Pourtant, il n'ajouta rien. Que restait-il à dire, de toute façon ? Et puis, il se comportait en vrai gentleman : il ne lui donnait pas de faux espoirs.

— Allez-y, maintenant, répéta-t-elle.

Il l'embrassa sur la joue, puis quitta le salon et franchit la porte d'entrée. Eliza le suivit.

Un attroupement s'était formé autour de l'attelage. Tout Bedford Square allait savoir qu'un prince était venu chez les Tricklebank. Elle le vit grimper d'un bond dans la voiture, qui démarra aussitôt. Elle regarda le véhicule s'éloigner, pour la dernière fois, sans doute. Quand il eut disparu, elle recula dans l'intention de refermer la porte. C'est alors qu'elle buta contre Hollis.

— Seigneur ! Tu m'as fait une de ces peurs !

— Eliza…, commença Hollis d'une voix triste. Ma chérie, je t'en prie, ne tombe pas amoureuse de lui.

— Aucun risque, affirma Eliza. Cela n'arrivera pas. Je suis parfaitement lucide.

À vrai dire, elle était la proie d'un invraisemblable tourbillon d'émotions. Amour, passion, tristesse infinie, tout se mélangeait en elle, au point qu'elle aurait été bien incapable de définir ce qu'elle ressentait.

Hollis ne fut pas dupe, du reste. Et elle en parut profondément affectée.

— Ne me regarde pas comme ça, protesta Eliza en cherchant à la contourner. Je sais ce que je fais.

— Vraiment ? releva sa sœur. En es-tu si sûre, Eliza ? Est-ce que tu as des projets concrets, au moins ?

Eliza se mit à rire.

— Des projets princiers, tu veux dire ? Dans lesquels je parviens, on ne sait comment, à séduire un prince héritier au point de l'amener à m'épouser et à faire de moi sa future reine, moi la fille d'un modeste juge ?

Elle ricana.

— Non, Hollis, je n'ai pas de projets princiers. Je vais sans doute finir par beaucoup souffrir, mais ça m'est égal. Le jeu en vaut la chandelle : depuis quelques semaines, je vis enfin. Un prince m'a embrassée, un prince m'a aimée, et je ne compte pas m'en excuser. Je n'ai aucun regret. Si c'était à refaire, je n'hésiterais pas une seconde.

Sur ces mots, elle repoussa sa sœur pour regagner le salon.

Elle n'avait pas menti à Hollis. Elle referait les mêmes choix. Sans la moindre hésitation.

— Père, voulez-vous que je vous fasse la lecture ? proposa-t-elle avec entrain.

— Le prince est-il parti ?

— Oui. Il dîne avec ses épouses potentielles, ce soir.

Sans tenir compte du hoquet stupéfait de Hollis, elle s'empara de l'ouvrage de W. M. Thackeray posé sur un guéridon. *Catherine.* L'histoire d'une femme qui avait assassiné son mari. Voilà qui convenait bien à son humeur : à cet instant, elle-même aurait volontiers commis un meurtre.

Elle commença sa lecture tandis que Hollis se mettait à son ouvrage de broderie. Leur père, encore agité, finit tout de même par tâtonner à la recherche de ses aiguilles à tricoter. Les chiens somnolaient. Le chat essayait d'attraper le fil de laine accroché aux aiguilles. Poppy vint débarrasser le whisky, que personne n'avait bu.

Eliza continua à lire. Ses yeux lui indiquaient les mots à prononcer. Mais son cœur, lui… Son cœur était ailleurs. Il se préparait à affronter la tempête imminente.

Chapitre 22

On raconte que le projet de mariage d'une certaine débutante avec un lord anglais bat de l'aile. La raison en serait des dettes significatives, contractées récemment par le père de la promise. Sans doute l'infortunée place-t-elle désormais beaucoup d'espoirs dans un intérêt plus royal, pour le bien de sa famille.

Miladies, un carré de toile brune imprégné de vinaigre, pressé contre les tempes, aura raison des migraines les plus virulentes.

Par ailleurs, il semblerait qu'un arrivage des plus fines dentelles aluciennes soit imminent chez les meilleures modistes de Londres en prévision de l'été.

Honeycutt's,
gazette mode et maison pour ladies

Quitter Eliza ce soir s'était révélé plus difficile que jamais. Quoi d'étonnant, cela dit ? Sebastian n'ignorait rien des sentiments qu'il éprouvait pour elle… Chaque fois qu'il se trouvait en sa présence, son cœur jouait un peu plus avec le feu. Mais ce douloureux élan de culpabilité, il le devait surtout à ce qu'il avait lu dans ses prunelles grises. Face à ce regard, il avait compris qu'il brisait le cœur d'Eliza autant que le sien.

Il eut envie d'écraser son poing contre le mur. De casser quelque chose. Bon sang, il n'était pourtant pas dans ses habitudes de jouer avec les sentiments d'une femme ! Encore moins avec quelqu'un comme Eliza ! Il valait mieux que cela, non ? Comment osait-il se comporter de la sorte avec elle ? Mais aussi, comment résister au plaisir de sa compagnie ?

Bref, il n'avait aucune excuse. Son chemin dans l'existence était tout tracé, il le savait depuis toujours. Il n'existait aucune autre voie. Rien ne pouvait en modifier le cours. Mais voilà : il ne supportait plus l'idée de devoir échanger des banalités avec deux gourdes insignifiantes pour qui il n'éprouvait pas une once d'intérêt.

C'était à en avoir la nausée.

Ses sentiments ne comptaient pas, voilà la vérité nue. Son rang avait sacrifié son cœur au royaume d'Alucie. Il épouserait donc une Anglaise qui apporterait en dot une certaine influence au sein du Parlement britannique, tout comme il l'avait expliqué à Eliza. Ce mariage produirait sans doute des héritiers, et l'union des deux royaumes en serait scellée à jamais. Fin de l'histoire.

Son unique consolation viendrait des rares moments de calme, le soir, quand il serait seul dans sa bibliothèque à travailler sur l'histoire de l'Alucie. Alors, il pourrait se souvenir à sa guise, et rêver à la vie qu'il aurait pu connaître s'il avait été n'importe qui d'autre.

Il était en retard. Les invités se trouvaient déjà dans le salon privé. On lui fit monter en toute hâte l'escalier qui menait à ses appartements, où Egius le harnacha avec diligence des médailles et décorations attestant son sang royal.

Une demi-heure plus tard, il fit son entrée dans la salle de réception et le ballet des amabilités commença.

Ce furent Lady Elizabeth Keene et sa famille qui l'atteignirent les premiers.

Le père, Lord Vasser, de son nom Richard Keene, s'inclina profondément devant lui.

— Votre Altesse royale, nous serions enchantés de vous convier à une partie de chasse dans notre propriété campagnarde. On y trouve le meilleur gibier de toute l'Angleterre. J'ai fait construire la demeure sur le modèle d'un château à la française. Vous vous y sentirez comme chez vous, j'en suis sûr.

Pourquoi se sentirait-il plus chez lui dans un château à la française qu'ailleurs ? Mystère…

L'homme s'était placé devant sa fille, si bien qu'il l'apercevait à peine. Ce vieil arrogant avait-il oublié que si Sebastian faisait une offre de mariage, ce serait à sa fille et non à lui et à son château à la française ?

Caius, quant à lui, gardait la tête froide et la notion des convenances, comme toujours.

— Lady Elizabeth, c'est un plaisir de vous recevoir à notre table ce soir, déclara-t-il.

Le père envahissant n'eut d'autre choix que de s'effacer. Le compliment de Caius fit rosir la jeune femme, qui esquissa une révérence gracieuse.

— Tout le plaisir est pour moi.

Elle releva les yeux et sourit aimablement à Sebastian. Quel âge pouvait-elle avoir ? Dix-sept, dix-huit ans ? En tout cas, elle était très jeune. Presque une enfant, encore. Enfin, il fallait bien faire son devoir. Il lui demanda si elle avait eu l'occasion d'admirer la vue sur les jardins. Ayant reçu une réponse négative, il lui proposa de l'accompagner jusqu'à la fenêtre. Ensemble, ils traversèrent à petits pas le tapis rouge pour aller se poster sous la coupole peinte du salon privé. Il l'interrogea sur sa famille. Elle avait un jeune frère, ainsi qu'une sœur qui, à l'en croire, avait un grand talent pour le piano.

— Et vous, milady, que dit votre famille de vos talents particuliers ?

Cette question le ramena brusquement au soir du bal masqué royal. Il avait posé sensiblement la même à Eliza dans le couloir de service.

— J'aime chanter, dit-elle en s'empourprant légèrement.

Elle devait redouter qu'il lui demande une démonstration séance tenante. Elle pouvait être tranquille : rien n'aurait pu l'ennuyer davantage !

— À l'occasion, je serais enchanté de vous entendre à l'œuvre, commenta-t-il platement.

Elle lui adressa un sourire radieux.

— Comment trouvez-vous l'Angleterre, Votre Altesse ?

Encore ! Mais qu'avaient donc tous les Anglais à lui poser la même question ? Que leur importait ce qu'il pensait de l'Angleterre ?

— Je m'y plais beaucoup.

— Est-ce très différent de l'Alucie ?

— Par certains côtés, oui.

Seigneur, quelle laborieuse conversation ! Elle se raccrochait au premier sujet qui lui passait par la tête, terrifiée comme une souris acculée par un chat. Non, décidément, elle était trop jeune. Pas question d'épouser une fillette.

La voix de Caius, douce mais insistante, vint le sauver.

— Votre Altesse, puis-je vous accaparer un instant ?

Sebastian s'inclina profondément devant Lady Elizabeth.

— Veuillez m'excuser, milady.

Elle jeta un coup d'œil inquiet à l'autre bout de la pièce, sans doute à son père. Malgré tout, elle exécuta une révérence impeccable. Sebastian songea aux révérences bancales d'Eliza, qui tenaient plus du bond et du plongeon que de la marque de déférence. Un sourire se dessina sur ses lèvres tandis qu'il s'éloignait.

— La jeune femme qui se tient près de la cheminée est Lady Katherine, lui indiqua Caius à voix basse. Fille d'un des membres les plus influents de la Chambre des lords.

— Que faut-il privilégier, le minerai de fer ou les concessions parlementaires ? murmura Sebastian en alucien.

— Les deux constituent des perspectives de choix, répondit Caius, en alucien également, au moment où ils rejoignaient les Maugham.

— Bonsoir, dit-il en s'inclinant devant Lady Katherine.

— Votre Altesse royale, le salua-t-elle.

Son père avait pris soin de rester en retrait. Malin, le bougre. Il laissait sa délicieuse fille jouer les appâts pour pouvoir ferrer le poisson ensuite. Il faut dire que la belle ne manquait pas de charme. Et elle avait dans le regard un pétillement qui, à n'importe quel autre moment de sa vie, lui aurait donné envie de la connaître plus intimement.

Pas ce soir, cependant. Il ne pouvait s'empêcher de comparer ces yeux à ceux d'Eliza. Et la conclusion était sans appel : Lady Katherine ne faisait pas le poids.

Comme il ne tarda pas à le découvrir, elle s'était bien mieux préparée que sa juvénile rivale à défendre ses prétentions au titre de future reine. Elle avait étudié son sujet.

— J'ai cru comprendre que l'Alucie possédait les plus vastes champs de lavande d'Europe, fit-elle remarquer tandis qu'ils déambulaient dans la salle pour y admirer les portraits.

— C'est exact, confirma-t-il.

— Et vos côtes sont particulièrement poissonneuses, paraît-il.

— Je n'hésiterais pas à affirmer qu'elles le sont presque autant que les vôtres.

Lady Katherine sourit, visiblement satisfaite d'elle-même.

— Votre pays doit vous manquer.

Voilà quelques courtes semaines encore, il aurait répondu par l'affirmative sans la moindre hésitation. Mais depuis, curieusement, l'idée de partir lui était devenue à peine supportable. Trop de soucis pesaient sur ses épaules, dont la mort de Matous n'était pas la seule cause. Bien sûr, l'assassinat de son secrétaire continuait de le dévaster. Pourtant, le chagrin et la colère suscités par ce meurtre odieux avaient été supplantés par son ardent désir pour Eliza. Comment se résoudre à laisser derrière lui une femme aussi vibrante qu'elle ?

Il n'avait plus les idées claires. La situation le dépassait complètement.

Devant lui se tenait une jeune femme ravissante, au seuil de ses années fertiles, dont le père, très influent à la Chambre des lords, ne cachait pas sa sympathie pour la cause alucienne. Que demander de plus ? Et pourtant, alors même qu'il lui souriait et l'écoutait parler du fief familial situé dans le Norfolk, il ne voyait qu'Eliza dans sa robe toute simple, avec son tablier taché d'encre et ses mèches rebelles. Il ne songeait qu'à ses pendules, à ses chiens et à son chat au regard inquisiteur. Aux cordons rivetés aux murs pour aider son père aveugle à se déplacer dans la petite maison. Au fouillis de bottes, de cabas et de chapeaux qui encombraient la minuscule entrée.

À l'annonce du dîner, Sebastian fut installé au centre de la table. Un ministre anglais prit le siège à sa droite. Un autre membre de la Chambre des lords, Lord Prescott, qui était en famille avec le prince Albert, prit place à sa gauche. Sebastian était censé se lier d'amitié avec lui. Pourtant, comme souvent au cours des banquets officiels, il avait la tête ailleurs. Cette fois, c'étaient les femmes aluciennes présentes autour de la table qui occupaient ses pensées. Il les observa l'une après l'autre. Toutes bavardaient avec leurs voisins.

Laquelle d'entre elles était particulièrement petite ?

Laquelle d'entre elles avait des formes voluptueuses ?

Laquelle d'entre elles aurait été prête à trahir son pays et son roi ?

Entre le plat principal et les desserts glacés, une décision s'imposa à lui. Il devait rencontrer l'homme qui avait accepté cinq pence pour apporter le courrier aux Tricklebank.

Un rire tonitruant fusa. Il tourna la tête. Rostafan riait à gorge déployée en tapant sur la table du plat de la main, assez fort pour faire tressauter la vaisselle. Il le vit se pencher pour murmurer quelque chose à l'oreille de l'Alucienne assise à sa gauche. Sebastian la reconnut. Il s'agissait de l'épouse de l'un des lieutenants du maréchal. Était-ce la femme qu'il cherchait ? Sans doute pas : si sa mémoire ne lui faisait pas défaut, elle était assez grande. Et plutôt du genre planche à pain. Tout de même, elle souriait à Rostafan avec une si belle connivence que le doute était permis.

Sebastian se força à écouter d'une oreille attentive le ministre des Finances britannique, qui décrivait une partie des travaux menés en vue de l'accord commercial. Si seulement il avait fait venir Leopold, ce soir ! Son frère aurait pu l'aider, lui, à choisir la future reine d'Alucie. Il se sentait presque extérieur à lui-même, comme s'il flottait au-dessus de la table, en position d'observateur détaché. Avec, sous ses yeux, des femmes qui l'avaient peut-être déjà trahi, d'autres qui le trahiraient peut-être un jour, et tous les hommes qui exerçaient sur elles leur domination.

Cette étrange impression ne fit que s'accentuer au fil du dîner. Il conversait, souriait, mais ne ressentait rien. Aucune émotion. Les deux prétendantes et leurs parents, qui représentaient les familles les plus puissantes d'Angleterre, le harcelaient de sourires nerveux. Le père de Lady Elizabeth, qui devait se sentir un peu à la traîne, se leva pour porter un toast à la santé et à la prospérité du royaume d'Alucie et de son prince héritier.

Que dirait Eliza de cette scène ? Il l'imagina au milieu des convives. Elle rirait et bavarderait avec insouciance, sans accorder la moindre attention aux enjeux politiques.

Le dîner terminé, les dames se retirèrent. On servit aux hommes le brandy et les cigares. Sebastian se leva de table et alla se poster à la fenêtre pour contempler le parc plongé dans la pénombre. Dans le reflet de la vitre, il vit Rostafan qui rugissait de rire à côté d'un Anglais. Toujours jovial, décidément. D'où lui venait cette gaieté ?

— Votre Altesse ?

Caius, encore, qui s'inclinait devant lui. Toujours obséquieux, celui-là. Toujours prudent et réservé en sa présence, malgré leur amitié de longue date.

— Il est temps de rejoindre ces dames. Les jeux de cartes sont prêts.

— Et je dois jouer avec chacune, c'est bien cela ?

— Pour faire avancer la question d'une éventuelle union, ce serait judicieux, oui.

Un autre accord commercial, voilà tout ce que représentait son mariage aux yeux de son ministre des Affaires étrangères. Mais, nom de nom, c'était de sa vie qu'on parlait ! Il étudia le visage soigneusement composé de Caius.

— Qui a assassiné Matous, d'après vous ?

Caius blêmit.

— Pardon ?

Son ministre lança un regard en coin aux autres invités, craignant qu'on l'ait entendu. Il devait juger le moment mal choisi.

— J'aimerais savoir ce que vous en pensez, insista Sebastian. Nous n'en avons pas reparlé depuis le lendemain du drame. Avez-vous une théorie ?

— Je me dois de réserver mon jugement jusqu'à ce que Mr Botley-Finch nous ait donné le résultat final de son enquête, Votre Altesse.

Sebastian fit un pas vers lui et revint à la charge, cette fois en alucien.

— Caius, je vous pose une question directe : avez-vous une théorie ?

Son ministre releva le menton.

— Une dispute, Votre Altesse. Matous devait tremper dans une vilaine affaire, je ne vois pas d'autre explication.

— À quoi pensez-vous ? À une rébellion ?

— Vous n'y songez pas, voyons ! protesta Caius. Matous ne vous aurait jamais trahi, ni vous ni le roi. Il était la loyauté même.

— Quant à savoir si on peut en dire autant de tous les membres de ma suite…

Sebastian laissa son regard dériver vers Rostafan.

Caius paraissait médusé par sa remarque.

— *Je*, j'en suis convaincu, affirma-t-il.

— Quel genre de désaccord aurait pu pousser quiconque à prendre la vie de Matous ? s'interrogea Sebastian à voix haute.

— Le jeu… Une femme… Qui sait à quoi les gens s'occupent une fois leur service terminé ?

Sebastian médita ces propos un instant. C'était juste, en théorie… Sauf pour Matous. Il avait toujours su ce que son secrétaire faisait de son temps libre, pour la bonne raison qu'ils avaient passé l'essentiel de leurs journées ensemble. Aucun détail de la vie privée de Matous ne lui était inconnu. Il savait combien son secrétaire aimait Maribel, son épouse. Combien le couple avait souffert quand elle avait perdu l'enfant qu'elle portait. Combien Matous se faisait du souci pour sa mère, dont la santé se dégradait de plus en plus.

— Passons-nous au salon ? s'enquit le ministre, visiblement désireux de mettre un terme à ces spéculations.

Sebastian tira de sa poche la montre à gousset qu'Eliza lui avait offerte et vérifia l'heure. Il passa le pouce sur l'inscription gravée au dos. *Amour loyal.*

— *Je.*

Sebastian passa le reste de la soirée à multiplier les sourires et les plaisanteries, faisant appel à toutes les leçons dont l'avait assommé l'un de ses nombreux précepteurs. Maître Thaddeus, chargé de le préparer à se comporter en futur roi, avait consacré des mois à lui faire ingurgiter les règles de la bienséance, les exigences de l'étiquette et les innombrables attentes de la bonne société.

Ce vieux raseur aurait été fier de lui, ce soir.

Pourtant, tandis qu'il accomplissait machinalement les gestes qu'on attendait de lui, ses pensées, elles, tourbillonnaient. Tantôt nébuleuses, autour de Matous. Tantôt intenses, du côté du 34, Bedford Square.

Chapitre 23

Ce mercredi, les boutiques de Bond Street se sont vues honorer d'une visite prometteuse. Un cœur à prendre aux allures de paonne y a passé commande d'un trousseau. Faut-il en déduire que des fiançailles royales seront bientôt annoncées ?

Miladies, un nouveau cas d'évanouissement a été signalé la semaine dernière lors d'un service religieux dans une église de Belgravia. On ne le répétera jamais assez : il n'est pas bon de lacer trop étroitement son corset. On n'oserait pas contraindre une bête sauvage aussi durement que certaines compriment leur taille. N'oublions pas : la santé est essentielle à un mariage réussi. Or, pour être en bonne santé, il faut pouvoir respirer.

Honeycutt's,
gazette mode et maison pour ladies

L'après-midi venait de débuter en ce samedi paisible lorsque Caroline se présenta, haletante et tout excitée. Après avoir embrassé le juge, elle se laissa choir dans le sofa comme si elle souffrait de vertiges.

— Elizabeth Keene est au désespoir, et son père

fulmine ! annonça-t-elle. Katherine Maugham l'a emporté, semble-t-il.

Inutile de demander de quoi il était question. Eliza sentit son cœur faire une dangereuse embardée.

— Ainsi, il va choisir la paonne…

— J'ai entendu dire que les Maugham avaient recruté un précepteur pour enseigner à leur fille tout ce qu'il y a à savoir sur l'Alucie. Ils clament auprès de qui veut l'entendre qu'elle en saura plus long sur le royaume que le prince lui-même d'ici à leur prochaine rencontre !

— Voilà qui manque un peu de modestie, non ? fit observer le juge.

— Pauvre Lady Elizabeth… Elle qui se figurait qu'il lui suffirait de se montrer agréable pour gagner la mise !

— Voilà où mène l'arrogance, commenta Hollis. Cela dit, elle ferait un parti correct, dans l'ensemble. Les hommes sont des créatures si simples…

— À l'exception de celui qui se trouve dans cette pièce, j'espère, nuança le juge.

— Eliza, ma chérie, tout va bien ? s'inquiéta Caroline.

— Comment ?

Le visage d'Eliza avait perdu toute couleur et elle avait l'impression de suffoquer. Ces détails mis à part, elle se portait comme un charme.

— Je vais parfaitement bien, merci !

Elle se pencha sur la pendule qu'elle avait entrepris de réparer. Le balancier avait trouvé le moyen de se déséquilibrer. Voyons, qu'avait-il pu se produire ? L'unique tâche d'un balancier consistait à rester en équilibre pour marquer les secondes. Une mission que celui-ci avait dûment accomplie pendant des décennies. Et puis, tout à coup, sans crier gare, il s'était désaxé.

Un peu comme sa propre vie dernièrement, au fond.

— Je n'en reviens pas, vraiment, commentait Hollis. Je pensais qu'il choisirait Elizabeth Keene. J'ai cru comprendre qu'elle avait plus de retenue que Lady Katherine dans l'expression de ses opinions.

— Quel mal y a-t-il à donner son avis ? s'étonna Eliza en relevant les yeux du mécanisme.

— Eliza, ma chérie, tu ne sais donc rien de rien ? la rabroua Caroline. Les gentlemen n'aiment pas les femmes qui ont des opinions. On attend de nous modestie et obéissance. Notre rôle n'est pas de penser, mais d'accompagner. Une fois qu'elle aura la bague au doigt et la couronne sur la tête, Lady Katherine pourra s'exprimer tout son soûl.

— Balivernes ! lança le juge depuis son fauteuil.

Il jouait habilement des doigts dans la laine. Son ouvrage s'allongeait chaque jour davantage.

— Les femmes ont le droit d'avoir leur point de vue tout autant que les hommes.

— Allons, Votre Honneur, vous savez bien que c'est faux ! s'amusa Caroline. Les femmes ont peut-être le droit d'avoir des avis, mais elles ont tout intérêt à les garder pour elles. Lady Katherine ferait bien de s'en souvenir, au moins jusqu'à l'officialisation des noces.

Hollis pouffa de rire.

Eliza en aurait été incapable. Elle s'empara du sac en tissu qu'elle avait jeté la veille sur le dossier d'un fauteuil.

— Je vais au marché, annonça-t-elle avec une gaieté forcée.

— Comment ? s'écria Hollis. Mais pourquoi ? Caroline est là, je te rappelle !

— Sa présence ne m'a pas échappé, merci. Elle n'y verra pas d'objection, je pense. Je me trompe, ma chérie ?

Étendue de tout son long sur le canapé comme si elle

avait fait un malaise, les chevilles croisées, Caroline agita mollement les pieds.

— Ça ne me dérange pas le moins du monde. Je n'ai pas l'intention de bouger d'ici. Un bon repos me ferait le plus grand bien, à vrai dire. Je suis fourbue ! Je suis restée chez Lucille Heath jusqu'à quatre heures du matin.

— Voyez-vous ça ! Vous voilà comme larrons en foire, toutes les deux, releva Hollis, qui s'employait à peindre une aquarelle du panier débordant de laine du juge.

— Que vas-tu chercher au marché, Eliza ? s'enquit son père.

Zut... Elle aurait dû y réfléchir avant de jeter allègrement le sac par-dessus son épaule. Ce qu'elle allait chercher au marché ? La solitude. Elle ne supportait plus d'entendre sa sœur et sa plus chère amie jacasser à propos de Katherine Maugham.

— Je vous accompagne, si vous voulez, pépia soudain Poppy depuis le petit escabeau où elle était perchée.

Depuis une semaine, elle s'était mis en tête d'épousseter tous les livres. Elle avait soulevé assez de poussière pour faire éternuer toute la maisonnée pendant deux jours entiers.

— C'est une longue marche pour rapporter du lait jusqu'ici, Poppy, fit observer Hollis. Le marché est trop loin. Je persiste à dire que nous devrions avoir une vache laitière, Père.

— Où la mettrions-nous, ma chère enfant ? Dans le salon avec nous ?

— Alors, allons-y, Poppy, intervint Eliza. À moins que tu préfères assister à la suite du débat sur la vache laitière. Si tu veux, je peux te donner en chemin la conclusion de cette épineuse controverse.

— Le temps d'aller chercher ma cape et de demander la bourse à Margaret, et je suis à vous.

— Combien de temps comptes-tu t'absenter, Eliza ? lui demanda son père. Je prévoyais d'aller dîner chez Mr Fletcher.

— Faites, Père. Je me débrouillerai très bien. Poppy et moi dînerons toutes les deux.

Elle le rejoignit et déposa un baiser sur le sommet de son crâne. Elle effleura le front de Caroline en longeant le canapé, puis le bras de Hollis en gagnant la porte.

— Un peu plus de bleu ici ? suggéra-t-elle en montrant un point de l'aquarelle.

— Ne me réveille pas à ton retour, marmonna Caroline en fermant les yeux.

En route pour le marché, Poppy et Eliza firent un arrêt pour saluer le boucher et sa femme.

— Bonjour, Mr Thompkins, lança joyeusement Eliza. Pensez-vous recevoir de l'agneau cette semaine ?

— Jeudi, ma jeune dame. J'enverrai un de mes gars porter un morceau de choix au juge. Alors, y a-t-il un bal royal prévu cette semaine ? Allez-vous danser un peu ?

Une ménagère qui attendait près du comptoir jeta un coup d'œil intrigué à Eliza.

— Hélas, non, pas cette semaine, répondit-elle.

— Bah, c'est peut-être bien la fin pour tout le monde, non ? J'ai lu dans le *Times* que le prince avait fait son choix. Il paraît qu'on va assister à un mariage grandiose à Westminster au printemps.

— Un prince étranger, se marier ici ? s'étonna Mrs Thompkins. Comment se fait-il que la cérémonie ne se passe pas en Alucie ? Je croyais que la future reine devait être fait chevalier, ou quelque chose comme ça.

— Ne dis pas de bêtises, Ellie. Une dame ne peut pas

être fait chevalier. Lui, par contre, il est chevalier, je crois. C'est bien ça, Miss Tricklebank ?

— Je… Euh… Je n'en ai aucune idée.

— J'ai hâte de voir la robe qu'elle portera ce jour-là, s'enthousiasma la bouchère. Elle sera aussi belle que la reine Victoria le jour de ses noces.

Eliza esquissa un faible sourire. La tête lui tournait un peu, tout à coup. Cette échoppe était bien trop étroite.

— Viens, Poppy. Il est temps d'y aller.

Après avoir pris congé du couple, toutes deux se remirent en route.

Le vertige persistait. Comme si un vent de tempête tourbillonnait dans sa tête, dispersant toute pensée cohérente. Jusque-là, l'image de Lady Katherine en robe de mariée ne lui avait pas encore traversé l'esprit. *Merci infiniment, Mrs Thompkins…* Elle aurait eu bien besoin de s'asseoir, le temps de laisser passer le malaise.

— Quelque chose ne va pas ? lui demanda Poppy.

— Non, non, tout va bien, affirma Eliza pour la seconde fois de la journée.

Elle mentait, bien sûr. Elle avait l'impression de partir à la dérive. À tel point qu'elle évita de justesse un passant qu'elle n'avait pas remarqué. Il faut dire, aussi, que cet homme s'était pour ainsi dire jeté en travers de son chemin.

— Miss Tricklebank ?

Eliza et Poppy hoquetèrent de surprise avec un bel ensemble. L'inconnu, vêtu comme un Anglais, avait un accent.

— Qui êtes-vous ? s'enquit Poppy d'une voix impérieuse.

— Pardonnez mon intrusion, je vous prie. J'ai un message pour vous. Je suis passé à Bedford Square, où l'on m'a fait savoir que je vous trouverais sur la route du marché.

Eliza passa un bras sous celui de Poppy et le toisa d'un œil soupçonneux.

— Vous avez demandé à me voir ? Pour quelle raison ?

Sa méfiance parut le déconcerter.

— Parce que votre… euh… votre ami m'en a prié.

— De quel ami parlez-vous ? voulut savoir Poppy. Un ami n'a pas besoin de messager. Il vient porter ses messages en personne, voilà ce que je dis.

L'homme s'éclaircit la voix et regarda Eliza droit dans les yeux.

— Votre ami, milady, articula-t-il avec insistance. Il vous prie de le rejoindre à Mayfair. Il m'a chargé de vous y escorter.

Eliza fit un pas en arrière.

— Je n'irai nulle part en votre compagnie, sir ! Je ne vous ai jamais vu de ma vie !

L'inconnu semblait être à court d'arguments.

— Vous avez entendu milady, renchérit Poppy sur un ton farouche.

Subitement, l'homme parut se rappeler quelque chose. Il plongca la main dans sa poche et en tira un objet, qu'il leur présenta dans sa paume ouverte. C'était la montre à gousset qu'elle avait offerte à Sebastian.

— Je devais vous montrer ceci. Il m'a dit que vous comprendriez.

Elle lui prit la montre.

Sebastian désirait la voir… Que fallait-il en penser ? À en croire la rumeur, il était sur le point de faire sa demande à Katherine Maugham. S'il ne l'avait pas déjà faite.

— À qui ai-je l'honneur ? s'enquit-elle.

— Je suis l'un des gardes de Son Altesse.

Poppy lança à Eliza un regard interloqué.

— En voilà, une fantaisie, commenta-t-elle.

— Je ne comprends pas, objecta Eliza. Mon « ami », comme vous dites, s'est déjà présenté en personne à Bedford Square. Qu'est-ce qui l'empêche d'en faire autant aujourd'hui ?

— Tout a changé, depuis. Quoi qu'il en soit, je me contente de suivre ses ordres, milady.

Tout avait changé, il pouvait le dire ! C'était incontestable. Il y avait un temps pour tout. Or, son temps avec Sebastian était révolu. À quoi bon répondre à son invitation, désormais ? Elle n'y gagnerait qu'un surcroît de chagrin.

Ce fut Poppy qui prit la décision pour elle.

— Allez-y, lui enjoignit-elle en faisant glisser le sac de son épaule. Le juge est de sortie, ce soir. Je lui raconterai que vous vous êtes arrêtée prendre le thé. Après tout, ce n'est pas tout à fait faux.

— Poppy ! protesta-t-elle.

— Eliza ! rétorqua sévèrement Poppy.

Elle lança un regard en coin au garde, puis se plaça devant Eliza de façon à la lui cacher.

— C'est vous qu'il veut, chuchota-t-elle. Si vous n'y allez pas tout de suite, vous risquez de laisser passer votre chance.

Eliza l'observa, incrédule. Elle soutint son regard un long moment.

— Milady ? fit le garde.

Eliza contourna Poppy.

— Qui me dit que vous n'avez pas l'intention de m'enlever ?

L'homme écarquilla les yeux, proprement effaré.

— Milady, voyons…

— Lui, vous enlever ? intervint Poppy. Allons, regardez-le ! Il a un visage d'ange.

Il s'empourpra.

— Emmenez-la avec vous, proposa-t-il en désignant Poppy d'un geste. Vous serez à deux contre un, si l'on peut dire. Par ici, milady, ajouta-t-il en désignant un coche.

Elle jeta un dernier coup d'œil sur la montre à gousset, puis referma la main sur l'objet. Elle brûlait de le revoir. Seigneur, comme elle en avait envie ! Tant pis pour la souffrance qui l'attendrait au bout du chemin. Elle interrogea Poppy du regard. Son franc hochement de tête acheva de la convaincre.

Soit. Elle reverrait Sebastian une dernière fois, vêtue de sa robe toute simple et de sa cape sans âge mais bien chaude.

— D'accord, capitula-t-elle, si bas qu'elle-même s'entendit à peine.

Elle descendit du trottoir et suivit le garde jusqu'à la voiture qui les attendait. Quand il l'eut aidée à s'installer sur le siège arrière, il grimpa à côté du cocher et donna le signal du départ. Restée sur le trottoir, Poppy agita joyeusement la main.

Eliza regarda les rues de Mayfair défiler par la vitre. Elle reconnut la ruelle pavée après le virage, la façade devant laquelle s'arrêtait le véhicule. La porte d'entrée s'ouvrit avant qu'elle ait mis pied à terre. Le même serviteur que la dernière fois s'encadra dans l'embrasure, le regard fixé sur un point au-dessus de sa tête.

Eliza gravit les marches d'un pas leste.

— Bonjour, milady. Veuillez me suivre, je vous prie, dit-il.

Elle retrouva le couloir, la porte donnant sur le salon… Son guide ouvrit le battant et s'effaça pour la laisser passer.

Eliza eut un ultime moment d'hésitation. Faisait-elle le bon choix ? *Oh ! et puis, advienne que pourra !* Elle entra.

Sebastian portait encore son manteau, comme s'il

venait tout juste d'arriver. Quelle présence… Elle éprouva une bouffée de fierté. Des armées entières suivraient cet homme les yeux fermés. Toutes les femmes se pâmaient devant lui. Katherine Maugham ne mesurait pas sa chance ! Elle sentit la morsure cruelle de la jalousie et, avec elle, la montée d'une rage impuissante et dévastatrice. Elle ne savait plus où elle en était. Le chaos le plus complet régnait sur ses sentiments.

Sebastian lui adressa un sourire d'espoir mêlé de crainte.

— Vous êtes venue, murmura-t-il, comme s'il n'y croyait pas vraiment. Je n'osais l'espérer.

— Je n'aurais pas dû.

Il serra les lèvres, puis hocha la tête, comme s'il en convenait à contrecœur.

— Mais vous êtes là, Dieu merci.

Il avança vers elle à pas presque prudents, comme s'il s'attendait à la voir prendre la fuite. Quand il fut près d'elle, il leva lentement la main et effleura sa joue de ses doigts repliés. Puis, avec douceur, il lui releva le menton.

— Je m'émerveille de vous trouver plus belle encore à chaque nouvelle rencontre.

Eliza baissa les yeux sur sa tenue de vieille fille et étouffa un ricanement.

— Gardez vos flatteries pour votre future épouse, je vous prie.

Elle releva les yeux et, aussitôt, elle eut pitié de lui. L'espoir qu'elle lisait dans son regard paraissait presque douloureux. Au prix d'un violent effort, elle musela le désir ravageur mêlé de détresse qui l'étreignait et posa une main chaste sur sa joue.

— Sebastian, il ne faut plus m'envoyer chercher, car je suis incapable de résister à votre appel. Au dire de tous, votre décision est prise, et il faut vous y tenir…

— C'est faux, l'interrompit-il vivement. Ne croyez pas ce que vous entendez, Eliza, à moins que vous l'entendiez de ma bouche. On présente trop souvent de simples conjectures comme des faits.

Elle laissa sa main retomber.

— Mais… tout le monde l'affirme.

— Je n'ai pris aucune décision, je vous en donne ma parole. Aucune de ces deux ladies n'a reçu un seul mot de moi en ce sens.

Ça alors… Voilà qui soulevait bien des interrogations. Pourquoi n'avait-il pas encore fait son choix ? Qu'attendait-il, au nom du ciel ? D'un mouvement brusque, elle se détourna de lui et s'éloigna en ôtant ses gants, qu'elle garda serrés dans une main. Pour son propre bien, il fallait qu'elle aille au fond des choses, car ce qu'elle venait d'apprendre l'emplissait d'un espoir aussi nocif que vain. Avait-il l'intention de demander sa main à Lady Katherine, oui ou non ? Une bonne fois pour toutes, il fallait qu'il lui dise qui il allait épouser. Qui il allait apprendre à aimer. Et mieux valait qu'elle ne soit pas trop près de lui quand il répondrait à cette question.

— Je ne vous crois pas. Vous avez forcément arrêté votre choix. Certaines décisions ne peuvent plus attendre, vous l'avez dit vous-même. Et vous m'avez bien fait comprendre qu'elles seraient prises rapidement. Une proposition de mariage exige des négociations…

— Ne m'avez-vous pas entendu, Eliza ? Rien n'a été décidé, ni par moi ni par personne. Ne voyez-vous pas l'évidence ? J'ai rencontré un écueil.

Un écueil ? Elle lui lança un regard par-dessus son épaule.

— Le traité commercial ?

— Le traité…, commença-t-il, avant d'émettre un petit rire en secouant la tête.

Il lui sourit avec tendresse, comme s'il trouvait son ignorance charmante.

— Pas le traité, non.

Il passa la main dans ses cheveux, semant le désordre dans sa coiffure impeccable.

— Ce n'est pas facile à dire, car les conséquences seront considérables, dit-il avec un rire étranglé.

Toutes sortes de suppositions effrayantes vinrent à l'esprit d'Eliza.

— Mais enfin, de quoi parlez-vous ?

Il la dévisagea intensément.

— Vraiment, vous ne saisissez pas ? Vous ne comprenez pas que je suis tombé amoureux d'une femme qui rend tout autre projet de mariage inenvisageable ?

Eliza en eut le souffle coupé.

Une nouvelle fois, d'un geste nerveux, il passa la main dans ses cheveux.

— Pardonnez-moi, je suis consternant de maladresse. De ma vie, je n'ai jamais…

Il secoua la tête d'un geste impuissant, les lèvres serrées, le front plissé.

Elle sentit la révolte monter en elle. La sidération l'empêchait de parler.

— Je suis… Seigneur, je ne sais plus où j'en suis. Je vous aime, Eliza. Je vous aime ardemment. Et, dans le même temps, je me trouve dans la détestable position d'être l'héritier d'un trône.

Il eut un rire amer.

— Ce que je dis doit vous paraître insensé, murmura-t-il. Moi-même, j'ai l'impression d'être fou.

C'était impossible. Elle avait mal compris. Même dans ses rêves les plus extravagants, elle n'aurait jamais pu imaginer un tel dénouement. Il l'aimait ! Son cœur allait exploser de joie. Et pourtant, elle avait l'impression qu'un étau lui serrait les tempes. Comment osait-il lui faire cet aveu, qui ne pouvait mener qu'à une impasse ? Comment accueillir sa déclaration d'amour alors qu'elle était condamnée à lire ses bans de mariage ? Quelle cruauté de lui infliger cet espoir mort !

— Pour l'amour du ciel, Sebastian ! Que racontez-vous ?

N'y tenant plus, il la rejoignit en trois bonds.

— De grâce, Eliza, je vous en prie, ne me dissuadez pas. Je sais combien mon aveu doit vous surprendre. Je suis un prince, après tout. Je devrais pouvoir agir comme bon me semble. Mais ce n'est pas le cas. Pas dans ce domaine. Je dois répondre de mes actes devant le roi mon père. Devant mon royaume tout entier. Ce choix ne m'a jamais appartenu, et je l'ai toujours su… Comment aurais-je pu prévoir que je tomberais amoureux ?

Sa détresse n'était pas feinte. Elle se lisait dans son regard, dans le pli tourmenté de sa bouche.

— J'ai baissé dans votre estime. Je ne peux pas vous en vouloir… Tant pis. Il fallait que je vous le dise.

Juste ciel, comment l'aider ? Comment s'aider elle-même ?

— C'est une simple passade…, commença-t-elle.

— Non. *Deo*, non, Eliza. Ouvrez les yeux, regardez-moi. Ne voyez-vous pas qu'il s'agit de tout autre chose ?

Il posa les mains de part et d'autre de son visage et la força à le regarder. Il était sincère, sans aucun doute possible. Elle en fut effrayée. Elle en fut transportée.

— Pourquoi m'infliger ce supplice ? protesta-t-elle faiblement.

Elle n'était pas Caroline, qui aurait pu se marier demain si elle l'avait souhaité, mais qui préférait badiner et prétendre qu'elle s'était attiré l'affection d'un prince. Elle n'était pas non plus Hollis, qui avait connu l'amour de sa vie, quoique trop brièvement. Elle-même vivait dans un monde étriqué, isolée au milieu d'une ville bourdonnante. Elle ne pouvait que rêver à des instants comme celui-ci. L'idée que l'amour soit finalement à sa portée, mais offert par un homme à ce point inaccessible, lui déchirait le cœur.

La chute serait terriblement douloureuse, elle ne se faisait aucune illusion sur ce point.

Il lui caressa la joue avec douceur.

— Je vous aime, Eliza Tricklebank. Vous m'entendez ?

Elle baissa les yeux sur ses lèvres.

— Ne dites rien, la pressa-t-il d'une voix rauque. Laissez cette vérité exister un instant. Vous voulez bien ?

Toute pensée consciente l'avait désertée, laissée en proie à un tumulte d'émotions contradictoires.

— Je ne vis que pour les rares moments de bonheur que nous partageons, ajouta-t-il. C'est injuste de ma part de vous demander…

— Rien n'est plus vrai, le coupa-t-elle d'une voix dure. C'est terriblement injuste de votre part.

Sebastian se figea. Puis il retira lentement la main et hocha la tête.

— Vous avez raison. Je vous demande pardon.

Il s'écarta d'elle et, à pas hésitants, se rapprocha du feu.

Il paraissait perdu.

Elle sentit son cœur se serrer. Comment ne pas le comprendre ? Elle aussi avait besoin de ces moments heureux. Malgré la douleur qui la terrassait, elle ne pouvait nier l'existence du lien qui les rapprochait. De cet élan qui poussait leurs cœurs l'un vers l'autre. L'homme dont elle avait rêvé toute sa vie se trouvait là, devant elle, et il la désirait autant qu'elle-même le désirait. Quelle ironie du sort ! Et lui aussi devait trouver cruel l'amour qu'il éprouvait pour elle, quand chaque jour qui passait creusait un peu plus le gouffre qui les séparait.

Il baissa la tête, croisa les mains dans son dos et crispa ses doigts entrelacés.

— Sebastian…

Il ne réagit pas.

— Je ne peux plus aller à l'encontre de mes propres sentiments.

Il releva la tête et se tourna à demi vers elle. Ses traits exprimaient une infinie tristesse.

Tant pis ! Au diable la raison, ou ce qui lui en restait ! Elle n'y tenait plus. Elle courut le rejoindre.

— Embrassez-moi, Sebastian. Maintenant.

Elle se jeta à son cou et l'attira à elle.

Aussitôt, il l'enlaça et la serra à l'étouffer. Puis il s'empara de sa bouche en un baiser violent, passionné. Les sentiments qu'il avait tenté d'exprimer prenaient soudain vie, rendus tangibles par le contact de leurs deux corps embrasés. Tout était clair, à présent. Malgré l'ivresse de ses sens, c'est en pleine conscience qu'elle agissait. Car elle savait, à présent, que jamais plus on ne la désirerait comme Sebastian la désirait ce soir. Que jamais plus elle-même ne désirerait quiconque comme elle le désirait en retour.

D'une virevolte, Sebastian la plaqua contre le mur. Ses lèvres étaient partout, semant des frissons jusque dans les moindres fibres de son être. Elle s'agrippa à ses épaules, cherchant à se fondre en lui. Que diable faisaient-ils encore habillés ? La même question sembla le frapper, car il releva la tête et tourna les yeux vers la porte.

— Venez, souffla-t-il en la prenant par la main.

Il se dirigea vers la porte et l'entrouvrit pour murmurer quelques mots en alucien. Puis il referma le battant.

— Que faites-vous ?

— Patience…

Il planta un baiser bref sur ses lèvres, puis rouvrit la porte et l'entraîna dans le couloir.

Eliza savait où il l'emmenait. Elle avait déjà commis cette erreur une fois, et elle n'en avait cure. Seul comptait l'instant présent, qu'elle voulait graver à jamais dans son cœur.

Chapitre 24

Un dîner officiel organisé par la reine en l'honneur du prince héritier d'Alucie, dont le départ est imminent, a dû être annulé. D'aucuns avancent que notre souveraine était souffrante. Pour d'autres, parmi lesquels un certain membre de la Chambre des lords qui espérait voir sa fille fiancée à l'heure où nous écrivons ces lignes, c'est le mauvais temps qui aurait motivé cet ajournement.

Quoi qu'il en soit, la couleur du ciel n'a pas empêché une oiselle ayant couvé six œufs en huit ans de sautiller gaiement le long de Marylebone Road pour sonner à la porte d'un ami de longue date, qui fut son précepteur de latin. On ne l'a vue ressortir que le lendemain, ce qui laisse à penser que le latin, décidément, est une matière bien ardue.

Honeycutt's,
gazette mode et maison pour ladies

Sebastian n'en revenait pas. Comment pouvait-on perdre la tête aussi vite ? C'était donc cela, la passion ? C'était donc cela, l'amour ? Dire qu'il avait dû attendre trente-deux ans pour éprouver cette ivresse ! Et, au bout de tant d'années, voilà qu'il courait dans un couloir, main dans la main avec Eliza, comme un garçon d'étable tirant derrière lui la fille du propriétaire. Il lui fit gravir un escalier de service, s'engagea avec elle dans un autre couloir plus étroit que le premier. Celui qui desservait les chambres, sans doute. Il l'entraîna vers le fond du passage. Toutes les portes étaient fermées. Qu'allaient-ils déranger ? Par chance, la dernière porte était entrouverte. Il aperçut un coin de courtepointe. Il tira Eliza à l'intérieur et referma le battant derrière eux.

Ils se trouvaient dans une chambre conjugale, à en juger par les dimensions du lit. La pièce, pourvue de deux fenêtres, occupait l'angle de la maison. Elle comportait une seconde porte. À contrecœur, Sebastian lâcha la main d'Eliza pour aller voir ce qui se trouvait derrière. Un vestiaire. Il referma la porte et poussa le verrou.

Eliza s'était avancée au milieu de la pièce. Elle promenait autour d'elle des regards curieux. Quand ses yeux se posèrent sur le lit à baldaquin, elle fronça les sourcils.

— Chez qui sommes-nous ?

Qui savait ? Et qui s'en souciait ? Toute trace de ce qui allait se passer entre ces murs serait effacée avant la fin de la journée. Patro y veillerait. Ils étaient seuls. Voilà tout ce qui comptait. Pas de serviteur derrière la porte. Personne pour attendre qu'il ait fini.

Et, détail non négligeable, ils avaient à leur disposition un lit digne de ce nom.

Il sentit son pouls s'accélérer. Il eut l'étrange impression d'avoir attendu cet instant toute sa vie. D'un mouvement d'épaules, il se débarrassa de son manteau et le laissa choir au sol. Puis il rejoignit Eliza, défit l'attache de sa cape, l'ôta de ses épaules et la jeta dans un fauteuil. Les gants, qu'elle serrait encore dans sa main, suivirent de près. Alors, il la prit dans ses bras.

Elle se cambra dans son étreinte et l'enlaça, pressant ses bras, ses épaules. Sebastian entreprit de retirer les épingles de ses cheveux. Une à une, les boucles d'or brun cascadèrent dans son dos et sur ses épaules. Qu'elle était belle ! Elle venait incarner à la perfection ses rêveries de toujours.

Elle soupira et posa les lèvres sur les siennes. Elle chercha sa langue. Le désir montait, rapide, impérieux.

D'une caresse appuyée, il suivit le contour de sa hanche, puis remonta la main jusqu'à l'arrondi d'un sein. De l'autre main, il commença à défaire un à un les boutons de son corsage. Quand il fut parvenu au dernier, il fit glisser les manches sur ses épaules et regarda la robe tomber à ses pieds. Elle ne portait plus que ses sous-vêtements.

Il la fit tourner sur elle-même et se mit à délacer son corset. Peu à peu, le vêtement se desserra, puis s'ouvrit tout à fait. Eliza l'enleva et le jeta de côté. Il ne restait qu'une fine chemise, au tissu vaporeux, pour lui dissimuler ses formes. Il les devinait déjà.

Il sentit son sang battre plus fort à ses tempes. Vite, il se débarrassa de sa veste, de son gilet, de sa chemise, pour pouvoir la reprendre dans ses bras. Tout en l'embrassant fougueusement, il la souleva par la taille et la fit tourner pour la déposer au pied du lit. Il sema des baisers dans son cou, jusqu'au creux de sa gorge. Elle aussi avait le pouls rapide. Il en sentait les palpitations sous ses lèvres.

Il chercha le bas de sa chemise, passa les mains sous le tissu. Quand il effleura sa peau nue, une onde de chaleur l'embrasa tout entier. Étourdi de désir, il releva le vêtement qui la séparait encore de lui et le fit passer par-dessus sa tête. Puis, d'une légère poussée, il l'allongea sur le lit et lui ôta ses caleçons.

Enfin, elle lui apparaissait dans toute la gloire de sa nudité… Qu'y avait-il de plus beau au monde qu'un corps de femme ? Il se dévêtit à la hâte et fut bientôt nu à son tour, debout devant elle, ivre d'un désir que plus rien ne cachait.

Au moment où il la rejoignit sur le lit, elle inspira profondément. Il saisit délicatement son visage et posa le front contre le sien.

— Je vous aime, murmura-t-il d'une voix ardente. Ces mots, nulle femme ne les avait entendus de ma bouche jusqu'ici, Eliza.

Elle lui caressa le front, écartant une mèche de ses cheveux. Puis elle l'enlaça.

— Je veux me souvenir de chaque seconde, souffla-t-elle avant de l'attirer à elle pour l'embrasser.

De la paume de ses mains, de ses lèvres, de sa langue, il se mit à parcourir le corps d'Eliza, sa peau soyeuse et frémissante, ses seins. Il fit courir ses doigts à l'intérieur de sa cuisse, remontant peu à peu jusqu'aux boucles exquises.

Quand il effleura son sexe, elle gémit dans un souffle. À son tour, elle le chercha, et sa main glissa le long de son membre, qu'elle empoigna doucement.

C'en était trop. Il ne s'appartenait plus. Il affirma ses caresses, décrivant des cercles sur son bouton de chair, et, lorsqu'il entendit sa respiration s'accélérer, il plongea en elle.

Dieu ! Que c'était bon. Il n'avait jamais rien éprouvé de comparable. Et pourtant, l'intense plaisir qui s'était emparé de lui se nuançait de désespoir, car cette étreinte serait probablement la dernière.

Il chassa cette pensée. Pas question de se laisser envahir maintenant. Il voulait savourer chaque seconde, chaque caresse. Ce soir, ils atteindraient ensemble une félicité qu'ils ne connaîtraient jamais plus à l'avenir. Ces instants seraient lumineux. Incomparables. Magiques.

Cramponnée à ses bras, Eliza se cambrait en gémissant pour mieux l'accueillir en elle. Chaque mouvement de reins les inondait de plaisir, jusqu'à ce qu'ils parviennent tous deux au bord de l'extase. Alors, d'un mouvement souple, il roula sur le dos pour qu'elle le chevauche. Tandis qu'il la contemplait, elle prit appui sur son torse et se mit à onduler des hanches.

Quelle saisissante beauté, avec sa longue chevelure aux boucles vagabondes et ce regard gris qui ne quittait pas le sien…

— Je maudis le jour où j'ai posé les yeux sur vous, haleta-t-elle.

— Que devrais-je dire…

Elle l'emprisonna entre ses cuisses.

— Vous avez causé ma perte, Sebastian… Mais quelle chute voluptueuse, délicieuse, ajouta-t-elle en fermant les yeux.

Il se releva sur un coude et, d'une caresse fervente dans son dos, il glissa une main derrière sa tête pour l'immobiliser.

— Toute ma vie, j'ai cru que cette joie me serait à jamais interdite. Quoi qu'il arrive, Eliza… Quoi qu'il arrive, vous m'aurez appris ce que signifie le verbe aimer. Vous rendez-vous seulement compte de ce que vous m'avez offert ? Sans vous, je n'aurais jamais connu l'amour.

Elle sourit. Elle posa les mains sur ses joues et se pencha pour l'embrasser tendrement.

— Ni vous ni moi ne serons plus jamais les mêmes, alors ?

Oh ! Eliza. Comment lui dire à quel point il se sentait transformé ?

Repris par le désir, il monta à sa rencontre et se remit à ondoyer en elle, plus lentement, cette fois. Il voulait faire durer leur plaisir aussi longtemps qu'il en serait capable.

Elle prolongea son baiser, tout en accompagnant ses mouvements. L'ivresse montait, confinait au supplice. Soudain, près de succomber, il l'attira à lui et la fit basculer sur le côté.

Elle aussi se laissait gagner par la volupté. Haletante, éperdue, elle gémit, puis cria de plaisir.

Il n'eut que le temps de se dégager avant de la rejoindre dans l'extase.

— Oh ! Sebastian… Sebastian, répéta-t-elle, le souffle court.

Sur un dernier baiser langoureux, elle soupira de contentement et se laissa retomber sur le dos, abandonnée.

Il l'embrassa sur la joue, sur le front, sur les lèvres, tout doucement. Puis il la prit dans ses bras et la serra tout contre lui. Se pouvait-il que deux êtres humains parviennent à une telle communion ? Il sentait le cœur d'Eliza battre contre sa poitrine, comme s'ils ne faisaient qu'un. L'amour et la chance semblaient s'être alliés pour les envelopper de bien-être et de bonheur.

Un long moment, ils restèrent ainsi, repus l'un de l'autre. Puis il caressa la joue d'Eliza et l'embrassa à nouveau, cette fois avec vénération. Il rabattit la courtepointe, et tous deux se glissèrent dans le lit, enlacés, le regard perdu dans les frondaisons qui s'agitaient au vent derrière les vitres.

— Il fait encore jour ? s'étonna Eliza. J'ai l'impression de m'être absentée une semaine.

— Si seulement nous avions eu autant de temps pour nous, murmura-t-il.

— Crois-tu que la vie ressemble à cela quand on est marié ?

— Je ne sais pas.

Retrouverait-il un jour ce sentiment de paix et de plénitude ? Si seulement… Il lissa une longue mèche de ses cheveux.

— Avec une autre femme que toi, j'en doute.

Elle tourna la tête vers lui et posa la joue contre sa poitrine.

— Si j'étais ton épouse, j'exigerais que chacune de nos journées commence et s'achève de cette façon.

Il rit doucement, puis, du bout du doigt, il lui caressa le bras de haut en bas.

— Vos désirs seraient des ordres, milady. Mais serait-ce tout, ou y aurait-il autre chose pour votre bon plaisir ?

— Absolument. Des crinolines en crin de cheval pour mes robes. Ma sœur affirme qu'elles sont hors de prix et que seules les dames de la plus haute distinction peuvent s'offrir un tel caprice.

— Accordé. Quoi d'autre ?

Elle plongea le regard dans le sien.

— Que tu me dises que tu m'aimes chaque jour, sans faute.

Elle posa une main sur sa joue, qu'il tendit pour mieux savourer sa caresse. Il ferma les yeux.

— Je n'aurais pas à me forcer.

Il l'embrassa au creux de la paume et se laissa aller à imaginer la vie à ses côtés. Hélas, la réalité rôdait en lisière de ses pensées, refusant de le laisser en paix.

Il leva les yeux vers le ciel de lit.

— Et toi, qu'exigerais-tu de moi dans le mariage ? lui demanda-t-elle.

— Que tu restes à mes côtés dans la joie comme dans la peine. Que tu sois toujours franche avec moi, autant que tu l'es aujourd'hui.

— Moi non plus, je n'aurais pas à me forcer. Je ne sais pas faire autrement.

Avec un petit rire, elle roula sur le dos à côté de lui.

— Je te souhaite de trouver ce à quoi tu aspires, Sebastian. Sincèrement.

Il ferma les yeux, le cœur déchiré de la découvrir si généreuse.

Elle se redressa en position assise, dos à lui, un pan de drap serré devant sa poitrine. Il dessina du bout des doigts une ligne le long de sa colonne vertébrale.

— J'espère que tu découvriras qui a assassiné ton ami, aussi, reprit-elle avant de passer les jambes par-dessus le bord du lit. Le renseignement sur cette mystérieuse femme a-t-il été d'une quelconque utilité, finalement ?

Tout en parlant, elle s'était levée et avait commencé à rassembler ses vêtements.

Elle avait hâte de partir, sans doute. La réalité la rattrapait, elle aussi.

— À vrai dire, non. Le gouvernement britannique a tout l'air de vouloir s'en laver les mains.

— Comment est-ce possible ?

— Ces gentlemen sont pressés de conclure la négociation du traité commercial. Ils ne se sentent pas concernés par ce meurtre, qu'ils considèrent comme une affaire alucienne. Sur ce point, ils ont probablement raison, du reste.

Ayant retrouvé l'un de ses bas, elle s'assit au bord du matelas pour l'enfiler.

— Et le pauvre bougre qui a joué les facteurs ? Son récit n'aura donc servi à rien ?

Sebastian fit un signe de tête négatif.

— Qui sait combien d'Aluciennes se trouvent à Londres, aujourd'hui ?

— Tout de même, tu devrais aller lui parler.

— Et comment m'y prendrais-je, *mung lief,* mon amour ?

Elle lui lança un regard par-dessus son épaule.

— Je te conduirai à lui, voilà comment.

Il esquissa un geste de refus, mais Eliza, toujours vêtue d'un unique bas, se pencha en travers du lit et posa une main sur son torse.

— Qu'as-tu à perdre, Sebastian ? Si les autorités refusent de t'aider, cet homme est peut-être ton dernier espoir de remonter jusqu'à l'assassin.

Elle n'avait pas tort. Le temps filait. Bientôt, il devrait reprendre la mer. Il s'assit à son tour.

— Sais-tu où le trouver ?

— Je ne connais pas son adresse exacte. Mais il doit se rendre à Covent Garden presque tous les jours pour chercher à s'employer. Nous sommes samedi. Je suis convaincue que nous l'y rencontrerons. À condition, bien sûr, que tu n'y ailles pas dans tes atours princiers. Il va falloir redevenir cocher.

— Je n'étais pas un cocher, protesta-t-il.

— Mais si, Votre Altesse !

Elle lui décocha un sourire espiègle, puis l'embrassa sur le bout du nez et bondit du lit pour se rhabiller.

Sebastian ne la quittait pas des yeux, cherchant à graver dans sa mémoire chaque détail de son corps. Le grain de beauté sur sa hanche droite. Ses seins généreux, pas tout à fait identiques. L'arrondi de ses hanches. Ses chevilles, aussi fines que ses propres poignets. Autant d'images qu'il emporterait avec lui en Alucie et chérirait jusqu'à la fin de ses jours.

Elle leva les yeux vers lui et écarta les mèches de cheveux qui la gênaient.

— Tu ne viens pas ?

Misère… Fallait-il vraiment s'arracher à la chaleur

des draps, au parfum de leurs ébats, à la sensation de sa peau veloutée contre la sienne ? Ce qui l'attendait lui faisait horreur.

— Si, murmura-t-il.

Il bascula sur le côté pour se lever. Tandis qu'elle nouait ses cheveux en un chignon simple sur sa nuque, il remit son pantalon et sa chemise, dédaignant son gilet et sa cravate. Quand ils furent prêts, il quitta la chambre pour aller donner ses instructions. Discrets et efficaces, comme à leur habitude, Patro et Egius eurent tôt fait d'accomplir ce qu'il attendait d'eux. Lorsque Sebastian regagna la chambre, il portait un nouveau manteau. À qui appartenait ce vêtement ? Il l'ignorait et s'en moquait éperdument.

— Nous y allons ? demanda-t-il en tendant la main à Eliza.

— Il manque quelque chose, déclara-t-elle après l'avoir étudié d'un œil critique.

Elle plongea la main dans son réticule et en tira la montre à gousset dont elle lui avait fait cadeau. Elle la fit osciller devant lui comme un pendule, puis la glissa dans la poche de son manteau, qu'elle tapota d'un air satisfait.

— Voilà. Maintenant, tu ressembles à un vrai cocher, affirma-t-elle avec un sourire malicieux.

Dans un grand éclat de rire, il passa un bras autour de ses épaules et l'embrassa sur la tempe. Dieu, qu'il aimait cette femme !

Ils se firent déposer en toute discrétion à un coin de rue peu fréquenté. Hélas, Sebastian n'avait pu dissuader ses gardes de les accompagner. Pis, ils étaient vêtus à l'alucienne, car Egius s'était plaint de ne pouvoir habiller en guenilles anglaises toute la suite princière. Il fallut donc leur ordonner de marcher à bonne distance, afin de ne pas éveiller les soupçons. L'un des hommes d'armes tenta bien de le dissuader, invoquant la prudence, mais Sebastian refusa d'entendre un mot de plus.

Quand Eliza eut rabattu son chapeau devant ses yeux, afin de préserver un semblant d'anonymat, tous deux se mirent à déambuler entre les étals comme un vieux couple. Ils s'arrêtaient de temps à autre pour examiner denrées et marchandises, dont ils comparaient les mérites comme s'ils n'avaient d'autre souci en tête que leur dîner.

C'était une découverte pour Sebastian, qui n'avait encore jamais pu se promener dans un marché sans traîner dans son sillage une horde de courtisans.

Ils firent halte à un éventaire de fleurs. Eliza se pencha pour humer le parfum des roses rassemblées en bouquets à l'aide d'une simple ficelle.

— Elles sont magnifiques, commenta-t-elle. Avez-vous autant de fleurs sur vos étals ? J'ai du mal à imaginer qu'il puisse en exister de plus beaux que celui-ci.

— Je... ne saurais dire, avoua-t-il.

— Quel dommage ! Rien n'est plus agréable que de flâner dans les allées d'un marché le samedi. Oh ! regardez ! s'écria-t-elle en l'attrapant par la main pour l'entraîner jusqu'à une devanture. Vous n'imaginez pas le nombre de pendules que j'ai achetées dans cette boutique.

Elle franchit la porte basse et descendit deux marches. Sebastian la suivit. Tout comme la vitrine, l'échoppe étroite était encombrée d'horloges de toutes sortes. D'imposants cartels côtoyaient des pendules en porcelaine fine et des horloges murales de toutes dimensions et de tous styles, raffinées ou tapageuses. Il lui aurait offert la boutique entière pour lui faire plaisir. Mais il n'avait même pas une bourse sur lui.

Leur visite terminée, ils se dirigèrent vers la partie alimentaire du marché, où ils dégustèrent du chocolat et goûtèrent diverses pâtisseries plus appétissantes les unes que les autres.

— Hum, divin ! soupira Eliza, les yeux papillotants, en mordant dans une tartelette au citron.

Elle la lui proposa. Délicieuse, en effet.

En dépit des circonstances, il vivait l'une des plus belles journées de son existence. Quand avait-il jamais pu vaguer ainsi sans qu'on le remarque, sans qu'on le reconnaisse, en parfait anonyme ? Il évoluait comme dans un rêve. À cet instant, nulle responsabilité ne pesait sur ses épaules. Personne ne rivalisait pour attirer son attention. L'espace de quelques heures, il lui était permis d'exister, tout simplement, aux côtés de la femme merveilleuse dont il était éperdument amoureux.

Ils atteignirent les derniers éventaires. Un pub se dressait à l'angle de la rue. À en juger par le brouhaha qui leur parvenait par les fenêtres et la porte ouvertes, la salle était bondée.

— Allons boire une ale, suggéra Eliza.

Sebastian n'était plus entré dans un pub londonien depuis ses années d'université. Il considéra l'établissement avec réticence.

Eliza le tira par la main.

— Vous n'envisagez tout de même pas de quitter l'Angleterre sans avoir vidé une pinte !

Et elle s'engouffra à l'intérieur. Résigné, il lui emboîta le pas.

Il la regarda marcher d'un pas décidé jusqu'au comptoir.

— Deux pintes ! lança-t-elle d'une voix forte.

Quelques instants plus tard, un homme fit claquer deux grands verres de bière brune et mousseuse, éclaboussant le bois lustré du bar. Après lui avoir tendu quelques pièces, Eliza revint vers lui avec les deux verres et lui en tendit un. Il but une gorgée. En riant, elle essuya la mousse sur sa lèvre supérieure.

— Elle est excellente.

— Quand j'étais petite fille, mon père m'amenait ici pour y retrouver ses amis. J'ai dû entendre à peu près tous les récits de comptoir imaginables, juchée sur mon tabouret.

Elle rit de bon cœur, puis le regarda par-dessus son verre.

— Et vous, quels étaient vos loisirs, enfant ?

— Mes loisirs ? Ils étaient bien éloignés des tavernes, hélas. Je prenais des leçons de français, d'anglais, de bienséance. J'apprenais l'économie et l'histoire militaire.

Il ponctua ses propos d'un haussement d'épaules.

— Vous deviez bien vous divertir de temps à autre, tout de même. Non ?

— J'aimais bien lire, reconnut-il. Et monter à cheval. J'avais deux bêtes à moi dans les écuries.

À bien y réfléchir, son enfance se résumait en peu de mots. Il n'avait jamais beaucoup vu ses parents et, à l'exception de Leopold, son compagnon de tous les instants, il n'avait jamais vraiment eu de camarade de jeu. Il avait passé la majeure partie de ses jeunes années dans les salles de classe ou d'entraînement.

— Eh bien, voilà qui…

Mais Eliza perdit le fil de ses pensées, tout comme Sebastian : à quelques tables d'eux, un client se leva et assena un grand coup de poing à son voisin, qui tomba à la renverse.

— Bigre ! Il lui a donné son compte, non ? s'exclama Eliza avec excitation.

L'homme à terre se releva et plongea par-dessus la table pour riposter. Des pintes volèrent en tous sens, répandant leur contenu sur le sol. Autour d'eux, on se bousculait pour se mettre hors de portée des bagarreurs.

Sebastian se plaça devant Eliza pour la protéger du pugilat.

— Sortons, dit-il.

— Pourquoi ? Vous n'avez pas envie de savoir qui va l'emporter ?

Elle tenta de l'écarter pour mieux voir.

— Je crois que…

Eliza hoqueta et lui saisit brusquement le bras.

— Là-bas ! C'est lui !

Elle reposa son verre d'un geste sec et contourna en toute hâte l'attroupement qui s'était formé autour des deux querelleurs.

— Eliza ! Attendez !

Sebastian s'élança derrière elle. Le temps qu'il parvienne à se faufiler hors du pub, elle était déjà loin. Il courut à sa poursuite. Quelle mouche l'avait donc piquée de le laisser là sans un mot d'explication ? Il entendait bien lui dire sa façon de penser. Mais, quand il la rattrapa, il constata qu'elle avait intercepté un homme courtaud et corpulent coiffé d'une casquette sale.

— Enfin, vous voilà ! s'écria-t-elle gaiement à l'intention de l'inconnu, comme si elle s'adressait à un ami perdu dans les allées du marché.

L'affolement se peignit sur les traits de l'homme, qui fit volte-face pour s'enfuir – et se heurta à Sebastian.

— Mais pourquoi diable tournez-vous les talons chaque fois que vous m'apercevez ? s'irrita Eliza. Je ne voudrais pas m'offusquer d'un rien, mais avouez que c'est vexant ! Je ne vous veux pas de mal. J'ai seulement une question à vous poser.

— Encore ? Mais vous m'avez déjà interrogé, se plaignit l'homme.

— Il me reste un point à éclaircir.

Sebastian, qui mesurait une bonne tête de plus que lui, le repoussa d'un air menaçant.

— Restez où vous êtes, compris ? Sans quoi il vous en cuira.

Eliza écarquilla les yeux, puis éclata de rire comme s'il venait de faire une bonne plaisanterie.

— Mais non, ne l'écoutez pas, assura-t-elle au froussard, dont les yeux s'étaient agrandis de frayeur. Maintenant, dites-moi : j'ai besoin de savoir qui vous a donné ces cinq pence, l'autre jour.

La terreur qui se lisait sur les traits de l'homme se mua en exaspération.

— Je vous ai déjà tout raconté ! Je n'ai rien de plus à vous dire, vous m'entendez ? Il faut bien gagner sa vie, non ?

— Je pourrais peut-être vous aider à vous rappeler un détail, suggéra Sebastian. Si je vous montre quelques visages, peut-être reconnaîtrez-vous l'un d'entre eux.

— Non, non, non, s'entêta le bougre. Je ne veux pas d'ennuis, moi.

— Même pour vingt livres ? insista Sebastian.

— Vingt livres ? hoqueta Eliza en posant une main sur son cœur. C'est beaucoup trop, voyons !

La somme ne lui paraissait pas déraisonnable, pour un renseignement de cette ampleur.

— Vous croyez ? dit-il, incertain.

— Mettons dix, proposa l'homme.

Eliza souligna d'un geste l'évidence. Si même cet individu le confirmait…

— Euh… Entendu, dit-il d'une voix hésitante. Disons dix livres, dans ce cas.

— Où est-ce qu'il faut aller ? demanda le couard, toute peur envolée à la perspective de gagner tant d'argent.

Délicate question… Dans l'idéal, il aurait fallu le faire venir à Kensington Palace pour qu'il puisse voir toutes les Aluciennes de sa suite. Tout l'enjeu consistait à y parvenir sans éveiller les soupçons.

— À Kensington Palace, répondit Eliza à sa place.

Les yeux du poltron s'agrandirent encore, si toutefois c'était possible.

— Pas dans le palais même, rectifia Eliza, qui devinait ses pensées. Restons sérieux.

— J'ai une meilleure idée, intervint Sebastian.

Eliza et l'homme tournèrent vers lui un regard interrogateur.

— Demain matin, j'emmènerai ces dames chez la modiste de Bond Street. Un souvenir de Londres, en quelque sorte.

Le témoin regarda tour à tour Eliza, puis Sebastian.

— Bond Street ? C'est que… On m'en a déjà chassé.

— Voyez-vous ça ! commenta Eliza sur un ton ironique.

Sebastian réfléchissait. Comment allait-il amener cette idée sans qu'elle paraisse incongrue, surtout avec le programme surchargé qui l'attendait ?

— Si je ne m'abuse, il y aura cinq ladies en tout, précisa-t-il. Vous serez posté à l'abri d'une voiture, d'où vous pourrez les observer à leur arrivée devant la boutique.

— Une voiture ? Mais je n'en ai pas, releva le bonhomme, dubitatif.

— Il n'en a pas, répéta Eliza avec impatience. Voyons, n'importe quel coche fera l'affaire, mon brave.

— L'un de mes gardes vous accompagnera.

— Il veut dire moi, intervint vivement Eliza. J'attendrai

avec vous dans le véhicule, et nous guetterons ensemble l'arrivée de ces dames.

Elle jeta un coup d'œil en coin à Sebastian.

— J'ai déjà croisé plusieurs de ces ladies, expliqua-t-elle avec un haussement d'épaules. Je peux être utile.

— Et mes dix livres ? rappela l'olibrius.

— Vous les aurez quand vous aurez fait ce que vous demande ce gentleman, répliqua Eliza avec une pointe d'effronterie.

— Et ce coche, comment est-ce que je suis censé le trouver ? insista-t-il sur un ton provocateur, comme s'il les mettait au défi de résoudre un problème insoluble.

Eliza soupira.

— Si monsieur est prêt à vous payer dix livres, on peut supposer qu'il n'aura pas de mal à vous trouver un véhicule.

L'homme les étudia tour à tour d'un regard soupçonneux, puis, enfin, acquiesça de la tête.

— C'est d'accord.

Malgré tout, Eliza ne semblait pas lui faire confiance.

— Comment vous appelez-vous ? voulut-elle savoir.

— Paul Oates, déclara-t-il en relevant le menton et en tirant d'un coup sec sur son gilet crasseux.

— Sachez, Mr Oates, que mon père siège à la cour supérieure de justice de Sa Majesté la reine. Si vous manquez à votre parole, je veillerai personnellement à ce que vous soyez traîné devant lui pour répondre de votre traîtrise.

Elle ponctua ces mots d'un grand sourire.

— Inutile de me menacer, marmonna Oates en reniflant. Dix livres, ça ne se refuse pas, non alors.

Leur marché conclu, ils affinèrent les derniers détails pour convenir du lieu de rendez-vous et de la procédure à suivre le lendemain matin.

— Est-ce que je peux m'en aller, maintenant ? demanda Oates.

Eliza consulta Sebastian du regard. Il n'aimait pas l'idée de laisser filer cet énergumène, qui ne lui inspirait pas plus confiance qu'à elle. Cela dit, il ne pouvait tout de même pas le retenir contre son gré. À contrecœur, il signifia son accord d'un hochement de tête.

Le froussard fila sans demander son reste.

Eliza et lui le suivirent des yeux.

— Il ne viendra pas demain, commenta-t-il.

— Mais si, lui assura Eliza avec fermeté. Dix livres, c'est un véritable trésor, pour lui.

Elle se tourna vers lui en souriant.

— Tout de même, Sebastian ! Vingt livres ! Auriez-vous perdu la tête ?

— C'est un fait établi, il me semble.

Fou, il l'était indubitablement. Irrémédiablement fou d'elle.

Chapitre 25

Non, messieurs les Français, la mode alucienne ne surpasse pas en tout la mode anglaise. Nous avons ici les meilleures modistes du monde. Pour preuve, le prince Sebastian en personne a été vu dans une célèbre boutique de Bond Street, où il a fait l'acquisition de superbes chapeaux pour toutes les dames de sa suite.

Miladies, il va falloir ronger votre frein : les commandes pour vos coiffes de printemps devront attendre la fin du mois prochain. De satin, de soie ou de paille, la capote s'ornera cette année de rubans et de fleurs.

Honeycutt's,
gazette mode et maison pour ladies

Paul Oates avait un appétit d'ogre. En échange de sa contribution, il avait négocié du pain, du fromage et de la viande séchée. Oh ! certes, il s'était présenté à l'endroit et à l'heure convenus. Mais il avait refusé de monter en voiture avant de tenir entre ses mains un pichet d'ale et une assiette bien garnie.

Après s'être extasié sur la qualité de l'attelage, qui n'avait rien que de très banal, il s'était mis à s'empiffrer, tout en surveillant la rue avec Eliza.

— Et ce gentleman, alors, qui est-ce ? demanda-t-il, la bouche pleine, en étirant ses lèvres luisantes de graisse.

— Un ami.

Le grossier personnage émit un reniflement de mépris.

— Vous m'en direz tant. Vous vous croyez à son niveau, puissante et tout ? dit-il en agitant les doigts vers le toit de la voiture. Détrompez-vous, miss. Kensington Palace, ha ! vous croyez que je ne sais pas qui vit là-bas ?

Il secoua la tête et fourra dans sa bouche un morceau de viande séchée aussi gros que le poing d'Eliza.

Elle détourna le regard. Quel être répugnant ! Franchement, elle serait vraiment surprise qu'il sache qui habitait à Kensington Palace.

— La reine, voilà qui vit là-bas, reprit-il comme en réponse à ses réflexions, en postillonnant un peu de viande. Et votre élégant, là, c'est son frère.

Et idiot, par-dessus le marché… Pourvu qu'elle n'ait pas donné à Sebastian de faux espoirs avec cet hurluberlu !

— Puis-je savoir comment vous en êtes arrivé à cette conclusion, Mr Oates ?

Il haussa les épaules en mâchant bruyamment son pain.

— Logique. J'ai vu à quoi ressemblait le prince Albert, et votre gentleman n'est pas pareil. C'est son frère, que je dis. Ils se ressemblent comme deux gouttes d'eau.

— Ma foi, on ne vous en conte pas, à vous. Vous avez deviné juste : il s'agit bien du frère de la reine.

Eliza était tranquille : il y avait peu de chances que cet imbécile découvre un jour que la reine vivait à Buckingham Palace et qu'elle était fille unique.

L'homme tapota sa tempe d'un doigt gris.

— Je le savais bien, se rengorgea-t-il.

Eliza se retint de lever les yeux au ciel. Allons, courage. Il fallait tenir une heure environ. Ensuite, avec un peu de chance, elle n'aurait plus jamais à supporter ce sot. Quoique… Elle serait sans doute amenée à le croiser de temps à autre dans les allées du marché.

Mais bref, mieux valait rester concentrée sur le plan qu'ils avaient imaginé. C'était tout simple, vraiment. Sebastian déposerait les ladies de sa suite dans Bond Street, où le témoin épierait leur arrivée à la boutique de Mrs Cubison, afin de voir s'il reconnaissait l'une d'entre elles. Sebastian arriverait le dernier, de façon à recueillir discrètement sa réponse avant de pénétrer à son tour dans la boutique pour régler les achats. Leur mission accomplie, Eliza et Mr Oates se feraient ramener à Covent Garden, où un garde alucien les attendrait avec la récompense promise. Ensuite… Eh bien, il ne lui resterait plus qu'à rentrer chez elle pour attendre.

Sebastian s'était engagé à venir la trouver dès que possible. *Attendez-moi, Eliza*, avait-il dit. *Je viendrai, je vous en fais le serment.*

Le glouton paraissait enfin rassasié. Il s'installa confortablement et posa ses mains sales sur la banquette en cuir.

— J'ai déjà vu des voitures plus luxueuses, commenta-t-il. Si c'est le frère de la reine, comment ça se fait qu'il n'ait pas de meilleur attelage ?

— Vous ne teniez pas le même discours voilà une demi-heure, fit-elle observer.

— C'est vrai. Mais vous admettrez que les voitures de la reine, c'est autre chose.

— Cela va de soi. Il n'est que le frère de la reine, ne l'oublions pas.

Mr Oates en convint d'un signe de tête, puis il ferma les yeux.

À peine une minute plus tard, il ronflait. Sur la banquette face à lui, Eliza se roula en boule dans un coin. Pourvu que les Aluciennes ne tardent plus…

Hélas, son vœu ne fut pas exaucé. Elles arrivèrent une bonne heure plus tard que prévu. Aux soudains éclats de voix dans la rue, elle se redressa, réveilla le ronfleur d'un coup de pied et se précipita vers la vitre. Elle les vit descendre l'une après l'autre d'un attelage, puis se regrouper sur le trottoir en défroissant leurs robes et en rajustant leurs coiffes.

— Venez ! Dépêchez-vous ! siffla Eliza à l'adresse de son désagréable compagnon.

Mr Oates vint se placer à côté d'elle. Une odeur de vêtements sales l'assaillit aux narines.

— Je ne les vois pas, dit-il.

— Comment ça ? s'alarma Eliza.

— À cause de leurs chapeaux.

— Oh ! Seigneur.

Les Aluciennes se rapprochaient, mais cet imbécile continuait à secouer la tête.

— Non, je ne vois aucun visage.

Vite, il fallait agir. Elle ouvrit la portière et le poussa dehors, puis bondit à sa suite. Une fois sur le trottoir, surmontant sa répugnance, elle passa un bras sous le sien et l'entraîna vers une boutique d'apothicaire.

— Qu'est-ce qui vous prend ? s'étonna-t-il alors qu'ils parvenaient au niveau de la vitrine.

— Faites mine de vous intéresser à un article, Mr Oates. Puis tournez-vous comme pour me parler, et profitez-en pour regarder ces ladies !

— Oh…

Il obtempéra et se pencha pour regarder derrière elle. Les Aluciennes atteignaient la boutique de Mrs Cubison.

— Pas elle, dit-il. Ni elle. Elle non plus. Non plus… Ah ! la voilà. C'est elle, aucun doute.

Eliza jeta un coup d'œil discret sur sa gauche.

— Laquelle ?

— En robe jaune et bleu, sous une cape bleue.

Eliza la repéra immédiatement. C'était la plus petite du groupe. Quelle robe magnifique ! Mais… Cette femme… Elle l'avait déjà rencontrée ! C'était l'Alucienne qui l'avait abordée au bal d'anniversaire de Juliana Whitbread. Comment s'appelait-elle, déjà ? Anastasan ! Lady Anastasan !

— Vous en êtes certain ?

— Quand on me donne cinq pence, je m'en souviens, miss.

Les dames, à présent regroupées devant la vitrine qu'elles examinaient avec curiosité, attendaient qu'un valet leur ouvre la porte.

— Joli brin de fille, ma foi. Menue et délicate. Et puis, quels beaux…

— Oui, j'ai vu, le coupa Eliza avant qu'il ait eu le temps de s'appesantir une fois de plus sur ses formes généreuses.

Cela dit, il fallait bien reconnaître qu'elles étaient assez remarquables sur une silhouette aussi gracile.

Le valet ayant fait son office, les Aluciennes entrèrent à la file indienne en riant et en bavardant gaiement. Lady Anastasan se trouvait au milieu du groupe.

Quand elles furent toutes à l'intérieur, Eliza ramena vivement Mr Oates vers le coche.

Quinze minutes passèrent encore avant qu'un autre attelage apparaisse dans la rue. Deux hommes descendirent du siège du cocher pour aller se poster sur le trottoir. Puis la portière s'ouvrit à la volée et Sebastian apparut. Sans se presser, il se dirigea vers la voiture où Eliza l'attendait avec leur témoin. Après avoir échangé quelques mots avec le cocher, il recula jusqu'à la portière.

Eliza lui ouvrit, un grand sourire aux lèvres.

Sebastian paraissait tout aussi heureux de la revoir.

— J'avais bien vu ! proclama Mr Oates en s'imposant à côté d'elle. Elle a des seins à se damner, ajouta-t-il en mimant une poitrine opulente pour mieux appuyer ses dires.

— C'est Lady Anastasan, précisa Eliza.

Sebastian eut un mouvement de recul, comme s'il venait de recevoir un coup.

— Impossible…

— Elle porte une robe bleu et or. Mr Oates l'a formellement identifiée. C'est elle qui lui a demandé de livrer notre courrier en échange de cinq pence.

Oates confirma d'un hochement de tête vigoureux.

— Vous êtes absolument sûr de vous ? insista Sebastian.

— Une femme comme ça, on ne l'oublie pas, répondit le bougre avec un sourire lubrique.

— Mais vous, comment avez-vous appris son nom ? demanda Sebastian en se tournant vers Eliza.

— J'ai fait sa connaissance au bal d'anniversaire, expliqua-t-elle. Elle s'y trouvait avec son mari.

— Vous avez rencontré Lord Anastasan ?

Elle acquiesça.

La nouvelle parut le troubler.

— Un homme mince au teint olivâtre, c'est bien ça ?

— Plutôt imposant, au contraire.

Sebastian semblait être de plus en plus perplexe.

— Êtes-vous certaine de ne pas vous tromper ?

Eliza réfléchit un instant.

— C'était dans la salle de jeu. Elle est venue me parler. Après m'avoir laissée, elle s'est éloignée parmi les tables. Il était assis à l'une d'elles. Quand elle est passée à côté de lui, elle lui a effleuré le dos, puis elle s'est retournée et lui a souri.

— Je ne comprends pas. Qu'est-ce qui vous a amenée à penser qu'il s'agissait de son mari ?

Bonne question, à vrai dire…

— Je ne sais pas… Leur connivence quand ils se sont regardés, peut-être.

Le visage de Sebastian s'était transformé. L'expression fermée, il dardait sur elle des yeux assombris.

— Décrivez-le-moi, ordonna-t-il sur un ton brusque.

— Un homme à forte carrure, à la poitrine très large.

— Comme sa femme, ricana Oates.

— Barbu. Oh ! et il avait un rire retentissant. C'est ce qui me l'a fait remarquer, du reste.

Sebastian semblait presque la foudroyer du regard.

— Vous êtes bien sûre de vous, Eliza ?

Il s'était exprimé avec un calme mortel. Elle en eut froid dans le dos.

— Certaine.

Il prit une expression si glaciale qu'elle rentra la tête dans les épaules.

— Tout va bien ? risqua-t-elle.

— Tout ira parfaitement bien. Merci, Mr Oates. Merci, Eliza. Vous m'avez tous deux été d'un grand secours.

Sans un regard pour elle, il claqua la portière et frappa sur la caisse. Le coche se mit en route.

Eliza resta abasourdie. Que venait-il de se passer, au juste ?

Mr Oates, lui, n'avait rien remarqué. La mine réjouie, très content de lui-même, il empocha sa récompense sitôt arrivé à Covent Garden.

— Personne ne me croira quand je raconterai que j'ai

rencontré le frère de la reine ! se vanta-t-il en adressant à Eliza un sourire édenté.

— Ça, c'est sûr ! confirma-t-elle.

Elle referma la portière avec soulagement, puis s'adossa de nouveau aux coussins de la banquette, laissant le cocher la ramener jusque chez elle.

Elle passa les heures suivantes dans un état de fébrilité très inconfortable. Elle se sentait inquiète. Anxieuse, même. Quelque chose avait changé. Mais quoi ? Et pourquoi ? Elle revit l'expression médusée de Sebastian. Sa rage froide. À l'instant où il avait entendu le nom d'Anastasan, elle avait vu se ternir l'étincelle, la flamme qui brûlait entre eux.

Elle n'osait pas bouger de chez elle. Pour tromper l'attente, elle se mit à faire les cent pas dans le salon. Elle tenta de s'absorber dans les comptes, de ranger les livres de son père, de jouer avec les chiens. En pure perte, bien sûr. Rien ne parvenait à la calmer. Chaque minute lui semblait une éternité. Que faisait donc Sebastian ? La journée s'égrena avec une lenteur désespérante, sans nouvelles de lui. Le soir la trouva exténuée, perdue, et en proie à une sourde angoisse.

Le lendemain, elle se secoua. Pas question de se laisser aller. La vie devait continuer. Elle se résolut donc à s'habiller et à se rendre au marché, comme elle le faisait deux ou trois fois par semaine. Elle parcourut les allées, acheta des fleurs et du pain. Elle s'offrit également une petite boîte de chocolats belges hors de prix. Après l'épreuve qu'elle venait d'endurer, elle y avait bien droit ! Au retour, elle trouva Poppy occupée à balayer l'entrée.

— Quel vent ! s'écria-t-elle avec un enthousiasme feint en retirant son chapeau. Avons-nous eu de la visite ?

— Pas aujourd'hui, répondit Poppy sans s'interrompre

dans sa tâche. Même la laitière nous a encore oubliés. Vous parlez d'une fainéante…

Elle fit une pause pour ouvrir la porte et jeter un coup d'œil sur la place.

— C'est calme, ce matin, commenta-t-elle. On se croirait un dimanche.

Puis elle referma la porte et se remit à balayer.

La journée passa comme la veille, sans un mot de lui. Tout comme le lendemain. Au quatrième jour, Eliza n'y tint plus. Elle prit Jack et John avec elle et s'en fut rendre visite à Hollis.

Ce fut Donovan, son serviteur, qui vint lui ouvrir. En bras de chemise, les manches retroussées, il avait un chiffon drapé sur l'épaule et tenait à la main un plumeau qui paraissait incongru au bout de ce bras musculeux.

— Bonjour, Donovan, le salua-t-elle, un œil sur le plumeau. Vous jouez les femmes de chambre, aujourd'hui ?

— Comme vous le savez, Mrs Honeycutt n'emploie pas de femme de chambre. D'ordinaire, c'est Mrs Edison, la gouvernante, qui se charge du ménage. Mais il se trouve qu'elle est souffrante.

— Navrée de l'apprendre. Ma sœur est-elle chez elle ?

— Oui, Miss Tricklebank. Elle travaille à la gazette. Entrez, ajouta-t-il en ouvrant plus grand la porte.

Il la précéda dans le couloir qui menait à l'ancien salon de Hollis, transformé en bureau. Des exemplaires de la revue s'empilaient sur la table disposée au milieu de la pièce, où elles avaient coutume de s'installer pour mettre au point chaque numéro. Hollis était penchée sur la mise en pages.

— Votre sœur, annonça Donovan. Accompagnée de ses chiens.

— Formidable ! commenta distraitement Hollis sans lever le nez.

Jack et John trottinèrent jusqu'à elle pour la flairer, puis se roulèrent en boule sous la table.

— J'ai presque fini, annonça Hollis. Dis-moi, as-tu vu les nouveaux modèles de caleçons ? ajouta-t-elle avec excitation. Plus courts et plus ouverts. Ils s'attachent à l'aide d'un joli ruban.

Tout en s'exclamant de la sorte, elle brandissait le prospectus d'un célèbre fabricant de sous-vêtements féminins.

— Je vais aller y jeter un coup d'œil demain, reprit-elle. Voudras-tu m'accompagner ?

— Peut-être, répondit Eliza.

— Que fais-tu ici ? s'enquit sa sœur en se remettant à l'ouvrage. Je ne t'attendais pas avant demain. Où est Père ?

— Au tribunal.

Eliza se laissa tomber dans un fauteuil.

Hollis releva la tête vers elle et prit une mine soucieuse.

— Qu'y a-t-il, ma chérie ? Tu as l'air bien morose.

— J'attends des nouvelles de Sebastian depuis trois jours.

— Comment ? Quel toupet ! s'esclaffa Hollis, faussement indignée. Allons, ne sois pas fâchée contre lui. Il doit avoir mille choses à faire, tu sais.

— Non, quelque chose ne va pas, s'entêta Eliza.

Hollis laissa sa gazette pour de bon.

— Qu'est-ce qui te faire dire ça ?

Eliza hésitait à lui parler de leur escapade à Covent Garden ou de leur petite expédition avec le dénommé Paul Oates. Il était encore trop tôt.

— Je ne sais pas. Une intuition.

Hollis la dévisagea avec attention. Puis, lentement, elle se laissa aller contre le dossier de sa chaise.

— Je vois… C'est arrivé, n'est-ce pas ?

— De quoi parles-tu ?

— Tu es tombée amoureuse.

Eliza s'empourpra.

— Mais non, Hollis, que vas-tu…

— Ne t'avise pas de me mentir, Mary Eliza Tricklebank ! Je te connais mieux que personne. Garde tes fables pour Caroline ou Père !

Eliza soupira.

— D'accord. Eh bien, oui, peut-être.

— Oh ! Eliza ! s'étrangla Hollis.

— Je sais, je sais, je n'aurais pas dû. Mais nous nous entendions si bien à tout point de vue… Comme toi et Donovan.

— Que racontes-tu, voyons ? Donovan et moi ne…

Elle s'interrompit et hoqueta de stupeur.

— En tout cas, certainement pas à tout point de vue ! Veux-tu dire que c'est le cas entre le prince et toi ?

Face à son silence, Hollis plaqua une main sur sa bouche, sans doute pour s'empêcher de crier. Quand elle se fut reprise, elle baissa lentement la main.

— Y a-t-il autre chose que tu ne m'aies pas dit ? murmura-t-elle.

Eliza se renfonça encore dans son siège, les jambes tendues devant elle.

— Oh ! Hollis, tu n'as pas idée…

Et elle lui raconta tout. Leurs conversations, leurs rendez-vous secrets dans la maison de Mayfair, l'aide qu'elle lui avait apportée pour retrouver la mystérieuse épistolière. Elle lui expliqua combien ils se ressemblaient, l'un comme l'autre prisonniers du devoir et des attentes de la société. Comment il lui avait avoué son amour impossible pour elle. Comment elle-même, incertaine de ses sentiments, avait tu ce qu'elle éprouvait pour lui.

Hollis écoutait avidement, les yeux brillants.

— Oh ! Seigneur. Ma chérie…, souffla-t-elle en la rejoignant.

Elle se percha sur l'accoudoir et la prit dans ses bras.

— C'est ce que je redoutais, hélas.

— Mais j'en suis heureuse ! J'ai beau souffrir, je ne regrette rien.

Hollis se releva sans faire de commentaire.

— Caroline saurait peut-être comment lui faire parvenir un message, tu ne crois pas ? suggéra-t-elle simplement.

— Et quand bien même, que voudrais-tu que je lui dise ?

— Que tu l'aimes, pardi ! Fais-le-lui savoir avant qu'il quitte l'Angleterre, au moins ! Pauvre homme, tout de même… Prononcer des paroles aussi douces et ne rien entendre en retour ! Allons, c'est décidé : j'avais dit à Caroline que je passerais la voir dans la journée. Tu m'accompagnes.

Eliza haussa les épaules avec indifférence. Tout, plutôt que de devoir rentrer pour attendre une visite qui ne viendrait pas.

Tandis qu'elle rappelait les chiens, Hollis pria Donovan de lui apporter sa cape. Puis toutes deux sortirent bras dessus, bras dessous, Eliza s'appuyant sur sa sœur.

Sans surprise, leur amie était chez elle. L'heure des visites n'avait pas encore sonné, et, de toute façon, elle s'habillait rarement avant le début d'après-midi. À vrai dire, elles la trouvèrent allongée par terre dans son salon, en robe de chambre, les cheveux défaits, au milieu d'un fouillis de gravures de mode.

— Ce sont les tout derniers modèles français, déclara-t-elle avec délices. Je les tiens de Lady Halsem, qui vient de les rapporter de Paris. Avez-vous vu cette ravissante robe jaune ? s'extasia-t-elle en leur montrant une gravure.

Jack ! Enlève ta truffe de mes modèles, s'écria-t-elle en chassant le chien trop curieux.

Hollis se laissa tomber à genoux et entreprit un examen minutieux.

Eliza prit place dans une ottomane, maussade.

— Alors, qu'est-ce qui vous amène, vous et les chiens ? s'enquit Caroline en levant deux gravures devant elle pour les comparer.

— Eliza a fait des sottises dans notre dos. Comme j'aurais été bien incapable de tout te raconter sans rien omettre, je te l'ai amenée pour qu'elle s'en charge elle-même.

— Vraiment ? s'enthousiasma Caroline. Oh ! dites-moi tout !

Finalement, ce fut Hollis qui fit l'essentiel du compte rendu. Quand elle en arriva à la déclaration d'amour du prince, Caroline poussa un cri et se laissa tomber à la renverse, pour le plus grand plaisir des deux chiens.

— Eliza, tu auras ma mort sur la conscience ! Comment as-tu osé nous cacher des choses pareilles ? Comment as-tu pu…

— En voilà, du raffut ! l'interrompit Beck depuis la porte du salon.

Vêtu de son manteau, un chapeau à la main, il s'apprêtait visiblement à sortir. Les chiens filèrent jusqu'à lui pour renifler ses bottes.

Caroline se redressa et s'assit

— Où vas-tu ?

— Au White's, rejoindre Lord Ailesbury et recueillir les dernières informations.

— À quel sujet ?

— Tu n'es pas au courant ?

— De quoi ? J'ai passé toute la journée d'hier avec Lady Halsem, qui revient tout juste de France.

— Et ta commère préférée non plus ne sait rien ? demanda Beck avec un sourire narquois à l'adresse de Hollis.

— Ma foi, non, avoua Hollis.

Beck éclata de rire.

— Ça alors ! J'aurais cru que vous trois seriez les premières informées. Figurez-vous qu'il est question d'un complot visant à enlever et à retenir en otage votre prince préféré !

Eliza ouvrit la bouche toute grande, mais aucun son n'en sortit. Ce qu'elle venait d'entendre la laissait sans voix.

— Que dis-tu ? cria Caroline.

— Inutile de hurler.

— Vas-tu nous expliquer, Beck ? s'impatienta Hollis.

— Vraiment, je n'en reviens pas que votre gazette n'ait pas mentionné la nouvelle, s'amusa-t-il. Alors, Hollis, on se laisse distancer ?

— Beckett ! fulmina Caroline.

De toute évidence, il jubilait de les faire enrager.

— Je n'en sais guère plus, je vous assure. Apparemment, l'enquête autour du meurtre de Kensington a permis de mettre au jour une conspiration contre le prince héritier. Il devait être enlevé au cours de son voyage de retour en Alucie, puis être séquestré en Weslorie contre rançon. Il semblerait que son secrétaire ait eu vent de l'affaire. C'est pour cette raison qu'on l'aurait assassiné. Enfin, c'est ce que j'ai entendu dire.

Hollis et Caroline se tournèrent vers Eliza, aussi abasourdies qu'elle.

— Depuis, il ne peut plus faire un pas sans être accompagné d'une armée de gardes, poursuivit Beck. Les négociations en vue du traité commercial ont été accélérées. La délégation alucienne souhaite reprendre la mer d'ici à la fin de la semaine.

— Et qui… Qui sont les traîtres ? demanda Eliza.

— Mystère. Des Aluciens, en tout cas. Après tout, c'est leur affaire. Plus tôt ils auront quitté nos côtes, mieux nous nous porterons. Nous n'avons pas besoin de vicissitudes de cet ordre sur notre belle terre d'Angleterre.

Il tira d'un coup sec sur les pans de son gilet.

— Allons, j'y vais. Ne mangez pas toutes les réserves, ajouta-t-il avant de disparaître.

Caroline et Hollis dévisageaient Eliza, impuissantes.

— Je crois que je ne me sens pas bien, dit-elle faiblement.

— Il faut que tu lui envoies un message, décréta Hollis. Comment peut-elle s'y prendre, Caroline ?

— Je l'ignore ! Je n'ai pas le bras aussi long.

— Tu dois bien connaître quelqu'un qui pourrait nous aider, tout de même ! insista Hollis.

Les deux amies se querellèrent quelques instants, mais Eliza n'entendait rien. Son cœur s'était brisé en miettes, cédant la place à un profond désespoir. Elle ne pourrait plus jamais l'atteindre, maintenant qu'un complot contre lui avait été éventé. Il lui avait juré qu'il viendrait la retrouver… Il ne viendrait pas. Ses gens ne prendraient pas le risque de le perdre de vue une seule seconde. Elle ne se rappelait que trop bien la tentative d'assassinat contre la reine, voilà trois ans. Depuis, la souveraine était surveillée comme le lait sur le feu.

Elle ferma les yeux et se prit la tête entre les mains. Mais au fait, la maison de Mayfair ! Se pouvait-il qu'un des hommes de Sebastian s'y trouve encore ? Si tel était le cas, elle pourrait peut-être lui faire parvenir un message par ce biais ! Elle se leva d'un bond, aussitôt imitée par les chiens, qui piétinèrent allègrement les gravures de mode de Caroline.

— Il faut que j'y aille ! annonça-t-elle précipitamment.

— Attends ! Où cours-tu comme ça ? s'inquiéta Hollis en se levant à son tour.

— Je vous l'ai dit, nous nous sommes retrouvés en secret à deux reprises. C'était dans une petite maison de Mayfair. Où est ma cape ? Caroline, sonne Garrett, s'il te plaît !

— Bonté divine, Eliza, imagine qu'on vous ait vus ensemble là-bas ! s'alarma Caroline.

— Peu importe. Il faut que j'y retourne.

— Pas question de te laisser y aller seule, décréta Caroline en se relevant, les gravures de mode serrées contre sa poitrine.

— Tu ne comprends pas, Caroline. Le temps presse ! Je ne peux pas attendre que tu t'habilles !

— Ça ne prendra qu'une minute ! lui assura Caroline, qui courait déjà vers sa chambre. Hollis, file demander à Garrett de faire venir un fiacre ! lança-t-elle encore avant de disparaître.

Elles l'entendirent bientôt appeler à grands cris sa femme de chambre.

Une demi-heure plus tard, les trois amies et les deux chiens, entassés dans un fiacre à l'odeur de moisi, roulaient à tombeau ouvert en direction de Mayfair.

Douée d'un bon sens de l'orientation, Eliza n'eut pas trop de mal à retrouver la maison. Pourtant, il régnait sur les lieux une atmosphère d'abandon, bien différente de celle qui l'avait accueillie les deux fois précédentes. Aucune lumière ne brillait aux fenêtres, dont les rideaux étaient tirés.

— Oh ! Non, murmura-t-elle. Pitié, non.

Suivie de sa sœur et de son amie, elle bondit à terre et se rua vers la porte. Elle frappa. Hollis, les mains en œillères, tenta de voir à travers une fenêtre. Eliza frappa de plus belle, du poing, cette fois.

— Il y a quelqu'un ? cria-t-elle. Allons, répondez ! Vous ne pouvez pas avoir tous disparu !

— Eliza, dit Caroline avec douceur. Il n'y a personne. Viens.

À contrecœur, elle se laissa ramener au fiacre, qui rebroussa chemin. C'en était trop. Vaincue par la détresse qu'elle avait contenue tous ces derniers jours, elle se mit à pleurer toutes les larmes de son corps.

L'histoire était pourtant écrite à l'avance. Elle l'avait toujours su. Elle avait tenté de s'y préparer, mais qui pouvait se prémunir contre une si grande souffrance ? Du jour au lendemain, il avait disparu de sa vie. Elle le revit, debout sur le trottoir devant la boutique de mode, les yeux rivés aux pavés, la mine sombre et farouche. Voilà la dernière image qu'elle garderait de lui.

Hollis et Caroline la tenaient entre elles, cherchant à la consoler. Mais comment l'auraient-elles pu ? Il n'y aurait pas de réconfort. Elle était dévastée. Elle n'aurait jamais cru qu'on puisse souffrir à ce point.

Chapitre 26

Le Tout-Londres a les yeux fixés sur le calendrier des marées. C'est à qui prédira le premier la date d'appareillage du prince et de sa suite. Quant à savoir s'il prendra une princesse à son bord, le mystère reste entier. Cette question, on l'imagine, intéresse particulièrement une certaine paonne. Il semblerait que tout projet de fiançailles ait été suspendu en raison d'une mort tragique parmi nos visiteurs aluciens. Fort heureusement, les tractations ne devraient plus tarder à reprendre, et l'on peut s'attendre à une annonce officielle sous peu. La nouvelle, qui fera grand bruit, ne manquera pas de faire quelques malheureuses.

Miladies, si vous prévoyez de prendre la mer prochainement, ne partez pas sans la potion à la belladone de Mrs Billard. Elle fait des miracles pour combattre la nausée par gros temps.

Honeycutt's,
gazette mode et maison pour ladies

Une image resterait gravée à jamais dans la mémoire de Sebastian : celle du visage ravagé de Caius après les aveux de son épouse. À la suite d'un interrogatoire serré, Sarafina

Anastasan avait fini par reconnaître entre deux sanglots avoir fomenté avec Rostafan l'enlèvement de Sebastian en mer. Sa traîtrise ne s'était pas arrêtée là : ayant appris que Matous commençait à nourrir des soupçons, elle s'était levée au beau milieu de la nuit pour l'éliminer. Or, Caius, qui ne s'était rendu compte de rien, avait assuré aux enquêteurs que sa femme et lui dormaient depuis longtemps quand le meurtre avait été commis…

Cela dit, lui-même avait été sidéré de l'entendre admettre sa forfaiturc.

— C'est vous qui lui avez tranché la gorge ?

— Il dormait, avait-elle répondu d'une voix noyée de larmes.

— Agissiez-vous sur les instructions de Rostafan ?

Elle avait répondu d'un signe de tête négatif.

— Je ne le lui ai dit qu'après. Il était fou de rage contre moi.

Bien entendu, l'hébétude de Sebastian n'était rien comparée au choc qu'avait subi son ministre et ami. On aurait dit que Caius avait reçu une balle en plein cœur. Il était resté pétrifié un long moment. Puis il avait bondi de son siège et avait frappé sa femme au visage, si violemment qu'elle était tombée de sa chaise.

Par chance, Leopold l'avait retenu, sans quoi il l'aurait peut-être tuée.

— Elle sera pendue pour haute trahison, avait murmuré son frère à l'oreille de Caius. Il n'est pas de sort plus effroyable. Reprenez-vous, mon vieux. Nous avons plus que jamais besoin de vous.

À vrai dire, la nouvelle les avait tous ébranlés. Confrontée au témoignage d'Oates, qui affirmait avoir transmis pour elle une lettre mettant en cause Rostafan, Sarafina s'était effondrée sous le poids de la culpabilité. Elle avait tout confessé. Sa liaison adultérine avec le maréchal. Le complot ourdi par Rostafan pour enlever Sebastian pendant la traversée du retour. La conspiration plus vaste des Wesloriens pour déclencher une guerre avec l'Alucie. L'argent que le maréchal comptait faire passer à l'ennemi pour financer la rébellion. Face à l'ampleur de l'affaire, Sarafina avait fini par prendre peur. Terrifiée à l'idée d'être confondue et inculpée pour meurtre, elle avait tenté de faire accuser Rostafan à sa place. C'était le hasard qui avait placé William Tricklebank sur sa route. Un compatriote avocat lui avait appris que le tribunal où siégeait ce juge traitait les affaires criminelles. Rien ne garantissait que son plan fonctionnerait, bien sûr. À l'inverse, si elle s'en ouvrait à un Alucien, Rostafan le saurait aussitôt. Sa décision prise, elle n'avait eu qu'à repérer le juge, qu'elle savait aveugle, et à le suivre jusque chez lui.

En fin de compte, sa tentative désespérée pour camoufler son crime atroce lui coûterait probablement la vie.

Quant à ce renégat de maréchal, il avait fui dès l'annonce de l'arrestation de sa complice. On l'avait rattrapé alors qu'il tentait de s'embarquer pour le continent. Mr Botley-Finch avait assuré à Sebastian que le misérable serait retenu aux fers jusqu'au départ de la délégation alucienne.

Au sein même de sa suite, Lady Anastasan avait encore désigné trois conspirateurs. Deux d'entre eux faisaient partie de sa garde rapprochée. On les avait payés pour qu'ils s'emparent de lui dès que son navire aurait quitté les côtes anglaises.

À présent, tous les félons croupissaient dans les geôles, accusés de haute trahison.

Comment Caius avait-il réussi à ne pas perdre la tête face à toutes ces révélations ? Vraiment, son ministre forçait l'admiration.

En tout état de cause, Sebastian avait bien dû se rendre à l'évidence : la prudence imposait un retour immédiat à Helenamar.

Par chance, le traité commercial était pour ainsi dire signé. Il ne manquait plus aux deux parties qu'à s'entendre sur un dernier point, qui devait passer par la voie juridique.

Bien sûr, il restait tout de même la question de ses fiançailles.

Caius, qui s'était repris avec une force que Sebastian jugeait herculéenne, venait de lui suggérer de passer un accord en toute hâte avec Lady Katherine Maugham et de quitter l'Angleterre au plus vite. D'après son ministre, trop de questions restaient sans réponses, et les enjeux, désormais, les dépassaient.

— Lady Katherine désire ce mariage, insista Caius. Quant à son père, il n'attend que de mettre un pied en Alucie pour pouvoir y commercer.

Mais voilà : Sebastian n'avait pas son ressort. Dans le chaos ambiant, il ne pouvait se résoudre à s'engager dans la précipitation.

Il faut dire qu'il ne cessait de songer à Eliza. Même aux heures les plus sombres, elle n'avait pas quitté ses pensées. Et puis, le traumatisme qu'ils venaient de vivre ne faisait que renforcer sa conviction intime : il lui fallait à tout prix préserver les êtres qu'il aimait et, plus encore, s'entourer de personnes de confiance. L'exemple de Caius et de Sarafina était tristement édifiant. Leur union avait été arrangée, comme le voulait la coutume au sein de la noblesse alucienne. Or, même en partageant sa couche avec elle pendant de nombreuses années, Caius ne l'avait jamais vraiment connue.

— J'y songerai, répondit Sebastian.

Caius inclina la tête. Il s'apprêtait à prendre congé quand Sebastian le rappela.

Au moment où son ministre se retourna, il entrevit fugitivement l'ancien camarade d'études. L'impression ne dura qu'un bref instant. Aussitôt, l'expression de Caius se referma.

— Nous ferions peut-être bien de laisser cette question au ministre des Finances.

— Lord Benedick ? Mais… il n'a rien suivi.

— C'est un simple accord de fiançailles. Il est parfaitement capable de s'en charger.

Son ministre parut interloqué.

— Vous avez subi un choc terrible, mon ami, lui rappela-t-il avec douceur.

Caius se rembrunit.

— M'avez-vous retiré votre confiance, Votre Altesse ? Suis-je suspect à vos yeux ?

— Pas le moins du monde, Caius, le rassura Sebastian avec franchise. Il m'est arrivé de me demander ce qui avait pu changer entre nous depuis Oxford, c'est vrai. Je ne comprends pas ce qui vous a éloigné de moi. Mais je n'ai jamais douté de vous.

— Vous vous demandez ce qui a changé ?

Caius eut un rire sans joie.

— Vous êtes devenu le prince héritier, Sebastian. Mon prince. L'homme que j'ai juré de défendre et de protéger. L'époque de nos jeux d'enfants s'est achevée le jour de votre investiture.

— Fallait-il que ce jour mette un terme à notre amitié, également ? Notre complicité me manque, Caius.

Son vieil ami lui adressa un regard qu'il ne lui avait pas vu depuis bien longtemps.

— J'aime ma patrie, Bas, dit-il à mi-voix.

Ce surnom… Voilà des lustres qu'il ne l'avait plus appelé ainsi.

— J'ai œuvré sans relâche pour obtenir qu'on vous témoigne le respect qui vous était dû. Songer que ma propre femme a trahi son pays, son roi, son prince… Qu'elle m'a trahi, moi…

Il s'interrompit, la gorge nouée.

— Je ferai tout ce qui est en mon pouvoir pour redresser ses torts, reprit-il. Plutôt que de ressasser sa traîtrise, je préfère consacrer mon énergie à achever la mission qui nous a amenés ici. Permettez que je m'y attelle dès à présent.

Sebastian retint un soupir de lassitude. Décidément, son statut lui interdirait à jamais la simplicité dans ses relations personnelles.

— Si vous en ressentez la nécessité, soit, murmura-t-il.

Caius s'inclina, tourna les talons et quitta la pièce à pas vifs. Tout de même, au moment de franchir le seuil, il s'arrêta et se retourna.

— Je n'avais pas de mauvaises intentions, dit-il avec raideur. Je n'ai jamais voulu que votre bien.

Sebastian hocha la tête. Il comprenait. Caius n'avait pas cherché à le faire souffrir en prenant ses distances avec lui. Pour autant, la situation n'était pas plus facile à accepter.

Il regarda son ministre disparaître dans le couloir.

Oui, Sebastian avait confiance en lui. Même si, au fond, il savait que leur amitié d'enfance n'était plus qu'un souvenir. Après la félonie de Sarafina, Caius ne baisserait plus jamais la garde, sans doute. Qu'aurait-il fait, lui, à sa place ? Il médita un moment cette question, avant de se rappeler avec angoisse la tâche éprouvante qui l'attendait.

Il s'assit à son bureau et reprit sa plume pour tenter d'achever la lettre qui l'avait tourmenté tout le jour. Il fallait expliquer à Eliza ce qui s'était passé. Lui dire combien il s'en voulait. Pourtant, chaque fois qu'il posait la plume sur le papier, il ne trouvait que des mots creux ou insensés.

Le lendemain, il reçut une visite de Leopold, visiblement envoyé par les dignitaires aluciens de sa suite, pressés de reprendre la mer.

— À quoi joues-tu, Sebastian ? attaqua-t-il sans préambule.

— Pardon ?

— Nous en sommes arrivés au dernier point de négociation d'un traité qui va révolutionner l'avenir de l'Alucie. Tout ce qui te reste à faire, c'est te choisir une épouse, bon sang !

— Je sais ce que j'ai à faire.

Leopold se jeta dans un fauteuil face à lui et se pencha sur son bureau.

— Qu'attends-tu, dans ce cas ? J'ai vu les prétendantes. Elles sont ravissantes et bien sous tous rapports…

— Mais je n'en aime aucune, le coupa-t-il sèchement.

Son frère le dévisagea, médusé.

— Si ta remarque n'était pas si absurde, j'en rirais. Qui te parle d'amour ? C'est bien trop tôt. L'affection viendra avec le temps…

— Tu as bien appris tes leçons, Leopold, tout comme moi, le cingla Sebastian.

Il se leva et se mit à faire les cent pas.

— Faites votre devoir et le monde vous appartiendra. Les beaux principes, en vérité… Hélas, il est une éventualité que nos précepteurs n'avaient pas envisagée. Je suis amoureux. D'une personne qui ne correspond en rien aux exigences qu'on m'impose. Et je me découvre incapable – incapable, m'entends-tu ? – de formuler une demande en mariage par simple calcul politique, alors que je suis fou d'une autre femme.

Leopold n'aurait pas pu avoir l'air plus abasourdi.

— C'est une femme de chambre ?

La situation s'était déjà vue. Sebastian le détrompa d'un signe de tête.

— Il s'agit de Miss Eliza Tricklebank.

Leopold ne cacha pas son incrédulité.

— La furie qui t'a jeté hors de chez elle ? La fille du juge ?

Sebastian soupira et se frotta les yeux d'un geste las.

— *Je*. Celle-là même.

Son frère le considéra un long moment sans rien dire. Puis un sourire se dessina sur ses lèvres.

— Ne t'avise pas de rire, le prévint-il. La situation est déjà bien assez pénible.

— Qu'a-t-elle donc de plus ? voulut savoir Leopold. Il y a deux beautés renversantes qui n'attendent que toi, qui ont été élevées pour épouser quelqu'un de ton rang, parfaitement préparées à devenir reines, et qui feraient des compagnes charmantes…

— Précisément ! rétorqua-t-il sur un ton amer. Elle n'a pas été dressée pour moi, elle. Je l'aime parce qu'elle n'est pas servile, Leopold ! Je l'aime parce qu'elle est franche, parce qu'elle dit ce qu'elle pense, parce qu'elle me considère comme son égal ! Elle ne me voit ni comme son seigneur et maître, ni comme son coffre-fort. À ses yeux, je suis autre chose qu'un moyen d'atteindre la richesse et les privilèges. Vois-tu, cette idée ne lui a sans doute même pas traversé l'esprit. Elle m'entretient de sujets que personne n'ose aborder avec moi. C'est une amante passionnée, pleine de joie, de…

À court de mots, il se mordit la langue, les mains sur les hanches.

Elle était tout, voilà la vérité. Tout ce qu'il avait jamais désiré, même s'il n'en avait pas eu conscience jusque-là.

Tout ce qu'il ne pourrait jamais obtenir. À moins que… Brusquement, l'évidence s'imposa. Quelque chose l'avait empêché de rédiger cette satanée lettre. Une idée indistincte, à peine une ébauche. Maintenant, tout était clair. Il savait exactement ce qui lui restait à faire.

— C'est elle que je veux épouser, annonça-t-il posément. Il faut que je trouve un moyen.

Son frère resta figé quelques instants. Puis il se leva de son siège.

— Ne sois pas ridicule, Sebastian. Elle n'a ni relations ni ascendance. Tu imagines le scandale si tu rentres au bras d'une fille de juge qui n'a rien à offrir au royaume ?

— Elle peut lui apporter un héritier. N'est-ce pas le plus important ?

— Tu n'as pas les idées claires, insista Leopold. Tu as été mis à rude épreuve, mon frère. Tu as perdu Matous, tu as déjoué un complot contre ta personne. Je comprends ton désarroi. Mais tu ne peux pas épouser cette femme. Comment pourrais-tu compenser tout ce qui lui manque ?

Sebastian balaya ses objections d'un revers de main.

— Tout ce qui lui manque, c'est un nom, gronda-t-il.

Sitôt ces mots prononcés, une idée folle germa dans son esprit. Un patronyme, voilà la solution ! Des lettres de noblesse. Un titre synonyme d'influence. Comment faire, Seigneur, comment faire ?

— Il lui faut un nom, déclara-t-il à Leopold. Un titre.

Son frère écarquilla les yeux.

— Et comment diable comptes-tu t'y prendre ?

— Je ne sais pas encore. Mais je trouverai.

Leopold soupira.

— Le temps file, Sebastian. Tu reprends la mer à la fin de la semaine.

— Voilà qui me laisse encore cinq jours, non ?

Leopold soupira de plus belle, la mine accablée.

— Tu cours au désastre, mon frère. Ce coup de folie va ruiner tous tes efforts.

Sebastian ne chercha pas à le contredire. Il était grotesque, il le voyait bien. Mais il savait aussi qu'il tenait là son ultime chance d'être heureux. Du diable s'il ne faisait pas l'impossible pour la saisir !

Il passa les heures suivantes à réfléchir fébrilement. Hélas, chaque début de solution menait à une impasse.

Sebastian se coucha dans un état d'agitation extrême. Eliza l'obsédait. Elle devait se demander ce qui lui était arrivé, pourquoi il n'était pas venu la trouver. Il en avait les entrailles nouées. Tout de même, les nouvelles avaient dû lui parvenir. Elle comprenait, sans doute. Mais ça ne suffisait pas.

Rien ne l'empêchait de lui écrire une lettre, bien sûr. Mais en était-il capable ? Il en doutait sérieusement. Comment lui ouvrir son cœur d'une façon qui puisse l'apaiser ? *Je vous aime. Pour cela, je vous serai éternellement reconnaissant.* Quelle horreur ! On aurait dit les derniers mots d'un vieillard sur son lit de mort. *Je vous aime, je ne peux pas vivre sans vous, et pourtant je le dois.* Non et non ! Une mauviette soumise aurait trouvé mieux. *Je vous aime, mais vous n'avez rien à offrir à l'Alucie.* Bien trop brutal, même si c'était la dure vérité.

Déchiré entre amour et désespoir, il finit par tomber d'épuisement, sans avoir résolu le problème qui accaparait toutes ses pensées.

La clé lui apparut entre deux périodes de sommeil agité.

Dès l'aube, il convoqua Leopold et Caius.

— J'ai eu une idée qui permettra de régler pour de bon à la fois la question de l'accord commercial et celle de mes fiançailles, leur annonça-t-il.

— Mais encore ? demanda son frère.

— Miss Tricklebank fera partie des conditions de signature du traité.

Leopold et Caius échangèrent un regard consterné.

— Tu n'envisages tout de même pas de tenir la dragée haute à toute l'Angleterre pour les beaux yeux d'une femme ? s'écria son frère en secouant la tête, atterré. Bon sang, Sebastian ! Tu n'es pas sérieux ?

— Écoute-moi, au moins, le pressa-t-il. Il ne reste qu'un point à trancher avant la ratification définitive. Nous devons déterminer si les droits de douane imputés au minerai de fer alucien peuvent être réduits. Or, cette question doit être portée devant un tribunal britannique. Tu ne saisis pas ?

— Non, lâcha platement Leopold.

— Permettez, Votre Altesse, intervint Caius avant de se tourner vers son frère. Un membre du Parlement a fait savoir qu'il jugeait prohibitifs certains droits de douane proposés dans le cadre de cet accord commercial. D'autres, au contraire, en soutiennent le principe, car ils y voient une source de revenus plus que bienvenue. La question doit être examinée par un juge avant d'être tranchée au Parlement. L'audience a été fixée à demain.

Dieu merci, en voilà au moins un qui le comprenait ! Tout espoir n'était pas perdu !

— J'entends bien, mais quel rapport avec Miss Tricklebank ? s'entêta Leopold.

— Je vais demander que l'affaire soit présentée à son père, expliqua Sebastian. Si le juge Tricklebank arbitre en notre faveur, ce qui est probable puisque les tarifs proposés sont effectivement prohibitifs, j'insisterai pour qu'il soit dûment récompensé pour son aide dans la conclusion de l'accord entre nos deux royaumes. Par l'attribution d'un titre, par exemple.

Leopold lança un regard découragé à Caius.

— Tout cela est insensé, marmonna-t-il.

Tant pis. Son seul espoir résidait dans ce piètre stratagème, qui, à vrai dire, lui paraissait aussi extravagant qu'à eux. Mais il irait jusqu'au bout.

— Si son père reçoit un titre, elle devient, de droit, Lady Eliza Tricklebank. Fille de Lord Tricklebank, juge à la cour supérieure de justice de Sa Majesté la reine.

— Et après ? s'emporta Leopold. Qu'aura-t-elle de plus à offrir ? Elle n'aura pas davantage de relations ! Sans compter qu'il faut encore convaincre la reine d'élever ce juge obscur au rang de baron ! Qui s'en chargera, au juste ? Et puis, de toute façon, à quoi te serviront toutes ces manigances ?

— Nous avons un allié, expliqua patiemment Caius. Lord Braeburn de Norfolk s'est montré fort intéressé par l'importation de notre minerai. Il a tout intérêt à voir ces droits de douane diminuer. Or, il se trouve que sa grand-mère maternelle est originaire du duché de Saxe-Cobourg et Gotha, lieu de naissance du prince Albert. À en croire Mr Botley-Finch, tous deux sont en très bons termes.

— Assez pour que l'un incite l'autre à gratifier Tricklebank d'une baronnie ? s'enquit Sebastian.

— Quelle importance ? Tout le monde connaît le peu d'influence du couple royal britannique au sein du Parlement, fit observer Leopold sur un ton grinçant.

— C'est en partie vrai, convint Caius. Mais ne sous-estimons pas le désir qu'ont les lords de plaire à la reine, dès lors que leurs intérêts ne sont pas menacés.

En d'autres termes, ils laisseraient volontiers à leur souveraine le privilège d'élever le juge au rang de baron pourvu qu'ils obtiennent la réduction de ces fameux droits de douane. Que leur importait l'octroi d'une distinction à un juge obscur, tant qu'ils voyaient leurs profits augmenter ?

— Bien. Comment allons-nous procéder ? demanda-t-il à Caius.

— Après le drame de Kensington, nos hôtes ne seraient pas fâchés de nous voir partir. Tant que vous resterez sur leur sol, Votre Altesse, ils se sentiront menacés. Pour tout dire, ils redoutent d'être entraînés dans une guerre contre la Weslorie, ou, du moins, de voir surgir des tensions qu'ils ne désirent pas. Nous pouvons en tirer parti. Ils nous accorderont probablement ces menues concessions pourvu que le traité soit ratifié au plus vite. Ai-je votre permission pour régler certains détails en ce sens ?

Leopold gronda de dépit.

Caius n'y prêta aucune attention.

— Vous pouvez vous en remettre à moi, Votre Altesse, insista-t-il. Je suis convaincu d'obtenir gain de cause.

— Je t'en prie, Sebastian, renonce à cette folie, le supplia Leopold. Cette pirouette risque de réduire à néant tout ce pour quoi tu t'es battu ici. Tu es censé te fiancer à une femme influente. Négocier une union qui pourra être utile au royaume en cas de nécessité. Fais ta proposition à l'une des ladies qui t'ont été présentées et qu'on n'en parle plus. Notre père n'acceptera jamais le mariage que tu souhaites, tu le sais aussi bien que moi.

Sebastian tourna les yeux vers Caius. Son ministre affichait une résolution farouche. Il était déterminé à réussir. Il en avait besoin. Pour son prince. Pour son vieil ami, peut-être. En tout cas, quelles que soient ses raisons, Sebastian entrevit enfin une lueur d'espoir.

— J'ai négocié un accord commercial très avantageux pour l'Alucie. Notre royaume en tirera les fruits sur de nombreuses générations. J'estime avoir gagné le droit d'épouser qui je veux. Je vais prendre le risque. Va, Caius.

Quand le ministre des Affaires étrangères les eut laissés, Leopold se tourna vers lui et le dévisagea longuement d'un air consterné.

— Dieu te protège si les choses tournent mal, Sebastian...

— *Je*, mon frère, répondit-il sombrement.

Quand Leopold se fut retiré, il sortit la montre à gousset de sa poche et caressa du pouce l'inscription gravée au dos. Caius parviendrait-il à lui obtenir ce qu'il désirait ? Il en doutait. Quel représentant politique un tant soit peu responsable céderait à ce genre de pantalonnade ? Car le motif invoqué pour titrer le juge serait bien faible, il fallait le reconnaître. Et pourtant, il se raccrochait désespérément à cet espoir, si mince soit-il.

Il baissa les yeux sur sa lettre inachevée et contempla fixement les mots qu'il avait tracés sur le papier. Comme les précédentes, il froissa cette ébauche et alla la jeter dans les flammes. Il regarda la feuille se racornir et noircir jusqu'à n'être plus qu'un petit tas de cendres.

Comment se résoudre à rédiger ce message ? Il en aurait le cœur brisé, et elle aussi. Comment envisager de la laisser derrière lui ? C'était tout aussi impensable. Ne lui restait que ce filet d'espoir. Il fallait que Caius accomplisse l'impossible.

Il entendit la porte s'ouvrir derrière lui. Il se retourna. Patro se tenait sur le seuil, le buste ployé.

— Votre Altesse, on m'informe qu'une voiture arrivera dans une heure. Vous êtes convié à déjeuner avec les membres du parti conservateur chez Sir Robert Peel. Dois-je vous envoyer Egius ?

— *Je*, murmura-t-il.

Allons, courage. Encore un repas où il allait falloir

paraître détaché et indifférent, alors qu'il avait le cœur et l'esprit en ébullition.

Pourvu qu'Eliza ne perde pas patience trop vite... D'un geste absent, il passa une nouvelle fois le pouce sur les deux mots latins, qu'il regarda un moment sans les voir. Soudain, il se figea. Mais oui, bien sûr ! Que n'y avait-il songé plus tôt ? Il courut à son bureau, s'empara de sa plume et griffonna hâtivement son message. Puis, sans se laisser le temps de se raviser, il appela son majordome.

— Fais porter ce message au 34, Bedford Square, dit-il.

Puis il passa dans le vestiaire pour se préparer en vue du déjeuner.

Chapitre 27

Des navires battant pavillon alucien poursuivent leur ravitaillement en prévision de la traversée du retour. On croit savoir qu'ils appareilleront à minuit le quatorzième jour de ce mois. Ils emmèneront à leur bord deux marchands d'étoffes vers les marchés de Helenamar. Miladies, vous devriez trouver de la soie d'Alucie à l'automne prochain.

Nul ne sait si une suite nuptiale a été préparée sur l'une des nefs, aussi tous les espoirs sont-ils encore permis dans les salons de Mayfair. On confie çà et là être soulagé de ne pas voir sa fille impliquée dans une affaire de meurtre juste avant de prononcer ses vœux. Ces murmures, toutefois, demeurent l'exception.

Honeycutt's,
gazette mode et maison pour ladies

Eliza ne supportait plus de s'entendre poser la même question jusqu'à trois fois par jour.

— Tout va très bien ! devait-elle répéter sans cesse.

Bien sûr, sa famille ne pensait pas à mal, elle le savait. Poppy et Margaret non plus, avec leurs regards attristés et leurs chuchotements dès qu'elle avait le dos tourné. Pas plus que le boucher et sa femme, d'autant que Mr et Mrs Thompkins n'avaient aucune idée des bouleversements qu'Eliza avait connus ces dernières semaines. Elle se contentait donc de dire qu'elle se sentait fatiguée.

Pour tenter de s'occuper l'esprit, elle s'était réfugiée dans l'horlogerie. Elle démontait et remontait jusqu'à deux pendules par jour.

Parfois, penchée sur ses mécanismes, elle écoutait d'une oreille distraite son père lui raconter les menus détails de son travail. Elle apprit ainsi qu'il s'était vu présenter pas moins de quatre affaires dans une même journée, contre une seule le lendemain. N'était-ce pas curieux, s'était-il amusé, de voir que la roue de la justice s'emballait parfois comme un attelage sans cocher lancé à toute allure, quand d'autres fois elle semblait s'enrayer complètement ?

Il fut surtout intrigué le jour où il n'avait eu à traiter qu'un unique dossier.

— L'affaire concernait l'accord commercial avec l'Alucie. D'après ce que j'ai compris, il est presque signé. Il ne reste plus que quelques vétilles à régler.

Eliza s'employait à graisser un engrenage. Que lui importait ce fichu traité ? Elle ne retenait qu'une chose : personne n'était venu, pas même un messager. Oh ! bien sûr, entre les révélations concernant la rébellion et la mise au point des dernières clauses de l'accord, Sebastian devait avoir fort à faire. Sans compter qu'il lui fallait superviser les préparatifs du départ. Et conter fleurette aux deux oiselles qui rêvaient de partir à son bras…

Hollis vint dîner avec Eliza et leur père. Au cours du repas, elle leur rapporta que les journaux londoniens regorgeaient d'anecdotes croustillantes sur la tentative d'assassinat du prince et l'affaire de ses fiançailles. Si elle se passionnait pour ces deux sujets, elle se disait tout de même révoltée pour Eliza.

— Tentative d'assassinat ? releva Eliza.

— Enfin, d'enlèvement, rectifia Hollis. Mais l'un aurait très certainement conduit à l'autre, pas vrai ?

— Ce sont là des raccourcis un peu hasardeux, ma chérie, avait objecté leur père.

— D'après le *Times*, l'infidélité va bon train chez les Aluciens, poursuivit-elle sans tenir compte de sa remarque.

Elle se pencha et prit des airs de conspiratrice.

— À en croire certains, le prince lui-même aurait eu une liaison, et c'est lui qui aurait fait tuer son secrétaire pour le faire taire après que le malheureux aurait tout découvert.

Elle écarquilla les yeux d'un air éloquent.

— Ça n'a pas de sens, fit remarquer Poppy, qui dînait avec eux. Pourquoi le faire assassiner ? Il suffisait de le menacer de renvoi.

— C'est précisément le problème du jeu des conjectures, intervint fermement le juge. On les présente comme des faits. Or, personne ne sait vraiment ce qui s'est passé, et aucun d'entre nous ne devrait contribuer à propager ces rumeurs.

Hollis baissa les yeux sur son assiette d'un air penaud.

Mais, plus tard, profitant de ce que leur père s'était absenté un moment, elle ne put s'empêcher de revenir à la charge.

— J'ai entendu dire que l'annonce des fiançailles ne serait faite qu'au tout dernier moment, juste avant le départ du prince.

— Vraiment ? dit Eliza d'une voix qu'elle s'efforçait de garder légère et insouciante. Sais-tu si une date a été fixée ?

— D'après le *Times*, l'appareillage est prévu pour mercredi à minuit, si le temps le permet.

Nous y voilà. Il ne lui restait que quelques jours pour espérer recevoir un mot de Sebastian, gardé prisonnier dans sa cage dorée pour sa propre sécurité.

Eliza, pauvre de toi, quel sort t'es-tu donc infligé ?

— Eliza ? s'inquiéta Hollis.

— Tout va bien, répondit-elle précipitamment.

Mais elle manipula son coucou mécanique avec tant de brusquerie que la porte se cassa.

— Pose cette horloge…

— Non, la coupa Eliza en repoussant le geste consolateur de sa sœur.

Elle avait besoin de s'occuper les mains. De se concentrer sur des problèmes simples, avec des solutions claires et sans équivoques.

Dans la soirée, Eliza lut pour son père des textes assommants où il était question de droits douaniers fixés par le gouvernement.

— Ma foi, la question est toute tranchée, il me semble, fit remarquer le juge quand Eliza eut achevé sa lecture. Le droit de douane est prohibitif par nature. N'es-tu pas d'accord, ma chérie ?

De quoi parlait-il ? Elle avait lu machinalement, l'esprit ailleurs.

— Euh… Je n'ai pas fait très attention à ce que je lisais, Père, avoua-t-elle.

Mercredi approchait, inexorablement. Peu à peu, elle sombra dans le découragement. Un après-midi, allongée à plat ventre sur son lit, la tête dépassant du matelas, elle se mit à dessiner du bout du doigt des cercles sur la moquette pour tromper son angoisse. Les sentiments contradictoires qu'elle éprouvait pour Sebastian avaient fini par former une boule douloureuse dans son estomac. Elle la sentait en permanence. Elle en était malade. Quand donc allait-il prendre la mer, pour qu'elle puisse enfin souffrir en paix ?

Des voix lui parvinrent du dehors. Celles de son père et d'un de ses amis, Mr Fletcher. Dans l'entrée, Jack et John s'étaient mis à aboyer comme si une armée venait d'envahir leur douillet intérieur.

— Eliza ? appela son père. Tu es là, ma chérie ?

Avec un soupir, elle se releva péniblement. Elle jeta un coup d'œil dans le miroir en passant, et s'arrêta net. Seigneur ! Quelle allure négligée ! Il allait falloir faire quelque chose à ce sujet. Demain, peut-être…

— Je suis là, Père, dit-elle en le rejoignant dans le salon.

Elle l'embrassa sur la joue pour le saluer.

— Margaret a préparé un ragoût pour ce soir. Voulez-vous un peu de vin avant le dîner ?

— Plutôt un whisky, ce soir. Comment va ma fille chérie en cette belle journée ?

— Très bien, merci.

Alors qu'elle se dirigeait vers le buffet, ses yeux se posèrent sur la pile de courrier posée sur son bureau. *Mon Dieu, c'est vrai…* Voilà plusieurs jours qu'elle négligeait la correspondance, trop déprimée pour s'en occuper. Un coin d'enveloppe bleu pâle attira son attention. Elle s'arrêta pour la prendre. La lettre était à son nom.

— J'ai eu une journée assez intéressante, l'un dans l'autre. Ce fameux accord commercial est revenu sur mon bureau.

— Ah oui ? dit-elle distraitement en retournant l'enveloppe.

Elle était cachetée. Le sceau ne lui disait rien. Elle le brisa.

— Les questions relatives au droit douanier peuvent être complexes, j'imagine. Mais, comme je l'ai expliqué à l'avocat, cette affaire particulière est on ne peut plus simple. Il est évident que les tarifs proposés étaient exorbitants. Un tarif douanier est prohibitif par nature, bien sûr. Toute la question est de savoir à quel point.

Eliza déplia la lettre. *Amor fidelis. S.*

Aussitôt, elle sentit son sang refluer de son visage.

— Qu'en penses-tu ? lui demanda son père.

— Vous dites ? Oh ! oui, bien sûr. Vous vouliez du whisky, c'est bien ça ?

— S'il te plaît, ma chérie. À vrai dire, je ne m'attendais pas à voir revenir ce dossier. Nous avons reçu l'enquête préliminaire il y a quelques jours, et Mr Frink a suggéré qu'elle soit transférée à un autre juge plus au fait de ces questions.

Eliza remplit rapidement un verre de whisky et le plaça dans la main de son père. Puis elle reprit la missive et alla s'asseoir dans le fauteuil voisin du sien. Elle lissa du doigt les lettres tracées à l'encre. *Amour loyal*... Il lui avait envoyé un message, tout compte fait. Dire que dans son mal-être elle ne s'en était pas aperçue ! Depuis quand la lettre attendait-elle sur le bureau ? Et comment l'interpréter ? Était-ce sa façon de lui dire adieu ?

Ben entra, les bras chargés de bûches.

— Ben, avons-nous reçu du courrier ce matin ? s'enquit-elle.

Il tourna les yeux vers le petit tas d'enveloppes.

— Pas aujourd'hui, miss. Ces lettres sont arrivées il y a deux ou trois jours.

Il mit un genou au sol et entreprit de regarnir l'âtre.

Juste ciel, il fallait croire qu'elle avait traversé ces derniers jours comme une somnambule...

Poppy fit irruption dans la pièce avec une pile de livres, qu'elle alla poser à côté d'une autre pile sur un rayonnage.

— Vous rentrez tard, aujourd'hui, Votre Honneur ! commenta-t-elle gaiement.

Elle s'empara d'un châle et alla en draper les épaules du juge, suivie par le chat qui cherchait à en attraper un coin.

— Je suis resté boire une pinte, répondit-il d'une voix joviale. La journée a été riche en émotions.

— Voyez-vous ça, commenta Poppy en se baissant pour prendre le chat dans ses bras.

Amour loyal. Lui demandait-il de lui rester fidèle ? Si tel était le cas, il allait devoir lui en dire un peu plus. Elle contempla une fois de plus les mots jetés sur la feuille, tracés d'une main ferme. L'écriture était nette, élégante. Majestueuse.

Tandis que son père reprenait pour Poppy et Ben ses explications sur les tarifs douaniers ou Dieu savait quoi d'autre, Eliza ressentit une pointe d'affolement. Comme si elle était censée comprendre quelque chose qui lui échappait. Que faire de cette lettre ? Avait-il attendu une réponse, une réaction ?

Elle en était là de ses interrogations quand on frappa à la porte d'entrée. Elle fut debout en même temps que les chiens.

— Je vais voir qui est là, annonça-t-elle précipitamment pour devancer Ben et Poppy.

À l'instant où elle quittait le salon, la voix de Hollis s'éleva dans l'entrée.

— C'est moi ! claironna-t-elle.

Eliza alla à sa rencontre, la lettre toujours serrée dans sa main.

Hollis ôta son manteau et son chapeau, qu'elle suspendit à une patère.

— Eh bien, ma chérie, qu'as-tu à me regarder ainsi ?

— J'espérais quelqu'un d'autre, murmura Eliza.

— Ma foi, tu m'en vois désolée ! Mais réjouis-toi : tu as une autre visite.

— Qui ?

— Je l'ignore. Mr Frink est dehors en compagnie d'un autre gentleman.

Hollis vérifia son reflet dans le miroir, et sursauta quand un autre coup retentit à la porte. Les deux terriers, surexcités, manquèrent de la renverser.

— Nom d'une pipe ! Oh ! ces bêtes ! s'emporta-t-elle.

— Jack, John, au panier ! ordonna sèchement Eliza.

Les chiens revinrent à toute allure et virèrent en direction du salon, qu'elle indiquait du doigt.

Hollis alla ouvrir.

— Mr Frink, ravie de vous revoir !

— Bonsoir, Mrs Honeycutt.

Derrière le greffier, Eliza aperçut non pas un mais deux gentlemen. Des Anglais. Ils s'empressèrent d'ôter leur couvre-chef.

— Pardonnez notre visite impromptue, milady. Le juge est-il là ?

— Il est là, oui, répondit Hollis. Je pensais que c'était vous qui l'aviez raccompagné.

— Pas ce soir, expliqua Mr Frink. Une affaire urgente m'a retenu au tribunal.

— Entrez, je vous en prie, dit Eliza avec un geste de bienvenue.

Les deux inconnus emboîtèrent le pas du greffier en inclinant poliment la tête.

Au bout du couloir, les terriers s'étaient remis à aboyer.

— Suivez-moi donc avant que ces cerbères vous sautent à la gorge, plaisanta Hollis en pénétrant dans le salon. Jack, couché ! Père, vous avez de la visite. Mr Frink est là !

La porte d'entrée étant restée ouverte, Eliza s'attarda

pour la refermer. Au moment où elle posait la main sur la poignée, elle remarqua la présence d'un groupe d'hommes sur le trottoir. Elle ouvrit plus grand. Alors, son cœur, qui avait battu au ralenti tous ces derniers jours, bondit dans sa poitrine. Sebastian était là, au milieu d'eux.

En tenue d'apparat, ceint d'une écharpe retenue sur son torse par un sceau frappé d'armoiries inconnues, il arborait une impressionnante rangée de médailles et de distinctions. Un haut-de-forme et un grand manteau complétaient l'ensemble. On l'aurait dit en route pour un bal, ou pour l'opéra. Que faisait-il donc devant sa porte, vêtu de ses habits princiers ?

Elle battit des paupières. Elle avait rêvé : il allait disparaître. Mais non. Il était toujours là, le visage levé vers elle, les traits marqués d'un mélange d'angoisse et de joie.

Elle ne comprenait rien. Son cœur se mit à battre la chamade.

— Je ne… Est-il arrivé quelque chose ?

Sebastian se détacha du groupe et fit un pas en avant.

— Avez-vous reçu mon message ?

Elle se rendit compte qu'elle serrait toujours la lettre entre ses doigts. Le papier commençait à devenir humide dans sa main.

— À l'instant.

Il s'avança d'un autre pas.

— Y a-t-il un endroit où nous pourrions discuter ?

Eliza scruta la rue. De la lumière brillait aux fenêtres. La plupart des voisins devaient être chez eux, dont une bonne partie aux aguets, alertés par le fracas des attelages et les bruits de voix. Vivre sur une place n'était pas sans contrepartie…

— Mon père reçoit des visiteurs.

— Je sais, dit-il en faisant un nouveau pas vers elle.

Évidemment, il avait dû les voir entrer.

— Voulez-vous que nous allions dans le parc ? proposa-t-elle en désignant le coin de verdure derrière lui.

— Si cela vous convient.

Il lui tendit une main.

Elle se rappela soudain le triste spectacle qu'elle offrait d'elle-même. Il suffisait d'un coup d'œil pour deviner qu'elle avait passé ces derniers jours à s'apitoyer sur son sort. Après avoir replacé une mèche de cheveux derrière son oreille, elle descendit les marches. Pas question de prendre la main qu'il lui tendait ou de poser la sienne sur son bras : elle n'aurait pas supporté de le toucher. Elle croisa les bras sur sa poitrine.

Sebastian n'insista pas. Il joignit les mains dans son dos. Sans un mot, il l'escorta à travers le groupe d'hommes, qui tous l'observaient avec curiosité. Quand ils eurent atteint le petit parc qui s'étendait de l'autre côté de la chaussée, il se tourna lentement face à elle. Il se frotta la nuque d'un geste nerveux, puis inspira profondément.

— Eliza, je… J'ai quelque chose à vous dire.

Et soudain ce fut trop. Trop d'angoisse, trop de chagrin. Elle refusait d'en entendre davantage.

— Pour l'amour du ciel, Sebastian, je vous en conjure : ne rendez pas la situation plus difficile qu'elle ne l'est déjà. Je comprends. Il n'était pas utile de venir jusqu'ici pour vous expliquer.

Il en avait pourtant besoin, elle le voyait bien. Mais elle risquait de ne pas y survivre.

— Vous…

— Voyons, Sebastian ! dit-elle d'un ton brusque avec un geste dédaigneux. M'avez-vous crue assez naïve pour nourrir la moindre illusion ?

Il ne répondit pas.

— J'attendais seulement l'occasion de vous dire au revoir, ajouta-t-elle plus doucement. C'est tout. Simplement au revoir, et merci, aussi étrange que cela puisse paraître. Vous n'avez pas idée de ce que notre amitié représente pour moi. De ce qu'elle a représenté, du moins. Et je voulais vous dire… Enfin, ce n'est pas ainsi que j'avais imaginé notre dernière rencontre – j'aurais aimé être habillée convenablement, au moins, mais… Je voulais vous dire, avant que vous repreniez la mer, que…

Elle inspira péniblement, la gorge nouée.

— Je vous aime, moi aussi.

Elle prit une nouvelle inspiration.

— Je vous aimais, ajouta-t-elle d'une voix triste, ténue.

Son aveu parut déconcerter Sebastian au-delà de toute mesure.

— Vous vouliez me dire au revoir ?

Était-ce donc tout ce qu'il avait retenu ?

— Oui… Et vous ouvrir mon cœur. Surtout.

— Me dire que vous m'aimiez ?

— Voilà ! Oh ! Seigneur, je fais tout de travers. J'avais imaginé une scène plus émouvante, vous vous en doutez. Dans un cadre plus propice, ajouta-t-elle en jetant un coup d'œil circulaire sur la place. Mais aussi, je ne vous attendais plus.

Elle laissa échapper un rire un peu hystérique.

— Ces derniers jours m'ont paru interminables, reprit-elle. J'ai cru que vous alliez partir sans chercher à me revoir. J'étais dévastée. Je n'avais pas vu votre message, je ne sais même pas quand il est arrivé, je me sentais tellement mal… Je ne l'ai lu que ce soir, et il m'a bouleversée. Mais je ne l'ai pas vraiment compris. Qu'avez-vous voulu me dire, Sebastian ? Que je dois vous rester fidèle ? Que vous me resterez fidèle ? Ou était-ce simplement une jolie façon de me faire vos adieux ? Il m'a laissée perplexe, et je n'ai pas eu le temps d'y réfléchir. Ni de me préparer pour cet instant…

Elle montra d'un geste désolé l'état de ses cheveux.

— Vous êtes magnifique.

— J'ai l'air d'avoir ramoné une cheminée !

Il pouffa de rire. Il en parut presque surpris, comme si cela lui avait échappé. Mais, une fois qu'il eut commencé, il fut incapable de s'arrêter. Il rit à s'en tenir les côtes, au point que quelques-uns de ses gardes tendirent le cou pour s'assurer que tout allait bien.

— Qu'y a-t-il de si drôle ? lança-t-elle, piquée au vif. C'est vrai, j'aurais aimé que nos derniers instants se passent autrement, mais voilà, nous y sommes, et j'ai fait de mon mieux !

— Oh ! Eliza, dit-il en essuyant une larme. Si vous saviez par quels tourments vous m'avez fait passer tous ces derniers jours…

— Moi, je vous ai tourmenté ? s'indigna-t-elle. C'est vous qui deviez venir ! Vous aviez promis.

— Je sais, reconnut-il en reprenant son sérieux. Je n'ai pas pu. Les événements qui se sont succédé après notre entrevue dans Bond Street m'en ont empêché.

— Je m'en suis doutée, murmura-t-elle, radoucie.

Elle lui prit la main, entrelaça leurs doigts.

— Bon… C'est ici que tout se termine, alors, dit-elle avec tristesse.

— C'est mon vœu le plus cher, affirma-t-il.

— Ah ? Vous… vous en réjouissez ? balbutia-t-elle, un rien vexée.

— Eliza…

Il glissa une main derrière sa nuque.

— Avez-vous vraiment cru que je pourrais quitter l'Angleterre sans vous ?

— Que dites-vous ?

— En ce moment même, deux gentlemen sont en train d'expliquer à votre père qu'il va devenir baron. Ce qui fera de vous une lady.

Que diable racontait-il ?

— Mais… Je n'ai que faire d'être une lady…

— Vous plairait-il davantage d'être une princesse, et un jour une reine ? Non, ne répondez pas. Écoutez-moi d'abord, je vous en prie.

Elle aurait été bien en peine de prononcer le moindre mot, de toute façon. C'est tout juste si elle parvenait encore à respirer.

— Je suis venu ce soir vous demander de m'accorder le plus insigne des honneurs : celui de consentir à devenir ma femme. Mais je dois vous prévenir que ce ne sera pas facile.

— Oh ! Mon Dieu…

Son monde avait basculé dans le rêve. C'était forcément un rêve, car rien n'avait de sens. Avait-il perdu la tête ? Était-il fou depuis toujours ? Oui, c'était cela : elle s'était laissé entraîner dans la folie d'un doux dément.

— Ce que je veux dire, c'est que vous serez surveillée en permanence. Le moindre de vos gestes, la moindre de vos paroles seront étudiés, disséqués. Vos manières feront l'objet d'articles dans les journaux, de commentaires dans les salons. Ce n'est pas une vie facile que je vous propose.

— De quelle vie parlez-vous ? Je crois… Enfin, une partie de ce que vous avez dit…

— Bien sûr, vous aurez des privilèges, des couronnes et toutes les crinolines en crin de cheval qui vous feront envie, la coupa-t-il. Et, surtout, je ferai tout ce que je pourrai pour vous préserver, je vous en fais d'ores et déjà le serment. Mais il serait terriblement injuste de ma part… Bref, il fallait que je vous décrive la réalité avant que vous me donniez votre réponse. Et ce n'est pas tout : je dois aussi vous avouer que je mène une petite vie tranquille, entouré de mes livres et de mes chevaux. Je crains que ce ne soit pas une existence particulièrement trépidante.

Il avait dit tout cela d'une voix ardente, et presque contrite.

— Voilà. Ces précisions faites, je peux passer à l'essentiel. Je vous aime, Eliza. Je suis tombé profondément, intensément amoureux de vous. Nos lois m'interdisent d'épouser une femme du commun, mais rien ne m'empêche d'épouser une fille de baron. J'en ai donc fait… un élément de la négociation finale du traité commercial.

Impossible… Elle avait mal compris…

— Un élément de…

— Ma condition était simple : je voulais pouvoir vous demander en mariage. Nous avons fait en sorte qu'un aspect légal de l'accord soit présenté à votre père…

Elle hoqueta de stupeur. C'était donc de cela que lui avait parlé son père !

— Mais oui, cette histoire de droits de douane ! s'exclama-t-elle. Il m'a dit que la réponse lui paraissait évidente !

— *Je*. On ne peut plus évidente. Nous avons pu mettre en avant l'aide précieuse que nous a apportée le juge pour aplanir les derniers obstacles. Nous avons suggéré qu'il soit gratifié du titre de baron en récompense de ses bons services, nous avons accepté quelques concessions pour faire bonne mesure, et… Mais qu'importent le comment et le pourquoi ! Tout ce qui compte, c'est qu'on annonce en ce moment même à votre père qu'il est baron par décret de la reine ! Tout ce qui compte, c'est que je vous aime, Eliza ! Je suis fou de vous. Et je ne quitterai pas l'Angleterre sans que vous m'ayez dit « oui ».

Non, décidément, ce ne pouvait être qu'un songe. Mais un songe merveilleux, dont elle ne voulait plus jamais s'éveiller. Se pouvait-il vraiment qu'un tel bonheur lui arrive, à elle, la cause perdue de Bedford Square ? Cette fille de juge au parfum de scandale ? Elle qui, naguère encore, ne rêvait de rencontrer un prince que pour avoir le plaisir de s'en vanter, pour mettre un peu de couleur dans une existence bien terne... Et voilà que ce prince se tenait devant elle, qu'il la demandait en mariage, qu'il affirmait brûler d'amour pour elle !

— Seigneur, souffla-t-elle en portant les mains à ses joues. Suis-je en train de rêver ?

— Non, à moins que nous fassions le même rêve.

— Mais j'ignore totalement comment doit se comporter une princesse !

Il l'attira contre lui.

— Vous êtes déjà une princesse, Eliza. Pour le reste, je vous aiderai. Vous aurez des hordes de personnes autour de vous pour vous aider. Maintenant, je vous en supplie, délivrez-moi de mon tourment et répondez-moi : voulez-vous m'épouser ?

— Vous êtes fou ! Vous êtes complètement fou, Sebastian ! Oui, bien sûr, je le veux ! Que m'importe ce que penseront les autres ? Vous seul comptez ! Oh ! doux Jésus ! oui, Sebastian. Mille fois oui.

Chapitre 28

La question est sur toutes les lèvres : que portera Lady Eliza Tricklebank pour son mariage ? La plus célèbre couturière de Londres prédit une robe blanche ourlée de dentelle alucienne.

D'autres noces se préparent, celles d'une oiselle dont la dot s'est considérablement étoffée après la signature du traité commercial avec l'Alucie. Hélas, une certaine paonne, quant à elle, devra débuter une nouvelle saison mondaine sans perspectives précises. À moins de considérer comme telles les assiduités du vieil ami solitaire de sa mère, ce que la belle, semble-t-il, n'envisage nullement.

Miladies, si vous préparez votre propre trousseau de mariée, n'oubliez pas d'y inclure au moins un jupon de soie noire et huit paires de gants, dont trois en cuir de chevreau. Une solide paire de souliers pour la marche est également recommandée.

Honeycutt's, gazette mode et maison pour ladies

Les adieux furent éprouvants. Si pénibles qu'Eliza, par moments, regretta presque d'avoir rencontré Sebastian.

Pourtant, si son père avait toujours redouté de la perdre, il se souciait plus encore de son bonheur.

— Ma chérie, tu vas terriblement me manquer, tu le sais. Mais ma plus grande joie en tant que père est de voir mes filles emprunter le chemin de l'épanouissement. Sache, Eliza, que tu connaîtras des moments de joie et des moments de peine. Mais, si tu sais préserver la flamme de ton amour, tu surmonteras toutes les épreuves et tu en sortiras grandie.

Ce fut Poppy qui parut la moins affectée de tous.

— Je le savais, de toute façon. Ne vous l'avais-je pas dit, que c'était vous qu'il choisirait ? Allons, n'ayez pas d'inquiétude, Eliza. C'est moi qui ferai la lecture à M. le juge, maintenant.

— Pourquoi toi ? s'offusqua Hollis. C'est moi qui m'en chargerai.

— Ne dites pas de bêtises, voyons, répliqua Poppy. Vous aurez bien assez à faire avec votre gazette. Comment allez-vous vous débrouiller, sans Eliza ?

De fait, la revue avait connu un succès croissant ces dernières semaines, grâce aux allusions que Hollis y avait faites sur le prince et sa recherche d'une épouse. À tel point qu'elle envisageait d'embaucher quelqu'un pour l'épauler.

— Tu vas devoir m'aider, Poppy, la prévint Hollis. Caroline aussi, même si elle affirme crouler sous les invitations depuis que sa meilleure amie est devenue la future reine d'Alucie.

Eliza fit ses adieux à Ben et Margaret, à Mr et Mrs Thompkins, puis, sur le seuil, à Jack, John et Prince, qui ne parurent pas spécialement émus de la voir partir.

Et c'est par une radieuse journée de printemps qu'elle s'embarqua enfin pour l'Alucie, aux côtés de Hollis, de Caroline… et de Beck. Le frère de Caroline avait décrété qu'il serait inconvenant de laisser trois jeunes femmes à marier s'en aller dans le monde sans une escorte digne de ce nom, et jugé insuffisante celle que Sebastian leur avait fournie.

Lorsqu'ils arrivèrent en vue des côtes aluciennes, la capitale, Helenamar, ne tarda pas à se dévoiler à eux, précédée de ses plages de sable blanc et coiffée, au loin, de montagnes d'un vert bleuté. Une voiture démesurément spacieuse les attendait au débarcadère pour les emmener au palais.

Après la cohue du port, ils longèrent des petites rues pavées bordées de façades aux pierres calcaires étincelantes, qui alternaient avec de vastes avenues ombragées et verdoyantes.

— On dirait une cité mythique, souffla Caroline d'une voix où l'émerveillement se nuançait de respect.

— C'est une ville continentale comme une autre au printemps, commenta Beck, qui faisait de son mieux pour ne pas avoir l'air impressionné.

Mais lui non plus ne pouvait détacher son regard du paysage qui défilait derrière la vitre.

L'allée qui conduisait au palais, interminable, s'étirait entre deux rangées d'ormes. De part et d'autre, des moutons, des chevaux et des vaches paissaient dans des champs d'émeraude et d'or. Quand l'attelage eut abordé le dernier virage, Hollis ne put retenir une exclamation admirative.

— Regardez !

Vaste comme un village, le palais étendait sous leurs yeux ses hauts murs de grès rose et doré, fermés par des grilles de fer forgé aux proportions colossales ornées de couronnes et d'emblèmes d'or. De loin, ils distinguaient déjà les robustes chevaux de pierre qui bondissaient au centre de la fontaine dressée dans la cour d'honneur.

Eliza n'en croyait pas ses yeux. Que faisait-elle ici ? Par quel miracle céleste avait-elle pu se retrouver dans cette situation extraordinaire ?

Leur véhicule fit le tour de l'allée circulaire, large comme un boulevard, qui déroulait ses pavés devant le maître escalier. Puis il s'arrêta. Beck fut le premier à mettre pied à terre, afin d'aider ses compagnes à descendre l'une après l'autre.

D'immenses portes s'ouvrirent au sommet des marches majestueuses, laissant voir un hall brillamment éclairé. Une lumière scintillante y ruisselait des nombreux lustres suspendus. Une douzaine de valets sortirent à vive allure pour venir former une haie d'honneur sur les marches.

— C'est vraiment ici que tu vas vivre ? chuchota Caroline.

— Je l'espère bien, répondit Eliza.

Elle prit la main de son amie, puis celle de sa sœur et, ensemble, suivies de Beck, elles commencèrent à gravir les degrés de pierre qui la menaient vers son avenir.

Quand elles pénétrèrent dans l'immense hall d'entrée, la tête lui tourna. Quelle magnificence ! Les sols en damier de marbre noir et blanc, les lustres de cristal à armature d'or, les portraits monumentaux d'illustres personnages couronnés et parés des plus beaux bijoux, tout lui donnait le vertige.

Et là, au sommet de l'escalier d'apparat, se tenait Sebastian. Une épée au côté, il portait un uniforme militaire.

— Dieu me vienne en aide, je crois que je vais être malade, souffla Eliza.

— Voilà qui ferait une entrée en matière inoubliable, commenta Beck.

— Reprends-toi, Eliza, pour l'amour du ciel ! siffla Caroline. Ces instants resteront à jamais gravés dans sa mémoire, alors respire à fond et comporte-toi comme une princesse !

En était-elle seulement capable ? *Oh ! Seigneur…* Elle inspira longuement à plusieurs reprises tandis que Sebastian commençait à descendre les marches à leur rencontre. Derrière lui, le palier se peuplait peu à peu. Une petite foule se pressait maintenant à la balustrade pour l'observer d'en haut.

Dieu merci, Caroline gardait la tête sur les épaules. D'une secousse discrète, elle tira sur la robe d'Eliza pour lui faire faire la révérence, tout en soufflant à Hollis de les imiter.

— Ma pauvre chérie, j'espère sincèrement qu'on te donnera des leçons d'étiquette. Tu vas en avoir besoin.

Mais Eliza, oubliant tout ce que son amie avait tenté de lui inculquer en matière de comportement à la cour, se releva et dégagea doucement ses mains. Elle était tout entière captivée par cet homme dont elle avait été séparée trois interminables mois. Elle avait oublié à quel point il était beau. Le sourire qu'il lui adressa la fit fondre. Tant pis. On lui pardonnerait peut-être sa spontanéité. Elle s'élança vers lui, se jeta à son cou et l'embrassa sans retenue. Sebastian l'enlaça et la serra tout contre lui. Elle aussi, elle lui avait manqué.

Eliza entendit bien les murmures qui bruissaient au-dessus d'elle, les exclamations étouffées de ses amis et de sa sœur, scandalisés par son comportement, mais elle n'en avait cure. Elle n'avait d'yeux que pour Sebastian.

— Bonjour, Mr Chartier, murmura-t-elle.

Elle eut à peine le temps de voir un grand sourire se

dessiner sur ses lèvres : il la serra de plus belle avant de l'embrasser fougueusement.

— Bienvenue chez nous, princesse Eliza.

Chez nous... Deux mots merveilleux, emplis de tout l'amour et de toute la joie dont elle aurait besoin dans les années à venir. Ils étaient chez eux. Cet homme irrésistible l'aimait, et elle l'aimait aussi. Elle enfouit le visage au creux de son cou, riant de bonheur à l'idée de l'incroyable chance qui lui était donnée.

Retrouvez en février,
dans votre collection

Victoria

Julia London
Une valse avec le scandale
Série : Royales alliances

Londres, XIXe siècle

Finalement, tous les hommes étaient prêts à ployer devant elle. Même cet effronté de prince Leopold d'Alucia, le seul à oser l'affronter elle, Lady Caroline Hawke ! Mais, alors qu'il lui faisait face, la suppliant de mettre à profit son influence dans la presse pour reconstruire une réputation ternie dans le Londres d'importance, Caroline se prit à hésiter. Si jamais le séduisant Leopold venait à découvrir son implication dans sa situation actuelle, il se détournerait d'elle à tout jamais…

Lynsay Sands
Seigneur et époux

Angleterre, 1173

Épouser Lord Hethe Holden – surnommé le Marteau de Holden en raison de ses redoutables aptitudes belliqueuses –, Lady Helen ne peut y consentir. Cette décision n'est certainement qu'une douteuse plaisanterie du souverain Henry II, à qui elle n'a de cesse de se plaindre de cet encombrant voisin. Pourtant, il serait risqué de désobéir au souverain Henry qui a acté cette alliance. Du moins, pas ouvertement. Si elle parvenait plus sournoisement à devenir repoussante pour Lord Holden, ne se détournerait-il pas naturellement d'elle ?

La romance historique n'a jamais été aussi moderne.

HARLEQUIN
www.harlequin.fr

Retrouvez en février,
dans votre collection

Victoria

Penny Watson Webb
Le feu des forges

Norvège et France, 909

Jodelle a toujours tenu à son indépendance. Mère, amante hors des sacrements du mariage et forgeronne à Lisieux, elle possède un caractère aussi volcanique que son activité. Aussi, face aux hommes de Rollon, le terrible Viking venu occuper les terres cédées par le roi Charles, elle est bien déterminée à résister en fabriquant des armes pour tous les villageois. Jusqu'à ce qu'on lui amène un guerrier du Nord blessé, un homme aussi vulnérable que troublant, qu'elle ne peut se résoudre à condamner…

Kasey Michaels
Un gentleman à son goût
Série : Ashurst Hall

Londres, 1815

Depuis qu'elle a appris la mort de son fiancé, Lydia pense qu'elle ne pourra plus jamais aimer. Son grand amour est tombé au champ d'honneur, et tous ses espoirs avec lui. Recluse dans la demeure familiale d'Ashurst Hall, elle mène depuis ce drame une existence paisible, égayée par le prévenant Tanner, le meilleur ami de son défunt fiancé, qui a juré de veiller sur elle. Mais contre toute attente – et surtout contre toute morale – elle sent monter en elle un trouble de plus en plus fort pour ce confident si attentif, et si séduisant. Se pourrait-il qu'elle nourrisse des sentiments à l'égard d'un homme qui est, de surcroît, promis à une autre ?

La romance historique n'a jamais été aussi moderne.

HARLEQUIN
www.harlequin.fr

Aliénor

Authentique. Exquise. Intrépide.

Portée par des auteurs français,
Aliénor vous propose de vous glisser
dans les pas d'héroïnes
de caractère, le temps d'une
excursion dans les régions françaises
qui ont forgé notre Histoire !

**2 romances inédites à découvrir
tous les deux mois.**

DIVERTIR • INSPIRER • ÉMOUVOIR

HARLEQUIN
www.harlequin.fr

OFFRE DE BIENVENUE !

Vous êtes fan de la collection Victoria ?
Pour prolonger le plaisir, recevez

1 livre *Victoria* gratuit et 2 cadeaux surprises !

Une fois votre colis de bienvenue reçu, si vous souhaitez continuer à recevoir nos livres Victoria, cela se fera automatiquement. Vous recevrez alors tous les 2 mois 3 livres inédits de cette collection. Le prix du colis s'élèvera à 26,19€ (Frais de port inclus).

➡ LES BONNES RAISONS DE S'ABONNER :

Aucun engagement de durée ni de minimum d'achat.
◆
Aucune adhésion à un club.
◆
Vos romans en avant-première.
◆
La livraison à domicile.

➡ ET AUSSI DES AVANTAGES EXCLUSIFS :

Des cadeaux tout au long de l'année.
◆
Des réductions sur vos romans par le biais de nombreuses promotions.
◆
Des romans exclusivement réédités notamment des sagas à succès.
◆
Des points fidélité échangeables contre des livres ou des cadeaux.

➡ REJOIGNEZ-NOUS VITE EN COMPLÉTANT ET EN NOUS RENVOYANT LE BULLETIN !

V1ZEA3

N° d'abonnée (si vous en avez un) ☐☐☐☐☐☐☐☐

Mme ❒ Mlle ❒ Nom : .... Prénom : ....

Adresse : ....

CP : ☐☐☐☐☐ Ville : ....

Pays : .... Téléphone : ☐☐☐☐☐☐☐☐☐☐

E-mail : ....

Date de naissance : ☐☐ ☐☐ ☐☐☐☐

☐ Oui, je souhaite être tenue informée par e-mail de l'actualité d'Harlequin.

☐ Oui, je souhaite bénéficier par e-mail des offres promotionnelles des partenaires d'Harlequin.

Renvoyez cette page à : Service Lectrices Harlequin – CS 20008 – 59718 Lille Cedex 9 - France

Date limite : **31 décembre 2021**. Vous recevrez votre colis environ 20 jours après réception de ce bon. Offre soumise à acceptation et réservée aux personnes majeures, résidant en France métropolitaine. Prix susceptibles de modification en cours d'année. Vous pouvez demander à accéder à vos données personnelles, à les rectifier ou à les effacer. Il vous suffit de nous écrire en nous indiquant vos nom, prénom et adresse à : Service Lectrices Harlequin - CS 20008 - 59718 LILLE Cedex 9. Harlequin® est une marque déposée du groupe HarperCollins France – 83/85, Bd Vincent Auriol – 75646 Paris cedex 13. Tél : 01 45 82 47 47. SA au capital de 3 120 000€ - R.C. Paris. Siret 31867159100069/APE5811Z.

RESTEZ CONNECTÉ AVEC HARLEQUIN

Harlequin vous offre un large choix de littérature sentimentale !

Sélectionnez votre style parmi toutes les idées de lecture proposées !

www.harlequin.fr

- **Découvrez** toutes nos actualités, exclusivités, promotions, parutions à venir…
- **Partagez** vos avis sur vos dernières lectures…
- **Lisez** gratuitement en ligne
- **Retrouvez** vos abonnements, vos romans dédicacés, vos livres et vos ebooks en précommande…

L'application Harlequin

- Des **ebooks gratuits** inclus dans l'application
- **50 nouveautés tous les mois** et + de 7 000 ebooks en téléchargement
- Des **petits prix** toute l'année
- Une **facilité de lecture** en un clic hors connexion
- Et plein d'autres avantages…

Téléchargez notre application gratuitement

Télécharger dans l'App Store

DISPONIBLE SUR Google Play

SUIVEZ-NOUS !

facebook.com/HarlequinFrance
twitter.com/harlequinfrance

Composé et édité par HarperCollins France.

Achevé d'imprimer en novembre 2020.

CPi
BLACK PRINT

Barcelone

Dépôt légal : décembre 2020.

FSC
www.fsc.org
MIXTE
Papier issu de sources responsables
FSC® C108412

Pour limiter l'empreinte environnementale de ses livres, HarperCollins France s'engage à n'utiliser que du papier fabriqué à partir de bois provenant de forêts gérées durablement et de manière responsable.

Imprimé en Espagne.

OFFRE DÉCOUVERTE !

Vous souhaitez découvrir nos collections ? Recevez **votre 1er colis gratuit* avec 2 cadeaux surprises !** Une fois votre colis de bienvenue reçu, si vous souhaitez continuer à recevoir nos livres, cela se fera automatiquement. Vous recevrez alors vos livres inédits** en avant-première.

Vous n'avez aucune obligation d'achat et cette offre est sans engagement de durée !

*1 livre offert + 2 cadeaux / 2 livres offerts pour la collection Azur + 2 cadeaux. La collection Harmony démarre avec un premier colis payant à 20,16€ (frais d'envoi inclus). **Les livres Ispahan, Sagas, Gentlemen et Hors-Série sont des réédités.

☛ COCHEZ la collection choisie et renvoyez cette page au
Service Lectrices Harlequin – CS 20008 – 59718 Lille Cedex 9 – France

Collections	Références	Prix colis*
❑ **AZUR**	Z1ZFA6	6 livres par mois 29,39€
❑ **BLANCHE**	B1ZFA3	3 livres par mois 24,15€
❑ **LES HISTORIQUES**	H1ZFA2	2 livres par mois 16,89€
❑ **ISPAHAN**	Y1ZFA3	3 livres tous les 2 mois 23,85€
❑ **PASSIONS**	R1ZFA3	3 livres par mois 25,59€
❑ **SAGAS**	N1ZFA3	3 livres tous les 2 mois 28,26€
❑ **BLACK ROSE**	I1ZFA3	3 livres par mois 25,59€
❑ **VICTORIA**	V1ZFA3	3 livres tous les 2 mois 26,19€
❑ **GENTLEMEN**	G1ZFA2	2 livres tous les 2 mois 17,35€
❑ **HARMONY**	O1ZFA3	3 livres tous les mois 20,16€
❑ **ALIÉNOR**	A1ZFA2	2 livres tous les 2 mois 17,35€
❑ **HORS-SÉRIE**	C1ZFA2	2 livres tous les 2 mois 17,85€

N° d'abonnée Harlequin (si vous en avez un) ___________

Mme ❑ Mlle ❑ Nom : ___________

Prénom : ___________ Adresse : ___________

____

Code Postal : ___________ Ville : ___________

Pays : ___________ Tél. : ___________

E-mail : ___________

Date de naissance : ___________

❑ Oui, je souhaite recevoir par e-mail les offres promotionnelles des éditions Harlequin.
❑ Oui, je souhaite recevoir par e-mail les offres promotionnelles des partenaires des éditions Harlequin.

Date limite : 31 décembre 2021. Vous recevrez votre colis environ 20 jours après réception de ce bon. Offre soumise à acceptation et réservée aux personnes majeures, résidant en France métropolitaine, dans la limite des stocks disponibles. Prix susceptibles de modification en cours d'année. Vous pouvez demander à accéder à vos données personnelles, à les rectifier ou à les effacer. Il vous suffit de nous écrire en nous indiquant vos nom, prénom et adresse à : Service Lectrices Harlequin CS 20008 59718 LILLE Cedex 9. Service Lectrices disponible du lundi au vendredi de 8h à 18h : 01 45 82 47 47.

Harlequin® est une marque déposée du groupe HarperCollins France – 83/85, Bd Vincent Auriol – 75646 Paris cedex 13. SA au capital de 3 120 000€ – R.C. Paris. Siret 31867159100069/APE5811Z.